河出文庫

ジュリアン・バトラーの真実の生涯

The Real Life of Julian Butler

川本直

河出書房新社

目次

The Real Life of
Julian Butler

知られざる作家——日本語版序文

ジュリアン・バトラーの名前を知ったのは一九九五年、十五歳の時だ。トルーマン・カポーティとゴア・ヴィダルを耽読《たんどく》していた僕は、二人と並び称されるジュリアン・バトラーという作家を発見した。戦後アメリカ文学を代表する小説家だが、邦訳は全て絶版になっている。日本では未だ知られざる作家と言っていい。

現在も英語圏ではバトラーの全ての長編小説はペンギン・モダン・クラシックスから再版され、作家自身も著名人としての華麗な遍歴で知られているが、作品論やテクスト論はあっても作家論や評伝はない。バトラーの生涯はその名声に反し、長きにわたって夥《おびただ》しい伝説的なゴシップの靄《もや》に包まれていた。

二〇一七年に出版されたアンソニー・アンダーソンの回想録『ジュリアン・バトラーの真実の生涯』によって、謎めいたバトラーの実像は遂に明らかになった。アンダーソンは覆面作家だったが、この回想録で自らの正体も公《おおやけ》にしている。

本書はAnthony Anderson. *The Real Life of Julian Butler: A Memoir.* (Random House, 2017) の全訳である。『ジュリアン・バトラーの真実の生涯』は二十世紀アメリカ文学の裏面史であり、「作者とは誰か」「書くとは何か」をめぐる回想録でもある。

アンダーソンは二〇一六年に亡くなり、本書が遺作となった。訳者は奇妙な偶然からアンダーソンに生前唯一のインタビューを行っている。死後の調査も含めて『ジュリアン・バトラーの真実の生涯』では語られなかった事実も判明した。アンダーソンの遺言執行人である小説家のジーン・メディロス、コロンビア大学の王哉藍《ウォン・セイラン》教授の意向により、日本語版である本書には後日譚を綴った「ジュリアン・バトラーを求めて」を訳者あとがきに代えて収録した。メディロスと王教授には、バトラーとアンダーソンが知られていない日本では「ジュリアン・バトラーを求めて」の併録を以て完全版、と過大な評価を戴いている。

川本直

本書には今日の観点から見れば考慮すべき表現がありますが、
時代背景を鑑み、当時の用語・用法のままとしました。（編集部）

ジュリアン・バトラーの真実の生涯

The Real Life of Julian Butler

＊

私は自分の名前が嫌いだ。名前への違和感はしつこい靴擦《くつず》れのように私につきまとっていた。ジョージ・ジョンという、このファースト・ネームを二つ連呼するような名前を呼ばれる度に不快感が押し寄せてくる。ジョンはヘブライ語のヨハナンに由来し、ファースト・ネームが何かの拍子にラスト・ネームに変化したものらしい。洗礼者ヨハネや使徒ヨハネの名と同じく「ヤハウェは恵み深い」を意味するが、生憎《あいにく》私は不可知論者だ。イングランド史上最低の国王の名前と同じなのが気に食わないし、口語や俗語の意味合いは口にしたくないほど酷《ひど》い。まだ「ジョンの息子」という意味の、ありふれたジョンソンの方がマシだった。ジョンはウェールズに多い姓で、確かにオーガスタス・ジョンという画家はいたが、私の家系は二代前までしか遡れないので祖先についてはわからない。誰だか知らないがジョンというラスト・ネームを一族につけた人間を呪い、アメリカの初代大統領にちなんでジョージという凡庸なファースト・ネームをつけた父を憎んだ。この永続的な苦痛についてジュリアンと話したのはもう七十三年も前になる。

I

1

ウラディミール・ホロヴィッツが弾くチャイコフスキーのピアノ協奏曲第一番は、オカマのオカマによるオカマのための賛美歌だ。私とクリストファーはカーネギー・ホールのボックス席からステージを見下ろしていた。ホロヴィッツのアメリカ・デビュー二十五周年を記念したシルヴァー・ジュビリー・コンサートが開催されている。私は胸元まで露わにした艶めかしいクリスチャン・ディオールの黒いイヴニング・ドレス、クリスは堅苦しいブルックス・ブラザーズの灰色のスーツを身に纏《まと》っていた。今夜のプログラムは全曲チャイコフスキーだ。一曲目はジョージ・セル率いるニューヨーク・フィルハーモニックが、完璧主義と称される指揮者の名に恥じない一糸乱れぬ交響曲第四番へ短調を披露した。休憩時間が終わり、ホロヴィッツのアメリカ・デビューの演奏で伝説と化したピアノ協奏曲第一番変ロ短調が始まろうとしている。顔を強張《こわば》らせているクリスに私は上目遣いで微笑《ほほえ》んでみせた。私が女装した少年だとは観衆の誰一人として気づいていない。

青白い顔で舞台袖から現れた痩身のホロヴィッツは、投げやりな一瞥を客席に投じて会釈した。取り憑かれたような眼差しはここではないどこかを虚ろに見つめている。まるで神経衰弱を起こしたメフィストフェレスだ。ホロヴィッツはセルと背後に控えるニューヨーク・フィルハーモニックを無視して足早に舞台を横切って行った。スタインウェイの前に辿り着くとタキシードの裾を跳ね上げて椅子に腰掛ける。ホロヴィッツの無礼な振る舞いにセルは顔を歪めたが、オーケストラに向き直り、指揮棒を振り上げた。

第一楽章の序奏がけばけばしく鳴り響く。ホロヴィッツは和音を連続で強打し、その轟音《ごうおん》はオーケストラを打ち負かして会場全体を支配した。指揮者は身振りを激しくしてオーケストラの音量を上げようとしたが、ピアノと拮抗させることさえできない。セルのタクト捌《さば》きからは動揺が見て取れたが、ホロヴィッツは無表情のままだ。ひたすら速度を上げていくピアニストに指揮者は翻弄され、ついていくのがやっとだった。鍵盤から次から次へと繰り出される音符の連なりは、下等な使い魔が群れ集って乱舞しながら哄笑《こうしょう》を上げているように聴こえる。私はクリスにしなだれかかった。手に指を絡ませるとしっとりと汗ばんでいる。コーダが雄壮に終わった時、私の性器の先端から欲望が滴っているのがわかった。

第二楽章に入った。ヴァイオリンのピチカートに乗ってフルートがたおやかな旋律を奏でる。セルはテンポを抑えてホロヴィッツを牽制していた。ヴィルトゥオーゾに入るとホロヴィッツはセルを嘲笑《あざわら》うかのようにふたたび加速した。譜面では感傷の幕間劇のはずが、ホロヴィッツの手にかかれば女役《クイーン》の浮かれ騒ぎに変貌してしまう。クリスの熱い吐息を耳朶《じだ》に感じて、私は突き上げてくる淫らな衝動に身を捩《よじ》った。腰を浮かせてイヴニング・ドレスに手を潜り込ませる。ストッキングとパンティを素早く脱ぎ捨てて裾の下に隠す。それからドレスをたくしあげてクリスの手を摑み、私の滑らかな太腿を這わせて、完璧に剃毛してある性器に押しつけた。クリスは上気した顔で落ち着きなく周囲に視線を泳がせている。その態度とは裏腹に彼のスラックスは一目《ひと》目《め》でわかるほど隆起していた。クリスの耳朶を唇で咥《くわ》えながらジッパーを引き下ろす。反り返るほど勃起したものが飛び出した。私がまさぐるのに合わせて、クリスも私を刺激し始める。フルートによる主題が戻ってきて第二楽章が終わりに向かう頃、限界が近づいてきた。固く目を瞑《つむ》り、声を漏らさないように唇を嚙み締めて絶頂に備える。ヴィルトゥオーゾでの暴走が嘘のようにピアノとオーケストラが調和して憧憬に満ちた終結部を緩やかに奏で終わった瞬間、鋭い痙攣《けいれん》が走り、私は身体《からだ》をのけぞらせてドレスのなかに射精した。

客席の暗がりでも私の荒い息遣いに気づいたのか、右隣に座っていた男がこちらを凝視していた。ジャケットがはち切れそうなほど肥満体で、セイウチ髭を蓄えた老人は胡散臭《うさんくさ》そうな目つきで睨《にら》んでくる。クリスは私の手のなかで硬直したまま達していない。私は聞こえよがしに「少し調子が悪いみたい」と言って上半身をクリスの膝に投げ出した。老人は不審そうな顔をしたものの、わざとらしく咳払いをして目を逸らした。隣席の妻らしき老婦人と声を潜めて何か喋っている。

第三楽章が始まった。セルは異様な速さで指揮棒を振り、オーケストラを咆哮《ほうこう》させてホロヴィッツに一矢報いようとした。ピアニストは顔色一つ変えずついていく。私の頬に密着して脈打つクリスのものを口に含んだ。クリスは快楽の苦痛に顔をしかめている。舌を使うたびにそれは大きくなっていく。ピアノの独奏部に入った。ホロヴィッツはオクターヴ奏法を炸裂させ、コーダへ向かって星々の煌《きら》めきを思わせる音色を振り撒きながら鍵盤の階段を放埒に駆け回る。セルは柄にもなく指揮台を踏み鳴らしてニューヨーク・フィルハーモニックを煽り、応酬した。ピアノとオーケストラが先を争ってもつれあい、演奏は混沌のただなかで幕を閉じた。クリスが小さな呻き声を上げる。巻き起こる拍手と歓声と同時に私の口腔いっぱいに大量の濃厚な粘液が広がった。ホロヴィッツとセルの競演の恍惚に匹敵するものは一つしかない。肛門を貫かれている時の、思考が空白になる感覚だ。欲望がまた鎌首をもたげてくる。私はハンドバッグを持つと余韻に浸って息を切らせているクリスの腕を摑んで立ち上がらせ、総立ちで拍手を続けている聴衆の間をすり抜けて観客席を出た。パンティとストッキングは床に投げ捨てたままだったが構いはしない。「どこへ行くんだ？」と言いながらおどおどしているクリスを引っ張って廊下を突っ切り、男子トイレに飛び込んだ。欲情をそそるアンモニアの官能的な香りが充満している。演奏が終わったばかりだから誰もいない。クリスを個室に押し込んで鍵を締める。しゃがみ込んでクリスのスラックスの間から手を入れてペニスを引きずり出すと、まだ興奮は収まっていなかった。ハンドバッグからKYゼリーのチューブを取り出して渡す。クリスは「ジュリー、ここではまずい」と弱々しく抗議した。ホロヴィッツ自身の編曲によるメンデルスゾーンの結婚行進曲が漏れ聞こえてくる。性交にはもってこいのアンコールだ。私は無言で背中を向けてイヴニング・ドレスを捲《まく》りあげて、自分でも気に入っている形の良い小ぶりのお尻を突き出し、蕾を両手で広げて見せた。クリスはまだ迷っている。私が淫らに腰を振って誘いかけると、ようやく潤滑液にまみれた指が臀部のあいだに挿入された。すぐに指より大きいものが押し入ってくる。後ろから犯されている私の脳裏ではチャイコフスキーのピアノ協奏曲が再演されていた。ホロヴィッツは超絶技巧の限りを尽くして、ストイックなセルが率いるニューヨーク・フィルハーモニックをファックする。ホロヴィッツのピアノがペニスで、セルのオーケストラがアヌス。そのピストン運動からチャイコフスキーが再創造される。私はクリスとセックスしているのか、ホロヴィッツとセックスしているのかわからなくなった。アンコールが終わり、何人かの男が用を足しにトイレに入ってきた音が聞こえたが、もう喘《あえ》ぎ声が抑えられない。性的な絶頂のように終わった第三楽章のコーダが頭のなかで鳴り響いた途端、ペニスの痙攣で直腸に精液が注ぎ込まれるのがわかった。私も叫び声を上げて達した。

身支度を整えて個室の扉を開けると、巨体の老人が眼前に立っている。客席で隣り合わせたセイウチ男だ。老人は驚愕《きょうがく》で目を丸くしていたが、私とクリスが何者か悟って喚《わめ》き出した。

「ここで何をしているんだ？　コンサート中も隣でおかしなことをしやがって。下着を脱ぎ捨てて行っただろう。汚らわしい！　警備員に突き出してやる」

私は脅えているクリスに目配せし、叫び続けるセイウチ男の股間をハイヒールで蹴り上げた。老人は呻いて床に倒れ込んだ。小便器の前にいた男たちが振り返り、唖然として見ている。クリスの手を取ってトイレを足早に抜け出した。ハイヒールを脱ぎ捨てて廊下を走り、赤絨毯《あかじゅうたん》が敷かれた階段を駆け下りる。古ぼけた狭苦しいロビーを行き交う正装の紳士淑女を掻きわけていたら「お前ら、待て！」という声が次々に聞こえた。警備員たちだ。人混みに遮られて藻掻《もが》いている。思わず微笑んでしまった。クロークに預けたコートを引き取る暇はなさそうだ。警察を呼ばれるかもしれない。二人でロビーからウエスト57thストリートに飛び出して、タクシーを呼び止めた。

「シンデレラみたいだ」

車に乗り込みながらクリスが裸足の私を見て呟《つぶや》く。公然猥褻に童話の比喩は似合わない。

「オカマのシンデレラ？　王子様気取りはやめてよね」と返すと、それまで神妙な面持ちだったクリスも緊張がほぐれたのか笑い出した。釣られて私にも笑いの発作が起こる。またコンサートの記憶が甦《よみがえ》ってきた。ホロヴィッツの弾くチャイコフスキーのピアノ協奏曲第一番ほどオカマの美学を結晶化させた音楽は存在しない。それは二人のハラショーなホモ野郎、ホロヴィッツとチャイコフスキーの幸福な結婚だった。

「行き先は？」

屈強な体格のタクシー・ドライバーが振り返りもせずに発した声で、私は我に返った。金持ちのホモばかりが集まるエリザベスのホーム・パーティに顔を出そう。オカマのエリザベスの本名は大統領閣下と同じハリーという味も素っ気もない代物だが、近頃ファースト・レディの名前を僭称している。いずれにせよ夜はまだ始まったばかりだ。

ジュリアン・バトラー『ネオ・サテュリコン』
（「エスクァイア」一九五三年十二月号掲載版第一章冒頭から引用）

アメリカがジュリアン・バトラーの小説を初めて目にしたのは同性同士のセックスが犯罪とされ、男色家の集うバーがひっきりなしに摘発され、発展場《はってんば》で交わる男たちが四六時中逮捕され、五千人以上の同性愛者が公職を追放されていた時代のさなかだった。「エスクァイア」一九五三年十二月号表紙には『ネオ・サテュリコン』の掲載を告げる文言は何もなく、文芸欄にひっそりと第一章が発表されたにもかかわらず、罵倒と中傷が一斉射撃のようにジュリアンの身に降りかかった。「反アメリカ的で背徳的」（「ニューヨーク・タイムズ」）、「性倒錯の見本市」（「タイム」）、「気が触れた頭脳から生み出された猥褻文書」（「ニューヨーク・ポスト」）、「こんなポルノグラフィーを支持するのはホモセクシュアルだけだ」（「デイリー・ニューズ」）。マッカーシズム吹き荒れる一九五〇年代初頭のアメリカ合衆国は保守的で偏狭な国家だった。共産主義者に対する赤狩りと同性愛者に対するラベンダー狩りが同時に進行していた。

災厄は燃え広がり、海外にも飛び火した。多くの書店とニューススタンドは「エスクァイア」の販売を拒否し、プロテスタントの教会では焼かれ、テキサスとマサチューセッツで発禁になった。バチカンではローマ教皇ピウス十二世が、世界中から集まってくるカトリック信者との謁見で「親愛なる兄弟姉妹の皆さん、ジュリアン・バトラーの『ネオ・サテュリコン』を読むべきではありません」と語るに至って、騒動はますます大事《おおごと》になっていった。ホロヴィッツはカーネギー・ホールのコンサートの翌月から鬱病の悪化で隠遁していたが、ホロヴィッツ夫人ワンダから抗議の電話が「エスクァイア」編集部に寄せられるおまけつきだった。しかし、二十一世紀になった今では、結婚していたにもかかわらず、ホロヴィッツが同性愛者だったというのは定説だ。「エスクァイア」はただちに回収されることになったが、引き起こされたスキャンダルによって未曾有《みぞう》の売上を記録し、書店にも版元にも在庫はなかった。

お上品な「ニューヨーカー」には当代きっての批評家であるセオドア・プレスコットが、わざわざジュリアンをこき下ろすために書評と簡単なバイオグラフィーを執筆した。

ジュリアン・バトラーが遂にその姿を現した。一九四七年頃から我々出版界の人間に彼の名前は知れ渡っていた――名声ではなく、悪名で。ジュリアン・バトラーはマサチューセッツ州選出の民主党所属の上院議員、故ロバート・バトラーの息子として一九二五年に生まれた。一九四七年当時、二十二歳だったバトラーは最初の小説『二つの愛』の原稿を抱えて、二十社に及ぶ出版社に持ち込み、その全てから断られて、物笑いの種になっていた。

我々はそれを専らジョークと考えていた。ニューヨークの女装の男娼の性的遍歴を描いた小説は猥褻そのもので、一切の道徳観を欠いた代物だった。バトラーはその小説中で絶えず、自然な性的概念を嘲笑い、同性愛と服装倒錯と薬物中毒を讃えていた。どこにも文学的な価値は見出せなかった。ゴア・ヴィダルが一九四八年に発表したいささか欠陥の多い同性愛小説『都市と柱』ですら、バトラーの『二つの愛』に比較すれば、真摯《しんし》で視野が広い堂々たる文学に見えてしまう。

だが、公平を期さねばならない。送りつけられてきた原稿を目にすることができた幸運な――否、不運な――編集者が困惑したのは、どこまでも不道徳な物語が才気縦横の文体で書かれていたからだ。バトラーの文才を評価した「マドモアゼル」の名編集者ジョージ・デイヴィスは「女装の男娼」を「売春婦」に置き換えれば出版できるかもしれない、と私に漏らしたことがある。

アメリカ中の出版社から『二つの愛』を拒否されたバトラーはフランスに渡り、ポルノグラフィーを扱う怪しげなパリの出版社オリンピア・プレスから一九四八年にこの小説を発表した。『二つの愛』は英語圏のどの国にも持ち込むことを禁止されているが、密輸入されて今も世界中に行き渡っている。

その後、バトラーはヨーロッパを放浪しているとの情報が入ってきた。『二つの愛』で描かれた吐き気を催すような行為に自ら従事しているのではないか、という噂も流れた。事実がどうあれ、バトラーが放浪生活を送っていたのは間違いないが、彼はその間に作風を一変させた次の小説を書き溜めていた。

第二長編『空が錯乱する』はローマの皇帝ネロと去勢して結婚した少年スポルスの生涯を描いた小説だった。タキトゥス、スエトニウス、カッシウス・ディオの歴史書からの緻密な時代考証に支えられ、著者自身が実際目にしただろうイタリアの遺跡群から再現されたと思しき古代の描写には迫真性が漲《みなぎ》っていたが、主題は相も変わらず嘆かわしいほどの倒錯行為の賛美だった。

バトラーは一九五〇年、またもやパリのオリンピア・プレスから『空が錯乱する』を出版し、『二つの愛』と同じくアンダーグラウンド・ベストセラーとなった。それから暫く彼の話は聞かなかった。パリでジャン・コクトーに弟子入りしているだの、ロンドンのピカデリー・サーカスで男娼をしているだの、タンジールで少年を買っているだの、様々な噂が流れたが、どれも確証は得られなかった。

そして、今年が終わりを告げようとしているさなか、突如バトラーは第三長編『ネオ・サテュリコン』の第一章を「エスクァイア」に発表し、遂にアメリカに姿を現した。『ネオ・サテュリコン』は古代ローマの作家ペトロニウスの『サテュリコン』を下敷きにし、舞台を現代のニューヨークに移し替えている。『サテュリコン』は放浪の学生エンコルピウスの一人称だが、『ネオ・サテュリコン』はエンコルピウスの稚児《ちご》の美少年ギトンにあたる女装の語り手ジュリーの一人称で綴られている。言うまでもなくジュリーはジュリアンの女性形で、主人公と作家自身の混同を狙った嫌らしい目配せに違いない。ジュリーはエンコルピウスにあたる男色相手の大学生のクリスを連れて、ホロヴィッツのコンサートに赴き、猥褻行為に及ぶ。その帰りに立ち寄った成り上がり者のオカマがホストを務める悪趣味なパーティで痴情の縺《もつ》れから起こった殺人事件に居合わせ、犯人と誤認した警察から追われることになる。この場面は『サテュリコン』の解放奴隷トリマルキオの饗宴にあたる。ジュリーとクリスは面白半分に逃避行を楽しみ、いかがわしいバーで見つけた美少年と三人で性行為に及び、ホモが集まる浴場での乱交に加わったりしながら、マンハッタンを傍若無人にうろつき回る。ここで第一章は終わっている。

ペトロニウスの『サテュリコン』は現代の我々から見れば不道徳極まりないが、小説の礎《いしずえ》を作った古典であり、我々はこの小説に倣わねばならない。偉大なるアメリカ小説『グレート・ギャツビー』のジェイ・ギャツビーはトリマルキオを意識して造形され、実際フィッツジェラルドはタイトルの候補として『トリマルキオ』、『ウエスト・エッグのトリマルキオ』を考えていたこともあった。ところが、『ネオ・サテュリコン』は『サテュリコン』から道徳的に堕落した態度ばかりを模倣している。リンカーンのゲティスバーグ演説の「人民の人民による人民のための政治」をパロディにした書き出しから反米的だ。便所でのおぞましい濡れ場ではホロヴィッツが弾くメンデルスゾーンの結婚行進曲が流れる。おまけに登場する成金のオカマはハリー・S・トルーマン大統領と同名で、貞淑なファースト・レディ、ベス・トルーマンに自らをなぞらえ、エリザベスと名乗っている。このような冒瀆は枚挙に暇《いとま》がない。文体にはホモの間でしか通用しないスラングが溢れ返り、これまでの小説よりさらに道徳的な逸脱を強めている。

果たしてこんなものが文学と言えるだろうか？　ジュリアン・バトラーは何がしたいのか？　我々を驚かせたいのか？　それとも名声を得ることが叶わないならせめて悪名を得たいのか？

バトラーの小説の根本的欠陥は倫理的な理由で不道徳だということに留まらない。美学的な意味においても道徳欠如なのである。何故なら、バトラーは我々の偉大なるアメリカン・カルチャーを嘲笑することに終始しており、その小説は精神的な虚無と腐敗から生み出されたもので、完全に無意味だからだ。

ジュリアンは反撃に出た。創刊間もない「プレイボーイ」が好奇心からジュリアンにインタビューを申し込んできたのだ。「プレイボーイ」一九五四年二月号が掲載した四ページの特集記事のタイトルは「ジュリアン・バトラー――華麗なる背徳者」という仰々しいものだった。特集の一ページ目にはジュリアンの肖像写真がフルカラーで掲載された。ジュリアンは薔薇のコサージュをあしらったミニハットを被り、レースのフリルがついた漆黒のヴィクトリア朝のドレスを着込んでいた。ドレスの裾は短く仕立て直され、膝上までしかない。裾から覗く黒の網タイツに包まれた細く引き締まった脚を見せびらかすように投げ出して、ピンヒールを履いたままロココ調の天蓋つきのベッドにしどけなく寝そべっていた。ウェーヴをかけた二つ結いの深い黒髪に右手を当てたジュリアンは煙草を吸いながら物憂げな眼差しでこちらを見つめている。これ見よがしに両性具有的なオーラを発散しているジュリアンは少女のようにも少年のようにも見え、とても二十八歳だとは思えなかった。以下の文章はそのインタビューの全文だ。

プレイボーイ　あなたの小説『ネオ・サテュリコン』の第一章は大きな波紋を呼び、多くの批評家に批判されています。バチカンもプロテスタントも問題視しています。反論はありますか?

バトラー　ほとんどの批評は主題が同性愛って決めつけて、ヒステリックに反応してるだけ。連中は愚か過ぎて答える価値がない。だから、僕から言うべきことは何もない。そもそも僕はカトリックだよ。ワシントンD.C.で暮らしていた子供の頃は聖歌隊で歌ってたんだ。バチカンでピウス十二世に拝謁したこともある。この頃はミサに行ってないけど。こっちは敬虔な信者なのに向こうが嫌がるから。でも、僕にお怒りらしい教皇聖下がお望みとあれば、いつでもまたバチカンに告解に行くよ。一世一代の女装でおめかしをして。

プレイボーイ　同性愛は自然ではないと考えられています。肛門性交《ソドミー》はほとんどの州で犯罪です。

バトラー　アメリカの人間はピューリタニズムに毒されて同性愛を異常だと考えてるけど、一九四八年のキンゼイ博士の『人間における男性の性行動』を読めば同性愛は異常でも何でもないとわかるよ。同性愛者が人口に占めるパーセンテージは高い。アメリカ人の頭の中身が未だに野蛮な十九世紀に留まっているってことは嘆かわしくない？

プレイボーイ　セオドア・プレスコットが「ニューヨーカー」に書いた批評をどう思いますか？

バトラー　名誉毀損もの。僕は男娼なんかやってない。ミスター・プレスコットは僕の小説と僕自身の区別がついてない無能だよ。大体あの批評は馬鹿げてるよ。僕は虚無主義に取り憑かれてなんていない。プレスコットが同性愛を不毛だと考えてるだけ。それに彼の文学観は視野が狭いよ。フランス文学の動向を見ていれば、今ジャン・ジュネって同性愛者の泥棒が高い評価を勝ち得ていて、サルトルが彼について『聖ジュネ』って大著を書き上げたことくらい知ってるはず。プレスコットは未だにヘミングウェイやフィッツジェラルドみたいなロスト・ジェネレーションの小説家なんかをアメリカ最高の作家として崇め奉ってる。でも、第一次世界大戦後から第二次世界大戦までで注目すべき小説家はナサニエル・ウエストくらいじゃない？　プレスコットが近頃の作家で賞賛してるのはJ・D・サリンジャーやソール・ベローとくる。前者は中流階級の餓鬼の泣き言を人生の真実か何かと勘違いしてる幼稚で哀れな作家で、後者は「今は十九世紀だっけ？」と思っちゃうほど古臭い退屈な作家だよ。他にいくらでもいい作家はいるじゃない？　トルーマン・カポーティ、ゴア・ヴィダルやポール・ボウルズの小説は優れている。去年出版された本だとドラッグ中毒を描いたウィリアム・リーの『ジャンキー』が面白かったけど、プレスコットを始め、中流階級の批評家どもはそれを認めない。まあ、せいぜい平民同士仲良くしてればいいんじゃない？　ところで、プレスコットが実はその経歴を小説から始めたこと知ってる？　ヘミングウェイの下手くそなエピゴーネンで何の話題にもならなかったよ。すぐに絶版。それで、プレスコットは批評家に転じて偉そうなことを言っているわけ。遥かに格下の、小説家になれなかった批評家の批判に抱く感情は怒りじゃない。心からの憐れみだよ。

プレイボーイ　あなたの小説は一冊もアメリカで出版されていませんが、何故《なぜ》かあなたはアメリカで有名です。これはどういうことでしょう？

バトラー　『二つの愛』はアメリカの有力な出版社の多くから出版を断られたけど、増刷版の表紙にはジャン・コクトーの賞賛の言葉が載ってるよ。『空が錯乱する』も売れたし、両方ともフランス語に翻訳されてる。海外での僕の評価は高い。この保守的で、文学が何なのか理解できないアメリカというド田舎で理解されないからといって、僕は痛くも痒《かゆ》くもない。僕の本は読者がこっそりフランスから密輸入してるし。ただ、僕が有名なのはそれだけじゃないいんじゃない？

プレイボーイ　と言いますと？

バトラー　僕が美しいからじゃない？　別にオスカー・ワイルドよろしく向日葵《ひまわり》の花束を抱えて半ズボンに白タイツでピカデリー・サーカスを闊歩していたわけじゃないけど、僕はいつも女装している。誰も僕が男だって気づかない。『二つの愛』を持ち込んだ時、いつもの女装でとある出版社に行ったことがあったんだ。それに尾鰭《おひれ》がついて、僕が『二つの愛』の主人公みたいに女装の男娼だった、って根も葉もない噂が広まったんじゃない？

プレイボーイ　あなたは同性愛者なのですか？　女性とのロマンスなどはなかったのですか？

バトラー　僕は忘れっぽいから、セックスした相手の性別なんか憶《おぼ》えてない。そんなことは重要じゃないし、どっちでもいい。自分を男とか女とかに分類したことも一度もないけど、別に同性愛者と呼ばれようと服装倒錯者と呼ばれようと気にしないよ。好きに呼んで。

プレイボーイ　あなたはこれからどうするつもりですか？　『ネオ・サテュリコン』をアメリカで出版することは不可能だと思います。そもそも『ネオ・サテュリコン』は完成しているのでしょうか？
バトラー　完成してるよ。オリンピア・プレスの社長、モーリス・ジロディアスが出版を決定してる。以前の二作と同じようにパリで出版される。僕にとって書くのは酷く退屈だし、書くのが早いからあっという間に仕上げちゃうんだ。空いている時間はパーティでハメを外してる。
プレイボーイ　現在、アメリカではあなたはポルノ作家として扱われています。あなたが将来、文学的な評価を得ることはあると思いますか？
バトラー　もうすぐ時代は変わる。戦時中、それまでは階級や土地によって隔てられて交わらなかった人間が、軍隊で一堂に会してアメリカは変わった。孤立していた同性愛者にも同じことが起こったんだ。マッカーシーなんて一時の反動に過ぎないよ。これからもこの国は変わっていく。それに伴って僕の小説が単なるポルノグラフィーじゃないって理解されていくんじゃない？　少なくとも僕の悪名がプレスコットのわずかな名声より長く保たれることは証明済みの事実だと思うよ。

「プレイボーイ」のインタビューはジュリアンの立場を良くするどころか、却《かえ》って反感を煽り立てた。有力各紙は「プレイボーイ」のインタビューを取り上げて攻撃を再開した。ジュリアンは毒舌で知られるゴシップ・コラムニスト、ウォルター・ウィンチェルから「カトリックのオカマ野郎」というあだ名を奉られる羽目になった。ＦＢＩ長官のジョン・エドガー・フーヴァーがブラックリストにジュリアンを入れたというきな臭い情報も入ってきた。状況は切迫していた。ジュリアンはチェルシー・ホテルに住んでいて、晴れた日は五番街を優美に女装して散歩をするのが日課だった。五〇年代のアメリカには変装罪という代物があり、異性装をしていれば逮捕される危険があった。ジュリアンは誰も男だと気づく者がいないのをいいことに、ニューヨークのど真ん中を闊歩していた。しかし、「プレイボーイ」のインタビューで面が割れてしまった。マンハッタンを歩いていると「変態！」「オカマ！」と罵られ、面白半分に殴りかかってくる輩《やから》も少なくなかった。初めのうちこそジュリアンはロンドンで購《あがな》った黒い日傘を振り回して応戦していたが、街に出る度に襲撃されるのにうんざりしてしまい、ニューヨークを去ることに決めた。

災厄は「エスクァイア」の編集者だった私にも訪れた。「モグラ部屋」と呼ばれていた私のオフィスにはエージェントを通じて届けられた新人小説家の原稿やエージェントを介さず送りつけられてくる有象無象の原稿が、デスクのみならず、棚や床の上にも堆《うずたか》く積み上げられていた。社員はそれを「ゴミの山」もしくは「クソの山」と呼んでいた。「エスクァイア」の文芸欄担当編集者は私一人だった。あとはアシスタントとタイピストがいた程度だ。

「エスクァイア」一九五三年十二月号が発売された当日、出版主のアーノルド・ギングリッチが「モグラ部屋」に怒鳴り込んで来た。

「ジョージ！　どうしてあんなものを載せたんだ！」

「たまには野心的な作品を載せようかと思いまして。かつて猥褻裁判に勝利した『エスクァイア』にふさわしい小説かと」私は努めて柔和な笑顔を作った。

ギングリッチの顔は紅潮して熟し切ったトマトのようになった。

「もういい！　お前はクビだ！」

こうして私は職を失った。当時の「エスクァイア」は四〇年代こそヘミングウェイやフィッツジェラルドのエッセイや短編を掲載して注目されていたが、五〇年代初頭はお寒い限りで、ギングリッチはオルダス・ハクスリーのような大御所に自ら原稿を依頼して回り、涙ぐましい努力を続けてきた。一九五〇年に「ニューヨーカー」から「エスクァイア」に移籍してきた私は、小粒だが良質な新人作家の短編小説やエッセイを採用して彼を補佐した。ギングリッチはすっかり私を自分の片腕と見込んで、近頃は文芸欄の校正刷りをまともに見ようともしなくなった。私は『グレート・ギャッビー』を下敷きに自分ででっちあげた郊外の住人のパーティをめぐる退屈な物語を『ネオ・サテュリコン』の第一章として校正刷りに組んで同僚たちを騙し、校了直前に本物とすり替えたのだ。印刷所の職員にはポケットマネーから口止め料を弾んでおいた。わざわざ「エスクァイア」名義で十二月号を名だたる書評家や編集者に献本もした。以前の職場の「ニューヨーカー」にもプレスコットにも送った。「プレイボーイ」の発行人は「エスクァイア」から独立したヒュー・ヘフナーだったこともつけくわえておこう。つまりはそういうわけだ。ギングリッチは手酷く裏切られたと考えていたようだが、それまでの穏当な編集方針は『ネオ・サテュリコン』を掲載するための偽装工作だった。私はジュリアンをアメリカに紹介したかった。優れた小説家だと考えていたからか？　それもある。しかし、最も大きな理由はジュリアンが私の十年来の伴侶だったからだ。

幸いジュリアンと私が学んだフィリップス・エクセター・アカデミーの同窓生、ジョージ・プリンプトンがパリで新しい文芸誌「パリ・レヴュー」を創刊したばかりで、こっちに来ないか、と手紙を送ってきた直後だった。光の都が手招きしていた。ジュリアンと私は荷造りを始め、一九五四年の三月にはパリに向かうエール・フランスの機上の人となっていた。

2

淡い水彩画の色で私のなかに残っている記憶がある。ジュリアンは一九四二年の初夏、「授業を抜け出してエクセター川に散歩に行かない？」と私を誘った。ジュリアンと私が関係を持ってから半年が過ぎていた。エクセター川はキャンパスの脇を流れている。陽光が水面に乱反射し、眩《まぶ》しさに私が目を逸らすと、太い枝に生い茂る葉が小川を覆い尽くすほどになっている楡《にれ》の大樹が視界に入る。暖かくなると生徒が度胸試しに樹の上から飛び込む姿が見られたものだ。二つの海の向こうでは戦争が続いているのに、フィリップス・エクセター・アカデミーは生徒を外界から庇護し、私たちは平穏な日々を過ごしていた。

「ここでいい？」ジュリアンは楡の幹に寄りかかって座り、持参した籠にぎっしり詰まった蟠桃《ばんとう》とシャブリを一瓶取り出した。「桃を食べてから辛口の白ワインを飲むと、甘いのに爽やかな味になるんだよ」

飲酒は校則違反もいいところだ。私たちは桃の果汁が指に滴るのも構わず手摑みで食べ、ワインのボトルに口をつけて回し飲みした。ジュリアンは十七歳、私は十六歳だった。

ほろ酔いになった私は自分の名前について話をした。「ジョージ・ジョンなんて変な名前だ。ファースト・ネームを二つ繰り返しているように聞こえる」

「そんなに悪い名前だとは思わないけど」酒を飲み慣れていたジュリアンは顔を赤らめもせず、穏やかな音を立てて流れる小川を見つめている。「それなら僕の名前の方が酷いよ」

ジュリアンが自分の名前に違和感を覚えているとは思いもしなかった。

「バトラーっていうラスト・ネームは執事《バトラー》と同じスペルじゃない？」ジュリアンは煙草に火をつけた。「バトラーはパパの先祖のアイルランド貴族に由来してるのに、執事と同じスペルなんて。でも、ファースト・ネームがもっとだめ」

「そんなことはない。フローベールの『三つの物語』の聖ジュリアンに限らず、ジュリアンという名前の聖人は多い。元々はラテン語のユリウスに由来している。ユリウス・カエサルがそうだ。ローマの皇帝の多くが名乗っている。それがユリアヌスに変化し、英語圏やフランス語圏ではジュリアンになった」

「それはそうかもしれないけど、パパもママも僕に関心がなかったし、出産が早まって名前も考えてなかったから、おじいちゃんが勝手につけたんだ」ジュリアンは私からシャブリの瓶を奪い、残った液体を一気に飲み干した。「僕の家族は敬虔なカトリックだと思われてる。プロテスタントが多いアメリカでは少数派だけど、差別されるほどじゃない。でも、おじいちゃんはそれで苦労をしたんだよ。おじいちゃんは大金持ちとまではいかないけど裕福な家庭の生まれだったし、ハーバード卒だけど、お金や学歴ではどうにもならないこともあるから。おじいちゃんは議員になりたかったんだ。でも、この国ではカトリックが大統領になったことはないじゃない？　政治の世界では立場が弱いんだよ。結局、イタリア大使止まり。だからパパに自分の意志を継がせるためにあらゆる手段を使ったし、ハリウッドの嫌らしい金持ちの娘だったママと結婚もさせた。真面目なパパは立派におじいちゃんの夢を叶えたけど、パパ自身は別に嬉しくなかったみたい。パパは神経質で気が弱いし、政治家には向いてないから。でも、問題はそこじゃない。僕は十二歳の時におじいちゃんが亡くなるまでワシントンD.C.の彼の家で暮らしてた。挫折は人を変えるって言うけど、僕が生まれた時のおじいちゃんは人間嫌いそのもの。若い頃は『スミス都へ行く』のジェームズ・ステュアートみたいな純朴でアメリカの夢を信じていた理想家だったらしいけど。ずっと書斎に引き籠もって食事の時しか出てこない。僕が生まれた頃には神も信じていなかった。ディナーの時もむっつり押し黙ってるだけ。たまに口を開くと冒瀆的な言葉ばかり。信仰が政治家としての出世の邪魔になったと思っていたみたい。おじいちゃんの書庫には本がたくさんあった。一万冊くらいあったんじゃない？　歴史書、哲学書、政治学、経済学、社会学、心理学なんかの本で、文学書は一冊もなかった。ダーウィンもマルクスもフロイトもあった。僕はどれも読んだことがないし、興味もなかったけど」ジュリアンは立ち上がって後ろ手を組み、楡の木に背中を預けた。遠くを見るような焦点が合っていない目をしている。「この前、君が持ってるギボンの『ローマ帝国衰亡史』のページをいい加減にめくってみたんだ。おじいちゃんの書庫にもあったから読んでみた。背教者って呼ばれたユリアヌスって皇帝が出てきた。キリスト教の国教化に最後の抵抗を試みた皇帝だよね？　おじいちゃんの書庫には進歩的な本だけじゃなくて、キリスト教以前の異教に関するものもたくさんあった。だから、もしかしたらユリアヌスからジュリアンって僕の名前をつけたんじゃない？　でも、僕はおじいちゃんと違って神を信じているし、今でもカトリック。眠れない時は主の祈りを口のなかで唱えたりもしてる。気づいてた？」

「深夜に君がブツブツ呟いているのはそれだったのか？」放埒《ほうらつ》な暮らしぶりから、私はてっきりジュリアンを無神論者だと思い込んでいた。

「ジョージは鈍いね」ジュリアンは呆れたように微笑んだ。「キリスト教は同性愛を禁じてるじゃない？　カトリックも正教会もプロテスタントも英国国教会もその他諸々も。おまけに僕は女装もする。教義に背いてる。ギボンにはユリアヌスが志半ばで命を落とした、って書かれてるじゃない？」ジュリアンは不安げにそう言うと、狂躁的な笑いの発作を起こした。

「それは違う。確かにユリアヌスは伝統的な多神教の復古を目指したが、新プラトン主義を学び、哲人政治を敷く理想を持っていた。単なる背教者として扱うのはお門違いだ。ユリアヌスはストイックな理想主義者だった。道楽者の君とは大違いだ」

歴史好きだった私は正論をぶったが、ジュリアンは笑い続けた。

「不似合いな名前なのは変わらないじゃない？　嫌な名前。僕は小さい頃から男の子にしか惹かれない。男の子同士で愛し合うのは犯罪で、良くて精神病扱いで病院行き。自分の名前を嫌う同盟でも二人で作る？」

「私が自分の名前を嫌いなのは君とは違う。下らない名前だからだ」

「自分の名前が嫌いなのは同じじゃない？　僕らは良い組み合わせだよ」

ジュリアンは座っている私の顔を覗き込んだ。照りつける真昼の太陽はジュリアンの背後で輝き、後光が差しているように見えた。吹いてきた風が楡の枝葉を揺らし、小川に緑の落下物を振りまいていった。

3

二〇一五年の今、ジュリアンは聖人扱いだ。生前にはポルノ作家、カトリックのオカマ野郎と呼ばれ、アメリカの文学史に解き放たれた厄介者扱いだったのに、死んでからは性革命の先駆、同性愛文学のゴッドファーザー、そして二十世紀のオスカー・ワイルドと奉られている。

現在のジュリアンの名声は著作権を遺言で受け継ぎ、その小説を論じた単著も編著もある私の貢献によるもので、間違いなく私が助長してきたものだが、私は聖人伝を書くつもりはない。むしろその逆だ。

私は八十九歳になる。一年前、ジュリアンが死んで以来ずっと暮らしてきたイタリアのラヴェッロを離れ、忌まわしい祖国に帰ってきた。それもよりにもよって、アメリカでも一、二を争う最低の都市ロサンゼルスに。街中に階段が張りめぐらされ、徒歩しか移動手段のないラヴェッロで足が不自由になった私が暮らす術《すべ》はなかった。一方、だだっ広いロサンゼルスでは車がなければどこにも行けない。外出の度に車を出してもらっている。イタリアに留まろうとしたが、ジュリアンが購入したローマのペントハウスは手狭だった。ニューヨークに戻ることも考えたが、騒がしく落ち着きがない都市は老いぼれには向かない。サンフランシスコも候補だったが、シリコンバレーに巣くう成金どもがあの美しい街を醜く変えてしまった。そこで長らく人に貸していたロサンゼルスのハリウッド・ヒルズにある今の家に移ってきたわけだ。家が森に抱かれた閑静な住宅街にあったのは幸いだった。書斎を取り囲む樹々が照りつける強い日差しを和らげてくれる。私はここで秘書のベルナルド・バリーニと暮らしている。猫のマリリン三世も一緒だ。調理は私の大きな歓《よろこ》びだったが、今はベルナルドが食事を作る。足が悪くてはキッチンに立つのも覚束《おぼつか》ない。

ベルナルドはローマ生まれで、私は英語読みのバーナードの愛称でバーニーと呼んでいる。バーニーが生まれる前から母親とは友人だった。バーニーの母はイタリア人で、父はアメリカ人のジャーナリストだ。彼女がバーニーを身籠ると、男は結婚もせず、アメリカに帰ってしまった。私は名付け親だったので、あれこれ面倒を見ていたが、彼女がイタリア人と結婚したのをきっかけに十歳になったバーニーを引き取った。

バーニーはぼんやりした子供で、私の許で育つうちに快活過ぎるほど快活になってきたが、いささかミスをしでかすことがある。満足にＰＣを使えない私の代わりにＥメールでの連絡を担当しているが、常に口語体で書き、ミススペルも文法の誤りもしょっちゅうだ。仕事の交渉をする際に何度トラブルになりかけたかわからない。去年までイタリアで暮らしていたのだから仕方がない。毎日の執筆を終える正午近くになり、リビングからマリリン三世がやってきた。マリリンはノルウェージャン・フォレスト・キャットのなかでも大きな猫で、長い尻尾を入れれば人間の子供ぐらいある。プリンスの

「ザ・モスト・ビューティフル・ガール・イン・ザ・ワールド」を口ずさみながら、ティーポットを載せた盆を持ったバーニーがマリリンのあとに続いた。バーニーはプリンス狂だ。この頃はフランス人の女優に夢中になっているせいで、プリンスのラブソングばかり歌う。クラシックを好む私の趣味とはかけ離れている。

「紅茶じゃなくてお酒にしませんか？　ギムレットには早過ぎますか、シニョーレ？」

英語の教科書代わりにレイモンド・チャンドラーを読ませて以来、バーニーは『ロング・グッドバイ』に夢中になってしまい、この台詞ばかり口にする。冗談だとはわかっているが、老人に昼酒を勧めるなど殺人行為に等しい。

「ギムレットには早過ぎる」とお約束の答えを返した。

イタリアで私は幸福な世捨て人だったが、アメリカに戻ってきてから大仕事《おおしごと》の依頼を二つも受けた。長い原稿を書き終わったばかりなのに人の迷惑を考えない連中だ。

一つは『ネオ・サテュリコン』の映画化にあたって、監督のオリバー・ストーンと共同で脚本を書けという依頼だ。公には二十年近く沈黙していた作家にとっては面倒な話だったが、私はストーンには会わないことを条件に引き受けた。ジュリアンの原作を他人に滅茶苦茶にされるよりは、自分で滅茶苦茶にした方がいい。主人公のジュリーにはBBCのTVドラマで女装の歌手ボーイ・ジョージを演じた二十二歳のダグラス・ブース、恋人のクリストファーにはマッツ・ミケルセンが決まっていた。キャスティングに不満はない。ストーンは時代背景を一九五〇年代から一九八〇年代に移した自分で書いた脚本の草稿を送ってきた。そのうえ主人公はジュリーからクリスに変更されている。ストーン版クリスにはヤク中という設定が付与されていた。そして、コカインでぶっ飛んでストーンお得意の大仰な台詞回しで喋りまくるクリスのナレーションが全編を覆い尽くしている。原作にはない的外れな陰謀論をめぐる会話、過激な暴力も随所に追加されていた。私は八〇年代に変更された時代設定のみそのままにして、主人公を原作通りジュリーに戻し、監督によって付け足された要素を全部削除した二稿を送ったが、ストーンは気に入らず、また自分で書き直してほとんど元の草稿と変わらない状態の決定稿を仕上げてしまった。私は早々に手を引いた。脚本がどうなろうとジュリアンの著作権を持つ私には金が入ってくる。来月公開されるらしい。試写に行くつもりはない。プロデューサーには映像をデータで送るよう言っておいた。

一年掛かりの不愉快な脚本執筆が終わると、今度はペンギン・ブックスと合併したランダムハウスの名誉職に収まっている担当編集者のハーマン・アシュケナージから依頼が来た。「『ネオ・サテュリコン』が映画化されるタイミングに合わせてペンギン・モダン・クラシックスからジュリアンの全小説が再版されるから、ジュリアンについての回想録を書いてくれ」とのことだった。「ジュリアンの作品についてはもう書いた」と返事をすると、「違う。今度はジュリアンの生涯についての本だ」と言う。つまり今書いているこれだ。執筆は物の見事に停滞している。私は男やもめとしてイタリアで暮らすうち、ジュリアンのことを努めて忘れるようにしてきた。実際、記憶はあまり定かではない。そこで十五歳の頃からつけてきた日記を読み返してみた。ジュリアンと共に生きた頃の自分の記述は青臭く、情緒不安定で混乱しており、読むだけで赤面した。私はジュリアンの死と同時に新しい生を歩み始めた。古いページに息づいている若き日の自分は見知らぬ他人だった。ジュリアンの遺品を押し込めてある二階の一室にも赴き、リビングに彼の写真の数々を並べて、どうにか過去を呼び戻そうとしているが、うまくいかない。これまで私はジュリアンの著作権者として、評論家として、彼の神話を守ってきた。ジュリアンの人生について書こうとするものがいれば訴訟をちらつかせて潰し、小説について悪く言うものがあれば評論家として反論した。その私が真実を書けば、自分で創造した虚構をこの手で破壊することになる。人生の終わりに差し掛かっているというのに皮肉な話だ。

今日は昼食を摂ったら出かけなくてはならない。バーニーが懸想《けそう》しているフランス人の女優とのデートのお付き合いだ。二人の昼下がりの逢引の場所になっているビバリーヒルズ・ホテルのプールサイドへお供する。友人のジーン・メディロスも来るそうだ。私に話があると言っていた。

4

おぞましいピンクに塗装されたビバリーヒルズ・ホテルのプールサイド。スタンダード・ナンバーを弾いているピアニストのジャケットまでピンクだ。このホテルは好きになれない。ピアニストが演奏する曲はジュリアンが歌っていたものばかりなのが、唯一の美点だ。

私はプールバーのカウンターにジーンと座っていた。カリフォルニアの能天気な太陽がプールを照らしている。私は着古したブルックス・ブラザーズのスーツだったが、ジーンはアニエス・ベーの白いTシャツと黒のキュロットスカートというラフな格好だった。私たちの前にはシャンパン・クーラーに入ったクリスタルのボトルがある。ジーンは立て続けに杯を重ねていた。彼女はシャンパン以外のアルコールを飲まない。どんなに懐《ふところ》が寂しい時でもそうだった。「シャンパンがある時は飲んで、シャンパンがない時は飲まない」というのがジーンの怪しげな健康法だ。私はまだ一杯目だった。Tシャツにタイパンツ姿のバーニーは離れた席でギムレットを飲みながら、ガールフレンドといちゃついている。

ジーンは今年の春、パリからここロサンゼルスにやってきて、数多くいるガールフレンドの一人、エイミー・マーカスと婚約した。カリフォルニア州では二年前から同性婚が可能だ。二人は私の近所に住んでいる。エイミーはジーンより五歳年上で、年老いた婚約者の人生の終局を間近にし、土壇場のところで結婚は間に合いそうだ。二人が出会った当時、エイミーは既婚者だったのだが、ジーンはものともせず、不動産企業のCEOを務めている暴力的な夫からエイミーを奪った。二人の恋は一冊の小説が書けるほど波乱に満ちたもので、実際、ジーンは二人の物語を『エミリア』という自伝小説にして今月出版した。婚約で終わる結末以外はとっくに書き終わっていたらしい。今はベストセラー・リストを駆け上がっている。映画化権も売れた。

しかし、ジーンはもう同棲に飽き飽きしているようで、婚姻届の提出を延期し続けている。「結婚って制度自体が嫌いだったのに魔が差したみたい」と愚痴るようにもなった。今日もその話が延々続いている。結婚はジーンの意思ではなく、エイミーが望んでいるもので、今の暮らしは「老人介護のようなもの」らしい。そういうジーンも八十三歳なのだが、彼女は六十年前からほとんど変わっていない。初めて会った時から前髪を左に流したベリーショートだ。潑剌としていて思考も衰えていない。もっとも、ブルネットの髪は加齢で銀髪になってしまっている。

ジーンは生まれついてのボヘミアンで、一つところに腰を落ち着けたことがない。いつも世界中を旅している。例外は拠点にしているパリぐらいだ。ジーンは一九三二年にリスボンでフランス人の父とポルトガル人の母の間に生まれた。一年後、サラザールの独裁が始まり、両親と共にパリへ逃れて暮らしていた。パリで両親は離婚した。八歳の時、ドイツがフランスに侵攻してきたので、親戚を頼って母親とリスボンを経て大西洋を渡った。アメリカで教育を受け、女子大のスミス・カレッジに入学したものの、「同級生と親密過ぎる関係にある」と咎《とが》められ、とっとと自分から中退してパリへ戻った。アメリカは亡命した当時から大嫌いだったらしい。本名はポルトガル式の長ったらしいもので、ファースト・ネームとセカンド・ネームのあとに父親と母親の姓がついていたが、アメリカで暮らすようになった時、セカンド・ネームと父親の姓を取り去って「ジーン・デ・メディロス」に改名した。ポルトガルの「デ」はフランスの「ド」とは違い、必ずしも貴族の出自を意味しない。事実、ジーンの母は中流階級出身だ。しかし、『デ』がついてると、アメリカ人は貴族だと勘違いしてちやほやするのにうんざりして」、「デ」も除去し、今の「ジーン・メディロス」になった。それからはその名前を筆名にしている。

ジュリアンと私は、ジーンがパリでオリンピア・プレスのためにレズビアン小説を書いていた時に出会った。ジーンはジュリアンと同じくポルノ作家として経歴を始めたが、すぐにミステリに転向し、男に恋する度に事件に巻き込まれる青年シリル・リアリーを主人公とした三部作で「サスペンスの皇女」と呼ばれていた。しかし、十年もしないうちにミステリに飽きてしまい、実験的な幻想小説に手を出した後、一九八〇年代からは文学的なスタイルに手を染めた。本人同様、作風も落ち着きがない。今でも時々思い出したようにミステリや幻想小説を書く。

「それで回想録は仕上がった？」ジーンは不満話を打ち切り、ホテルの禁煙を無視してゴロワーズに火をつけた。アルコールはシャンパンしか飲まないのと同じように、煙草はゴロワーズしか吸わない。喫煙はジュリアンと同じくジーンの悪癖の一つだ。

「まだだ。ようやく書き始めたところだ。自分で作り上げた虚像を破壊するのは気が引ける。やめた方がいいかもしれない」

「あなたは」ジーンは私の顔を横目で見遣りながら言った。「臆病な癖にいつもジュリアンの陰に隠れてやりたい放題だった。あなたはジュリアンで、ジュリアンはあなただったじゃない」

「その言い方は歓迎できないな。私が偽善者みたいだ」

「あなたは陰険な偽善者で嘘つきそのもの」ジーンは突き放すように言って、私の顔に紫煙を吹きかけた。「ジュリアンとの関係がばれるのが嫌なんでしょう。回想録を書かなかったら、あなたは自分を偽ったまま自分が作った虚構のなかで生を終える」

「今日はいつにも増して辛辣だ。作家が自分の虚構のなかで死ぬのはむしろ幸福なことだ」私は煙にむせながら言った。

「私がいつでも言わなくちゃいけないことを言うのは、あなたも知っているでしょう。もっと言ってあげようか？　あなたはジュリアンを犠牲にして生き残った。確かに作品にとっては作家の人生はどうでもいい。でも、それだとあなた自身の現実の人生はどうなるわけ？」

「まるで私がジュリアンを殺したような言い草だ。私は自分の人生に満足している」頬がわずかに引きつるのが自分にもわかった。

「あなたは」ジーンは溜息をついてまた煙を吐き出した。「ずっと書くことにしか興味がなかった。ジュリアンはそれほどでもなかった。あなたはジュリアンを利用していた。

回想録を書きなさい。ジュリアンとあなたの間に何が起きたかを。今更ジュリアンのことをあなたが書いても、誰も非難しない。トラブルに巻き込まれるのが嫌だったら死後出版でもいい。私を遺言執行人にでもして全部任せればいい」

「まるで私がもうすぐ死ぬような言い方はやめてくれ」

「あなたはアメリカ人の平均寿命をとっくに過ぎていて、イタリア人の平均寿命も超えた。自分が永遠に生きるとでも思ってる？　過去の自分と向き合いなさい。そうすれば満ち足りた死を迎えられる」

そう言うとジーンはおどけた顔をして私の目を覗き込んだ。私は「考えておく」と言うほかなかった。ジーンと話すといつもこうだ。高速で回転する頭脳から導き出した結論を放り出すように言う。そのアドバイスが間違いだったことは一度もない。自分の言葉に反して私の心は決まった。迷いは潮が引くように消え、緊張が去ったと同時に空腹を覚えた。夕食は家で摂ることにしている。陽は既に地平線の向こうに没し去っていた。プールサイドの照明が灯り始めている。

「バーニー、帰ろう」

「シ、シニョーレ。今晩のメインは鴨のコンフィですよ」まだガールフレンドといちゃついていたバーニーはこちらに顔も向けずに言った。

　私は二本目のクリスタルを注文したジーンに暇を告げた。彼女は家に帰りたくないそうだ。エイミーが毎晩眠る時刻までここにいると言う。「老人は早寝だから大丈夫」と自分も老人のジーンは茶目っ気たっぷりに笑った。

5

一ヵ月ほどこの回想録を書かなかった。弁護士と遺言状の作成に忙殺されていたからだ。遺言執行人にはジーンとコロンビア大学の王哉藍《ウォン・セイラン》教授を指名した。ジーンは快諾してくれた。ジュリアンが死んでからは家族のようなものだったセイランは、ニューヨークからロサンゼルスまで飛んできてくれた。私の死後、ジュリアン及び私の全文書と著作権はコロンビアに寄贈する。文書類の管理は著作権から得られる印税で賄ってもらう。母校であるコロンビアには何一つ好意的な感情を懐《いだ》いてはいないが、セイランが教員として所属しているからそうした。遺産についてはこれから決める。遺書には他にも重要な事項が記載されているが、読者はこの文章を読む頃には知っているだろう。回想録は私の死後に出版することにしたからだ。

六月三十日に日本の文芸評論家を名乗る青二才が我が家に来た。『ネオ・サテュリコン』が世界同時公開されたのを契機に、取材を申し込んできたのだ。私はこれまでの人生でインタビューの申し出を拒否し続けてきたが、若僧は日本からイタリアの旧宅《ヴィラ》まで手紙を送り、返事がないのでラヴェッロまで赴いたらしい。青二才と出くわしたラヴェッロの私の旧宅のオーナー、シニョール・パオリーニが手紙を転送してきた。手紙を読むとジュリアンと私の著作は全て読んでいると書いてある。そんな日本人は見たことがなかったので、作家人生で初めてインタビューに応じたが、四時間もかかった。疲労困憊して眠くなったものの、この回想録の格好のリハーサルになったのは確かだ。

さて、幕間狂言は終わりだ。回想録を始めよう。ジーンが言ったとおり、ジュリアンは私で、私はジュリアンだった。ジュリアンと私の共謀がどのように始まり、どのように終わったかを書き綴ることにする。しかし、そのためには私自身の生涯の簡単な要約が必要だろう。「ジョージ・ジョン」という名前が既にアメリカ文学史から忘れ去られているからだ。

昨日、バーニーがWikipediaの「ジュリアン・バトラー」と「ジョージ・ジョン」の項目を印刷して見せてくれた。ジュリアンの方は一万語もあった。五枚の画像も付されている。自伝的な小説『ジュリアンの華麗なる冒険』、ジュリアンが生前受けた数々のインタビュー記事を出典として構成されていた。『ジュリアンの華麗なる冒険』は自伝の形式を嘲笑ったパロディで誇張と脚色と捏造に溢れている、と私が評論『ジュリアン・バトラーのスタイル』で示唆しておいたのに、ウィキペディアンという人種は本も読めなければ、冗談も解さないようだ。ジュリアンはインタビューでもでっちあげや嘘ばかり言って記者と読者を煙に巻くのが常套手段だった。史料的価値は全くない。

「ジョージ・ジョン」は七百語しかなかった。画像はない。誕生日の生年月日は間違っている。私は一九二五年一月十三日生まれではなく、七月三日生まれだ。他には出生地

(ニューヨーク市クイーンズ区)、学歴(コロンビア大学卒)、職歴(「ニューヨーカー」編集者、「エスクァイア」編集者、「パリ・レヴュー」編集者、コロンビア大学准教授、小説家、文芸評論家)と受賞歴(『かつてアルカディアに』で一九六一年にウィリアム・フォークナー賞受賞、『文学への航海』で一九九五年に全米批評家協会賞批評部門受賞)、『かつてアルカディアに』の映画化とTVドラマ化、長編小説・短編集・評論集の全著作リスト(十三冊)が、おざなりに書かれていた。おまけに「この存命人物の記事には検証可能な出典が不足しています」と始まる長ったらしい定型文が冒頭に掲げられている。

私は名声やメディアを徹底して遠ざけてきた。フォークナー賞も全米批評家協会賞も授賞式には出席しなかった。インタビューに応じたこともあの日本人以外には一度もないから仕方がない。加えてジョージ・ジョン名義ではもう二十年間、何も出版していない。無名のトマス・ピンチョンのようなものだ。バーニーに愚痴ると「生きているうちはみんなそんなものですよ」と言う。「死ねばいいのか?」と皮肉で返した。遺言状のためにニューヨークからやってきたセイランに自嘲気味にWikipediaのことを話したところ、「そんなことないよ。あなたの『かつてアルカディアに』はE・M・フォースターもクリストファー・イシャーウッドも認めた小説で、現に半世紀以上の間、一度も絶版になっていない」と言ってくれたが、『かつてアルカディアに』はアメリカの出版社にことごとく断られ、一九五九年にイギリスで刊行したものだ。それは私とジュリアンが学んだフィリップス・エクセター・アカデミーをあからさまにモデルにした男子校を舞台に、少年の世界における友愛と裏切りに偽装した同性愛を主題にした地味な青春小説だった。緻密さには自信はあったとはいえ、どう考えてもアメリカ小説らしいスケールと荒々しさに欠けていたが、そこを二人のイギリスの小説家は気に入ってくれたのだろう。『かつてアルカディアに』は彼らの推薦文のおかげもあってか、アメリカでも翌年出版されて売れた。登場人物の一部が名を成していた同級生、ゴア・ヴィダルとジュリアンをモデルにしていたせいかもしれない。「ヴィレッジ・ヴォイス」の嫌味な書評によれば私は有り難いことに「非常にお上品な作家」だったから、モデルとした人々から非難されたことはない。ジュリアンとゴアも私が二人を「大人しく書き過ぎている」と彼らしいコメントを残すに留まった。

反逆の六〇年代を目前にしていたにもかかわらず、『かつてアルカディアに』の旧弊さは表彰ものだった。どう考えても分が悪かったが、私の小説は何とか生き残った。「五〇年代を代表する繊細な青春群像劇」と過褒《かほう》され、小さな古典になった。七〇年代に映画化され、二十一世紀に入ってからテレビドラマ化された。元々原作が劇的なストーリーを持たないため、生み出された控えめな二本の映像作品にはおざなりな評価がなされ、そこそこの興行成績とそこそこの視聴率を勝ち取り、莫大とまではいかないまでも高額な映像化権料を私にもたらした。

それから現在に至るまでの五十年以上、ジョージ・ジョンとしては一冊も長編小説を発表していない。雑誌に散発的に発表した短編を寄せ集めた『古い日記から』を一九六二年に発表したあと、私は小説の筆を擱《お》いた。アカデミズムをうろちょろしてから、嫌気が差して辞め、文芸評論家になった。

話が脱線した。私の生い立ちのことを書くのだった。私は一九二五年の七月三日にニューヨークのクイーンズ区に生まれた。兄弟姉妹はいない。一人っ子だ。

父はアルコール中毒で、母は仕事中毒だった。クイーンズは一応「ザ・シティ」に含まれるが、マンハッタンとは比較にはならない。当時はロング・アイランドにある退屈な郊外に過ぎなかった。私たち親子は母方の祖父母と、広い芝生の庭がある木造二階建ての白い大きな家に住んでいた。フランス領事館の現地雇用の職員だった母の収入は安定こそしていたが高給取りとは言えず、タブロイド紙の記者をやっていた父の収入もさしたるものではなかったから、祖父母と同居していたのだ。ウェールズからの移民とドイツ系移民の血を引く労働者階級の両親の間に生まれたウィスコンシン州生まれの父は田舎者を憎んでいた。「田舎者は粗野で陰湿で横暴だ」と言うのだが、父自身が正に「粗野で陰湿で横暴な田舎者」だった。幼児の頃の両親の記憶は一切ない。まだ職があった頃の父は取材が終わると、マンハッタンの潜り酒場《スピークイージー》で深夜まで酔いどれていた。生真面目な母は深夜まで仕事から帰ってこなかった。

私の面倒を見てくれたのは祖父母だった。イングランドのマンチェスター出身の祖父はバーナードといった。英文学専門の出版社を立ち上げてささやかな成功を収めたあと、社長職を譲って名ばかりの取締役に収まり、いつも家にいた。豪華な革張りの装丁の書物が溢れんばかりになっている書架に取り囲まれた書斎で、安楽椅子に深々ともたれ掛かり、満足気にパイプを燻《くゆ》らしていたのをよく憶えている。祖父は恐ろしく寡黙だったが、まだ喋れなかった幼い私の手を引いて外へ連れ出し、「これは花」、「これは犬」、「これは車」といった具合に言葉を教えてくれた。

祖母はリッチモンド生まれの典型的な南部娘だった。料理を作るのが好きで、牡蠣シチューとターキーパイが得意だった。祖母の短所は異常に果物が好きで、年がら年中夥《おびただ》しい果実を私に食べさせたことぐらいだ。不幸にして子供時代の私は恐ろしく少食で食べ物の味もわからず、このことは今でも残念に思っている。祖母は祖父のことを「セント・バーナード」とふざけて呼んでいた。もっとも、聖人ではなく、犬の方のセント・バーナードだ。長身で恰幅が良く、髭もじゃで大人しい祖父にセント・バーナードはぴったりだった。ゴッドファーザーとして秘書のバーニーにベルナルドというバーナードのイタリア読みの名前をつけたのは、祖父の名前が念頭にあったからだ。大西洋を渡ってきた祖父が南部娘の祖母とどうやって出会ったかは定かではない。祖母が一度「セント・バーナードはオスカー・ワイルドと会ったことがあるんだよ。昔は信じられないくらいダンディだったんだから」と漏らしたのを憶えている。しかし、祖父がワイルドといつ、どこで、どのように会ったのかはわからない。

先祖についても何も知らない。祖父は自分の過去を何も語らなかった。祖母は元気いっぱいで現在にしか興味がなかった。ウィスコンシンを憎悪する父は自分の家系について詳しく話すのを拒んだ。わかっているのは私がイングランド、ウェールズ、ドイツの血を引くことだけだ。

我が家の信仰についても謎が多かった。祖父と父が教会に行くのは見た覚えがない。祖母は敬虔なバプテストで、日曜日ごとに私を礼拝に拉致した。南部バプテスト連盟の質素な教会には華美な聖像などなく、牧師の堅苦しい説教と聖書の朗読、そして賛美歌が延々続く。はっきり言って退屈極まりなかった。母もついてきたが、仕事で疲れていたのだろう、教会ではうたた寝をしていた。結果、私はそれを何と呼ぶかわからない頃から、不可知論に傾いていった。

宗教が与えた悪影響は性どころか色恋沙汰について話すのすら、我が家では禁忌だったことだ。祖父はワイルドと会ったぐらいだから、陰鬱な北の工業都市マンチェスターから世紀末芸術が躍動するロンドンにやってきて奔放な青春時代を過ごしたのかもしれないが、推測に過ぎない。他の家族はヴィクトリア朝の人間もかくやと思われるほどの旧弊な道徳観の持ち主だった。そのせいで私は十五歳までどうやって子供が生まれるかも知らず、恋愛がどのようなものか、書物から類推するしかなかった。要はアメリカ特有のピューリタニズムに侵されていたのだ。今に至るまで愛についてはよくわからない。セックスはするのも語るのも苦手だ。ジュリアンと出会って私は家族が何を隠蔽していたかを知って、教義のことなど考えもしなくなった。

私が話せるようになると、祖父は自分が出版していたダニエル・デフォーの『ロビンソン・クルーソー』、ジョナサン・スウィフトの『ガリヴァー旅行記』に加えて、ルイス・キャロルやオスカー・ワイルドの童話を毎日読み聞かせてくれた。祖父の読んでくれたものが私の教養の基礎になっているのは間違いない。私は祖父に本を読んでもらい、祖母に果物を詰め込まれ、それ以外の時間はひたすら積み木遊びをして過ごした。祖父に似て無口だった私は何時間も黙々と積み木を積み、満足がいくとそれをばらばらにして玩具箱に戻し、翌日また同じことを繰り返した。両親はそんな私を気味悪がり、二人が家にいる土曜日と日曜日は積み木遊びはなしだった。

小学校に入るなり、私は自分が異端者だと知った。同級生の男子たちは粗暴で下品で愚かだった。連中の楽しみは専ら仲間と徒党を組み、彼らの基準で「女々《シシー》しい」と判断した生徒に暴力を振るうことだった。一九三〇年代のアメリカの郊外などそんなものだ。今でもそうかもしれない。運動神経に恵まれず、神経過敏だった私は早速犠牲の羊となり、「泣き虫」の烙印を押された。これに抵抗するために編み出した対策は、休み時間は校庭の隅に身を潜め、授業が終わるやいなや走って家に帰ることぐらいだ。祖父に泣きながら同級生の横暴を訴えると、小学校を卒業するまで毎日送り迎えしてくれるようになった。陰では悪餓鬼どもに色々と言われていたようだが、連中も登下校に付き添う巨大なセント・バーナードの威厳の前には冷やかしすら口にできなかった。友達は一人もできなかったが、私には祖父母がいたから気にしたことはない。

しかし、災難は終わらなかった。両親の教育への介入だ。高卒で自然科学が不得意だった父は、コンプレックスから算数を教えることに常軌を逸した情熱を注ぎ、私が間違えるたびに定規で手を引っ叩いた。完全な逆効果で、今でも私は計算をする度に嫌悪感を抱く。

当時の女性としては珍しくカレッジを出ていた母はお得意のフランス語を教えようとした。彼女はひたすら発音と文法ばかりにこだわった。母はカレッジで習ったフランス語をフェティッシュに愛していたが、いわゆる言語馬鹿で、フランスに行ったこともなければフランスの文化にも何の興味もなかった。彼女が教材にするのはせいぜい仏文で書かれた何の面白味もない新聞記事で、文学など一度も取り上げたことがない。母はその頃の基準では間違いなくインテリ女性だったが、フランス領事館に勤めていたからか小役人気質で、規則は重視しても思考は軽視していた。だからこそ、母は言語の表層にばかり執着し、その言語による産物には何も興味がなかったのだ。私は毎晩執拗に繰り返される文法のレッスンによってフランス語を読めるようになり、簡単な文章も書けるようになったが、〝R〟の痰を吐くような発音が気色悪かったので会話は上達しなかったし、それ以上の進歩は示さなかった。私は話すこと自体が得意ではないから当然の帰結だ。

十歳になった頃には積み木遊び以外にもいくつか趣味ができた。祖父が誕生日にプレゼントしてくれた百科事典を特に調べることもないのにひたすら読むのが楽しかった。両親はそんな私をますます気味悪がった。祖父は古代から十九世紀に至るまでの画集も一揃い与えてくれた。私が気に入ったのは古代ローマとルネサンスの美術だった。イタリア贔屓《びいき》の萌芽は既にあった。子供向けの歴史書もたくさんくれた。

　私が中学に上がる頃から人生はもっと悪い方向に進み出した。中学校自体は小学校と同じく暴力的な餓鬼どもの闘技場だったので、何も言うことはない。問題は家庭で起こった。大恐慌の煽りを受けて父が失業したのだ。父は自分が母に比べて無教養なことを恥じており、義父母の家に厄介になっているのも嫌で仕方がなかったらしいが、失業で不満が一気に噴出した。朝に父は目覚めのビールを呷《あお》り、昼はマンハッタンの酒場にウイスキーを飲みに出かけ、日付が変わった頃に帰ってきて寝酒にジンやウォッカをストレートでやるようになった。学校が休みの日に父とリビングで出くわすのは恐怖と苦痛をもたらす体験だった。午前十時頃に起きてくる父に「おはよう」と挨拶するのが遅れたりすれば私を殴り倒し、冷たいフローリングの床に転がった私の腹に蹴りを入れて「お前は礼儀知らずだ！　そんな子供に育てた覚えはない！」と怒鳴り散らす。父が私に施した教育といえば算数を定規で手を引っ叩きながら教えたぐらいだから、そんなことを言われる筋合いはない。母は休日でも仕事で外出が多く、家にいたとしてもよそよそしく見て見ぬ振りをした。大抵は祖母が「稼ぎもない癖に子供に暴力を振るうなんて！」と叫ぶと父は恥じ入って黙り、祖父は父に向かって唸りながら私を書斎に避難させてくれた。祖父の書斎の床には足首まで埋まりそうなふかふかの絨毯が敷かれていた。フローリングを見ると身の毛がよだつので、私は自分の家を持つようになってからは床に必ず厚手の絨毯を敷く。

無職の父は暇になったせいか私に読書を強いたが、その趣味は最悪だった。父によればヘミングウェイは「アメリカ最高の作家」だが、エドガー・アラン・ポーは「狂人」で、マーク・トウェインは「俗物」で、ヘンリー・ジェイムズは「頭でっかち」で、F・スコット・フィッツジェラルドは「軽薄」なのだった。しかし、私にとってマッチョなヘミングウェイは粗暴な父親の文学版でしかなかった。父が貶《けな》す作家に逆に興味を抱き、祖父の書架に収められた彼らの本を片っ端から読んだ。ポーもトウェインもジェイムズもフィッツジェラルドも、ヘミングウェイよりは面白かった。私は特にジェイムズに惹かれた。

父の偏った読書傾向に祖父も気づいたのか、私を書斎に招き、古典のレッスンを始めた。とはいえ、無言で本棚を指差し、私が興味を示した本を手に取ると「持っていっていいよ」と言う程度だ。祖父の蔵書はイギリス中心で、私はチョーサーから始めてシェイクスピアを経由し、子供の頃、読み聞かされた十八世紀文学を復習していった。特にスウィフトの『桶物語』、『書物戦争』、『アイルランドの貧民の子供たちが両親及び国の負担となることを防ぎ、国家社会の有益なる存在たらしめるための穏健なる提案』の容赦がなさ過ぎて寓話的になってしまうほどの諷刺には惹かれた。ローレンス・スターンの脱線だらけで、今もって破格のメタフィクション『トリストラム・シャンディ』も抱腹絶倒だった。イギリス文学はアメリカ文学に比べて地に足がついており、良い意味で世俗的だ。リアリズムにはさほど興味を持てなかった。サッカレーやメレディスは悪くなかったが、ディケンズのお涙頂戴とハーディの野暮ったさにはうんざりした。

やがて子供時代の星の一つだったオスカー・ワイルドがまた私の書物の天空で煌めき出した。『ドリアン・グレイの肖像』と『サロメ』に妖しい胸の高まりを覚え、『真面目が肝心』は私を笑わせっぱなしだった。『意向集』は私の評論家としての主柱になっている。祖父は教育に悪いと思ったのか、『獄中記』は私の目につくところに置いていなかった。おかげでワイルドのセクシュアリティについてはフィリップス・エクセター・アカデミーに入るまで知らずじまいだった。

私はワイルドが影響を受けた詩人や作家を遡行し、英国のラスキンやペイターに加えて、バルザック、ボードレール、マラルメにJ・K・ユイスマンスの『さかしま』を見出した。母が無理遣《むりや》り仕込んだフランス語が役に立つ時がやってきた。祖父はワイルドに影響を受けた作家も教えてくれた。もっとも、それはピエール・ルイス、マックス・ビアボーム、ロナルド・ファーバンク、アンドレ・ジッドの本を黙って差し出す形を採った。まだ早いと思ったのか、同性愛を主題にしたジッドの『コリドン』と『一粒の麦もし死なずば』に関しては沈黙を守ったが、イギリスやアイルランドの現役の作家は読ませてくれた。ジェイムズ・ジョイス、サマセット・モーム、E・M・フォースター、ヴァージニア・ウルフたちだ。

祖父は週末にマンハッタンのコンサートに私を連れて行くようになった。バロック、古典派、ロマン派までなんでもありで、室内楽から交響曲、オペラまで祖父の守備範囲は広かった。グスタフ・マーラーとリヒャルト・シュトラウスが流行していたが、私はワーグナーに魅了された。お気に入りの指揮者はイタリアからやってきたアルトゥーロ・トスカニーニだった。そんなわけでその頃の私の生活は、学校で誰とも喋らずに授業が終わると家に飛んで帰り、寝室のベッドに寝そべって祖父が買ってくれたレコード・プレイヤーでトスカニーニ指揮のワーグナーの『トリスタンとイゾルデ』を聴きながら、夕食までデカダンの書物を読み耽《ふけ》るルートヴィヒ二世もどきの不健康なものだった。今では音楽の趣味も変わり、ワーグナー熱は冷め、ワーグナーの対抗馬だったブラームスとその師だったシューマンの地味な曲を好む。初めて見る綺羅《きら》びやかな劇場と居並ぶ正装の紳士淑女には目を瞠《みは》った。それまで私が知っていた最も巨大な建物は近所の地味な教会だったから当然だ。しかし、雑踏と騒音にはうんざりした。エンパイア・ステート・ビルを頂点とした摩天楼は威圧的で、悪党の砦のようだった。祖父も同じように感じていたのか、電話で出版社の運転手付きの自動車を呼び出し、マンハッタンまで出て劇場に直行し、ロビーでサンドウィッチを私に食べさせて、オペラやコンサートが終わったらすぐさま帰宅するのがお決まりのコースだった。親の世代のジャズ・エイジやフラッパーや、ニューヨークで進行していたハーレム・ルネサンスについても文字から得た情報以外は何も知らなかった。それは父が煽りを受けた世界大恐慌を除いたあらゆる事象に関してもそうで、ニューディールにもナチスにも現実感を抱けなかった。全てにおいて言葉でしか私は世界と繋がっていなかった。

6

祖父の文学のレッスンは私が十五歳の時に終わりを告げた。祖父は三年前から冬ごとに体調を崩していた。一年目は重い風邪だったが、二年目は気管支炎になって医者の世話になった。三年目には症状はさらに悪くなり、肺炎でベッドから起き上がれなくなった。それでも祖父は口からパイプを放そうとはせず、病状はますます重くなった。私が煙草を嫌うようになったのはこの時からだ。祖父が大好きだった祖母は持ち前の明るさをすっかりなくし、おろおろしているばかりだった。お得意の料理も手につかないほどで、情緒不安定になり、記憶にも混乱が見られた。

医者が毎日往診に来て、中年の女性看護師が付きっ切りで祖父の面倒を見たが、回復の兆しはなかった。冬をどうにか乗り切り、春になった。私は毎日学校が終わると祖父の寝室でベッドの傍らに座っていた。祖父は咳き込むことが多く、息をするのも苦しそうで、二人の間に会話はなかった。元より祖父も私も無口で言葉を交わすことは少なかったが、私たちはいつも一緒にいた。ある生暖かい春の夜、わずかな間、咳が収まった。祖父は私の顔を見つめてから看護師に向き直って言った。

「たった一人の孫なんだ」

祖父の目からは涙が溢れていた。それまで祖父が泣いているところなど見たことがなかった。何か怖ろしいものが忍び寄ってきているのがわかった。私はその場にいるのが耐えられなくなった。祖父に「また来るよ」と告げて自分の部屋に戻り、鍵を締めてベッドに横たわった。分厚い壁を通しても、祖父が激しく咳き込むのと荒い息遣いが聞こえ続けた。私はでたらめにレコードをかけて祖父の苦しそうな呼吸の音をかき消そうとした。流れてきたのはフルトヴェングラー指揮のブラームスの交響曲第四番だった。この陰鬱な交響曲は恐怖に襲われた時には最悪だった。家全体が騒がしくなり、医者が呼ばれたのがわかった。私はブラームスが鳴り響く寝室のベッドで枕を抱き締め、震え続けた。午前一時、物音が急に静かになった。まもなく寝室の扉が開いた。そこには祖母が肩を落とし、何十年も老け込んだ顔でうつむいて立っていた。私は本のなかでしか知らなかったものが祖父に訪れたことを知った。

7

祖父の葬儀は地元の小さな教会で行われたが、その死を悼んで駆けつけた群衆には驚かざるを得なかった。祖父はいつも家にいたから友人知人など一人もいない、と私は思い込んでいたのだ。

葬儀には祖父の出版社の部下や元部下、多くの出版社の社長や編集者、作家や批評家までが姿を見せた。知らない顔ばかりだった。参列者は四百人にのぼり、教会の外まで溢れた。私はその時、祖父が会社の規模こそ小さいが、優れた出版主だったのを初めて知った。気にかかったのは祖母だった。葬儀の間中、けたたましく笑い出したかと思うと泣き叫ぶのを繰り返して弔問客を不安にさせた。

葬儀の翌日、母が厳しい表情で無言のまま、ベッドで膝を抱えていた私に遺書の入った封筒を持ってきた。私は祖父の文章どころか、書いた文字を目にしたのすら初めてだった。そこには優美な筆記体で以下のように書かれていた。

私は祖父だったことはあるが、父だったことは一度もない。孫への態度から娘と義理の息子は財産を相続するに値しないと判断した。遺産は妻と孫のジョージ・ジョンに半分ずつ相続させる。ジョージ、こんなに早くお別れが来るとは思わなかった。さようなら。元気で。

バーナード・ハリス

祖父は自分の死を予感し、その先まで見通していたのだ。母が冷たい事務的な口調で告げたところによれば、祖父は私のための銀行口座まで開いていた。転校先も決めていて、ニュー・ハンプシャーの男子校フィリップス・エクセター・アカデミーだった。全米で屈指のボーディング・スクールだ。祖父は生前に理事長に相談して、エリート校には必須の多額の寄付も済ませていた。理事長は私が通っていた地元のハイスクールの成績を見て、申し分ないと判断したらしい。数学と体育の成績は酷いものだったが、英語と歴史で私は他の生徒を遥かに引き離していつも一位だった。母はすぐにでも編入できる、と言い捨てて寝室を出て行った。

8

一週間後、私はニュー・ハンプシャーに旅立った。マンハッタンに立ち寄って祖父が用意してくれた銀行口座から幾許《いくばく》かの金を引き出し、貸し倉庫を借りて祖父の蔵書を預けるのは世間知らずの私には大仕事だった。祖母のことは心配だったが、無言で私を恨みがましく睨む両親と過ごすのは耐え難かった。私が家族と会うことは二度となかった。精神錯乱に見舞われた祖母は養老院に収容され、まもなく亡くなった。父は一九五〇年代に肝臓を悪くして死んだ。母は一九七〇年代まで生きていたらしいが、二人が死んだ正確な日付は知らない。手紙が来ることもあったが、一度も返事はしなかった。私は祖父の死と同時に心の中で両親を殺した。祖父は自分の死と引き換えに私を解放してくれたのだ。

フィリップス・エクセター・アカデミーに程近いエクセター駅のホームに降り立つと、

初夏なのに肌寒かった。植民地時代に建てられた厳めしい古ぼけた住居が並ぶ、閑散としたメインストリートを通って学校に向かう。十分ほど歩くと見渡す限り芝生で覆われた美しいキャンパスが現れた。フィリップス・エクセター・アカデミーの規模は広大で、街の方がおまけに思えるほどだった。大時計がはめ込まれた尖塔を持つ赤煉瓦造りの第一校舎を中心に、生い茂る蔦《つた》が這う校舎と寮が整然と立ち並び、小川がキャンパスの端を流れている。私は寮の二階にある二人部屋に通された。五月の終わりに転校してくる生徒がいるそうで、それまで一人で使うことになった。

数日もしないうちに私は自分が場違いなことに気づいた。生徒は政財界の有力者や最低でも地方の富裕層の子弟ばかりだった。一方、私は郊外出身の中流階級の小倅《こせがれ》に過ぎない。彼らはクイーンズの餓鬼どもとは比較にならないほど洗練されており、知的で勤勉だったが、未来のアメリカを牛耳る人間にふさわしく、開けっぴろげで社交的だった。それに引き換え私は幼い頃からの読書で酷い近眼になっており、レンズが分厚い黒縁眼鏡を掛けた、無口で引っ込み思案の冴えない少年だった。誰も私に話し掛けてこなかった。クイーンズで私は異端者だったが、フィリップス・エクセター・アカデミーでは透明人間だった。

ただし、教師陣は優秀で、カリキュラムが充実していたのは認めなくてはならない。フランス語、ラテン語、古典ギリシア語は必修だった。初めて学校の授業が面白いと感じた。二つの古典言語は古代に想いを馳せるのを好んだ私には刺激的だった。既に文法を知っていた私にとってフランス語は楽なものだったが、英語での会話すら得意としないから口頭試験は低空飛行を続けていた。数学、科学、体育、軍事教練は苦痛以外の何物でもない。トップクラスだった人文学の科目と落第しない程度の他の科目の成績を平均すると、私は平凡そのものの生徒だった。

9

五月が終わろうとしていたある日の午後、放課後は寮に引っ込んで読書をするのが習慣だった私は、殺風景な自室の二つあるベッドの片方に腰掛けていた。手にしていたのはアンドレ・ジッドの『地の糧』だった。私はジッドを真に受けており、彼を誠実な作家だと考えていた。『コリドン』や『一粒の麦もし死なずば』どころか『背徳者』も読んでいなかった。同性愛が何なのかもわかっていなかったのだから、ジッドが既婚の同性愛者だなどと知るよしもない。

私はジッドに没頭していて扉が開いたことにも気づかないでいた。いつの間にか黒髪のいかにも不健康そうな青白い顔をした小柄な少年が、目の前に立っている。足元にはトランクが二つあった。少年はどう見ても奇妙だった。フィリップス・エクセター・アカデミーでは生徒はみなクルーカットにしていたが、切り揃えられた前髪は眉を覆い隠すほど長かった。容姿は中性的で少女かと思ったほどだ。着ている服も変で、白いブラウスと短いキュロットを穿《は》いており、剝《む》き出《だ》しの脚は白磁の陶器のように滑らかだった。私はそれまで彼のような人間は見たことがなかった。うろたえて黙っていると、少年は私が抱えていた『地の糧』に嘲るような視線を投じてきた。

「なんだ。ジッドじゃない。時代遅れの説教臭い爺さんが好きなの？」

少年は名乗りもせず、吐き捨てるように言った。わがままな子供みたいな喋り方だったが、それに反してハスキーな甘い声は大人びていてどこか官能的だった。

「ジッドは」私はいささか面食らって言った。「世界的に高い評価を受けている」

「それもジッドが死ぬまでの話だよ。文体は貧相で思想は偏狭。ジッドはワイルドを超えられなかったし、プルーストにもなれなかった。『書を捨てよ、街に出よう』って本を書いて売るのは酷い詐欺じゃない？　おまけに観念的なご託宣ばかりで、ジッドが生きることについて何かを知っているとは思えないよ。ジッドが教えてくれるのは退屈だけ。『ナタナエルよ、君に退屈を教えよう』。おまけに結婚してるくせに少年漁りが大好き」

そう言うと彼は片方のトランクの中身を自分のベッドにぶちまけた。明らかに女物のブラウスやスカートにドレス、プルーストの『花咲く乙女たちのかげに』やコクトーの『大胯びらき』、セリーヌの『夜の果てへの旅』、ハクスリーの『恋愛対位法』と『すばらしい新世界』、イーヴリン・ウォーの『衰亡記』と『黒いいたずら』、グレアム・グリーンの『ブライトン・ロック』、ナサニエル・ウエストの『孤独な娘』と『クール・ミリオン』、発禁だったD・H・ロレンスの『チャタレイ夫人の恋人』無削除版とヘンリー・ミラーの『北回帰線』といった大量の書物が転がり出てきた。

どれも読んだことがない本ばかりで、ウォーやグリーンなど著者の名前すら初めて目にするものも多かった。祖父の死で文学のレッスンは中断を余儀なくされ、私の読書は時代遅れの作家たちで止まっていた。

少年はベッドに荷物を放り出すと敵意の籠もった目で私を睨み、「じゃあ花屋が来るから」と意味不明な台詞を言い捨てて部屋を出て行った。この同居人とやっていけるか不安になった。仕草は女の子のように柔らかいのに、口調は傲慢そのもので態度は傍若無人だった。

それが私とジュリアン・バトラーとの出会いだった。

II

1

花屋は本当にやってきた。花瓶まで持参して夥《おびただ》しい百合の花束を運んできたのだ。たちまち部屋いっぱいに芳香が漂う。室内の改造はそれだけでは終わらなかった。トランクは五つもあり、少年を手伝っていた長身で整った容姿の生徒はこちらをちらちら見ながら神経質そうな笑みを浮かべている。彼——ゴア・ヴィダルは既に有名人だった。ルーズベルト大統領の航空幕僚だった父と、上院議員の娘で社交界の華だった母の許に生まれ、十歳で飛行機を操縦してニュース映画に取り上げられたこともある。リーダー格の生徒で短編小説を校内誌に発表して話題を攫《さら》い、討論サークルでも盛んに活動し、のちに「アメリカで最も論争的な作家」と呼ばれる片鱗を見せていた。小説家のジョン・ノールズ、ジャーナリストになったジョージ・プリンプトンも同時期に在籍していたが、ノールズは目立たない生徒で、プリンプトンはすぐに転校してしまった。その時は誰も気づかなかったが、フィリップス・エクセター・アカデミーは未来の作家たちの揺籃《ようらん》だったのだ。

ゴアは隣の部屋で暮らしており、毎朝、学校中の誰よりも早く起床し、騒がしい音を立てるので迷惑していた。ゴアは少年を「ジュリアン」と呼んでおり、私はようやく少年の名前を知った。

トランクを運び終わったゴアが去ると、ジュリアンはまずお仕着せの白いカーテンを紫のドレープカーテンに取り替えた。それから自分の勉強机に鏡を立て掛け、シャネルの香水や乳液が入った瓶や化粧箱を並べてメイクスペースにしてしまった。ラジオすら禁止で持っている生徒はクローゼットに隠したりしているのに、堂々とレコード・プレイヤーも置いた。部屋の中央に置いてあった小さな丸テーブルにはダンヒルが入った銀のシガレット・ケースと燭台、ヘネシーにタンカレー・ジンやチンザノのドライ・ベルモットの酒瓶、シェーカーにカクテルグラスを陳列した。もちろん酒も煙草も禁止されている。ジュリアンは最後に東洋的な衣装を着た女の写真を壁に飾った。両性具有的な顔立ちの女だ。宝石を鏤《ちりば》めたターバンを被った女はしどけなく床に座り、こちらを振り返っている。その視線は奥手な私が脅えてしまうほど強烈だった。

寒々しい寮室はあっという間にデカダンの棲み家に一変した。呆然としていると、ジュリアンは私のことなど意識もしていないと言わんばかりに服を脱ぎだした。慌てて目を逸らしたが、一瞬見えたミルクのように白い裸身が網膜に焼きついた。乳房がないだけで女の子のようだった。ジュリアンは着ているものを床に脱ぎ散らかしてシルクのバスローブを素肌に纏《まと》った。そして、トランクから大きな兎のぬいぐるみを取り出して抱きかかえ、ベッドに横たわって、カルティエのライターでゆるゆると煙草に火をつけた。私は一言も口にできないまま佇《たたず》んでいた。

2

ジュリアンはフィリップス・エクセター・アカデミー開闢《かいびゃく》以来の不品行な生徒だったが、何のお咎《とが》めも受けなかった。息子を厄介払いするためにここに押し込めておく必要があった母親が、学校に多額の寄付をしていたからだ。

ジュリアンは不規則な生活をしており、夜遅くまで燭台の蠟燭を灯して煙草を吸いながらコニャックを舐め、朝は寝坊するうえにシャワー室を独占して入浴し、薄化粧までして身支度する。最初の授業には堂々と遅刻し、体育と軍事教練は絶対にサボった。制服はなく、生徒はジャケットにネクタイを締めるのを義務付けられていたが、ジュリアンはジャケットの下にフリルがついたブラウスを着て、リボンタイを締めていた。放課後になればディナーの食前酒にマティーニをきこしめして、レコードでジャズやポップ・ソングをかけはじめる。グレン・ミラーやベニー・グッドマン、コール・ポーターにジュディ・ガーランド、そしてノエル・カワードが主だった。クラシック一本槍だった私には耳慣れない大衆音楽は騒々しくてたまらなかった。対抗手段として深夜まで勉強するのみならず、私は日記をつけ始めた。何かしていないとジュリアンに気を取られてしまう。だが、私は勉強と読書のほかは何もやっておらず、日記はジュリアンの観察記録になってしまい、私はますます彼を意識するようになった。

ジュリアンが校内を歩く度に好奇の目が集中したものの、いじめられている様子はなかった。彼は誰に対しても冷淡な態度を取ったが、全寮制の男子校の閉鎖された空間では、女の子のような男の子は憧れと崇拝の対象となるようだった。まもなくジュリアンには「花咲く乙女《ザ・ガール・イン・フラワー》」というあだ名がついた。プルーストの『花咲く乙女たちの《イン・ザ・シャドウ・オブ・ヤング・ガールズ・》かげに《イン・フラワー》』のもじりだ。

同室だったにもかかわらず、ジュリアンはあからさまによそよそしい態度を取り、口を利こうともしない。私の存在が無であるかのように振る舞った。こちらも彼が存在しないかのように勉学に励んでいたが、ジュリアンの存在が校内で知れ渡るうち、同級生は私をからかうようになった。連中は「あんなに可愛いお姫様と一緒なのに何もしないのか？」と声を掛けてきたが、私はそういう方面には疎《うと》過ぎて意味がわからなかった。初心《うぶ》もいいところで、自慰をしたことさえなかったのだ。そんな私は「最後の清教徒《ザ・ラスト・ピューリタン》」というあだ名をつけられた。ジョージ・サンタヤナの小説の題名で、つけたのはゴアだ。ゴアはラテン語の授業のあと、嫌味な笑みを浮かべて「花咲く乙女と最後の清教徒が共に暮らす。清教徒は堕落の危機に瀕している」と話し掛けてきた。ジュリアンが何者なのか私にはわからなかったから、ゴアが話し掛けてきたのは良い機会だった。私がジュリアンのことを訊《たず》ねるとゴアは待ってましたとばかりに喋り始めた。口調は勿体ぶった上流階級特有の間大西洋《かんたいせいよう》アクセントで、ゴアは生涯にわたってこの故意にゆっくりした話し方をした。おかげで授業が終わったのに教室に長時間拘束された。

「ジュリアンは民主党のロバート・バトラー上院議員の息子で、母方の祖父はハリウッドを牛耳っている映画プロデューサーのヒュー・クレメントだ。よくある政界と財界の政略結婚だ。双方の父親同士の意向だ。両親はジュリアンが子供の頃に別居した。母のアンが飲んだくれで男遊びが酷《ひど》かったから、バトラー議員から別居を言い渡した。カトリックは離婚が難しいからな。アンがジュリアンを引き取った。上院議員は胃潰瘍《いかいよう》になっても働く仕事中毒だから子供の面倒を見る暇などない。今は一人寂しく暮らしている。新しく愛人を作ったという話も聞かないな。バトラー議員はルーズベルトの好戦的な対日政策に反対している。孤立主義を掲げていて、このご時勢には珍しい平和主義者でもある。反ルーズベルトの連中からは支持されているが、ミスター・バトラーはルーズベルトの対抗馬には成り得ないだろう。器が小さ過ぎる。母親はジュリアンが男遊びの邪魔になるから、父方の元外交官の祖父の許に預けた。祖父はすぐに亡くなったから、今度は寄宿制のミリタリー・スクールに押し込めた。ところが、ジュリアンはあのとおり不品行過ぎてどこの学校でも追い出されたから、全寮制の学校をたらい回しにされている。上流階級ではよくあることだ。私は政界のほとんどの人間と縁戚関係にあるから、ジュリアンとも遠い親戚にあたる。彼は昔から女の子みたいで有名だった。ところで、私の祖父は盲目の上院議員と名高いトマス・プライヤー・ゴアで——」

自慢話が始まったので、私は丁重に礼を言って会話を打ち切り、自室に帰った。扉を開けるとその日の授業をサボタージュした「花咲く乙女」が、ノエル・カワードの「アイ・ル・シー・ユー・アゲイン」を小さく流し、ベッドに横たわっている。バスローブからは白い太腿が覗いていた。私は部屋の入口で立ちすくんだ。ジュリアンはレコードに合わせて、抱き締めた兎のぬいぐるみに囁《ささや》くように歌いかけている。

ジュリアンは歌い終わると、私に気づいてバツの悪そうな顔をした。

「部屋に入る時はノックして」

声には恥じらいが籠もっていた。私が初めて目にしたジュリアンの感情的な反応だった。私は勉強机に座り、ジュリアンに背を向けてゴアの話を反芻《はんすう》した。このいけ好かない少年も私と同じ不幸な子供だと思うと少しは気分がましになった。

3

夏休みに入った。私にもジュリアンにも帰る家はない。二人とも寮に居残ることになった。ジュリアンは怠惰そのものでベッドの上で暮らしていた。初対面の時に見せびらかした本を読む気もまるでないらしく、煙草片手に「ヴォーグ」や「ハーパーズ・バザー」、「マドモアゼル」といった女性誌のページをめくり、絶え間なくマティーニを口にしていた。相変わらず一日中レコードもかけていた。

私は夏休みを毎日図書館で過ごした。ラテン語の授業で読んだタキトゥスの『年代記』に出てくるネロの寵臣《ちょうしん》ペトロニウスの著作を探したのがきっかけだった。注釈に

「このガイウス・ペトロニウスの正確な名前はティトゥス・ペトロニウス・ニゲルと推定され、小説『サテュリコン』を書いたペトロニウス・アルビテルと同一人物と考えられている」と記されていたのだ。図書館の奥まった本棚に『サテュリコン』はあった。借りられた形跡はない。辞書を片手に読み進めていくうち、今までにない衝撃を受けた。十八世紀の英文学のように自由闊達だが、リアリズムの先達でもあり、十九世紀末芸術のように退廃的で、これまで読んできた小説の起源がここにある。そこには男同士の交情もはっきりと描かれていた。私はようやく同性愛やオカマという言葉が何を意味するか理解した。二千年近く前の古代ローマ人にそういったことを教えられるとはおかしな話だ。

その夏に発見したラテン文学は『サテュリコン』だけではなかった。幻想的なアプレイウスの『黄金の驢馬』、苛烈な諷刺に彩られたユウェナリスの詩、そして醜聞と迷信のごった煮のようなスエトニウスの『ローマ皇帝伝』。私は自分の原点をこの時に発見したのだ。まもなく集中的な読書とともに創作も始めたが、フィリップス・エクセター・アカデミー時代には習作以上のものは何も書けなかった。日記以外の文章を書こうとすると恥じ入ってしまい、顔が赤くなるほどだった。幾多の優れた古典が頭にちらつき、ますます筆は停滞した。

毎日朝から図書室に籠もり、寮に帰るのは遅かった。八月のある日、いつもベッドで過ごしていたジュリアンがいなくなっていた。どこかからかすかに歌声と拙いピアノの音がする。旋律に導かれるように校舎に戻り、音楽室に辿り着いた。ジュリアンはピアノで和音の伴奏を弾き、ぼうっとした顔でジュディ・ガーランドの「虹の彼方に」を歌っている。私は見つからないよう扉の陰に隠れた。

4

きっかけは『サロメ』だった。ぎくしゃくしたまま半年が過ぎようとしていた時に、冬休みの前に生徒たちで演じるフランス語の戯曲を何にするか議論になった。定番のモリエールかラシーヌに決まりかけた時、ゴアが異論を唱えた。オスカー・ワイルドの『サロメ』が良い、原典はフランス語で書かれている、と主張したのだ。フランス語教師は愛する男を殺してその生首にくちづけする女の劇をまだ十代の生徒が舞台に掛けるのは不道徳だ、と不平を鳴らしたが、ゴアは強硬だった。生徒間の多数決に持ち込み、上演が決定した。ゴアは用意周到でもあった。扇情的な七つのヴェールの踊りのシーンはカットする譲歩をして教師を納得させたのだ。ゴアは狡猾《こうかつ》にもリヒャルト・シュトラウスの作曲・指揮による『サロメ』の「七つのヴェールの踊り」を序曲代わりにレコードで流す代替案も認めさせた。

言うまでもなくフィリップス・エクセター・アカデミーは男子校だ。女性役も男子が演じる。サロメは多数決ですぐさまジュリアンに決まった。問題は洗礼者ヨハネ、ヨカナーンだ。再び多数決が行われ、私がヨカナーン役に決定してしまった。あとから知ったのだが、これは「最後の清教徒」が「花咲く乙女」に弄ばれるのを見物するためのゴアの陰謀だった。

放課後に行われるリハーサルは苦痛そのものだった。ヨカナーンとして牢獄から大音声で呼ばわらなければならないのだが、蚊の鳴くような声しか出せない。おまけに稽古中「お前にくちづけするよ、ヨカナーン」とジュリアンに引っ切りなしに迫られ、戸惑って震えまで起こした。「何もかも駄目だ」と演出を担当したゴアは怒鳴り、何回もそのシーンを繰り返すことになったが、私の演技は相変わらずだった。

五回目の全体リハーサルをこなした日の夜、ジュリアンに愚痴を零《こぼ》した。まともな会話をするのは出会って以来だった。

「うんざりだ。フランス語どころか口を利くのだって得意じゃない。毎日何度も何度もキスもどきを繰り返すなんて馬鹿げている」

「あれ?」ジュリアンはサロメの衣装を脱ぎながら不満そうに唇を尖らせた。「僕とキスするのが嫌なの?」

「そういうわけじゃない!」予想外の発言に私は文字通りベッドから飛び上がった。しかし、自分でも何を言っていいかわからなくなり、ベッドに座り直しておずおずと続けた。「男だけで『サロメ』をやるのはおかしいと言っているんだ」

「そう?」ジュリアンは鼻で笑って着替えを途中で放り出し、上半身裸のまま私のベッドに腰掛けて、私の顔を両手で挟んで言った。「お前にくちづけするよ、ヨカナーン」その表情はあまりに蠱惑的《こわくてき》だった。私はジュリアンを思い切り突き飛ばしてしまった。鼓動が激しい。

「君って」ジュリアンは床から起き上がってバスローブに袖を通した。「つまらないいやつだって思ってたけど、意外にかわいいじゃない？」

男から、いや、女からも「かわいい」などと言われたことはない。どう言い返していいかわからなかった。ジュリアンは「おやすみ」と言い、投げキスをして自分のベッドに潜り込んだ。

その夜から悪夢にうなされるようになった。サロメになったジュリアンが上半身裸で私を抱き締める夢だ。朝になると下着は白濁した液体にまみれている。何が起きているのかわからなかった。世界でも稀な奇病にかかり、遠くない未来に死んでしまうのではないか、と恐怖に苛《さいな》まれたが、杞憂とは正にこのことだ。

冬休みが始まる前日、『サロメ』が上演された。古代の宮殿を模したステージの前には全校生徒が集まっている。私は舞台にしつらえられた牢獄の中で緊張しきっていた。「七つのヴェールの踊り」が流れるにつれ、冷や汗が脇を滴った。音楽が終わり、幕が上がる。サロメの噂をする兵士たちの台詞で劇は始まった。それが一段落したら、ヨカナーンである私が預言を叫ぶことになっている。棒読みを誤魔化すためにあらん限りの大声で怒鳴った。観客の失笑が聞こえてくる。それもわずかな間だった。東方世界の踊り子の衣装を着てサロメに扮したジュリアンが登場すると、観客は息を飲んだ。私は自分が生唾を飲み込む音を聞いた。それほどジュリアンは優美だったのだ。肌が透けるほど薄いヴェールを肩から掛けて、下着で覆われている胸と下半身以外は剝《む》き出《だ》しだった。部屋の壁にジュリアンが掛けている写真の女にどこか似ている。古ぼけた大道具と小道具は安っぽく、エロド王を演じた生徒は大根、エロディアス役の生徒の女装は醜悪だったにもかかわらず、ジュリアンはたった一人で欠点を一掃した。

そして、サロメが「お前にくちづけするよ、ヨカナーン」と言って私を誘惑する場面が始まった。ジュリアンは劇の進行を無視して近づいてきて私の顔を両手で包み込み、いきなりキスをした。口のなかに舌が滑り込んできた。初めての感触に頭が空白になった。

「とうとうお前にくちづけしたよ、ヨカナーン」そう言うとジュリアンは艶然と微笑《ほほえ》んだ。一斉に野太い歓声があがる。私は失神した。

気がついた時、私はベッドにいた。身体中が熱っぽく、生まれて以来、股間がこんなに痛むのは初めてだった。衣擦《きぬず》れの音がする。メイクをしたまま、ヴェールを身に纏《まと》ったジュリアンが視界に入った。下には何も着ていない。裸身が透けて見えた。

「劇を台無しにしたから校長に酷く怒られたよ」ジュリアンはヴェールを脱ぎ捨てると、私のベッドに滑り込んで囁いた。「でも、これからもっと怒られることをしたいんだ」

ジュリアンは抱きついてきた。百合の香りがした。ジュリアンがいつもつけている香水だ。不思議と怖れは感じなかった。これから罪を犯してしまうとわかっていたのに私は奇妙な安堵に包まれていた。

あとのことは歴史だ。もちろん、私は官能描写が苦手なので誤魔化しているだけに過ぎない。それからジュリアン以外の人間とはセックスをしなかった。ジュリアンが死ぬまで誰ともだ。

私たちの関係が始まった。日付をはっきり憶《おぼ》えている。一九四一年十二月七日のことだった。日本の真珠湾攻撃によって、太平洋戦争が始まろうとしていた。私たちはまだそれを知らなかった。

5

終業式には出ず、ジュリアンと私は昨夜の余韻に浸りながら午後遅くまで微睡《まどろ》んでいた。激しいノックの音がする。ゴアはこちらが応答する前に扉を勢いよく開けた。私は素早くベッドから抜けだし、机の前に座ったが、全裸だった。ジュリアンはシーツを肩まで引き上げはしたが、平然としている。

「君たちは私の予想通りになったようだな」ゴアは芝居掛かった仕草で顎に手をやった。ゴアはのちに自身の回想録で書いたようにこの手のことには早熟で、動揺の色を見せなかった。

「そうみたい」ジュリアンは慌てて床のシャツに手を伸ばす裸の私を横目に見て、笑いを噛み殺している。

「日本が宣戦布告もなしに真珠湾を攻撃した。さっきルーズベルトが演説してラジオでも生放送された。議会はすぐに日本に対する宣戦布告を承認した」ゴアは一語一語噛み締めるように言った。「卒業したら志願する。ハーバードに行くより、戦争に行った方がいい。良い経験になるからな」と言うが早いか、ゴアは部屋をあとにした。他の生徒にも日本との開戦を伝えに行ったのだろう。のちに過激なまでに反米的になるゴアは従軍する以前はよくいる愛国少年だった。

「僕も」やる気のなさそうな声が部屋にぼんやりと響いた。「志願するつもり」一瞬それが誰の声かわからなかった。しかし、部屋にはジュリアンと私しかいない。ジュリアンは続けた。

「ここを卒業してママと暮らすなんて絶対に嫌だから」

「君みたいな人間が志願しに行ったら、検査で落とされるに決まっている。軍事教練はおろか体育の授業も一度として出たことがないだろう」

「僕にはコネがあるから」ジュリアンは呑気そのものの口調だった。「議員の子供の志願を断ることなんてないんだよ。エスタブリッシュメントの務めを果たすことになるから。実戦に参加するつもりなんかないけど。パパのコネで後方支援に回してもらう。死ぬ気なんて全然ないから」

私は何を言えばいいか決めかねていた。部屋には重い沈黙が流れた——私だけにとって。ジュリアンにとっては軽い沈黙だったようだ。彼は化粧台と化した勉強机に向き直った。下地のクリームを肌に塗ってから、ファンデーションをパフで叩き込む。眉を整え、アイシャドウを薄く塗り、ビューラーで睫毛を上げて、アイラインを引く。マスカラを盛ったら、口紅をたっぷり。最後に控え目のチーク。素早く化粧を済ませると、ジュリアンはクローゼットから取り出したシャネルの黒いドレスに着替えて、足をフェラガモのハイヒールに滑り込ませた。

「どう?」ジュリアンは私に向かってドレスの裾を翻して見せた。そこには雅《みやび》な美女が出現していた。「冬休みにこのまま学校にいても退屈だし、ニューヨークへ行かない?」

気がつくと外は闇に包まれている。ジュリアンはミンクのコートを羽織り、窓をこじ開けてトランクを地面に投げ落とし、自分も飛び降りた。私も慌ててジャケットとコートを着てあとを追う。月明かりを頼りにキャンパスを走った。

エクセター駅に辿り着くと、ジュリアンは貴婦人然とした態度で駅員からニューヨークのグランド・セントラル駅までの切符を購入した。駅員は相手が女であることを露ほども疑っていなかった。「ミス」と呼び掛けていた。どう見ても高校生の私のことはジュリアンの弟か何かと思っていたらしい。

エクセターからグランド・セントラルまではボストンで乗り換えて十時間以上かかる。私はジュリアンの女装が露見することを怖れて一睡もできなかった。ジュリアンは私の肩にもたれかかって、あどけない顔で寝息を立てていた。

　翌朝、マンハッタンに到着するとジュリアンは慣れた仕草でタクシーを呼び止め、私たちはチェルシー・ホテルにチェックインした。チェルシー・ホテルはホテルというよりアパートメントと形容した方がいい無骨な茶色の建物で、住居として長期滞在するボヘミアンを相手にしていた。看板がなかったら誰もホテルだとは思わないだろう。ジュリアンはフロントで電話を借り、声色を変えて話し始めた。私はロビーを手持ち無沙汰にうろうろしていた。ジュリアンは受話器を置くと笑顔で私を手招きした。

「校長を騙しちゃった。『ジュリアン・バトラーの母のアンです。私の母、つまりジュリアンの祖母の体調が悪いんです。ですから、急遽《きゆうきよ》息子をニューヨークに呼び寄せました。ジュリアンは動揺していましたので、付添いにミスター・ジョンにも同行して戴きました。二人とも冬休みが終わるまでには帰します』ってママの声真似をしたら、簡単に信じちゃった。もちろん僕のおばあちゃんなんてとっくに死んでるよ」

　ジュリアンはバレエのピルエットのように旋回して見せ、私の手を取った。二人きりになると私たちは夜がやってくるまで行為に没頭した。あまりに何度も絶頂に達したせいで、私は動くことすら困難になった。私が眠りの国へ足を踏み入れそうになった時、ジュリアンは裸のまま立ち上がり、下着に脚を通すと、トランクから真紅のランバンのドレスを取って身につけた。それからドレッサーの前で念入りに化粧直しを始めた。

「夜はまだこれからだから」ジュリアンは口紅を引きながら言った。「ジョージも服を着てね」

私もどうにか起き上がって身支度を済ませた。ジュリアンは私を連れてホテルを出て、路上のタクシーにさっさと乗り込んでしまった。運転手に行く先の説明をしている。慌てて私もあとに続いた。

「ピンク・フラミンゴに行くの」ジュリアンは座席に深く身を沈めて謎の言葉を口にした。

タクシーがどこをどう走ったかは定かではない。ピンク・フラミンゴに行く時はいつも夜でタクシーだった。だから、今でもピンク・フラミンゴが正確にはどこにあったのかわからない。タクシーはうらぶれたビルの前で停まり、私たちを降ろすと走り去った。ジュリアンは私を振り返ろうともせず、建物の地下へと続く階段を降りて行く。階段の突き当たりには厳《いか》めしい木製の扉があった。ドアプレートも何もない。

私は扉の前で立ちすくんだ。ジュリアンは足取りも軽く入って行った。銀色のスパンコールが鏤《ちりば》められたピンクのドレスで身を固め、シガレットホルダーで煙草を吸っている中年の女がジュリアンを呼び止めた。

「あら、ジュリーじゃないの。今日は一段と素敵じゃない」

低い声で、女装した男だと気づいて度肝を抜かれた。厚化粧を施してはいるものの、その骨ばった輪郭は間違いなく男のそれだった。口髭まで生やしている。

「サリー、お世辞を言ってもなんにもならないから」

「今日はジャズ・ピアニストのマークがお出ましなのよ。マークはもうレコードを三枚も出しているの」

「じゃあ、この前みたいに歌っていい？」

「もちろんよ。あなたのファルセットって聖歌隊の男の子みたいに綺麗なんだもの」

ジュリアンは交渉が成立すると居並ぶ客をかきわけて、やはりピンクのタキシードに薄化粧をした優男がピアノを弾いている店の奥の方へ行ってしまった。いったん演奏が止まり、ノエル・カワードの「マッド・アバウト・ザ・ボーイ」が始まった。私はジュリアンの歌声に釣られてふらふらと店の中に入って行った。内装が一面ピンクで塗りたくられていたのには面食らった。壁も天井もソファもテーブルも椅子もバーカウンターもボトルが並んでいる棚も吊り下がっているシャンデリアすらピンクだ。早速、サリーに見咎められた。

「あらまあ。ウチは子供はお断りよ」サリーはシガレットホルダーを振り回し、わざとらしく目を剝いて見せた。大人びた色香を発散しているジュリアンと比べれば、私は内気な少年にしか見えなかったらしい。

「待って！」ジュリアンの声が演奏をかき消さんばかりに聞こえた。客が沈黙して一斉にこちらを見たが、マークはピアノを弾き続けている。

「なあにジュリー？」サリーは不満そうに指で口髭をいじくり回している。

「その子は僕のボーイフレンドだよ」

歓声が上がり、口笛が吹かれた。サリーは大袈裟《おおげさ》に肩を落とすと泣き笑いのような表情を浮かべ、私に「あなたの名前は？」と訊《き》いた。

「ジョージです」

「そう。ジョージ。私は若い二人の絆を断ち切るような悪い大人にはなりたくないわ。歓迎するわよ」

私は拍手喝采でピンク・フラミンゴの客たちに迎えられた。誰もがフォーマルなスーツかドレスを着用している。酔いどれの労働者風情の連中ではなく、アッパー・ミドル・クラスかそれ以上の階級の人間ばかりのようだ。ドレスを着ているのもよく見れば全員男で、女は一人もいなかった。

ジュリアンが「マッド・アバウト・ザ・ボーイ」を初めから歌い直しているあいだに、サリーは私に酒を勧めてきた。「ジュリーが決まったお相手を作るとは驚きね。初めてウチに来た時、ここの殿方の誰もが言い寄ったのにまったく相手にされなかったの。私もその一人だったわけだけど、まあ二人ともネコだし、うまくいくはずもないわね。嫉妬しちゃう！　まさかあなたみたいな冴えない――失礼！　許してね――クソ真面目にしか見えない餓鬼にジュリーを奪われちゃうなんて。乾杯しましょ。とにかく乾杯よ！」

差し出されたカクテルグラスはテキーラがたっぷりのピンク・マルガリータで満たされていた。ここではなんでもかんでもピンクだ。サリーは自分もピンク・マルガリータを一気に飲み干して、目玉をぐるぐる動かしてみせた。私はそれまでアルコールを飲んだことがなく、一口で視界がぼやけてきた。ジュリアンは「マッド・アバウト・ザ・ボーイ」を歌い終えると、高らかに宣言した。

「次は僕のボーイフレンドのための歌！」

ジュリアンはピアニストに小声で何か囁くと、流暢なフランス語でエリック・サティの「ジュ・トゥ・ヴー」を歌い始める。演奏中、サリーは絶え間なく私に話し掛けてきた。

「日本と戦争が始まったじゃない？ 軍隊に入れたら最高だわ。男だらけだから。ところで、私、この前までアカだったのよ。共産党員。でも、アカってマルクスとレーニンが書いたことを金科玉条のように守っているだけでほんと退屈！ 教条主義なのよ。聖書を後生大事にしているプロテスタントと大差ないわ。一度ロシアと連絡を取っている同志にこう訊いてみたことがあるの。『ロシアで同性愛者はどう思われているの？』ってね。そうしたら同志は青筋立てて怒っちゃって。『そもそもロシアに同性愛者はいない！』って言うの。そんなわけないじゃない。馬鹿馬鹿しい。私、今はカトリックに夢中なのよ。大司教猊下《げいか》の祭服もセント・パトリック大聖堂も超《ヴェリー・》豪華《ゴージャス》！ 凄く神聖《ソー・ディヴァン》！ 聖歌隊の男の子たちときたらとっても美味しそう！ ローマ教皇なんてみんな堕落した連中ばかりだったしね。カトリックって最高に華麗《ゲイ》！ 私、アカを辞めたし、改宗しようと思ってるの」

サリーのお喋りはいつ果てるともなく続いた。大人数の前で告白されたせいか、サリーが仕込んだ強烈なピンク・マルガリータのせいか、そのあとは憶えていない。目が覚めるとホテルのベッドだった。もう陽は高く昇っていた。

6

年が明けてからも私たちはニューヨークに留まった。ジュリアンは私をブルックス・ブラザーズに連れて行き、スーツを買ってくれた。それ以来、私はWASP御用達のブルックス・ブラザーズしか着なくなったが、ジュリアンが自分のファッションについて一々教えてくれたため、否応なく服飾の知識は豊富になった。ジュリアンは着たい服しか着ず、そのファッションは差異を際出たせたが、私の服装は差異を覆い隠すためのものだ。

毎日昼頃に起き出してルームサービスでブランチを食べ、午後はジュリアンに映画館に引っ張られて行く。ジュリアンは映画が大好きで一日に三本は付き合わされた。この時ほど映画を集中的に観たことはない。ジュリアンは批評家受けが良かった『市民ケーン』を退屈がった。彼はメトロ・ゴールドウィン・メイヤーとRKOのミュージカル映画に夢中だった。フレッド・アステアとちょうど『美人劇場』が公開されていたジェームズ・ステュアートがお気に入りだった。ジュリアンは「ジョージってステュアートに似てない？」と言ったが、フランク・キャプラ監督作の常連で「アメリカの良心」と称されたあの善良そうな堅物と、陰気で偏屈な私のどこが似ているのかは未だにわからない。

ジュリアンはマルクス兄弟のスラップスティック・コメディも大好きだった。女優にはベティ・デイヴィスにもリタ・ヘイワースにもベティ・グレイブルにもジョーン・クロフォードにもタルーラ・バンクヘッドにも、悪名高いメイ・ウエストにまで節操なく熱狂していた。もっとも、ジュリアンのそれは年上の同性への憧れのようなものだったが、私はどの俳優にも何も感じなかった。ジュリアンより魅力を感じる人間などいなかったからだ。わずかながら印象に残ったのはマレーネ・ディートリッヒとグレタ・ガルボだった。ディートリッヒの『嘆きの天使』は今でも観返す。ガルボ最後の出演作となった『奥様は顔が二つ』をロードショーで観られたのは幸いだった。

映画館めぐりが終わるとプラザ・ホテルのオーク・ルームでディナーを摂った。私は初めて目にしたキャビアを恐る恐る口にし、ジュリアンはシャンパンをひたすら飲み続けた。ジュリアンは金遣いが荒く、すぐに彼の手持ちの金はなくなった。私は銀行に預けてあった祖父の遺産に手をつけなければならなかった。

夜が更けるとピンク・フラミンゴでジュリアンは歌い、私はサリーのお喋りに朝まで付き合わされた。サリーは当然本名ではない。パトリック・S・クレイという似つかわしくない名前が本名だった。ミドルネームのSはサミュエルのイニシャルだ。資産家の次男で、ピンク・フラミンゴは道楽に過ぎず、潤沢な信託財産で暮らしていた。著名人の客も多く、サリーは「あっちは俳優の誰それ」、「そっちは作家の誰それ」と教えてくれたが、世事に疎い私には彼らが何者なのか、さっぱりわからなかった。

　だが、流石《さすが》にサルバドール・ダリが現れた時は気づいた。ダリは分厚い毛皮のコートを着込み、宝石をあしらった杖をついていた。同伴していたのは妻のガラではなく、中性的な美貌の少女だった。女装で歌っているジュリアンをダリは杖で指して、酷いスペイン訛《なま》りの英語で「あそこで歌っている女の子がいるだろう」と言った。少女はうなずいた。ダリは間を置いてから大仰に目を見開いて「あれは男だ！」と叫ぶと、ジュリアンに歩み寄り、跪《ひざまず》いて手に口づけた。少女は驚きのあまり棒立ちになっていた。

　ピンク・フラミンゴに集う常連からは様々なゴシップを聞くことができた。なかでも印象深かったのはジャン・コクトーが恋人の俳優ジャン・マレーのために映画製作に本腰を入れ始めたという噂だった。シュルレアリストたちは戦火を逃れてアメリカに渡っていたが、キッチュなダリを例外としてピンク・フラミンゴでは評判が良くなかった。シュルレアリスムの法皇アンドレ・ブルトンが徹底したホモ嫌いだったからだ。

　ピンク・フラミンゴで午前五時まで過ごすと、私たちはサリーのはからいで遅い夜食と言うべきか早い朝食と呼ぶべきか、ガーリック・マヨネーズを添えたフライドチキンを振る舞われてからチェルシー・ホテルに戻った。眠りに就くまで何度も交わったが、私は本当に官能描写が得意ではないから、ここでは勘弁して欲しい。

7

ニューヨークの地下世界を探索したあとでは、フィリップス・エクセター・アカデミーでの生活は退屈な反復だった。朝食を摂る。授業を受ける。昼食を摂る。また授業を受ける。ジュリアンと私はいつも一緒だった。夕食を摂ったあとにセックスを済ませると、どちらかが眠りに落ちるまで語りあった。

ジュリアンが大量に持っているワードローブは母親のクローゼットから盗んだものだった。これまでも学校を脱走する度にニューヨークを訪れて妖しげな酒場に入り浸り、ピンク・フラミンゴが行きつけになったのは去年のことだった。

ジュリアンは父のあとを継いで政治家になるつもりはなかった。両親の政略結婚のせいもあったが、祖父と父から汚濁に塗《まみ》れた政界の醜聞を聞き及んでいたからだ。アメリカの参戦を押し留めようとしたナチスから金を貰っていた議員までいた。

「ワシントンD.C.は退屈な田舎。政治関係の人間だらけ。他には何にもないよ」権力の中枢で生まれ育ったジュリアンの政治家に対する見解は独特だった。「政治家には二種類いるんだ。元から権力を有していてその維持に汲々《きゆうきゆう》としている保守的な連中と立身出世主義の野心家。僕のパパは良心的な方だけど、二代目だから前者。どちらも金と権力に興味があるだけ。政治家と同じで国民もそれしか興味がないよ。政治家は国民の鏡に映った姿だから。元々この国は植民者の大地主たちがイギリスの税金逃れのために作ったものだもん。金持ちの金持ちによる金持ちのための国家。連中は絶対に僕みたいな同性愛者の落ちこぼれや、ミドル・クラスのジョージを仲間に入れてくれないよ。君が大金持ちにでもなれば話は別かもしれないけど」

かといって、ジュリアンが政治的でなかったわけではない。過去にはてんで興味がなかったが、ジュリアンは常に今を注視していた。時事問題にも敏感だった。政財界の人脈を通じて情報を入手することも怠らなかった。全て作品に語らしめれば良いという隠者めいた私よりも遥かに行動的だった。

ジュリアンはそれより歌手になりたがっていた。無原罪の御宿りの聖母教会の聖歌隊で歌い、オルガンも習った。オルガンの腕前は大して上達しなかったが、ピアノで弾き語りをするぐらいならできた。ジュリアンの偶像は劇作家・作詞作曲家・俳優・歌手の才人ノエル・カワードとバレリーナのイダ・ルビンシュタインだった。壁に飾っている写真の女がイダだと教えてくれた。イダはロシアからパリにやってきて、ベル・エポックの時代に多くの芸術家を魅了した女だった。フィリップス・エクセター・アカデミーに転校する前に、ジュリアンは三ヵ月フランスで学んだことがあった。そこでイダの写真を手に入れたのだ。初対面の時、私に見せた数々の書物もパリのシェイクスピア・アンド・カンパニー書店で購入したものだった。もっとも、飽きっぽいジュリアンは『失われた時を求めて』を通読するほどの忍耐強さは持ち合わせていなかったし、プルーストよりコクトー、ジョイスよりウォーに傾倒していた。そして、私と同じようにオスカー・ワイルドを偏愛していた。

ジュリアンは私が作家志望だと知って、自分のコレクションを貸してくれるようになった。これが遅ればせながら現代文学との接近になった。なかでも私はウォーを耽読《たんどく》した。ウォーはだらだらと描写するのではなく、諷刺を凝らした巧みな叙述を以て事象を一般化するのを好む。一九四五年にウォーは『ブライズヘッドふたたび』を出版し、その小説は私の枕頭《ちんとう》の書となった。

私は去年の夏休みに発見したラテン文学の話をした。ジュリアンはペトロニウスやスエトニウスの話を面白がり、耳を傾けたが、自分では読もうとしなかった。文学的な価値もわかっていなかったと思う。ゴシップの集積として楽しんでいたようだ。ジュリアンの嗜好は洗練されてはいたものの、古典やマイナー・ポエットを好む私より、良く言えば一般的、悪く言えば大衆的だった。

ただし、ジュリアンの速読は驚異的だった。長編小説でも無造作に次から次へとページをめくり、一時間もすれば読み終えてしまう。初めはいい加減に目を通しているのかと思い、中身について質問すれば、ストーリーの要約のみならず、構造や方法論を分析し、的確な批評を述べるのには驚いた。しかし、文章の細部には注意が回っておらず、そのせいか本人が学校の課題で書くものはぞんざいで、ミススペルと文法の誤りが多く、提出前に私が毎回書き直させられた。

ジュリアンは寝物語に自分の家系のことも話すようになった。ジュリアンの父ロバート・バトラー上院議員の先祖はアイルランド貴族の末裔だ。母方のクレメント家はその起源をローマ帝国の騎士階級まで遡ることができる。一族は中世とルネサンスをヴェネツィアで過ごした。元々の姓はクレメンティだ。その後、オーストリアに移り住んでから、ドイツ語式のクレメントに変えた。バトラー家もクレメント家も十七世紀に海を渡って新大陸にやってきた。祖先が誰かわかっているのは羨ましかった。私はと言えば二代前の祖父までしか家系が辿れないのだ。

ある晩、ジュリアンが両親の写真を見せてくれたことがある。二人とも不自然な笑顔だった。黒縁眼鏡をかけた線が細いロバートはどこかジェームズ・ステュアートに似ていた。言うなれば陰気なステュアートだ。目には疲労の色が濃く、無理に頬を歪めて笑みを作っている。「パパはジョージに似てない？」と言われたが、容姿に自信がない私にはそうは思えなかった。一九二〇年代のフラッパードレスで幼いジュリアンを抱いているアンは不気味なまでに息子とそっくりだった。写真を見せながらジュリアンは「僕のママは怪物だよ」と無感動に呟《つぶや》いた。

8

「怪物」アン・バトラーには一度だけ会ったことがある。三年の春学期に校長と面談にやってきたのだ。授業が終わったあと、ジュリアンは校長室に呼び出された。「校門の前で待っていて」と言われたので、私はそうした。

一時間ほど経った頃、校舎からジュリアンの腕を摑んで千鳥足で歩いてくる派手な赤いランバンのドレスの女がいた。若やいで見えたので、最初はジュリアンの姉かと思ったが、兄弟姉妹がいると聞いたことはない。ということはあの女がアンだろう。二人は喚《わめ》き合いながら近づいてきた。

「今度は全校生徒の前で男の子とキスしたうえに、冬休みに勝手にニューヨークへ行った？　行く先々で問題ばかり起こして。あなたは精神科にかかりなさい。きっとお医者様がホモを治してくれます」

「精神病院に行かなくちゃいけないのはママのほうだよ。今だってお酒の匂いしかしない。ママはアル中だし、色情狂だよ。パパと暮らしてた頃も別れてからも何人男を咥《くわ》え込んだかわからないじゃない？」

アンはジュリアンを平手打ちした。「そんな口をきいたら援助はしてあげません。大学へ行くお金もあげませんからね」

「勝手にすればいいよ。淫売と暮らすくらいなら死んだ方がマシ。僕は志願するから」

「志願？　あなたみたいな女々しい子が軍隊に入ってもカマを掘られる以外には何の役に立ちそうもないじゃない？」

二人は校門の前に佇んでいる私に気づいた。アンは決まりが悪そうな表情を浮かべたあと、よろめきながらこちらに向かってきた。

「あなたが今のお相手でしょう？　こんな冴えない男の子を咥え込むなんてジュリアンの男の趣味も落ちたものね。見るからに陰気なホモじゃない？」

公然と侮辱されたことで私の身体は震えだした。

「ジョージにそんな口を利かないで。彼はとっても真面目で頭がいいんだから」

「真面目？　頭がいい？　そんなことがホモに何の関係があるの？　あなたもこの子もそのうち警察か医者のお世話になるだけじゃない」

ジュリアンは無言で母親のみぞおちを蹴りあげた。アンは金切り声を上げて前のめりに崩れ落ちた。アルコールと胃液が入り混じった悪臭が鼻をつく。芝生に這いつくばったアンの口からは吐物《とぶつ》が溢れ出ていた。キャンパスで遊んでいた生徒たちが驚いてこちらを見ている。校門前に停めてあった車から、三つ揃いのスーツを着た如何にも遊び人といった風情の青年がのんびりと歩いてきて、アンを助け起こした。

「アン、いい加減にしてくれ。生徒が見ている」青年は面倒臭そうに言った。

「この子は私を殴ったの！　母親の私を！」

「僕は殴ってない」ジュリアンは嘲るように言った。「蹴ったんだよ」

「どちらにせよ今後は一切援助はしません。軍隊でもどこへでも行って野垂れ死ねばいいじゃない！」アンはハンカチで唇を拭い、青年に身体《からだ》を支えてもらって後退を始めた。

ジュリアンはアンの背中に向かって罵声を浴びせ掛けた。「僕が野垂れ死ぬ前にママは梅毒かなんかで死ぬよ！」

これが「怪物」との最初で最後の邂逅《かいこう》だった。思うにアンと会うのは一生に一度でも多過ぎる。

9

一九四三年六月、私たちはフィリップス・エクセター・アカデミーを卒業した。学校が終わり、戦争が始まった。私に言ったとおり、ジュリアンは志願した。父親のコネクションを使って海軍予備役になり、ノーフォークで後方支援の任務に就いた。私はコロンビア大学に籍を置いた。フィリップス・エクセター・アカデミーの生徒の大多数はハーバードかイェールに行ったが、私は自由な校風で知られるコロンビアを選んだ。同時期にジャック・ケルアックとアレン・ギンズバーグが在籍し、ニューヨークに住んでいたウィリアム・バロウズと知りあって、のちにビート・ジェネレーションとなる集団を形成したが、私は三人を目にしたことも耳にしたこともなかった。ケルアックたちは殺人事件にまで巻き込まれたが、彼らと違い、私は現実の犯罪に興味がない。

大学では失望しか待っていなかった。学生はフィリップス・エクセター・アカデミーと比べて育ちが悪く、アッパー・ミドル・クラスのガリ勉だらけだった。つまり私と似たような連中だ。自分の同族が講義の度に間抜けな質問をするのにはうんざりした。他の学生と私の違いは、読書量ぐらいのものだった。

　私は学生寮を出て、大学からセントラル・パークを挟んで向こう側のアッパー・イースト・サイドにある古ぼけた褐色砂岩のタウンハウスを祖父の遺産で購入した。私には生涯にわたって家を所有したい欲求がある。最初の家への愛憎によるものだろう。長じて私は様々な土地に赴いたが、いずこでも定住型だった。私の仕事は書くことであり、私は世界を流離《さすら》う放浪者ではなく、住居から住居へ移動していただけだ。

　四階建てのタウンハウスの一階は祖父の一万冊の蔵書を中心とした書庫にした。私が買い足していったため書物の数は膨れ上がり、最終的には三万冊に達した。二階はリビングとダイニング、三階を書斎と寝室として使った。四階は空けておいた。ジュリアンが戦争から帰ってきたら一緒に住むのもいいかもしれない、という淡い期待を抱いていたからだ。父に味わわされたフローリングの悪夢を払拭すべく、家を手に入れてから最初にしたのは全部のフロアに分厚い絨毯《じゅうたん》を敷くことだった。何にせよ学生一人に四階建てのタウンハウスは大き過ぎた。戦争が終わってドルが最強の通貨になるまで、アメリカの地価は安く、老朽化したタウンハウスの購入にはそれほどかからなかった。祖父の遺産はほとんどなくなってしまったが、私はジュリアンと違って慎ましく暮らしていた。かつては祖父と通い詰めたコンサートやオペラからも足が遠のいた。ささやかな楽しみはたまに映画に行き、クラシックのレコードを集める程度だった。父の飲酒癖への嫌悪で、酒は嗜《たしな》む程度だった。祖父の死期を早めたのはパイプだと確信していたから煙草には手を出さなかった。今でも喫煙者は嫌いだ。

マンハッタンは美とは掛け離れた街だった。目障りな摩天楼とどれも似たりよったりの褐色砂岩のアパートメントが立ち並んでいるモダン一辺倒のこの都市は、私の趣味に合わなかった。講義はおざなりに受け、人付き合いもせず、大学の図書館に籠もって一心不乱に文学と歴史の独学に励んだ。一度、徴兵検査に引っ掛かったが、極度の近眼のために難を逃れた。専《もっぱ》らヨーロッパ文学を読むようになってからは未熟なアメリカの芸術は色褪《いろあ》せて見えた。戦争が始まる直前までのイギリスとフランスの文学を調べるため、書店にも足繁く通って本を漁った。『失われた時を求めて』を読み終えたのは二十歳の時だ。最終篇の『見出された時』には驚嘆した。小説は問いだと言われるが、プルーストは答えを出していた。社交界や恋人に幻滅してきた病身の語り手は無為に過ごすのをやめ、残り時間の全てを自らの小説に捧げることを決意する。それは諦念ではなく、輝かしい船出だ。『見出された時』の半分以上を費やして、語り手は遂に辿り着いた自分の文学を語り、小説の方法論にも人の生とその希望についても微に入り細を穿《うが》ち、答えを見出す。『失われた時を求めて』は難解だと言われるが、それは間違いだ。ここまで手の内を見せてくれる小説もありはしない。そして、最終行は冒頭の文章と呼応して円環構造が浮かび上がり、『失われた時を求めて』全体が語り手によって書かれた小説だと明らかになる。読者はここに至って『失われた時を求めて』は如何《いか》にして小説を書くか、何故このように書かれたかについて書かれた小説だと知るのだ。これほどまでに力強く答えを出した小説はない。プルーストはペトロニウス、ワイルド、ウォーと並ぶ私淑する作家になった。
ジュリアンの手紙だけが、外界との繋がりだった。彼の手紙は毎回短く、書式はなっていなかったし、丸っこい字体は子供のようだったが、それすらも可憐に見えた。コロンビアに入って一年が経とうとしていた頃、ジュリアンからいつものようにぶっきらぼうな手紙が届いた。

僕のジョージ

軍隊は退屈。女装なんかできるわけないし、煙草を吸うくらいしか暇が潰せない。おかげで声がかすれてきた気がする。手慰みに小説を書き始めたよ。まともに文章を書くのは初めてだし、どうなるか全然わからないけど、エピグラフにはオスカー・ワイルドの恋人だったアルフレッド・ダグラスの詩「二つの愛」を使うつもり。内容はニューヨークの男娼の日記。僕はその手のことには詳しいから。元気で。

君のジュリアン

ジュリアンが小説を書くなど考えてもみなかった。ジュリアンは頭の回転が速く、最新の流行に通じていたが、創造力は未知数で、文章もろくに書けない。それも男娼の小説だ。危険過ぎてどこの出版社も出してくれないに違いない。しかし、私は止めなかったからだ。そろそろ同性愛を正面切って描いた小説がアメリカでも現れていいはずだと思った。アメリカとイギリスはフランスに比べて、遥かにその種の偏見が強かったうえ、時代遅れだった。既にフランスでは同性愛者だと声高に告白するジッド、公然の秘密だったプルーストとコクトーもいた。

嫉妬に苛まれたのも事実だ。私は相変わらず日記をつけていたが、小説はどうしても書けなかった。小説は自分の内側にある世界を読者に提示する。それを考えると羞恥と緊張と怖れで私の筆は止まった。ジュリアンに刺激される形で、回想録の形式を採った小説を百ページほど書いてみたが、筆力不足で、自分の性向を告白してしまうかのような内容に怖気《おぞけ》を震い、破棄してしまった。今、それと似たような回想録を書いているのは振り出しに戻ったようなものだ。古代ローマを舞台にした歴史小説の構想を練り始めてもいた。創作ノートは増えていったが、原稿自体は遅々として進まなかった。主題は決まっていても、如何なる文体を用いれば良いかわからなかった。数ページ書いては破り捨てる日々が繰り返された。

ジュリアンは仕事をする振りをして小説を書いていたことがばれ、前線に送られそうになった。慌ててバトラー議員が手を回し、大陸の反対側のサンディエゴに飛ばされた。ジュリアンは懲りなかった。またしても軍務を怠けて小説を書いていることが発覚し、危うく軍法会議にかけられるところだったが、ふたたびバトラー議員が介入した。それでもジュリアンは空いた時間を執筆につぎ込んだために腱鞘炎《けんしょうえん》になり、サンフランシスコの病院に収容された。間抜けな話だ。

10

一九四五年七月、私はサンフランシスコに向かった。ジュリアンの小説は既に完成していると手紙には書いてあった。サンフランシスコは想像していたより魅力的な都市だった。果てしなく高く澄み渡った空。傾斜だらけの街をのんびりと行き交うケーブルカー。フィッシャーマンズ・ワーフの桟橋を歩くとアザラシやイルカが姿を見せた。沖合のアルカトラズ島の近くで鯨の巨体が水面にゆっくりと浮上し、飛び跳ねるのも目にした。真夏にもかかわらず、カリフォルニアの乾いた大気は爽やかだった。徒歩で坂道を転がるように下っている時は、重力から解放されたような感覚に心が躍ったものだ。

ジュリアンが入っていた病室はだだっ広い簡素なものだった。ノックしても応答がないため、勝手に扉を開けた。ジュリアンは枕に頬杖をついて咥え煙草で、バスローブから覗く素足をばたつかせている。ベッドの脇の小さなテーブルには原稿らしき紙の束が無造作に積まれていた。

「会いたかった！」

ジュリアンは私に気づいて抱きついてきた。ボブだった髪はクルーカットになっていた。新聞で目にした、髪を無理遣り切られた対独協力者のフランス女のようだった。「二年ぶりだね」私は無愛想に言ったが、照れ隠しに努めていたに過ぎない。「この病院ではパパのコネで自由にさせてもらっているんだけど、炎症に悪いって言われて、お酒は飲ませてくれないんだ。再会のお祝いに抜け出して飲みに行かない?」「それより小説を見せてくれ」私は二人きりでいたかった。「だめ。君がニューヨークに帰るときに渡すから」ジュリアンは玩具を取られまいとする幼児のようだった。「とにかく飲みに行かない?」

ジュリアンはそう言うとクローゼットから取り出したバレンシアガの肩が剝き出しの黒いイヴニング・ドレスに着替え、メイクを素早く施し、金髪のウィッグを被って変身した。十分後、私たちはベイ・エリアにある落ち着いたバーで飲んでいた。

「バークレー校の学生がいつもは飲んでるんだけど、今日はいないみたい。スタンフォードの子もたまに見かけるんだけど」ジュリアンはマティーニを一気に飲み干して言った。「いつもは僕が女装してるとみんな話しかけてきて、ちやほやしてくれるんだ。みんな真面目そうな初心《うぶ》な男の子で、ジョージみたいでかわいいんだよ。夕方の桟橋を歩かない? 女に飢えた水兵が屯《たむろ》ってて僕を見たら口笛を吹いたり、口説こうとしてきたりして面白いよ。連中は荒っぽいから、バークレーやスタンフォードの子と比べると好みじゃないけど」

頭にどす黒い靄《もや》がかかった。常に注目されていないと気が済まないジュリアンの性向に気がついたのはこの時だ。黙りこくっている私のことなどお構いなしにジュリアンは続けた。

「ジョージも一緒に行かない？」

「私はそういうことに興味がないんだ」

「そうなの？　男をからかうのは面白いよ。行こう？　夕陽に照らされた海が綺麗なんだよ」

私はジュリアンに従わざるを得なかった。水平線に沈もうとしている太陽が海をオレンジに染めている。確かに美しかったが、桟橋のそこかしこに立つ売春婦に下卑た笑みを浮かべて声を掛けている水兵がそれを台無しにしていた。水兵たちはジュリアンが目の前を通ると一斉に口笛を吹き、ジュリアンはドレスの裾を摘《つま》んで会釈すらしてみせた。

「スターになったみたい！」ジュリアンは能天気な笑顔で私を見た。

「連中は君を売春婦か何かと勘違いしているんだ。もう帰ろう」これ以上は耐えられなかった。

「もう帰るの？　え、もしかして嫉妬してるの？」ジュリアンは不思議そうに私の顔を覗き込んだ。

「そんなことはない」私は目を伏せた。

「じゃあ何？　あ、わかった」ジュリアンは私の耳元に唇を近づけて囁いた。「僕としたいんでしょ?」

　病院に帰り着くと私は日付が変わるまでジュリアンと何度も交わったが、自分が惨めであまり快楽は得られなかった。翌朝、私はニューヨークへ帰ることにした。ジュリアンはこれといって反対せず、原稿が入った封筒を渡してくれた。

「この小説は絶対に傑作。戦争が終わったらニューヨークへ行くから、毎日会えるようになるよ。もう戦争も終わりそうじゃない?」

「そうだといいんだが」この場を去りたい一心で相槌を打った。

「大丈夫。もうすぐ戦争は終わるよ。パパもそう言ってたから。そうしたらニューヨークで会おう。約束」

　私たちは交差して接近する二つの惑星が、お互いの軌道を離れるようにして別れた。鉄道を乗り換えながら大陸を横断し、ニューヨークに辿り着くまで感情に巣食った茨《いばら》が私を苛《さいな》んだ。

11

　マンハッタンのタウンハウスに帰り着くと、すぐに寝室に飛び込んだ。疲れた体をベッドに横たえて、ジュリアンに託された原稿を読み始める。まずタイトルに辟易《へきえき》した。『男娼日記』は直截過ぎるし、下品だった。自分から出版の可能性を狭めてどうしたいのだろう。聞いていたとおり、アルフレッド・ダグラスの詩「二つの愛」から「敢えてその名を語らぬ愛」、つまり同性愛を詠《うた》った箇所がエピグラフに掲げられていた。

二百ページほどの本編はミススペルが多く、構文は滅茶苦茶だった。「意識の流れ」の拙劣な模倣のような一人称による無秩序な心理描写で埋め尽くされていたうえに、解読が困難なほど前衛気取りで悪文だった。しかし、会話は達者で、機知に富んだ台詞が飛び交っているのは認めざるを得ない。

劣悪な文章を読み解いてどうにか把握したところ、物語はブルックリンの男娼カーラが昼過ぎに目を覚まし、女装するところから始まる。ルームメイトの男娼とのスラング混じりの無駄話は控え目に言っても愉快なものではあった。身支度を済ませるとカーラはダイナーにブランチを摂りに行き、仲間の女装の男娼たちと合流する。そこでは他愛もなく下劣でもあるが、活気のある長大な会話が続く。カーラは食事を済ませると客引きに行き、童貞の少年を捕まえて自分の部屋に連れ込んで無料で筆下ろしをしてやる。夜になるとカーラは労働者が集まるバーへ行き、アンフェタミンの勢いを借りて以前から懸想《けそう》していた不良少年のジミーをあの手この手で誘うが、撥ねつけられる。翌日も路上で春をひさぐカーラを買う三十代のフランス人のダンディな紳士ポールが登場する。ポールはカーラに高価な指輪を贈り、一流ホテルを連れ歩いて贅沢を教え、ジミーと恋の鞘当てを展開する。カーラはアメリカの粗暴な少年のジミーではなく、成熟したポールを選び、彼と共にフランスに渡る。エピグラフの「二つの愛」は同性愛のほかにさらに二つの意味を帯びていた。ジミーとポールの「二つの愛」、さらに言えばアメリカとフランスの「二つ」のどちらを選ぶのか、という主題と密接に絡み合っている。

これは出版不可能だ。題材が危険過ぎる。アメリカでは地下出版でもするしかないような代物だった。それにしても文体が酷い。ポールが登場してからのストーリーと結末も取ってつけたようだ。気づいた時には原稿を持って書斎の机の前に座っていた。右手にはペンがあった。苛立ちに急《せ》き立《た》てられ、私は一ページ目から文章を直していった。フィリップス・エクセター・アカデミー時代、私はジュリアンの課題を直してやっていたが、その延長線上のつもりだった。その時、私の書く能力に別の力が加わったことを感じた。小説はジュリアンのものであり、私が責任を取る必要はない。それまで自分が習作を書いていた時の羞恥と恐怖は現れなかった。十日間、講義にも出ず、一日に一度近所のデリカテッセンにサンドウィッチを買いに行く以外はぶっ続けで原稿を直した。

最後まで修正のペンが達したあと、私は昏々《こんこん》と眠った。十二時間以上経ってからようやくベッドを離れて書斎に戻り、『男娼日記』をもう一度読み直してみた。良くなっている。心理描写が垂れ流しにされた駄文は、秩序だった、ある程度洗練されたものに生まれ変わっていた。今思えば一九五〇年代のビート・ジェネレーションやヒューバート・セルビー・Jr.の『ブルックリン最終出口』の先駆けのような文体になった。しかし、何かが足りない。それから二週間、私はふたたび家に籠もった。

『男娼日記』の結末は同性愛者の悲惨を反映していなかった。ポールとのハッピーエンドは浮いている。かなりの大手術が必要だ。私は結末を書き換えた。ポールに惹かれてはいたものの、ジミーを諦め切れないカーラはバーで少年に告白するが、ジミーは「オカマ野郎」と罵り、カーラを殴り飛ばす。絶望したカーラは泥酔し、酔っ払いの群れに口論を吹っかける。酔っ払いたちはカーラを暴行し、ビルの谷間で輪姦する。カーラは薄れゆく意識の中で、ジミーと初めて出会った時のことを回想しながら死ぬ。

私は最後にタイプで原稿を清書した。そして、もう一度タイトルが書かれた一ページ目を見た。趣味が悪い。私はペンで『男娼日記』に打ち消し線を引き、『二つの愛』という新たな題名をその横に大きく書いた。

12

一九四五年八月十四日、広島と長崎への核爆弾の投下からまもなくして、戦争は終結した。その一ヵ月前にジュリアンの父、ロバート・バトラー上院議員は死んだ。以前から胃潰瘍を患っていたバトラー議員は七月に大量出血を起こしていた。新たに大統領の座についたハリー・トルーマンとバトラー議員の間で、原爆の使用をめぐり暗闘があったと一部の新聞で取り沙汰されたが、詳しいことは今に至るまでわからずじまいだ。

ジュリアンはすぐに退役し、腱鞘炎が完治したこともあって東海岸に戻ってきた。遺産の大半は公的には離婚していなかったアンに渡ってしまったが、ジュリアンは四万ドルほど相続することができた。この頃は独り身なら一月《ひとつき》で二百ドルもあれば充分生活できたが、ジュリアンは一月に千ドルも浪費した。三年も経てば遺産は底を突いてしまう。ジュリアンは毎晩、高級レストランに行き、必ずシャンパンをボトルで注文し、キャビアを口にしなければ満足しない。遺産が入ってからはアンティーク・ショップでヴィクトリア朝やエドワード朝のドレスを買い込む趣味も覚えた。

ジュリアンと私はタイムズ・スクエアで待ち合わせた。ブロードウェイは軍服を着たままの復員兵で溢れ返っていた。少し遅れて来たジュリアンは金髪のウィッグを被り、涼しげなポール・ポワレの純白のサマードレスを着ていた。あどけない妖精が顕現したようだった。ジュリアンは私を見つけ、飛びついてキスをした。男同士がマンハッタンのど真ん中でキスを交わすのは危険を伴う時代だ。復員兵の群れは口笛を吹いて囃《はや》し立てた。幸いなことに男女の組み合わせと勘違いしたらしい。

「小説はどうだった?」

ジュリアンは頬を心持ち紅潮させ、興奮した口ぶりだった。私は黙って持参した封筒を掲げて見せた。

ジュリアンが泊まっていたチェルシー・ホテルの部屋はフィリップス・エクセター・アカデミーの寮と似たような内装に改造されていた。支配人にわがままを言ったのだろう。ベッドは天蓋つきのロココ調の寝台に入れ替えられ、大事にしていた兎のぬいぐるみが鎮座していた。クローゼットに入り切らなかったのか、床には女物の服が何十着も乱雑に放り出されている。ジュリアンはまた私に抱きついてキスをした。そそくさとセックスを済ませ、私は『二つの愛』のタイプ原稿を入れた封筒を渡した。

ジュリアンは原稿を取り出すと首を軽く傾げて変更されたタイトルを怪訝《けげん》そうに見つめてから、意を決したようにページをめくりだした。相変わらずの速読だった。二十分ほどしてジュリアンのページを繰る手が結末まで辿り着くと、沈黙が訪れた。ジュリアンの肩は小刻みに震えている。私には何が起きているのかわからなかった。ジュリアンは叫び出した。

「書き換えたんだ！　僕の小説を！　僕の小説だったのに！」ジュリアンは原稿を放り投げ、紙が部屋中に散乱した。ジュリアンが私に怒りを露《あらわ》にするのは初めてだった。関係を持ってからは上機嫌のことが多く、私より遥かに情緒が安定していた。

「しかし、良くなっているだろう？」私はおどおどするばかりだった。

「そんなこと関係ない。これは僕の小説だったんだよ」

ジュリアンの目には涙が浮かんでいた。私は肩に手を置こうとしたが、ジュリアンはそれを撥ねのけた。

「帰って。もう帰って」

私は黙って部屋をあとにした。タウンハウスに帰り、リビングのソファに体を横たえていると電話が鳴った。ジュリアンの打って変わって明るい声が聞こえた。

「やっぱりジョージが書き換えた方が良かったかも。僕の書いた結末は楽天的過ぎたじゃない？」

「それは良かった」私は安堵したが、次に聞こえてきたのは予想もしない言葉だった。

「だけどもちろん『二つの愛』は僕の本、ジュリアン・バトラーの小説として出版させてもらうね」

「私の貢献はどうなる？　文章は書き換えた。結末も変えた。二人の共同ペンネームで出版すればいい。アメリカであんな小説を実名で出せるとは思わない」

「あれは僕の小説。アメリカで出版できなきゃ国外で出せばいいじゃない。印税はちゃんと山分けするから」ジュリアンはそう言うと一方的に電話を切った。

　これがジュリアンと私の共犯関係の始まりだった。

13

　ジュリアンは小説の売り込みをしようとはしなかった。もう一九四七年になっていた。私は大学を卒業した。学んだことは何もない。私にはフィリップス・エクセター・アカデミーこそが母校であり、コロンビアはどうでもよかった。引っ込み思案なせいでどこにも就職はできないのではないかと思ったが、「ニューヨーカー」が編集者として私を拾った。ジュリアンとは同居しなかった。私が怖気《おじけ》づいたせいだ。男が二人で同棲していたら同性愛者だと疑われてしまう。ジュリアンはチェルシー・ホテルに、私はタウンハウスに留まり続けた。ジュリアンが住む予定だった四階は空室のままだった。「ニューヨーカー」のことは思い出すだけで胸がむかつく。編集者は傲慢な奇人変人とアル中しかいなかった。その最たる者が編集長のハロルド・ロスだ。無知無教養の田舎者、ギャンブル狂の漁色家で、おまけに極度の同性愛者嫌いとくる。無能な編集者は全員、「ニューヨーカー」が世界で最も洗練された文芸誌だという自己陶酔に囚われていた。二流の文明しか持たない新興国の雑誌がそんなものであるはずがない。乙に澄ました田舎者の気取りが鼻につく、無難な記事ばかり載せる週刊誌だ。私は編集者とは名ばかりのアシスタントで、寄稿者の原稿の受け取りや校正刷りの送付に奔走した。私は「エスクァイア」の編集部がシカゴからニューヨークに移転してきた一九五〇年にこれ幸いと移籍し、「ニューヨーカー」には二度と戻らなかった。ロスがその一年後に死んだ時はせいせいした。

この頃の新人でマシだったのはトルーマン・カポーティぐらいだ。トルーマンは「ニューヨーカー」のメッセンジャー・ボーイだったが、私と入れ違いで職場を去っていた。早熟なトルーマンはすぐに頭角を現し、メッセンジャー・ボーイから小説家に出世を遂げて出版業界に戻ってきた。私は若い編集者と新人作家の内輪の集まりでトルーマンと初めて会った。なよなよとした背が低い男だった。容貌は美少年と言えなくもなかったが、頭部が巨大過ぎた。上半身は華奢だったが、下半身は肉体労働者のようにがっしりとしていた。何より際立っていたのは、あの小鳥が囀《さえず》るような高い声だ。トルーマンはその声で突拍子もない話をする。

「今日、グレタ・ガルボと朝食を食べたのね。ガルボってほんとチャーミング。どんな話をしたか教えてあげる。『君と結婚しちゃいたい！』って言ったの。『それはクレイジーね』ってガルボ。『でも、私は君にクレイジーなの！』そしたらガルボったら面食らっちゃって！」

グレタ・ガルボは映画界を引退してから、ニューヨークの自分のアパートメントに引き籠もり、わずかな親しい友人としか会わなかったのは誰もが知っている。トルーマンは根っからの嘘つきだった。しかし、その嘘をつく才能がフィクションを書くうえで役立っているのは間違いない。除隊するなり、戦争小説『ウィリウォー』でデビューしていたゴア・ヴィダルは「あいつはガルボを実際に見たこともないんだ」と前置きをしてから、次のようなジョークをひとくさり披露したことがある。「トルーマンは嘘をつく時、サングラスをしている。嘘を一つつく度にサングラスのブリッジを押す。話が終わる頃にはもう頭のうしろまでサングラスが行っている」

ゴアは諷刺家だ。現実の世界を批評するのがゴアの文学だった。心から虚構を愛するトルーマンとは正反対だ。二人がいずれ袂《たもと》を分かつのは宿命だった。

トルーマンは「ミリアム」を始めとした珠玉の短編を矢継ぎ早に発表し、最初の長編『遠い声　遠い部屋』に取り掛かっている最中だった。小説自体は保守的で抒情に走り過ぎていたが、その散文は見事なもので一語も書き換えられないほど完璧だった。ゴアはヘミングウェイの影響下から抜け出せないままで、その時はまだ作品はトルーマンより劣っていた。ゴアは未だ作家としてのスタイルを見出していなかった。それが実現するのはかなり先のことだ。

『二つの愛』を書き換えたことで、私はようやく自信をつけ、編集の仕事をこなす傍ら、スエトニウス、タキトゥス、カッシウス・ディオの歴史書を元に自分自身の最初の長編小説を書き始めた。『空が錯乱する』という古代ローマ時代を舞台にした小説だ。タイトルはオルダス・ハクスリーの詩「ネロとスポルス」から採っている。主人公は去勢してネロ皇帝と結婚した宦官《かんがん》スポルスだ。

死んでしまった前皇后のポッパエア・サビナに生き写しだったことから、ネロはスポルスを去勢して新しい后に迎えた。ギリシアへ赴き、結婚式まであげている。スポルスは忠実な妻となり、最後までネロに付き従った。皇帝の自殺後、スポルスはネロに対してクーデターを起こした張本人の近衛隊長ニンピディウスの愛人となる。しかし、皇帝に即位しようとしたニンピディウスは、自分が率いていた近衛隊にあっけなく殺されてしまう。ネロのあとに帝位についたガルバを追い落として、新たな皇帝となったオトとスポルスは再婚した。スポルスと瓜二つだった皇后ポッパエア・サビナは元々オトの妻で、友人だったネロが奪ったのだ。オトは亡き妻にスポルスを重ねて遇した。だが、それも束の間、オトはウィテッリウスに敗れ、自決してしまう。皇帝の座に納まったウィテッリウスは、スポルスに公衆の面前で裸になれと命じた。屈辱に耐えられず、スポルスは自殺する。

『空が錯乱する』には、二人ともネロの廷臣だった哲学者セネカと『サテュリコン』の著者だと目されているペトロニウスも重要な人物として登場させた。ストア派の謹厳居士ではあるが権勢欲が強いセネカと、快楽主義者として自らを偽装した優雅の審判者ペトロニウスはしばしば対立する。セネカは失脚して自殺し、ペトロニウスは後釜に座るが、それも短い間だった。ネロ暗殺を企てて粛清されたピソ一派の人物と関わっていたとして、ペトロニウスも死を賜ることになる。ペトロニウスは血管を切ってから、傷口を閉じたり開いたりさせながら奴隷にふざけた歌や詩を口にさせて、それに耳を傾けながら微睡むように死んだ。

私はネロを古代から現代に至るまで、どこにでもいる情緒不安定なディレッタントとして描いた。ある程度の知性は持ち合わせているが、歌と竪琴を下手の横好きで愛する陳腐な芸術家気取りだ。むしろ私はスポルスを興味深い存在として見た。スポルスはただただ運命に翻弄されたわけではなく、男から男へと庇護を求めて渡り歩き、狡猾な行動を取っている。去勢されて権力の渦中に放り込まれた少年に他に何ができよう？ 周囲ではセネカやペトロニウスといった寵臣や、皇帝の後を襲うガルバ、オト、ウィテッリウス、ウェスパシアヌスのみならず、ネロを裏切るティゲッリヌスやニンピディウスがおり、みな権力をめぐる暗闘に明け暮れていた。故に『空が錯乱する』は権謀術数に彩られた冷たい宮廷劇として構想された。

私は図書館と書店をめぐって、最新の研究も含む資料の収集に奔走した。いずれイタリアを訪れ、ローマを見て回って描写を膨らませ、完成させるつもりだった。『空が錯乱する』はスポルスの三人称一元視点を用いている。『二つの愛』を男娼の一人称で語ったジュリアンと比べ、私には古代の宦官に憑依して一人称を駆使する筆力も大胆さもまだなかった。

ジュリアンはプラザ・ホテルのオーク・ルームやエル・モロッコに入り浸り、ゴアや私が紹介したトルーマンと酒を飲んでは遊び回っていた。ただし、ゴアやトルーマンが作家としての地位を築きつつあったのに対し、ジュリアンは不労所得者でしかない。ジュリアンの浪費で亡き父の遺産は順調に減少していった。

ジュリアンは政財界の要人が集まるパーティに頻繁に招かれた。しかし、毎回女装で現れるので騒動が巻き起こり、タブロイド紙のゴシップ欄を賑わせていた。故ロバート・バトラー上院議員の支持者は未だ数多く、ジュリアンを上院議員か知事にする準備段階として有力な議員の秘書にしようと考えていたが、ジュリアンにその気はなかった。ジュリアンはパーティが好きだっただけだ。

ゴアとトルーマンは強烈な野心を抱いており、ランチを共にしながら辛辣なジョークを飛ばして牽制しあっていた。そこには剣呑《けんのん》な雰囲気があったが、二人が離れられなかったのは、互いを監視する意味合いも含まれていたからだと思う。

二人の友情は一年も続かなかった。その終焉を私は目撃している。テネシー・ウィリアムズの自宅で内輪のパーティが開かれ、テネシーの友人だったゴアとトルーマンに加えてジュリアンと私が招かれたのだ。テネシーはちょび髭を生やしたずんぐりむっくりの小柄な中年男だった。私たちはウイスキーをストレートで飲んでいた。全員酒が回り出した頃にトルーマンが甲高い声で叫びだした。

「ゴアは詩的とは言えないね！」

「お前の小説はカーソン・マッカラーズの模造品だ」とゴアは言い返した。「ユードラ・ウェルティからもパクっている」

トルーマンはすぐさま応酬した。「へえ。あなたの文章は全部新聞記事から盗んだものでしょ」

ジュリアンと私は割って入ろうとしたが、テネシーはにやにやしながら「やめて！あなたたちはママをおかしくさせちゃう！」と冷やかした。彼はシガレットホルダーに挿した煙草を吸いながら、空いている方の手で私たちを制止した。それからは罵詈雑言《ばりぞうごん》の嵐だ。最後には激怒したゴアが出て行ってしまった。二人は犬猿の仲になり、互いの悪口を言い触らすようになる。

テネシーは何を考えているかわからない中年男だった。テネシーは新進作家二人を決裂させることで、良い影響を与え合うのを阻止したのではないか、と疑っている。何にせよテネシー・ウィリアムズは底意地が悪い男だった。

14

話を『二つの愛』に戻そう。

「エージェントに原稿を送らなければ駄目だ。出版社はエージェントを介さない原稿をまともに相手にはしない」ある夜、チェルシー・ホテルのジュリアンのベッドで交わってから、私は編集者らしい助言をしようとした。

ジュリアンは私の言葉を遮った。「僕は既に有名人じゃない？　悪名高いだけかもしれないけど。パパの昔の友人で出版社に関係がある金持ちはいくらでもいるよ。どうせあの連中は小説なんて読まないし、紹介状を書いてもらって出版社に直接持ち込んじゃえばいいじゃない？」

最初にジュリアンが原稿を持ち込んだのはこともあろうにアメリカの出版界で最高の権威を誇るランダムハウスだった。仲介が有力な財界人だったこともあって、社長のベネット・サーフが直々に原稿を読む運びになった。

ここでもジュリアンはその振舞いで、せっかくのチャンスを台無しにした。胸元に花をあしらったクリスチャン・ディオールのアムールというドレスでめかしこんで面会に行ったのだ。サーフの秘書は社長室までジュリアンを招き入れた。温厚な常識人として知られるサーフはジュリアンが現れると、男が来るはずだったのに女が来た、と混乱した。次にその女が女装したジュリアンだと悟った。サーフは顔中汗まみれになりながら「頼む。君、今日は帰ってくれ。何だか目眩《めまい》がする。原稿はちゃんと読むから」と言ってジュリアンを社長室から追い出した。

サーフが原稿を読むことはなかった。秘書が下読みをして数日も経たないうちに丁重な断りの手紙が添えられて原稿は返却されてきた。曰く「内容は下品極まるうえ、不道徳です。弊社からはとても出版できないどころか、これを出したら弊社の今まで築き上げてきた信用が地に堕ちます」

ジュリアンは気にも留めず持ち込みを繰り返した。チャールズ・スクリブナーズ・サンズも駄目、サイモン&シュスターも駄目、ダブルデイも駄目、クノップも駄目、パトナムも駄目、バンタムも駄目、ヴァイキングも駄目、E・P・ダットンも駄目と連戦連敗でアングラ出版社も含め合計二十社をめぐったが、やはり結果は同様だった。ジュリアンが出版社に小説の持ち込みをしては断られている情報はゴシップ・コラムニストに伝わり、面白おかしく記事にされた。

出版社へ持ち込みを繰り返しているうちに一九四八年になり、同性愛をアメリカ文学史上初めて正面切って肯定したゴアの『都市と柱』と、巧みに隠蔽されてはいたが主題は同性愛だったトルーマンの『遠い声　遠い部屋』が出版されてベストセラーになった。

二人が失ったものは大きかった。ゴアは「ニューヨーク・タイムズ」に書評を十年間拒否され、文壇から追放される憂き目に陥った。トルーマンも著者近影でソファに寝そべって挑発的なポーズを取ったために際物《きわもの》扱いされた。しかし、二人はそれぞれ熱狂的な読者を生み出した。

一方、ジュリアンは進退窮まっていた。故バトラー議員の遺産は尽きかけている。ゴアが二十二歳も年上の恋人だったアナイス・ニンを通じて、性的に過激な前衛小説や回想録を英語で出しているオベリスク・プレスという出版社がパリにあると聞き出してきた。社長のジャック・カハンはユダヤ系イギリス人らしい。

ジュリアンはパリへ旅立つことに決めた。時を同じくして、多額の印税を手に入れたゴアとトルーマンもそれぞれパリへ向かった。私もバカンスを利用してジュリアンに付き添うことにした。最後の賭けだった。

15

醜悪なニューヨークと比べればパリは美そのものだった。目障りな高層ビルは存在せず、オスマン男爵の改造計画によって放射状の街路に瀟洒《しょうしゃ》な建物が整然と立ち並んでいる。パリ解放とマーシャル・プランのおかげで、パリジャンはアメリカ人に好意的だった。物価は驚くほど安く、真夏のパリは光に溢れていた。外国人がパリを語る際の決まり文句《クリシェ》になっている犬の糞で舗装された石畳の歩道はもちろん、十九世紀や十八世紀どころか十七世紀に造られた建物さえ珍しくなく、冷房もエレベーターも稀だったが、明らかに美は保守性と共にある。

私たちはセーヌ左岸にあるロテルに投宿した。同性愛裁判に敗北し、落魄《らくはく》したオスカー・ワイルドの終焉の地だ。ジュリアンは値が張るワイルドが住んだ十六号室に泊まると言って聞かなかった。私淑する作家が死んだベッドで眠るのはぞっとしない。私は滞在中ずっと不吉な悪夢に囚われて眠った。

観光をする暇などなかった。パリに到着するなり、私はオベリスク・プレス探しのために奔走したが、まもなく想定外の事実が判明した。オベリスク・プレスの社長ジャック・カハンは九年前、一九三九年に死んでいた。アナイス・ニンはゴアに昔話を聞かせていたのだ。収穫は聞き込みに書店をめぐり歩いたついでに買った本ぐらいだ。アルベール・カミュ、ボリス・ヴィアン、ジャン・ジュネなどの新進作家の書籍を買い漁った。既に『花のノートルダム』を読んで才能に驚嘆していたジュネを除けば、最も印象に残ったのは呪われた作家モーリス・サックスの著作だった。コクトーの弟子だったサックスはユダヤ系にもかかわらず戦時中ゲシュタポに秘密裏に協力したが、事が露見してドイツに連行され、強制収容所に収監された挙げ句、銃殺された。死後刊行された『魔宴』はコクトー譲りのエスプリとジュネの毒を予見させる文体を持ちながらも、山師じみた著者の経歴とは裏腹の王道の自伝小説だ。

ジュリアンは何もしようとしなかった。昼過ぎに起き、サン゠ジェルマン゠デ゠プレにあるカフェ・ド・フロールまでぶらぶら歩いて行く。窓辺の席に腰掛けて煙草を吹かし、目覚めのペルノーを啜《すす》って、このカフェを根城にしているタートルネックを着込んだ黒ずくめの実存主義者たちをぼんやりと見ていた。ジュリアンはサルトルとボーヴォワールに何度も遭遇していたが、話し掛けようともしなかった。背後のテーブルで向かい合って熱心に原稿を書いているサルトルとボーヴォワールを振り返りもせず、「あんな堅物の何が面白いわけ?」と言ってジュリアンはあくびをした。フロールを気に入ったのは実存主義に興味があったからではなく、同性愛者の隠れた溜まり場だったからだ。それからクリスチャン・ディオール、シャネル、バレンシアガのメゾンに入り浸る。ジュリアンはドレスや香水を選ぶのに夢中だった。ジュネが『花のノートルダム』で描いたとおり、パリには夥しい数の売春婦と男娼が街頭に立っており、女装ぐらいで咎められることはない。ジュリアンは買い込んだばかりのディオールのニュー・ルックでパリを闊歩した。夜になるとジャズ・バーを梯子してビバップに聴き惚れ、売春婦や男娼とカルヴァドスを飲みながら粘る。そして、日付が変わるまでロテルに帰って来ない。

ジュリアンに愛想を尽かした私は別行動を取り、ブラッスリー・リップで情報収集を始めた。常連だったヘミングウェイの威光もあってアメリカ人の観光客が多かったからだ。何度も述べてきたように私はフランス語があまり得意ではない。イタリア語ですら、読み書きはできるようになったが日常会話しかできなかった。今でもそうだ。そんなわけでブラッスリー・リップにバカンスでやってきたアメリカの出版関係者にオベリスク・プレスのその後を訊いて回った。誰も何も知らなかった。無為のまま二週間が過ぎて焦り狂ったが、自責の念に駆られたのだろう、アンドレ・ジッドを始め作家詣でをしていたゴアが有力な情報を携えてロテルにやってきた。

オベリスク・プレスはジャック・カハンの息子、モーリス・ジロディアスが引き継ぎ、エディション・デュ・シェーヌと名を変えて、ヘンリー・ミラーの小説を出版し続け、アメリカやイギリスでは出版できない前衛的で性的にも過激な本を出版していた。ゴアはエディション・デュ・シェーヌの住所を告げると、E・M・フォースターに会うためにイギリスへと去って行った。フォースターとの会見は惨憺《さんたん》たる結果に終わったらしい。ゴアはのちに回想録『パリンプセスト』で「私は本当にフォースターが嫌いだった。もっと悪いことにその著作は好きだった」と振り返っている。

私はフロールで放心していたジュリアンを見つけ出して、ゴアの話を伝えた。ジュリアンはジャコブ通り十三番地にあるエディション・デュ・シェーヌに『二つの愛』の原稿を携え、アポイントメントなしで訪問することにした。蓋を開けてみれば、ジャコブ通りまではフロールからわずかワンブロックだった。

16

エディション・デュ・シェーヌの住所には小さな古ぼけた書店しかなかった。ジュリアンはさっさとなかへ入って本棚をきょろきょろ見回していたが、私は不安に苛まれていた。本屋の奥には請求書の山に埋もれた机があり、椅子にはまだ三十代にはなっていないと思われる、洒落たスーツを着て、髪をオールバックにした青年が憂鬱そうな面持ちで腰を下ろしていた。

「ムッシュー・ジロディアス?」ジュリアンはいきなり話し掛けた。

　青年は見知らぬ人間が突然声を掛けたのに驚いたようで、請求書の山から顔を上げ、不審者を見るような目で言った。「そうだが?《ウィ・アロー》　君たちは何者だ?《エ・キ・エットゥ・ヴー》」

「私はジョージ・ジョンと言います。《ジュ・マ・ペール・ジョージ・ジョン》アメリカから来ました。《ジュ・ヴィアン・ヴニュ・デ・ゼタズュニ》『ニューヨーカー』の《ジュ・スイ・レ・ディタール・ドゥ・》編集者です《ザ・ニューヨーカー》」私は拙いフランス語で名乗った。社会的な身分のある私から自己紹介した方が良い、と判断したからだ。

「アメリカ人か。何の用だ?　それと隣にいるレディーは?」ジロディアスは英語に切り替えながら訊いてきた。フランス訛りは一切なかった。

「僕はジュリアン・バトラー。男ですよ」

　ジュリアンはそう英語で言いながら、ディオールのサマードレスの裾を翻して一回転してみせた。ジロディアスは一瞬唇の端に苦笑いを浮かべただけだった。パリジャンはこの手のことに慣れっこらしい。

「そうか。君は何をやっている人間なんだ?」

「ジュリアンは小説家です」私も英語で言った。

「で、一体、何をしに来た?」ジロディアスは「小説家」という言葉を聞いて、胡散臭《うさんくさ》げに表情を曇らせた。

「持ち込みです」ジュリアンは請求書の上に原稿の入った封筒を放り投げるように置いた。

ジロディアスは渋々封筒から原稿を取り出し、タイトルが書いてある最初のページに目をやった。「『二つの愛』。アルフレッド・ダグラスか」

「あなたの出版社は英語圏では出版不可能な本を出していると伺いました。この小説はアメリカで二十社もの出版社から断られました。作品の質による没ではなく、過激だからです。あなただけが頼みの綱です」と私は言った。

「そうは言ってもね」とジロディアスは請求書の山を乱暴にかきわけた。「我がエディション・デュ・シェーヌは経営が苦しい。でなけりゃ、こんなものがたくさん来るものか。私はこの会社を売却しようかと思っていたところなんだ」

「それにしてはご立派なお召し物ですね」ジュリアンは皮肉を言った。

「最高級の服、最高級の食事、最高級のワイン。これは生きるために必須だからだ。まあ、そのおかげで私は苦境に陥っているわけだが」ジロディアスは顔を歪めた。

「とにかく読んで戴けませんか？　繰り返しになりますが、あなただけが頼りです」と私はつけ加えた。

「うーん」ジロディアスは好奇と不信がない交ぜになった視線を私たちに投じた。「わかった。どうせ今は出版する本が何もない。編集もしなくていい。読むから明日の午後七時にまた来てくれ」

「わかりました」

「では、ヤンキーの若者たちよ。また明日」と言いながら、ジロディアスは「あっちへ行け」とばかりに出入口を指差した。

「よろしくお願いします」ジュリアンは珍しく殊勝に言うと、私の腕を摑んで書店を出た。

ロテルへ歩いて戻りながら私はジュリアンに話し掛けた。「ジロディアスは出版してくれると思うか？」

「大丈夫じゃない？」ジュリアンは呑気なものだった。「彼は有能な編集者だよ。『二つの愛』ってタイトルを見ただけで、アルフレッド・ダグラスからの引用だって気づいたじゃない？　エピグラフも見てないのに。きっと何とかしてくれるんじゃない？」

「あんなに落ちぶれた風情なのに、本を出版する金があるのか心配だ」

ジュリアンはしまった、という顔をした。「僕はジロディアスが優秀な編集者だってことばかりに気を取られてた。あの調子じゃ経営者としての才覚はなさそうだね」

17

翌日フロールで暇を潰してから、午後七時きっかりにエディション・デュ・シェーヌに到着した。ジロディアスは昨日とは打って変わった気さくな態度で私たちを出迎えた。

「とにかく乗ってくれ」ジロディアスはそう言うが早いか、書店の前に駐めていたシトロエン・トラクシオン・アヴァンに私たちを押し込んだ。

「どこへ？」ジュリアンが訊いた。

「最高級のレストランだよ。最高級」ジロディアスは意気揚々と答えた。

　着いた店は何の変哲もない小さなビストロに見えた。ジロディアスはなんたる見栄っ張りかと呆れていると、豪勢なフルコースが次から次へと出てきた。間違いなく最高級だった。まずはクリュッグで乾杯し、前菜はフォアグラのテリーヌとエスカルゴ。魚料理は舌平目のムニエル、ワインはムルソー。口直しに洋梨のソルベ。肉料理は仔羊のロティ。飲み物はクロ・ド・ヴージョに変わった。そして、カマンベール、ロックフォール、ブリ・ド・モーが山盛りにされた皿が供された。デザートは苺のタルト。食後酒はアルマニャック・ド・モンタル。アメリカでは絶対に口にできない味だ。私は貪るように食べた。ジロディアスに振る舞われたフルコースは神経質で食が細かった私を美食に開眼させた。

「知ってのとおり我がエディション・デュ・シェーヌは経営が苦しい」ジロディアスはエスカルゴを殻から摘み出しながら言った。「コクトーの後押しで世に出て、サルトルも関心を示しているジュネの小説を出版することでそれを打開しようと思ったんだが、運悪くあの泥棒はガリマールから出すことに決めた」

前菜を平らげると、ジロディアスは舌平目をフォークで突ついた。「よりにもよってガリマールだ。フランスで最も権威がある出版社だ。とても太刀打ちできない。英訳なら出してもいいとジュネは言っているが、どうなることやら」

私たちは黙ってジロディアスの話を聞いていた。ジュネに関する愚痴は仔羊のロティを食べ終わるまで続いた。チーズがテーブルに運ばれてきた時、ジュリアンは口を開いた。

「原稿は読んで戴けました？」

「読んだ」ジロディアスはチーズを載せたバゲットを頬張った。「良く書けていた。ダイアローグは機知に富んでいる。アルフレッド・ダグラスというより彼氏のオスカー・ワイルドの喜劇のようだな。地の文のモノローグは『意識の流れ』を洗練させたものだろう？」

ジュリアンと私は顔を見合わせた。ここまで作風への影響を的確に言い当てたのはジロディアスが初めてだった。間違いなく彼は名編集者だ。

「しかし、私は同性愛に興味がない」アルマニャックを啜りつつジロディアスは言った。

血の気が引いた。

「私は根っからの女好きでね。だが、それと作品の価値は関係ない。この小説はホモの間で話題になるだろう。今、パリにアメリカ人のホモが押し寄せているから機は熟している。やつらにアメリカ本土やイギリスやカナダに密輸させることも可能だろう。通販でもいい。この本は確実に売れる」

　今度は酔いのせいもあって顔が紅潮した。

「しかし」ジロディアスはアルマニャックのおかわりを持ってこさせようとブランデーグラスを高く掲げてギャルソンを呼んだ。「エディション・デュ・シェーヌからは出版できない」

　ジロディアスの話法はジェットコースターのようだった。期待を持たせたかと思ったら失望させ、失望させたかと思うと期待させ、そしてまた失望させる。

「何せ我が社は『その男ゾルバ』みたいなまともな小説から編み物雑誌まで発行しているのでね。こんなヘンリー・ミラーやジュネを遥かに超える猥褻本を出版したら、ただでさえ苦しいのに、我が社の信用はガタ落ちだ」

「じゃあ」ジュリアンは投げやりになっていた。「出版は不可能？」

「いや」ジロディアスは二杯目のアルマニャックに口をつけた。「一つ方法がある」

「方法とはなんでしょうか？」ジロディアスの焦らしにじりじりしていた私は割って入った。

「ペーパー会社を作るんだ。エディション・デュ・シェーヌとは別のね。金は何とか工面する。といっても、名義だけの小規模なものにするから心配はいらない。そこから出版する。社名はどうするかな」ジロディアスはモンテクリストの葉巻に火をつけた。

「そうだな。父のオベリスク・プレスと頭韻を踏む名前がいい。オリンピア・プレス。

そう、オリンピア・プレスにしよう」

　これが英語圏では出版不可能な前衛文学とポルノ小説を出版し続けたオリンピア・プレス誕生の瞬間だった。オリンピア・プレスはJ・P・ドンレヴィーの『赤毛の男』、ウラジーミル・ナボコフの『ロリータ』、テリー・サザーン＆メイソン・ホッフェンバーグの『キャンディ』、ウィリアム・バロウズの『裸のランチ』といった傑作を次々と世に送り出すこととなる。その第一弾がジュリアンと私の『二つの愛』だった。

　ジロディアスは話を続けた。「初版三千部。ペーパーバック。価格三百フラン。ドルで言えば三ドル弱。印税は五百ドルだ。そして千部増刷毎《ごと》に百ドル」

　五百ドルはあまりに安過ぎる。ジュリアンは一月《ひとつき》でその倍を使う。彼にとっては遺産の足しどころか小遣い稼ぎにもならない。しかし、私には大金だった。印税を山分けしても二百五十ドルが手に入る。ヨーロッパ訪問のために私は祖父の遺産の残りを除いた自分の貯金を全額あてたが、それとてたったの六百ドルだった。それにいくら印税が安かろうと『二つの愛』を出版してくれるのはもうジロディアスしかいない。

「五百ドルでいいですよ。ありがとうございます」

　ジュリアンのあっけない同意に耳を疑ったが、彼がそれでいいなら倹約を心掛けている私には金銭的な面からも反対する理由はない。何も言わないでおいた。

「一ヵ月で校正を済ませ、もう一ヵ月で装丁・印刷を済ませてスピード出版する。私も何かと物入りでね」ジロディアスは言った。

「校正は必要ありません。私が既にやってあります」と私は言った。

「じゃあ、一ヵ月でのスピード出版だ。友人知人の男色家に口コミで宣伝するから捌《さば》けるのは早いだろう。その間イタリアかどこかで遊んで来たらどうかな？　イタリアはいいところだ。物価も安い。贅沢ができる。印税は君たちが戻って来たら現金手渡しで払う」

「結構です」ジュリアンはそう言うと、私に向かって嬉しそうにうなずきかけた。

こうして『二つの愛』の出版は決定した。足掛け四年の歳月が過ぎていた。

18

私たちはジロディアスの助言に従って、まずはヴェネツィアへ赴いた。ジュリアンと私にとってヴェネツィアは水の都ではなく、迷宮だった。サンタ・ルチア駅を出た途端、無数の水路に遮られて複雑に入り組んだ小径《こみち》や路地が私たちを惑わせ、方向感覚を失わせた。サン・マルコ広場に程近いホテルに投宿したが、最初にサン・マルコ広場へ向かった時は迷いに迷い、一時間を要してしまったほどだ。二度目からは十分で行けることが判明した。

ヴェネツィアではトルーマンと出くわした。ゴアと同時期にパリに滞在していたトルーマンは膨大な数の有名人と会ったと自慢した。そもそもトルーマンはフランス語が喋れない。パリでタクシーが目的地を通り過ぎてしまった時、「ストッポ！　ストッポ！」と叫んだと聞いていた。もちろん「ストッポ」というフランス語はない。相変わらず嘘の塊のような男だった。

イタリアでは古式に則って、名前を呼ぶ時にファースト・ネームとラスト・ネームを逆にすることがある。つまりカポーティ・トルーマンというように。トルーマンはこれを利用して「私はトルーマン大統領の親戚なの」と言い触らして回った。そのせいで今でもヴェネツィアにはトルーマンがトルーマン大統領の親戚だと思い込んでいる人間がいる。

ジロディアスの言ったとおり、イタリアの物価はフランスと比較しても考えられないほど安かった。一流のリストランテでフルコースを食べても一ドルもかからないのだ。ワインは水より安い。恐る恐る口にした真っ黒なイカ墨のリゾットは滋味に富み、魚介類の煮込みやフリット、手長海老のグリルが私の舌を楽しませた。

ジュリアンとトルーマンの生活は呆れるほどワンパターンだった。観光に興味がないこの二人組はサン・マルコ広場で記念撮影を済ませると、ハリーズ・バーに入り浸るようになった。二人はそこでマティーニを飲み、シュリンプ・サンドウィッチとボローニャ風ソースをかけた緑色のパスタを摂取することにしか、ヴェネツィアに価値を見出さなかった。

とはいうものの、私自身、サン・マルコ大聖堂に日参し、『失われた時を求めて』で語り手が時を見出した瞬間に思い浮かべた窪んだ床を見つめ続けていたのだから、似たようなものかもしれない。窪んだ床はサン・マルコ大聖堂に入って右にある洗礼堂にあった。わずかにへこんでいる何の変哲もないモザイクのタイルだった。毎日、私は床の前に何時間も佇んで、プルーストのような作家になれるか自問自答していた。そのためには自分の小説を書かなければならない。古代ローマを舞台とした『空が錯乱する』の完成が必要だった。私はイタリアまで原稿を携え、ホテルで手を入れていた。ジュリアンにトルーマンと別れ、ローマへ行くことを提案した。ジュリアンはハリーズ・バーに飽きていたらしく、話に乗った。私たち二人は相変わらずハリーズ・バーにへばりついているトルーマンを置き去りにして、ヴェネツィアをあとにした。

19

永遠の都は未だ戦争の痛手から立ち直っておらず、腐敗と汚濁に満ちていた。路上には乞食と傷痍軍人が座り込み、夜になれば売春婦や女装の男娼の大群がコロッセウムを取り囲むように立って春をひさいでいた。私たちはローマ・テルミニ駅から徒歩五分の、小さく不潔なホテルに投宿した。私の手持ちの金が残り少なくなっていたからだ。

ジュリアンはバチカンの教皇謁見ツアーに加わり、ピウス十二世に拝謁した。「教皇は英語でお喋りするのが好きみたい。僕がアメリカ人だってわかると大喜びで英語で話しかけてきたけど、その言葉がどういう意味かはわかってないんじゃない？　こっちが何を答えてもわからないから、教皇は得々と丸暗記した英語の台詞をそのまま喋り続けるんだよ」とツアーから帰ってきたジュリアンは不満そうに言った。ジュリアンは遺跡にも美術館にも関心を示さなかった。彼は歴史に興味がなかった。興味があるのは自分のことだけだ。

一方、私の求めていたのは遺跡、遺跡、遺跡。これに尽きる。私はローマの始まりの地だったフォロ・ロマーノから巡礼を始めた。無骨なコロッセウムを歩き回り、パンテオンの天井の丸窓から差し込む光に目を細め、トラヤヌスの市場に驚嘆した。サンタンジェロ城とカラカラ浴場を散策し、国立ローマ博物館にある無数の皇帝の胸像を食い入るように見つめ、今も地下に埋もれているネロのドムス・アウレアを探索し、旧アッピア街道まで足を延ばした。炎天下、徒歩での強行軍だった。取り憑かれたように遺跡を彷徨《さまよ》い、写真を撮り、ノートに創作メモを取った。

この比類なき威信と抗い難い魅力を備えた都市に私は恋をしてしまったのだ。苛烈な陽光が私を高揚させ、疲労さえ感じさせなかった。幼い頃からの夢想の源泉だった古代の壮麗な建築の只中に立つのは、果てしなく続く恍惚のようなものだった。遺跡をうろつくほかはホテルに籠もりっきりで執筆する私に、ジュリアンは初めのうちこそ草稿を見てダイアローグのぎこちない部分を口頭で修正してくれていたが、決定稿のために私が推敲に取り掛かると、真夜中にコロッセウムの周囲に屯《たむろ》する売春婦や男娼に交ざって女装でほっつき歩くようになった。ローマに到着して二週間で『空が錯乱する』は完成した。バカンスはあと少しで終わる。私はジュリアンをローマに残し、ル・アーブルから船でニューヨークへ帰ることにした。不貞未遂への当てつけだ。

ローマ・テルミニ駅で別れ際、ジュリアンは何の気なしにと形容するのがふさわしい口調で言った。「『空が錯乱する』もアメリカで出版するのは難しくない？　宦官の話じゃない？　僕がジロディアスに見せる？　ジョージはまさかアメリカで出版しようなんて思ってないよね？　だとしたらジロディアスのところから出すのが一番じゃない？」

ジュリアンの言うことはもっともだった。『二つの愛』の書き換えで自信を得たせいで、『空が錯乱する』が完成したらどうすればいいか考えてもいなかった。万が一アメリカで出版してもスキャンダルになるのは必至だ。ペンネームでも身元が露見したら私の社会的な生命は終わりだった。恐怖で肩と背中が強張《こわば》り、痛み出した。オリンピア・プレスからペンネームで出すしかない。

私は原稿の入った封筒をトランクから取り出して手渡した。列車に乗り込むと痛みは消え始めた。ジュリアンはホームで見えなくなるまでずっと手を振っていた。

20

私がアメリカへ帰り着いた頃、ジュリアンはパリに戻った。『二つの愛』はジロディアスが好事家《こうずか》たちに手を回したおかげで、予約分で初版を完売していた。ジロディアスはトーマス・マン、E・M・フォースター、ジッド、コクトーといった同性愛者の著名作家に献本まででした。色良い返事をくれたのは新しいものには何でも飛びつくコクトー一人だ。増刷の表紙には「ジュリアン・バトラーの小説は、猥褻の底なし沼に咲く一輪の白百合だ。驚嘆すべきスタイルは優雅に匂い立つ。その香りに僕は酔いしれる」というコクトーの推薦文が刷り込まれた。重版は繰り返され、アメリカ、イギリス、カナダ、オーストラリアに秘密裏に持ち込まれた。『二つの愛』は最終的に三万部も売れた。まもなく仏訳もオリンピア・プレスから出版された。しかし、ジロディアスが支払った印税の合計はたったの三千ドルだった。ジュリアンはロテルの宿泊料が高いオスカー・ワイルドの十六号室に舞い戻り、二年経ってもパリを動こうとしなかった。三千ドルを手に入れても焼け石に水だ。印税を山分けするどころではない。『空が錯乱する』の出版がどうなっているか手紙で訊いても、ジュリアンからの返信は金の無心ばかりだ。私は収入の大部分を大西洋の向こうに送金しなければならなかった。

一九五〇年に私は「ニューヨーカー」を去り、「エスクァイア」の編集部に移籍していた。シカゴからニューヨークに移転してきたばかりの「エスクァイア」はスタッフを増員中だった。面接で「ニューヨーカー」での前歴が過大評価されるというちょっとした誤解により、「エスクァイア」の文芸欄を一手に任されてしまった。給料も上がった。

その日は校了直前で仕事に追われ、日付が変わる頃に帰宅すると郵便箱に厚紙封筒が入っている。差出人の名前はない。不注意な編集者が送ってきた献本か何かだろう。疲労で重い体を引きずって寝室に向かい、ベッドに寝そべって封を切った。ペーパーバックが転がり出てきた。表紙には『空が錯乱する』というタイトルと下手くそなスポルスのスケッチらしきペン画が刷り込まれていた。スポルスの肖像は伝わっていないから、画家はスポルスに酷似していたポッパエアの胸像を参考にしたのだろう。小さくモーリス・ジロディアスとサインがある。ジロディアスが少年時代に彼の父が出版したヘンリー・ミラーの『北回帰線』の表紙を担当したことは知っていた。ジロディアスはそこに女を鋏に挟んでいる巨大な蟹を描いた。北回帰線《トロピック・オブ・カンサー》には蟹座の意味もあるが、何故殺人蟹だったのかは理解に苦しむ。

酷い絵だ。あらためて表紙を見た。ジュリアン・バトラーと書かれている。他に著者名のようなものは何もない。私は封筒のなかを探った。安っぽいシャンゼリゼ通りの絵葉書が出てきた。

僕のジョージ

『空が錯乱する』は僕の名義で出版しちゃった。ジロディアスは僕が『二つの愛』で有名になったから次作を書いてくれってうるさくて。でも、そんなに早く次の小説なんて書けないじゃない？　ちょっと迷ったけど、「僕の新しい小説です」って言って

『空が錯乱する』を渡したら、ジロディアスは大喜びで出版してくれたよ。悪く思わないでね。ジョージは『空が錯乱する』を本名で出すつもりはなかっただろうし、僕も口述で原稿を手伝ったし。それに君は僕の最初の小説を勝手に改竄《かいざん》したんだから、これで貸し借りなしじゃない？

君のジュリアン

脱力感に襲われた。手紙を引き裂いて踏みにじってやりたかったが、その気力すら湧かなかった。確かに私は『二つの愛』を書き換えたが、小説にとって誰が書いたかは重要ではない。良いか悪いかだけが問題だ。約束した印税の半分も貰っていない。編集作業の報いが盗作だ。ジュリアンの無神経さに身震いした。もう小説を書くのはやめようと思ったぐらいだ。

しかし、私はジュリアンに依存していた。性的に？　いや、人間としてだ。私にジュリアン以外の友人はいなかった。怒りを抑えて短い礼状を出した。卑屈な手紙を書いたことで、屈辱感はさらに膨れ上がった。

アメリカのタブロイド紙は『二つの愛』が出版された時に「今は亡き上院議員の御曹子が男娼の小説をパリで出版！」と騒いでいたが、『空が錯乱する』も反響は似たり寄ったりで「何が悲しくて古代のオカマの話を読まなくてはならないのか」といった論調のゴシップ記事しか出なかった。フランスでも『空が錯乱する』は『二つの愛』ほどの成功は収められなかった。読者はジュリアンをポルノ作家として認識しており、私の古典的な歴史小説のスタイルに失望したらしい。ジュリアンから転送されてきた読者からの手紙には決まって濡れ場が少ないと不満が書かれていた。だが、『空が錯乱する』も二万部を記録し、同じくオリンピア・プレスからフランス語訳も出版された。ジュリアンもジロディアスも売上には満足していた。相も変わらずジロディアスは報酬を値切り、印税は二千ドルだった。ジュリアンは『空が錯乱する』の印税を着服して浪費を続け、私は送金を続けた。金銭感覚の欠如でジロディアスとジュリアンは良いコンビだった。

21

ジュリアンはパリで暇を持て余し、作家詣でを始めた。ジュリアンが行く先々から送ってきた手紙に基づいて、作家詣での顛末を綴っていこう。

ジュリアンは手始めに『二つの愛』に推薦文を書いてくれたジャン・コクトーのパレ・ロワイヤルにある狭苦しい中二階のアパルトマンに押し掛けた。このエスプリの塊のような詩人はアヘンをやめていなかった。『阿片』で散々アヘンを絶つ治療について書いていたのにだ。コクトーは毎朝起床すると洗面器に満たした湯で顔を丹念に洗い、蒸しタオルを髭に押し当てて柔らかくする。髭剃りを済ませると、ジュリアンのような後輩の作家や作家志望の若者と面会を始める。コクトーはアヘンを喫し、身振り手振りを交えていつ果てるとも知れないお喋りをしながら、軽業師の身のこなしで狭い室内を踊るようにうろつき回る。「いい人だし、お洒落だし、親切なんだけど、物凄く落ち着きがない。一方的に喋ってない時は僕の話にはしゃぎながら『僕もそう思うよ！』と相槌を打ってばっかりだし。どこか自分を見ているみたいで、変な気分になっちゃった。僕は自分のことが好きだけど、自分は二人も必要ないじゃない？」国籍の違いはあれど、コクトーとジュリアンはあらゆる意味で似過ぎていた。二人は互いに何ら新しいものを見出さなかった。

コクトーに退屈したジュリアンはドーバー海峡を渡った。ロンドンで私たちの偶像だったイーヴリン・ウォーに拝謁するためだ。「ハイドパーク・ホテルのロビーで会ったウォーはぶくぶくに太ってて、顔は異様に膨れ上がっているし、ハンプティ・ダンプティみたいだった。本人の美文とかけ離れてて、僕は最初、ウォーの偽者が来たのかな？って思っちゃった。ずっと『ロンドンは最低だ』って気取った猫撫で声で繰り返すし。『ブライズヘッドふたたび』にサインをお願いしたら、投げやりに署名して『作家に会いたい読者にアドバイスできるのは「作家には会わないでおけ」ぐらいだ』って言い捨てて、太い葉巻を咥《くわ》えたままロビーを出て行っちゃった。あれほど本人と文章が違う人もいないんじゃない？　ロンドンは戦争中に爆撃された建物が放置されてて廃墟だらけだし、法律が厳しくて女装なんてもってのほかだから男物の服をずっと着てる。良かったことっていったら、アンティーク・ショップでヴィクトリア朝のドレスを見つけたのと、ジェームズ・スミス＆サンズで素敵な黒い日傘を手に入れただけ」ウォーとロンドンに幻滅したジュリアンはただちにブリテン島を離れ、モロッコのタンジールへ向かった。彼《か》の地はモロッコ、フランス、スペイン、イギリス、イタリア、ポルトガル、ベルギー、オランダ、アメリカの九ヵ国に管理されていたインターナショナル・ゾーンだった。

　タンジールにはゴアの友人で小説家・作曲家のポール・ボウルズが、レズビアンの妻の小説家ジェインと暮らしていた。この慎ましやかな紳士とジュリアンは馬が合わなかった。「ポールはいけ好かない。何を話しても『そんなことには気づかなかったね』とか『そういうことは考えないんだ』ってとぼけてばっかり。しょうがないから、僕は小説のことなんか話したくないんだけど、小説のことならまともに答えるかな？　って話を振ってみたら『「私は彼女を憎んだ。しかし、私は彼女に花を贈った」ではなく、「私は彼女を憎んだ。そして、私は彼女に花を贈った」が小説だと思うね』なんて言って煙《けむ》に巻くだけだし。まだ四十くらいだけど、もしかしてもうボケてるんじゃない？　そのくせ、夏のアフリカでもいつもスーツ姿で見栄っ張りだし、うんざり。良かったことっていえば、ポールがいつも吸ってる大麻煙草《キーフ》を分けてくれたくらい。大麻煙草《キーフ》はリラックスするし、それでいて退屈しないから好き」私はジュリアンと違ってボウルズを優れた小説家として尊敬していた。今でもそうだ。『シェルタリング・スカイ』は登場人物が非人間的で感情移入できないと批判を受けもしたが、ジュリアンに語った言葉同様、あれはボウルズ一流の含羞から来る韜晦《とうかい》だ。よく読めば卓越した小説全体が人間嫌い《ミザントロープ》のユーモアに彩られている。そして、ボウルズの無情の世界で人間は人間としてではなく、物として扱われるのだ。

かくしてジュリアンの作家詣では全て失敗に終わった。そもそもジュリアンが作家という人種に興味があったとは思えない。単なる暇潰しだったのだろう。しかし、ジュリアンはタンジールに留まり続け、大麻煙草《キーフ》を吸ってのらくらしていた。『空が錯乱する』の印税は瞬く間に消えた。金を使い果たしたジュリアンは一九五一年にようやくニューヨークへ帰ってきて、いつものようにチェルシー・ホテルに投宿した。ジョセフ・マッカーシーの台頭によって、同性愛者に対する風当たりは厳しくなっていた。同居は諦めざるを得なかった。

ジュリアンはロンドンで買ったヴィクトリア朝のドレスに身を包み、ミニハットを被って日傘を差し、全身黒尽くめで五番街をしゃなりしゃなりとそぞろ歩いた。私はジュリアンの女装がばれないか気が気ではなかった。一度、チェルシー・ホテルでの逢瀬の最中に説教したことがある。

「この国はフランスとは違う。今のアメリカは酷《ひど》い状況なんだ」

「僕、前よりかわいくなったでしょ？　パリには素敵なエステ・クリニックがあってお肌のちょっとしたクリーニングから脱毛、痩身術のマッサージまでなんでもやってくれたんだ。ニューヨークに戻ってきてからもいいクリニックを見つけたし、お風呂は牛乳風呂、お肌はビタミン入りクリームでケアしてるんだよ」ジュリアンは足の爪にペディキュアを塗りながらどこ吹く風だった。

「そういう問題ではない。白昼堂々マンハッタンを女装で歩いていたら、変装罪で逮捕されることすらあり得ると言っている」

「誰も僕が男だなんて気づいてないじゃない？　一つ断っておくと、僕は女になりたいわけじゃないよ。男だとか女だとかそんなのどうでもいい。綺麗になりたいだけ。僕は自分のペニスが嫌いじゃないし、アヌスもあるし？」

「そういう話はしていない」と私はなおも言ったが、ジュリアンは「僕かわいいでしょ？　なんで怒るの？」と膨れっ面で繰り返すばかりだ。私は説得を諦めた。

私の心配をよそに貴婦人然としたジュリアンを男だと気づいた人間はいない。「マンハッタンの奇人」としてちょっとした有名人になったが、顔写真は出回っていなかったからジュリアンだとわかったのも友人知人に限られた。

私は短編小説を発表するようになった。新人から送られてきたどの原稿も没にせざるを得なくなった時、私は迷いに迷いながらも自分の小説を「エスクァイア」に掲載した。「古い日記から」という短編で、引退した学者が昔の日記を見つけ、彼の日和見主義から不和に陥ったまま死んだ友人と過ごした日々の記述を読み、悔恨のあまり日記を棄《す》てる。ただそれだけの話だった。大学時代の創作ノートから同性愛の要素を拭い去って友情に変換したものだ。それを読んだ「ストーリー」や「ハーパーズ・マガジン」の編集者から依頼が徐々に舞い込むようになった。

ジョージ・ジョン名義の短編は中流階級についての地味な物語ばかりだ。もう『空が錯乱する』のような小説を書く気はなかった。本名では同性愛を正面切って扱う危険を避け、王道の作家を目指すと決めていたからだ。反響はほとんどなく、無視されていたと言っていい。それでも私はやっと自分の小説を発表できる喜びを噛み締めていた。ささやかな成功に気を良くして、私はフィリップス・エクセター・アカデミーを舞台にした長編小説『かつてアルカディアに』の構想を練り始めた。ウォーの『ブライズヘッドふたたび』の第一部の章題にも使われているラテン語「エト・イン・アルカディアー・エゴ」を英訳したタイトルだ。

一九五二年になるとジロディアスからジュリアンに次作の原稿を早く寄越せ、という催促の手紙が矢のように届き始めた。ジュリアンと私の貢献でオリンピア・プレスは潤っていたが、ジロディアスはとんでもない浪費家で、金が入れば贅沢三昧に明け暮れていたからだ。

ジュリアンに新しいアイデアは何もなかった。私はペトロニウスの『サテュリコン』を下敷きに舞台を現代に置き換えることを提案して、ジュリアンにニューヨークのアンダーグラウンドを探索し、取材してくるように言った。経費として小遣いも与えた。おかげで深夜、私のタウンハウスに「経験談を聞くと素材が増えるじゃない？」と言ってバーや秘密のパーティで出会った男を連れてくるようになった。ジュリアンが引っ掛けてくる男はコロンビアの学生やインテリが多く、陰気で冴えない連中ばかりだった。「ジョージに似てるから連れてきちゃった」と言うのだが、そんなことはどうでもいい。ジュリアンの不貞行為の証拠は、長きにわたる異国生活でもニューヨークでもなかった。しかし、夜毎ジュリアンからその日のナイトライフを聞いたり、ジュリアンが連れてきた輩《やから》の経験談を拝聴するのは不快極まりなく、嫉妬に苛まれながらメモを取った。

そうして完成したのが『ネオ・サテュリコン』だ。私は一人称だと恥じらいのあまり筆が止まる。『空が錯乱する』も自分名義の短編も三人称だった。だが、下敷きとしたペトロニウスの『サテュリコン』は一人称で書かれている。まず私が不慣れな一人称で書き、ぎこちない箇所をジュリアンに口頭で直してもらう形を採った。第一章のホロヴィッツのコンサートはジュリアンと私が実際に赴いたものだ。クラシックに興味がないジュリアンは退屈し、演奏中絶え間なくちょっかいを出してきたが、慎み深い私は突っぱねた。コンサートのあと、チェルシー・ホテルで激しく交わったのは言うまでもない。つまり冒頭は私の体験が幾分素材になっているが、他はジュリアンやボーイフレンドどもの経験談を元に再構成したものだ。

「エスクァイア」一九五三年十二月号に『ネオ・サテュリコン』の第一章が掲載され、この回想録の第一部で記した事態が勃発した。私は職を辞さざるを得なくなり、パリにジュリアンと共に赴いた。用意周到に計画済みだった。マッカーシズムによる弾圧が加速するアメリカにこれ以上いるのは危険だった。既に「パリ・レヴュー」からスタッフとして招かれてもいた。そこで行き掛けの駄賃に騒動を引き起こしたのだ。スキャンダルの威力が予想以上に強過ぎて、仕掛けた私まで危うく火だるまになるところだったが、宣伝の首尾は上々だった。「プレイボーイ」のインタビューは完全な自作自演だ。創刊間もない「プレイボーイ」は人手不足で取材に派遣する記者が確保できないと言ってきた。それなら質問も回答も全部こちらで書くと提案すると「プレイボーイ」は話に乗った。私が質問を書き、回答はジュリアンが口頭で行い、二人で話し合って記事を調整した。ジュリアンの座談の才は見事なもので、私は軽く文章を編集さえすればよかった。写真は私がチェルシー・ホテルのジュリアンの部屋で撮影したものを使わせた。ジュリアンはメディアで騒動を起こすことにかけては恐ろしく長《た》けていた。『ネオ・サテュリコン』以降、作家としてのジュリアン・バトラーは私が役割を果たし、公の場に現れるジュリアン・バトラーは本人が演じることとなった。

22

自主的に亡命したフランスでも厄介事に巻き込まれた。「パリ・レヴュー」が最初に私に命じた企画はルイ゠フェルディナン・セリーヌのインタビューだった。何度も書いてきたように私はフランス語の会話どころか会話自体が得意ではない。セリーヌ直撃取材は荷が重過ぎた。「セリーヌは五一年に特赦を受けたから何とかなるよ」と編集長のジョージ・プリンプトンは言う。私は『夜の果てへの旅』と数々の政治的誹謗文書の作者に畏敬の念と同時に恐怖を覚えていた。ジュリアンは同行したいと大いに乗り気だったが、取材の申込みの手紙には無情にも返事はなかった。

次なる企画はタンジールに住むウィリアム・リーこと本名ウィリアム・バロウズへのインタビューだった。相手が同じアメリカ人なら簡単だろう、と高《たか》を括《くく》っていた。ジュリアンも小説を一作しか出版していないこの奇妙な作家に魅了されていた。私たちはタンジールへ渡った。待ち受けていたのはお世辞にも愉快な体験とは言えないものだ。

ジブラルタルからタンジールにフェリーが着くなり、頼んでもいないのにポーターが群れをなして押し寄せてくるわ、「ハシシ、ハシシ」と言いながら怪しげな売人が群がってくるわ、タクシーの運転手はぼったくろうとするわ、カスバでは酷い悪臭が漂っているわ、ろくでもない街としか言いようがない。住んでいる白人は放蕩者、落伍者、麻薬中毒者、少年愛者、そして暗黒社会の住人だった。ジュリアンは手紙でポール・ボウルズにバロウズの住所を教えてもらっていた。ボウルズにとってタンジールは夢の街かもしれないが、私に言わせれば愚者の吹き溜まりだ。

着いた先は荒れ果てた売春宿だ。バロウズは家賃が一日五十セントだから住んでいるらしい。私がドアをノックしても部屋の主は出て来なかった。続いてジュリアンが無礼にも音高く執拗に扉を叩いたところ、「どうぞ」と枯れた声が聞こえた。ドアを開けると黴《かび》だらけの室内は簡素極まりない。小さな机にタイプライターが置いてあり、穴だらけの壁紙は剝がれかけている。残りの家具はベッド代わりのマットレスしかない。私たちは友人の友人は友人という論理で、アポイントメントも取らずに会いに行ったわけだが、バロウズは見知らぬ闖入者《ちんにゆうしや》に狼狽の色を隠さなかった。

バロウズは酷く顔色が悪く、痩せこけていた。私たちの訪問が一体何を意味するかさえわからないようだ。意外にも服装はきちんとしていた。寝床から這い出してきたばかりのようだが、スーツに着替えてネクタイも締めている。

挨拶が終わるなり、バロウズは呟《つぶや》き出した。「私が欲しいのはユーコダルだよ、ユーコダル。私は作家なんかじゃない」

「それは何です？」とジュリアンは訊ねた。

「コデインの化合物だ。強力なヤクだ。これがないと何もできない。そろそろ買いに行こうとしていた。タンジールはインターゾーンだ。どんなヤクでも格安で手に入る。処方箋もいらない」

「普段はどんな生活を？」私は呆れて横から口を挟んだ。

「昼頃起きる。ブランチを食べに行くついでにユーコダルを買いに行く。ユーコダルをヤる。夕方まで自分の足の親指を見ている。夕飯を食べに行く。家に戻る。ユーコダルをヤる。寝る。以上」バロウズはそう無愛想に言うと、紅茶を淹れにキッチンへ向かった。

「それじゃ麻薬中毒者《ジャンキー》じゃないですか?」ジュリアンは仮借なかった。

「ああ。私のただ一冊の本を知っているだろう? 『ジャンキー』だ」

バロウズは薄汚れたカップを三つ持って来て床の上に置き、座るよう目で合図した。

「なんでそんな薬漬けの生活を送ってるんです?」床に横座りしてジュリアンは訊いた。

「それは」バロウズは大麻煙草《キーフ》に火をつけた。「醜い霊だ。醜い霊が私に取り憑いて私を脅えさせる」

「醜い霊って?」

「メキシコ・シティにいた頃、妻のジョーンとウィリアム・テルごっこをした。ジョーンは頭の上にグラスを載せた。私は射撃の名手だ。この部屋の壁の穴も銃の練習で空けた。失敗するわけがない。弾はグラスに当たるはずだった。しかし、ジョーンの頭を撃ち抜いてしまった。醜い霊が私にジョーンを殺させたんだ。それ以来、霊はずっと取り憑いている。ユーコダルは悪霊祓いの儀式なんだ。これがなければもっとろくでもないことをしでかすかもしれない」

「執筆は何もなさってないんですか?」

「していない」バロウズは意気阻喪した面持ちで溜息をついた。「いや、『ジャンキー』のあとで『おかま』という小説を書いた。メキシコで『ジャンキー』の主人公のウィリアム・リーがアラートンという青年に夢中になる話だ。二人はヤーへというヤクを求めて南米に旅に出るが、別れることになってしまう。下らない話だ。『ジャンキー』の出版社に没にされた。今後、発表する気もない」

「何も書いてないんですか？」ジュリアンは食い下がった。

「手紙なら」バロウズはヤク切れのせいなのか、わずかに痙攣《けいれん》を始めた。「書いている。アレン・ギンズバーグ宛の手紙だ。それはルーチンという形式を採っている」

「ルーチン？」ジュリアンは興味津々だった。

「取り留めもないホラ話だよ。このルーチンについては『おかま』で説明した。ブラック・ユーモアというか、まあそんなようなものだ。自動筆記で書いている」

「オリンピア・プレスなら出版してくれるかもしれませんよ？」

「その必要はない」バロウズはまた深く溜息をついた。「私は作家じゃなかったんだ。書くことは私にとって必要不可欠なものではあるが、もうどんな本も書けそうにない。今書いている相互に何の繋がりもないホラ話の羅列をどこの誰がまとめあげることが可能だと言うんだね？」

「優秀な編集者ならここにいますけど」ジュリアンは私を指差して皮肉を言った。

　私は顔をしかめた。ジュリアン以外と共作などしたくない。

「ふむ」バロウズは紅茶を啜りながら言った。「私は何者でもない。ただのジャンキーだ。それよりミスター・バトラー、いや、ジュリアンと呼んでいいかね？　君はもう二十九歳だったね。こんな言い方をするのは失礼かもしれないが、何でそんなにかわいいんだね？」

「お肌のケア、脱毛、ダイエット、痩身マッサージをして美容に励んでますから。お風呂は牛乳風呂じゃないとだめ」ジュリアンは嬉々として言った。

「やれやれ。女みたいなことを。女になりたがる男の気がしれん。女は皆殺しにするべきだ」

「僕は女になりたがったことは一度もないですよ。性別なんてどっちでもいいじゃない？」ジュリアンは唇を尖らせた。

バロウズはそれには応えず、全身を震わせて言った。「ヤクが切れた。買いに行かなくてはならん。今日はこれにて失礼」そして、帽子を被り、私たちを残して部屋を出て行った。ジュリアンと私は呆気にとられて黙り込んだ。やがてジュリアンが口を開いた。

「彼はだいぶ女が嫌いみたいじゃない？」

「それにしてもインタビューとも言えないようなこの会話をどうやって記事にでっちあげるんだ？」

「ボウルズに色々訊いてみない？　あとは聞き込み。タンジールの住民にバロウズの評判を訊いて回ればいいんじゃない？　それを面白おかしく書いちゃえばいいよ」

バロウズの近所での評判は最悪だった。結果として「パリ・レヴュー」に掲載された記事は作家のインタビューではなく、妻を銃殺した奇人のジャンキーのゴシップ記事とでもいうのがふさわしい代物になった。ほとんど知られていなかったバロウズの名前は少しは注目されるようになったが、当の作家はジブラルタル海峡の向こうで激怒したらしい。

23

私は『消しゴム』という小説を書いた男にまでインタビューをさせられたが、そうした仕事以外は、パリの生活は平穏そのものだった。フランスは植民地を次々と失い、戦後の平和は緩やかに陰りを見せつつあったが、多くのアメリカの作家やミュージシャンがパリへ移り住んでいた。ジュリアンと私はロテルの最上階にあるアパルトマンで暮らしていた。オスカー・ワイルドの十六号室は手狭で、長期滞在には不向きだったからだ。パリでは男が二人で暮らしていても何とも思われない。せいぜい陰で「男色家《ペデ》」と言われるぐらいだ。フランス革命以来、同性愛は罪に問われない。

私の一日は規則正しいものだった。午前七時に起床。螺旋階段を下りて一階の食堂でエスプレッソを飲み、クロワッサンをつまむ。ジュリアンはまだ寝ている。「パリ・レヴュー」の記事や編集の仕事も午前中に済ませてしまう。正午に「パリ・レヴュー」の編集会議。といっても、編集長のジョージ・プリンプトンたちとサン＝ジェルマン＝デ＝プレのカフェテラスでランチを摂りながらだべっていただけだが、いい加減なお喋りが交わされるうちに企画や原稿依頼が決まっていった。

にもかかわらず、編集長の才覚故か、テリー・サザーンを筆頭とした優れた新人の寄稿によるものか、この雑誌は売れた。復員兵援護法でソルボンヌに留学してパリに住んだサザーンはオリンピア・プレスとも関わりがあり、サン＝ジェルマン＝デ＝プレ界隈をうろついていたので、よく顔を合わせた。サザーンの小説や、彼が脚本を手掛けた映画は今でも私を笑わせる。言うなればモンティ・パイソンの先駆にして文学版だ。一九五〇年代のパリのアメリカ人のことならこの回想録より、苦いユーモアでクールに綴られたサザーンの短編「ヒップすぎるぜ」を読んだ方がいい。饒舌《じょうぜつ》で愛想の良いサザーンとカフェで出くわす度に話すのは楽しかったが、彼は売人から買ったハシシに淫していた。手に入る時はコカインやヘロインといったハード・ドラッグに親しむのも躊躇《ちゅうちょ》しなかった。ジュリアンはサザーンにハシシを分けてもらって喜んでいたが、私はドラッグなんぞには関わりたくない。サザーンは私の友人というよりジュリアンの友人だった。

午後二時頃に「パリ・レヴュー」の打ち合わせとも言えない打ち合わせが終わると、ロテルに戻ってジュリアンを起こし、入れ替わりにベッドに潜り込んで私は昼寝をする。パリのモードに夢中だったジュリアンは身支度を済ませると、一人でメゾンからメゾンを渡り歩いた。ジュリアンはニュー・ルックの帝王クリスチャン・ディオールから気品あるジバンシィに鞍替えしていた。ジバンシィはオードリー・ヘップバーンが好んだメゾンだ。ジュリアンはジバンシィのベッティーナ・ブラウスを気に入り、ソーニャ・デ・レナートが発明したカプリ・パンツを合わせた。長かった髪も切り揃えてフィリップス・エクセター・アカデミー時代と同じボブに戻し、細身のカプリ・パンツと相俟《あいま》って男とも女ともつかない中性的な雰囲気になった。一方で、蚤の市やアンティーク・ショップに足繁く通い、ロココ時代やベル・エポックの古いドレスも買い漁っていた。

午後五時にロテルのバーでジュリアンと合流して食前酒を飲み、ディナーへ。どこで食べるかをめぐって、決まって諍《いさか》いが生じた。ジュリアンは滑稽なほど名店好みで、マキシムやトゥール・ダルジャンに行きたがった。成金や観光客だらけの見掛け倒しの高級レストランの何がいいのか私にはわからない。鴨のコンフィならトゥール・ダルジャンより大衆食堂のシャルティエが私の好みだったが、庶民的な店こそジュリアンが最も嫌う類だった。ねだられたり、すねられたりするのに私は弱く、二日に一回はマキシムやトゥール・ダルジャンに引きずられて行った。だが、秋から冬にかけては譲れない楽しみがあった。

寒さがパリを支配するようになるとコートの襟を立ててセーヌ川を渡り、中央市場に歩いて行った。市場の近くにある看板もないブラッスリーのフリュイ・ド・メールが目当てだった。アメリカ人観光客どころかパリジャンさえほとんど知らない店で、近隣の労働者が集まっている。ジロディアスが魚介類は美味だと教えてくれたのだ。金が入ればすぐに蕩尽してしまうジロディアスは、しばしば高級レストランではなく、こういった店での食事を余儀なくされていた。それでも美食を諦めなかったのは彼らしい。ブラッスリーの扉を開けるやいなや、私はフリュイ・ド・メールを注文する。寒い間は毎日頼むので、店主のマダムは私の顔を見るなり、「フリュイ・ド・メールね」と言うようになってしまった。料理の到着まで私はそわそわしていたが、ジュリアンは無言でカルヴァドスを啜っていた。ジュリアンが本当の意味で美食家だったかはあやしい。肝心なのはアルコールで、食物は飽くまで酒のつまみだった。さて、待ちに待ったフリュイ・ド・メールの登場だ。海の果実の意を持つこの魚介類の祝祭は、砕いた氷を敷き詰めた大盆の上に生牡蠣、ムール貝、バイ貝、雲丹《うに》が山盛りだった。牡蠣剝き職人《エカイエ》がその場で殻を外してくれる。味付けはレモンを絞るだけで充分。食べ終わった殻は床に投げ捨てて構わない。銘柄も定かではない安ワインの白とともに次から次へと平らげる。口腔全体に海が広がっていくようで陶然とした。私にとってパリの最高の快楽はこのフリュイ・ド・メールだった。

ディナーを済ませると、ジュリアンはル・タブーかル・ブフ・シュル・トワを皮切りにバーの梯子に繰り出した。前者にはテリー・サザーンが、後者には作家のジェイムズ・ボールドウィンが付き添っていたことが多い。デビュー前のボールドウィンは極貧に喘《あえ》ぎ、パリに住んでいるアメリカ人の金持ちにたかって暮らしていたと聞く。一九五六年に出版された『ジョヴァンニの部屋』は異性愛と両性愛と同性愛が交錯し、アメリカとヨーロッパが対置され、アメリカ人の主人公、イタリア人であるジョヴァンニ、生粋のパリジャンたちの階級問題が追究されている。ボールドウィンは間違いなくヘンリー・ジェイムズの正統な後継者だ。アメリカの白人作家が描き得なかったパリのホモセクシュアルの世界を、黒人のボールドウィンにとっては抑圧者である白人に憑依して書く離《はな》れ業《わざ》まで演じてみせた。ボールドウィンは彼自身が搾取される側で搾取する側でもあったから、この社会を知り抜いていた。だが、ボールドウィンもジュリアンの友人であって、私の友人ではない。カフェでたまに同席した時に数言交わした程度だ。私はパリのホモセクシュアルの世界にもナイトライフにも興味がなかった。パリで暮らした間中、頭の中は書きあぐねていた自分の小説、アメリカを舞台にした『かつてアルカディアに』に占められていたからだ。

サザーンやボールドウィンと夜遊びに向かうジュリアンと別れ、私は午後八時にロテルへ戻る。ひたすら読書に耽《ふけ》った。日付が変わった頃にジュリアンは戻ってくる。ゆったりと交わってから私は就寝。ジュリアンは朝までベッドのなかで起きていて、パリに住むようになってから気に入ったゴロワーズを吹かし、小さく音量を絞ったレコードでシャンソンを聴いていた。

アメリカでは考えられない優雅な生活だった。エディット・ピアフが歌ったように「ばら色の人生《ラ・ヴィ・アン・ローズ》」だった。オスカー・ワイルドによれば良いアメリカ人は死んだらパリへ行き、悪いアメリカ人はアメリカへ行く。今こうして人生の終わりにアメリカで回想録を書いている私はどうやら悪いアメリカ人だったようだ。

経済的にも余裕があった。「エスクァイア」が前宣伝となった『ネオ・サテュリコン』は一年で三十万部にまで達したあとも、世界中で売れ続けていた。印税は三万ドルまで膨れ上がり、さらに増えていった。今度ばかりはジュリアンも印税を半額渡してきた。私も「エスクァイア」文芸欄担当時代とまでは言わないが、「パリ・レヴュー」からそれなりの給料を貰っていた。編集長のプリンプトンは金策が巧みで、雑誌には金があった。

ジロディアスから印税を取り立てるのは骨が折れる仕事だった。オリンピア・プレス自体はフランシス・レンゲルと名乗っていたスコットランド出身の小説家アレクザンダー・トロッキやマーカス・ヴァン・ヘラーのペンネームを使用したジョン・スティーヴンソンたちにポルノを書かせ、それを「トラヴェラーズ・コンパニオン」というペーパーバック・シリーズで出版して一儲けしていた。J・P・ドンレヴィーの『赤毛の男』とウラジーミル・ナボコフの『ロリータ』があとに続き、国際的なベストセラーになった。だが、ジロディアスは出版とは無関係の新事業に絶えず手を伸ばした。美食への耽溺からレストラン経営に乗り出そうとしていたほどだ。ジロディアスは編集と営業にかけては世界でも屈指の能力を発揮したが、経理の才はゼロどころかマイナスだった。故にオリンピア・プレスは自転車操業でジロディアスは四六時中金に困っていた。おまけにジロディアスは現金でしか印税を支払わない。それが毎回三百ドルや五百ドルといった単位だ。やむを得ず、週に一回はオリンピア・プレスを訪れ、取り立てを行わなければならなかった。

その日もジュリアンに付き添って取り立てに行った。オリンピア・プレスは業務拡大に伴い、エディション・デュ・シェーニュを兼ねていた書店から移転し、ロテルから徒歩で十分のネル通りにある十七世紀の建物の二階全体を専有していた。その一角にあるペール・ブルーの絨毯が敷き詰められた執務室は、社長の金遣いとは正反対の禁欲的な内装だった。オリンピア・プレスの出版物が並んでいる本棚とジロディアスの執務机と椅子、そして来客用の小さな肘掛け椅子しか家具はない。階段を上り、二階の廊下を歩いている時に呻き声が聴こえた。

執務室に入ってみるとジロディアスが股間を押さえて倒れている。室内にはジロディアスを見下ろしている先客がいた。五フィート四インチのジュリアンより背が高い。ボーダーのTシャツにリーバイスのジーンズを穿き、栗色をしたベリーショートヘアで、前髪を左に流している少年だった。

「いいところに来てくれた。助けてくれ。肩を触っただけなのに股を蹴り上げられたんだ」ジロディアスは床にうずくまったまま喘いでいる。

「ムッシュー・ジロディアスは遂に男の子にも興味を抱いたんですね?」ジュリアンは茶化した。

「肩を触っただけ? 『最高級のレストランに行こう。それから私の家でとっておきの一九三七年のロマネ・コンティでも飲みながら打ち合わせを』って言いながら体を密着させてキスしようとしたじゃない。馬鹿はすぐ仕事と私的な感情を混同するんだから」

いくつかの言語のアクセントが分かち難く入り交じった英語だった。そのメゾ・ソプラノの声で少年ではなく、少女だと気づいた。

「単なるフランス式の儀礼的なお誘いだ。これだからアメリカ人は困る」ジロディアスは机を支えにやっと起きあがった。

「私はアメリカ人じゃないんだけど？　アメリカは本当に最低。ヴェルサイユの代わりにあるものといったらディズニーランド。フランス人はアメリカ人よりマシだけど、あなたはフランス人では最低の部類じゃない」

「淑女は紳士に口説かれると喜ぶものだ」ジロディアスは机に上半身をもたれ掛けさせたまま苦しげに言った。

「生憎、私は女の子しか好きじゃない女の子なんで」

彼女はきっぱりと冷たい口調で言い渡した。ジロディアスは言葉に詰まった。私はそこで口を挟んだ。

「ところで、ジュリアンに印税を払って戴けますか、ムッシュー・ジロディアス」

ジロディアスの顔は見ものだった。彼は股間の痛みと経済的な損失の二重の苦しみに襲われて出口なしだった。

その日は千ドルほど回収した。口止め料の意味合いもあったのかもしれない。オリンピア・プレスを出ると、ジュリアンは少女をカフェ・ド・フロールに誘った。フロールのテラス席で少女はギャルソンにカフェ・クレームを頼み、ゴロワーズを取り出した。ジュリアンは無邪気に「僕と同じじゃない！」と嬉しがった。少女は「フランス人はゴロワーズかジタンだよ」と笑うと、自分のことを話し始めた。

「私、ジロディアスのために英語でポルノ小説を書いてるんだ。登場人物は女の子だけ。レズビアン小説って言えばいいかな。女の子のことを書くのは楽しいけど、ポルノなんて書きたくないんだよね。お金がないから書いているだけ。ジロディアスは原稿を見ると『もっとエロくしてくれ』としか言わない。あいつは馬鹿。もう三冊ほど書いて売れ行きもいいみたいだけど、どうでもいい。印税もロクに払わないし。でも、男っていう生き物は男がいらない女が好きみたい。あと、この喋り方のせいもあるかも。私、親がポルトガル人とフランス人でアメリカでも暮らしたことがあるんだけど、ポルトガルとフランスとアメリカのアクセントがごっちゃになったこの訛りが性的に催させるみたい。だから、言い寄ってくる男が多くて、邪魔で邪魔で仕方がないんだけど、嬉しいことといったらこの訛りが女の子にも受けが良いくらいかな。声を低くして耳元で囁くとうっとりしちゃうみたいで、女の子を口説く時はわざと訛りを強くするんだ。おかげでアメリカの女子大で女の子を落としまくったら、退学する羽目になっちゃった」

　少女はそこまで一気にまくしたてると舌をぺろりと出し、カフェオレボウルを両方の手で持って美味しそうに飲んだ。喋っている間中、表情がくるくると変わる。私は初めて女性に興味を持った。ジュリアンも面白そうに見ている。少女は目を見開いて話を続けた。

「で、あなたたちもそうでしょう？」

「何がだ?」私には話の行方が見えなかった。

「男の子が好きな男の子。いいカップルだと思う」

「よくわかったね!」ジュリアンは少女に感心したようだった。

自分の顔が赤くなるのを感じた。ジュリアンとの関係を初対面の人間に言い当てられたことなど一度もない。

「そうだよ。僕はジョージが好き。ジョージは僕が好き」ジュリアンは澄まして言った。

「何を言うんだ」私は声を荒らげてしまった。

「だって、そうじゃない?」ジュリアンは不満げだった。

「痴話喧嘩はやめて。あなたたち二人はいいカップルだと思う。あなたは女の子みたいにかわいいし、ジョージは生真面目で初心《うぶ》な男の子みたいでかわいい」

そう言うと少女はにっこりして私の目を覗き込んだ。私は羞恥で何も口を利けなくなった。

「あ!」少女は急に大声を出した。「私、まだ名前を言ってなかった。私はジーン。ジーン・メディロス。よろしく!」

24

私たち三人はすぐに仲良くなった。ジーンは女の子と親しくなるとあっという間に恋人になってしまうので、純然たる友人はいなかった。私にもパリには仕事仲間はいてもジュリアン以外の友人はいない。

　ジーンはタクシーに乗りたがらなかった。ロクに印税を払わないジロディアスのせいで、生活費を切り詰めて暮らしていたからだ。節約のためにいつも歩くか、良くて地下鉄《メトロ》かバスだ。ジュリアンは地下鉄《メトロ》に目を瞠《みは》った。ニューヨークにいた時も治安が悪いだの何だの理由をつけて地下鉄《サブウェイ》には一切乗らなかったし、自動車といえば一族の運転手付きの専用車とタクシーしか知らなかった。運転免許など持ったこともない。「車は運転するんじゃなくて、運転してもらうもの」とジュリアンは常々言っていたものだ。私も反射神経が酷く鈍く、学生時代に運転免許を取得しようとしたが、失敗している。そんなわけでジュリアンはバスに至っては乗り方もわからなかった。バスの乗車の仕方を教えてもらった時は「ジーンは凄いね！」と大はしゃぎだった。それがきっかけでジュリアンはジーンに懐《なつ》いた。

　ジーンはカルチエ・ラタンの学生用ステュディオを間借りして住んでいた。エレベーターはなく、部屋がある天辺の七階まで階段で上がらなければならない。ステュディオはベッドとタイプライターが置かれた机だけでいっぱいになるほど狭かった。冷房などないから夏は暑く、利きが悪いラジエーターのせいで冬は寒い。クローゼットには衣服ではなく、本がぎっしり入っている。数は限られていたが、ジーンの蔵書は厳選されていた。古典古代からはソフォクレス、アリストファネス、ウェルギリウス、オウィディウス。イタリアからはダンテとボッカッチョ。ロシアからはトルストイとチェーホフ。最も多かったのはフランス文学だった。モンテーニュ、ラ・ロシュフコー、ヴォルテール、サド、バルザック、フローベール、バタイユ、マルグリット・ユルスナールが並んでいた。アメリカ文学はポーの他は自主的な亡命者ばかりだった。ヘンリー・ジェイムズ、T・S・エリオット、ジューナ・バーンズ、アナイス・ニン、ポール・ボウルズ、ジェイン・ボウルズ、そしてデビューしたばかりのパトリシア・ハイスミスだ。ジーンの初期の作風はモダニズムとシュルレアリスム双方の影響が強く、ジョイス、ヴァージニア・ウルフ、アントナン・アルトーの諸作もあった。ジーンの読書遍歴は私のそれとは異質だったが、オスカー・ワイルドへの情熱を共にしていたので話が合った。

ジーンの食事は一日一回。毎日わざわざ十三区のチャイナ・タウンまで歩いて行って、安価な中華料理を摂るだけだった。一度、ジーンが通っている客家《ハッカ》料理店に案内してもらったことがある。濃厚な味付けの豚足が美味だった。見たこともない豚足を前にして「こんなの食べ物じゃないよ」と嫌がるジュリアンを、ジーンは「安くても美味しいものはあるんだから」と窘《たしな》めた。

ジュリアンはジーンの質素な暮らし振りを見て、彼女をロテルに招いた。ロテルのアパルトマンは二間あったから、もう一つベッドを運び込んでもらい、片方はジーンの部屋にした。ジーンは良い同居人だった。朝は早起きしてタイプライターに齧《かじ》りつき、昼まで仕事をする。午後はカフェに行って付き合っている女の子とお喋りをするか、付き合っていない女の子を口説いて連れ帰り、フランス人が「五時から七時まで」と呼ぶ情事を楽しむ。ジーンのガールフレンドは頻繁に変わったが、誰が相手でも上手くやっていた。別れる時すら揉めたのは見たことがない。夜はバーを梯子しているジュリアンに置いてきぼりを食った私とお喋りをして、日付が変わる前に寝てしまう。

ジーンに案内してもらって、ようやく観光もするようになった。ジュリアンはノートルダム大聖堂にあるガーゴイルの隣で、表情を真似た変な顔をして写真を撮ってもらった。私はカタコンブの骸骨に震えあがり、ジーンに笑われた。ルーヴル美術館には三人で二週間かけて通った。膨大な絵画をジーンに解説してもらいながら観て歩くうちに、幼い頃のルネサンスへの情熱が甦《よみがえ》った。ティツィアーノ、ベッリーニ、ヴェロネーゼが私の興味を惹いたが、繰り返し観たのはレオナルド・ダ・ヴィンチの『洗礼者聖ヨハネ』とそのモデルと言われるレオナルドの弟子サライことジャン・ジャコモ・カプロッティを描いたスケッチだった。『洗礼者聖ヨハネ』は神秘的という陳腐な形容を通り越して、怖れを抱くほど妖しかった。ジュリアンは甘美で軽薄なロココのコレクションを除いて関心を持たなかった。ロココの絵画は自分のファッションの参考になるからだろう。「ブーシェの間」に入り浸るか、ヴァトーやラ・トゥールの絵を観て、フラゴナールの『ぶらんこ』がなかったのを悔しがった。ジュリアンはジーンに教えられた画家エリザベート＝ルイーズ・ヴィジェ＝ルブランを好きになった。ルブランの自画像は自分と似ているとさえ言い出した。口には出さなかったものの、婀娜《あだ》っぽいジュリアンはむしろサライのようで、さっぱりとしたジーンの方がヴィジェ＝ルブランに似ている、と私は密かに思った。マリー・アントワネットお抱えの肖像画家だったヴィジェ＝ルブランの絵画を多く所蔵しているのはヴェルサイユだ。ヴェルサイユでヴィジェ＝ルブランの絵画を観て回ってから、プチ・トリアノンの王妃の村里で私たちは子供のようにかくれんぼをした。要はお上りさん丸出しの観光客を演じたわけだが、あとにも先にもこんな楽しい日々はなかった。ジーンほど素晴らしい旅の伴侶はいない。

ジーンに誘われてバルセロナにも足を延ばした。ジュネが『泥棒日記』の舞台にしたバルセロナは街中至るところ物乞いとスリと強盗だらけだった。犯罪者はランブラス通りに集結しているとジーンに教えられて、私は絶対に近寄らないようにした。ジュリアンは忠告に耳を貸さず、一人で散歩に行って案の定財布をすられた。ガウディが設計したグエル公園は現実感を失わせるほど奇妙だった。テラスのベンチに座りながら、この公園は本当にこの世のものなのか、と訝《いぶか》しんだ。新市街はガウディのサグラダ・ファミリア、カサ・ミラ、カサ・バトリョ、カサ・ビセンスを始めとした同時代のモデルニスモの建築物に埋め尽くされており、華麗だが異様だった。ホテルで毎日私たちはパエリアを食べたが、ボーイが気を利かせてくれて、ある時は魚介の、ある時は鶏肉の、ある時はイカ墨の、ある時は米ではなくパスタのパエリアが出てきてびっくりしたものだ。

ヴェネツィアも再訪した。ジュリアンはハリーズ・バーに行こうとジーンと私を急《せ》かした。バーの扉を開けるとトルーマンとゴアがそれぞれ離れた席に座っており、沈黙したまま殺意の籠もった目で互いを見ている。私たちは二人に声を掛けることなく、回れ右をしてハリーズ・バーを出た。ゴアがあとから送ってきた手紙には「ハリーズ・バーに来て最初のスコッチを注文したらトルーマンがいるじゃないか。あいつを殺す準備はできていた」と書かれていて、三人で大笑いした。

その後、ジーンは原稿を送っていたアメリカのダブルデイとの契約に成功し、三部作のミステリ小説を送り出すことになる。ブラック・ユーモアに満ちたシリル・リアリー・シリーズだ。シリルはパリにやってきたアメリカ人で、ホモセクシュアルという設定だった。男に恋慕を寄せる度、シリルは事件に巻き込まれ、ヨーロッパの街から街へ、国から国へ逃亡を繰り返す。私は実名でそんな小説を出版するジーンの大胆さが羨ましかった。アメリカは変わりつつあった。ジョセフ・マッカーシーは一九五四年十二月二日に失脚していた。パリに来て一年も経たない頃だ。拍子抜けせざるを得なかった。「パリ・ヘラルド・トリビューン」でマッカーシズムが終焉を迎えた記事を読んだ日、ジュリアンに「帰るか？」と訊いた。ニューヨークのタウンハウスは依然私のものだった。アメリカに戻ろうと思えばいつでもできた。「アメリカは逃げないし、パリは楽しいじゃない？」と曖昧な答えが返ってきた。気が進まないのが見て取れた。その話はそれっきりだった。私は「パリ・レヴュー」の仕事のかたわら、『かつてアルカディアに』を這いずるような速度でのろのろと書き進めていった。帰国するのは作家になってからだと決めていたからだ。ジュリアンは遊び回るほかは文字通り何もしていなかった。

ジーンがシリル・リアリーの一作目で得た多額の印税で、ホテル・リッツで開いたパーティはパリ時代の輝かしい頂点だった。オスカー・ワイルドが嫌い、マルセル・プルーストとノエル・カワードが愛し、フィッツジェラルドがダイヤになぞらえ、ヘミングウェイが酔いどれたホテル・リッツ。ヘミングウェイはパリ解放の際、リッツを解放したという伝説があるが、事実と異なる。リッツは既にイギリス軍が解放していた。自分の部隊を率いて到着したヘミングウェイはイギリス軍を追い払い、リッツのバーを再占領しただけだ。あとはバーに御輿を据え、狼藉三昧に及んだに過ぎない。

忌まわしいヘミングウェイが占領したカンボン通り側のバーでパーティは開かれた。ジーンはバーを三人で貸し切りにした。全員正装のピアノ、ギター、ベース、ドラムで構成されたバンドまで、広いとは言い難いバーに押し込んだ。ジーン自身はドレス・コードを無視したTシャツとジーンズでリッツに乗り込むなり、「シャンパンをどんどん持ってきて。今日はサロンだけ。倒れるまで飲むんだから!」と居並ぶギャルソンに宣言し、サロンを三ボトル飲んだ。ジュリアンはその上を行く五ボトルを飲んだ。私は一ボトルが限界だった。酔っ払ったジュリアンはバンドの伴奏で、ノエル・カワードの「アイ・ウェント・トゥ・ア・マーヴェラス・パーティ」を大声で歌い出した。ジーンはテーブルに飛び乗って踊り出す。二人はジョージも歌えと囃し立て、私は仕方なく「ラ・マルセイエーズ」をがなった。我ながら趣味が悪いとしか言いようがない。ジュリアンはエディット・ピアフの「愛の讃歌」で始めて立て続けにシャンソンを歌い、シャンパンをラッパ飲みしながらテーブルの上でジーンと踊り狂っていた。私は霞んでいく視界の隅に、バーカウンターの向こうにあるヘミングウェイの写真を捉えた。そこで意識は途切れた。

翌日、私はロテルのベッドで目覚めた。隣ではジュリアンが死んだように寝ている。陽は既に高く昇っていた。

「起きた？」ジーンが隣の部屋からカフェオレボウルを手にしてやってきた。「私たちリッツに出入り禁止を食らっちゃった」

「ジュリアンが何かしたのか？」そんな問題行動を起こすのはジュリアンに違いない、と寝ぼけていた私は勝手に判断した。

ジーンは面白くて仕方がないというように笑い、首を振った。

「ジョージ、あなたのせい。あなたは『プルーストのリッツをヘミングウェイが汚した』と叫んだと思ったら、バーカウンターを飛び越えてヘミングウェイの写真を床に叩きつけちゃって、それからテーブルや椅子を持ち上げて次から次へと放り投げたんだから」

私は毛布を引き上げ、寝た振りをした。

25

パリで過ごした日々のなかでも、植物園に行った昼下がりのことは忘れられない。一九五七年の五月だった。ジュリアンはジーンが二着持っていた空色のワンピースを借りて、二人はお揃いの服装をしている。ジーンはボーイッシュ一辺倒ではなく、古着のカジュアルなレディースもよく着ていた。「気分によって男装したり、女装したりしたくなるんだ」とジーンは笑いながら言った。

三人は温室を見て回り、藤棚の下でじゃれあい、鹿が屯《たむろ》している庭園に腰を下ろした。ジーンはデリカテッセンで買い集めてきた食べ物が入ったバスケットを広げた。レバーのパテとバゲット、スモークサーモンのマリネ、アーティチョーク。どれも美味しいのでそう伝えると、ジーンは「だって、私は美味しいものを見つける名人だから。作るのは大嫌いだけど」と澄まして言う。ジュリアンは持参したブランデーグラスにヘネシーを注いでみんなに回した。アルコールはシャンパンしか飲まないジーンはヘネシーを断り、ペリエの瓶に直接口をつけて飲んでいた。

目の前を太った子供が走って行き、鹿にぶつかって転んだ。鹿の群れは動揺して右へ左へと走り回る。子供は泣き出した。ジュリアンはコニャックを飲むのをやめて子供に駆け寄った。鹿を追い払い、泣き喚く子供に優しく語りかけている。

「ジュリアンは余裕が出た。出会った時は無愛想で傲岸不遜な子供だった。その子供が今は子供をなだめているんだ」子供の頭を撫でているジュリアンを見やりながら、ジーンに話し掛けた。「君と友達になったからだと思う」

「ジュリアンが欲しいのはママ。ジョージは自分が口うるさいママみたいになっているのに気づいてる？　私はママにさせられるのはごめんだから、せいぜいお姉さんかな」

ジーンはパテを塗ったバゲットにかぶりついた。パンに比べて口が小さく苦労している。千切って食べる気はないらしい。ジーンは酷く華奢だった。胸はほとんどなく、ワンピースから覗く足首は折れそうなほど細い。酔いが回って私はぼんやりしてきた。

「『空が錯乱する』を書いたのはあなたでしょう？」ジーンはバゲットを頬張りながら不意に言った。

全身に氷を押し当てられたような気がした。ジーンが誰かにこのことを漏らしたら噂が駆けめぐるだろう。ポルノ作家としてではあるが、ジュリアン・バトラーはもう世界的な存在だった。

「誰にも言わないでくれ」私は情けない声を出した。

「当たり前でしょ。私があなたたちの秘密をばらすような人間とでも思った？　ジュリアンの小説を順番通りに読んでいたらわかっただけ。『二つの愛』は共作。ジュリアンだったらあんな破滅的な結末は書かない。『空が錯乱する』は完全にあなた。ジュリアンにあんな知識はないいし、ローマ時代のことなんか書かない。歴史には何の興味もないでしょ？　そのかわりジュリアンには時代に鋭敏に反応する才能がある。とても軽やかな感覚がある。『ネオ・サテュリコン』はジュリアンが経験したり、聞いてきたことをペトロニウスを下敷きにあなたが書いたに決まってる」

「君はたぶんジュリアンより私のことがわかっている」私の思考はアルコールで曇っていた。「もしジュリアンがいなかったら君と結婚していた」

　口に出してから後悔した。困ったことに本音だった。私はこの時、ジュリアンよりジーンに惹かれていた。だが、ジーンに対する感情がどういったものなのかは自分でも説明がつかなかった。

「結婚？　ジュリアンが妹ならあなたは弟みたいなものじゃない。弟とは結婚できません」ジーンはタチの悪い不審者と遭遇したような表情で、私の目を覗き込んできた。

「結婚なんて馬鹿らしいことを私はしたくない。たとえ女の子ともね。結婚は制度。恋愛は長くても数年で冷めるもので、あとは惰性。私は一月《ひとつき》くらいで冷めてばかりだけど。そして恋愛は性欲と友情の合成。性欲だけの場合もあるけど。あなたは私に性欲すら抱いていないでしょう？」

「わからない」私はうつむいて目を逸らした。「私には愛が何かもわからない。セックスのこともなるべくなら考えたくない」

「いい？　恋愛の多くは失敗に終わりがちで、それもすぐに終わるけど、友情はそんなに簡単に終わらない。夫婦だって恋愛感情は冷めていって、友情で仲間同士みたいに暮らしてる。友情はうまくいけばどちらかが死ぬまで続く。私はあなたとジュリアンとはそれができると思ってる」ジーンはそこまで一気に喋ってまた大口を開け、バゲットを嚙んだ。

「私がホモセクシュアルだからか?」私は動揺のあまり何を言っているかわからなくなった。

「自分をホモセクシュアルだなんて決めつけるのはやめて」ジーンは険しい目つきで私を睨《にら》んだ。「私は女の子が好きな女の子だけど、だからって自分を卑下したりしない。私は女の子が好き。それはそれだけのこと。女の子が好きなことが自分のなかで重要だとは思わない。それは単に性的な問題。私は私。やりたいことをするだけ。あなたもそうでしょう? だいたいジュリアンに失礼じゃない? ジュリアンをなんだと思ってるの? 飽きたら捨てられる玩具か何かだと思ってる?」

「悪かった」私はそう言ってうなずくことしかできなかった。

泣き止んだ子供と手を振り合いながら、ジュリアンが戻ってきた。

「何の話をしてるの?」

「私があなたとジョージのお姉さんってこと。あなたは妹でジョージは弟」

「なんで年上の僕たちが妹と弟なの? わがままだから?」

ジュリアンは首を傾げ、ワンピースの裾を持ってひらひらさせた。ジーンは私の方を見て吹き出した。私もつられて笑った。ジュリアンは「なになに? ねえねえ、内緒にしないでよ」と頬を膨らませて見せた。

26

パリで暮らすうちにさらに一年が経ち、私は『かつてアルカディアに』を完成させた。また今度は私が出版社を探す番になった。オリンピア・プレスからは出したくなかった。まともな小説家として歩みたかったからだ。アメリカのいくつかの出版社は原稿を没にした。既にシリル・リアリー・シリーズで「サスペンスの皇女」と崇められていたジーンの紹介で、イギリスの出版社にあたってみた。運良くチャップマン＆ホールが興味を示した。イーヴリン・ウォーの父が社長だった出版社だ。ウォーは自著を出版していたチャップマン＆ホールで顧問も務めており、『ブライズヘッドふたたび』の章題を英訳したタイトルを持つ『かつてアルカディアに』の出版の決定に関与したはずだったが、ウォーは何も言ってこなかった。

一九五八年の夏のある日、私は『かつてアルカディアに』の校正刷りを直していた。隣室ではジーンがタイプを叩いている。起きたばかりのジュリアンはベッドに寝そべったまま、ゴロワーズを吹かしていた。ギャルソンがドアをノックし、電報が届いたと告げた。ジュリアンが取りに行った。電報を見るなり、ジュリアンは叫び出した。

「ママが死んだ！　やっと死んだ！　ママの墓の上で踊ってやりたい！」

ジュリアンはベッドの上で飛び跳ねて笑っていたが、そのうちそれは泣き笑いになり、最後は嗚咽《おえつ》に変わった。ジーンが扉を少し開けて覗き込んでいる。私は無言でうなずいた。ジーンはジュリアンに近づき、そっと抱き締めた。暫くしてジーンとジュリアンは飲みに行った。二人は日付けが変わっても戻って来なかった。

ジュリアンの母アンはこの年、長年のアルコール中毒の末、脳梗塞を起こして死んだ。六十歳にもなっていなかったはずだ。アンは男から男へと渡り歩き、最後はロサンゼルスに流れ着いた。精神病棟に出たり入ったりを繰り返し、廃人同然だったらしい。電報は最後の愛人でもあった入院先の精神科医からのものだった。

翌朝、私が午前七時に起きると信じ難いものを目にした。いつも昼過ぎまで夢のなかのジュリアンがベッティーナ・ブラウスにカプリ・パンツを着込んで荷造りをしている。ジーンも自分のトランクに荷物を詰めていた。

「何が起こった？」目覚めのエスプレッソをまだ飲んでおらず、眠くて仕方なかった。

「ママが死んだじゃない？　これで僕の家族は僕以外死に絶えた。邪魔するやつはもういないからアメリカへ帰る」

ジュリアンは吹っ切れた顔をしていた。

「第二幕の始まりってわけ」ジーンは自分のトランクを閉めながら言った。

ジュリアンが異国をうろついていたのは、アメリカにいる母を怖れ、避けていたからだ、とやっと気づいた。アルジェリア戦争は悪化の一途を辿り、ド・ゴールが首相に返り咲いていた。第四共和政は終わりを迎えつつあり、パリの情勢もきな臭くなっている。フランスを去るにはちょうどいい。翌日、荷物をまとめ、私たち二人はエール・フランスで祖国へ戻った。ジーンはメラネシアへ飛んだ。理由は「行ったことがないから。知らないことは知りたくならない?」だった。ジーンはその後も時々パリに帰るほかはヨーロッパ中を旅して回り、オセアニア、アフリカにも足を延ばした。それから十年もの間、私はジーンと会うことはなかった。トルーマンの『ティファニーで朝食を』のホリー・ゴライトリーではないが、ジーンはいつも「旅行中《トラヴェリング》」だった。

27

アメリカの文学界はビート・ジェネレーションに席巻されていた。アレン・ギンズバーグの詩集『吠える その他の詩』が一九五六年に出版されて先鞭をつけ、五七年にはジャック・ケルアックの『オン・ザ・ロード』が続いた。五九年には何も書けないと言っていたはずのウィリアム・バロウズの『裸のランチ』がオリンピア・プレスから出版された。『裸のランチ』と比べれば私の『かつてアルカディアに』はあまりにも旧来の型に嵌まっており、時代遅れだった。

私はアッパー・イースト・サイドのタウンハウスに戻り、ジュリアンもいつものようにチェルシー・ホテルに部屋を取った。『かつてアルカディアに』は一九五九年にE・

M・フォースターとクリストファー・イシャーウッドの推薦文つきでチャップマン&ホールから出版された。穏当な文体と地味な内容のおかげで道徳的に偏狭なイギリスでは評価され、アメリカでも翌年ランダムハウスから出版された。ハードカバーで十万部もの売上を記録した。旧弊な古巣「ニューヨーカー」に書評が出たのみならず、一九六一年にフォークナー賞まで授けられた。授賞式には出席しなかった。フォークナーが嫌いだったからでもあるが、私はマスメディアを徹底して避けていたからだ。顔写真は『かつてアルカディアに』のジャケットの折り返しに使う著者近影以外撮らせず、インタビューは全て断った。

怖かったからだ。ジュリアンを「エスクァイア」でアメリカに紹介したのは私だったが、彼がそのことでどれほどの悪名を得たかはわかり過ぎるほどわかっていた。マスメディアは拡声器の役割を果たすが、自分を脅かす刃にもなり得る。個人的な情報は自分の利益になるものしかメディアに渡してはならない。私の生活はジュリアンと共にあったので、メディアに知られていいわけがなかった。ジョージ・ジョンはホモセクシュアルだと連中が書き立てたら、ささやかな名声に傷がつく。私は狡猾だったが、後悔はしていない。老獪《ろうかい》さは人生で最も役に立つ。

一九五九年にはとある椿事《ちんじ》も起きた。経営難に陥っていたメトロ・ゴールドウィン・メイヤーからジュリアンに突然電話が掛かってきたのだ。「一刻も早くロサンゼルスに来て欲しい。トップ・シークレットなので電話口では話せない」という内容だった。

ジュリアンは私をニューヨークに残し、一人ロサンゼルスへ飛んだ。そこでは思いも寄らない出来事が待っていた。『空が錯乱する』を原作に大予算で歴史映画を撮りたい、と持ち掛けられたのだ。打ち合わせはビバリーヒルズ・ホテルのプールサイドで行われた。例のうんざりするピンクのホテルだ。監督のウィリアム・ワイラーはバーカウンターに腰掛け、ジュリアンを待っていた。精悍な容貌で知られるワイラーだったが、この時ばかりは弱りきって萎んだ梨のような顔をしていたそうだ。プロデューサーのサム・ジンバリストはネロ皇帝の映画を撮るべく一九五七年から動き、ローマのチネチッタに巨大なセットを作り上げていたにもかかわらず、五八年に死去してしまった。ジンバリストはセットを組み終わった段階で、用意された脚本の凡庸さに落胆した。病床でワイラーに「ジュリアン・バトラーの『空が錯乱する』を原作にしてくれ。脚本も小説家自身に」と言い遺した。ジンバリストの遺志を継いでワイラーはプロデューサーを兼任せざるを得ず、ジュリアンに映画化権の売却と脚本の書き換えを要請した。『空が錯乱する』は抽象的だからタイトルを『ネロ』と改め、小説の後半部分を削り、ネロの死までを描いたものにして欲しい、と注文もつけてきた。ただでさえMGMは経営が悪化しているのに酷い脚本のせいで撮影を始められない、キャストとスタッフはローマで待機し続けているから信じられないほどの金が飛んでいく、ついては今すぐ一緒にローマへ飛んで欲しい、とのことだった。

「僕たちの小説が映画化だって！」電話越しに経緯を話すジュリアンの声は興奮気味だ

った。

「僕たちのではない。私の小説だ」私は訂正した。

「どっちでもいいじゃない？　映画化でたくさんお金が入るから、もうケチケチしないで済むじゃない？」

「君が贅沢が大好きなせいだ。君は一人で何かを書いたこともない。どうやって脚本を書くんだ？」

「『二つの愛』のダイアローグは僕が書いたものじゃない？　僕は君よりずっと台詞を書くのが巧《うま》いよ」ジュリアンはすねて電話を切ってしまった。

ローマではキャストとスタッフが待機のあまりの長さに苛立ちながら、ワイラーとジュリアンを待ち構えていた。脚本の原型はチャールズ・ドライバーグという聞いたこともない輩《やから》の手によるものだった。ワイラーはキャストとスタッフの拘束時間と予算を考慮して、撮影と同時進行でジュリアンに脚本全体のリライトを要求した。ジュリアンは脚本に取り掛かった最初の晩に国際電話で泣きついてきた。私は脚本のゴーストライトをして一シーンを書き上げるそばから、電話でジュリアンに音読しなければならなかった。しかし、私が書いた原作に忠実な脚本はあまりに同性愛の要素が強過ぎ、頻繁に修正を余儀なくされた。仕方なく『空が錯乱する』どおりのストーリーを諦め、史実に忠実かつ穏健に書き直してワイラーの要求に応えた。

ネロを演じたのはモンティことモンゴメリー・クリフトだ。ある程度の知性があり、精神的に不安定という設定のネロにモンティはぴったりだった。もう一人の候補に上がっていたチンピラ染みたマーロン・ブランドよりずっといい。惜しむらくはモンティは役にぴったり過ぎた。三年前の交通事故で頬は硬直し、ドラッグとアルコールに溺れてもいた。しかし、リライトの時間稼ぎにはモンティの奇行が幸いした。モンティは泥酔して翌日の撮影を二日酔いですっぽかしたり、ドラッグのせいで脚本を覚えてこなかったり、ホテルから失踪したりしていたからだ。

セネカはこの年『旅路』でアカデミー主演男優賞を受賞したデヴィッド・ニーヴンが、ペトロニウスは新進のコメディアン、ピーター・セラーズが演じた。ラテン文学の巨匠二人に英国人を配するハリウッドのイギリスへのコンプレックスは滑稽極まりなかった。私はセラーズの出演した映画を観たことがなく、いささか不安になったが、無用な心配だった。ネロに対する阿諛《あゆ》追従《ついしょう》と機知に富んだ警句を使いわけるペトロニウスをセラーズは見事に演じてみせた。それから私はセラーズのファンになってしまった。『ピンク・パンサー3』は私が最も愛するセラーズの映画だ。

悔やんでも悔やみ切れないのはスポルスだ。スポルスには無名の子役で十四歳のミア・ファローがキャスティングされていた。ファローは中性的ではあったが、スポルス役は少年でなければ務まらない。そうワイラーに言うようジュリアンに電話で言付けた。ジュリアンはそれをそのまま自分の意見として監督に伝えた。スポルス役を男性にしてしまったら同性愛の要素が強化されてしまう、ヘイズ・コードで性的倒錯は禁じられている、とワイラーは反対した。ジュリアンはキャストに関してはそれ以上口を出さないとの誓約書まで書かされ、ファローは続投することになった。

撮影には一年を要し、映画は六〇年に完成したが問題が持ち上がった。クレジットだ。私が『空が錯乱する』ではなく、史実を元に脚本を書いたため、ジュリアンは原作のクレジットを失った。莫大な映画化権料の話は反故にされた。それだけではない。ジュリアンの悪名が映画の評価に悪影響を及ぼす、と考えたワイラーは脚本のクレジットをドライバーグのみとし、ジュリアンはノンクレジットになった。脚本料はドライバーグが三分の二、ジュリアンは三分の一にされた。ジュリアンは脚本料の半分を分けてくれたが、私の取り分は脚本料の六分の一にしかならなかった。

一九六〇年の秋に公開された『ネロ』は高い評価を得てアカデミー賞で九部門を獲得した。亡きジンバリストは作品賞、ワイラーは監督賞を受賞し、他のスタッフもオスカーを得たが、脚本賞は与えられなかった。キャストも名誉を授けられなかった。道徳的に狭隘《きょうあい》なアメリカ人にとっては堕落して見えるローマ人を演じた俳優たちに審査員が悪印象を抱いたからだろう。モンティは主演男優賞で四回目のノミネートを果たしたが、またしてもオスカーを逃がした。この失敗がモンティをさらなるドラッグとアルコールへの依存に駆り立て、隠遁と破滅へと導いていく。MGMはこの起死回生の一作で、悪化していた財政を立て直すことに成功したが、ジュリアンと私には苦い経験だった。それからも私たちは映画製作に携わったが、一度もいい目に遭ったことはない。

嬉しい知らせもあった。『チャタレイ夫人の恋人』の完全版をアメリカで初めて出版したグローヴ・プレスが、私たちの全三作品をペーパーバックで出さないか、と言ってきたのだ。ジュリアンと私はこの申し出に飛びついた。アメリカでも密輸入ではなく、大手を振って私たちの小説が読めるようになった。これでロクに印税を払わないオリンピア・プレスのモーリス・ジロディアスとは縁が切れた。ジロディアスはジュリアンを訴えようとしたが、私はジロディアスの印税未払いをいちいち記録していた。それを弁護士に託し、印税を全額支払っていないジロディアスに勝訴は不可能だ、との旨を書簡で通達させた。ジロディアスからは何の返事もなかった。旧友のゴア・ヴィダルも「ネーション」にグローヴ・プレスから出た三つの小説に好意的な書評を書いてくれた。ジュリアンの悪名は名声に変わりつつあった。

28

フォークナー賞受賞からほどなくして、私は母校コロンビア大学から創作科の准教授に就任して欲しいとの要請を受け、受諾した。一九六〇年代は創作科が盛んになり始めた時期にあたる。教職に就いたのは本意ではないが、私は長い間、勤め人として暮らしていたせいで、作家というフリーランスの立場に不安を抱いていたからだ。コロンビアのキャンパスにはタクシーを使えば私のタウンハウスから十分で着く。職場が近く、安定した収入を得られるのはありがたかった。『かつてアルカディアに』を書き終えてからは一向に次作の構想がまとまらなかったのもある。私はそれまでに発表した短編を寄せ集め、デビュー作をそのまま表題とした『古い日記から』を出してお茶を濁していた。

コロンビアでは学生時代より不愉快な体験が待っていた。学生は戦後の好景気が生み出した新興のミドル・クラスが大部分を占め、確たる目標もない連中ばかりだった。創作科はそのなかでも最も愚かな学生を抱えていた。学生は作家の肩書きが欲しいだけだった。今では信じられないかもしれないが、出版というメディアが人類史上最も栄えていた二十世紀、作家はスターだった。学生はそれに憧れていたに過ぎない。連中は書くことには関心があったのかもしれないが、ロクに本も読まず、先人の遺産に無関心で、剝き出しの自己顕示欲しか持ち合わせていなかった。音楽を聴かなくては演奏も作曲もできないのと同様に、書くより読むのが先だ。

「書くことは究極的には教えられません。ですが、読むことは教えられます。読めば書くうえでの引き出しができます。読まなければ何も書けません」と私が最初の講義でおずおずと宣言するとブーイングが起きたほど学生の程度は低かった。私は学生のレベルに合わせて十九世紀のリアリズムから二十世紀のモダニズムまで、わざわざ読みやすい小説を選んで分析し、解説したのに、連中はやたらと書きたがり、私の話に耳を貸さなかった。実作の課題を出せば手のつけようがない原稿ばかりが提出されてくる。「エスクァイア」にいた当時ならどれも問答無用でゴミ箱行きにしただろうが、私は丁寧に講評した。しかし、私の低評価に学生は一様に自尊心を傷つけられたと感じ、ヒステリックに反論してくる。やっていられなかった。元より私は人前で話すのが苦手なのだ。

不幸にして創作科を出てフルタイムの小説家になれる学生はまずいない。せいぜいジャーナリストがいいところだ。実際、私が教えた六年間で一人も小説家になった者はいない。学生は創作科自体が酷い詐術だと気づくべきだった。同僚も学生の程度にふさわしい筆一本では食えない三文文士ばかりだった。私は講義の準備は家で行い、講義自体には定刻ギリギリで現れ、終わったら即刻帰る生活様式を編み出した。教授会には一度も出なかった。大学側は作家たるもの変人なのが常だとでも思っていたのか、何も言ってこなかった。

出版がメディアとして勢いづいてくると作家は市場とグルになって、ある程度教育があり、そこそこの資産と余暇のある人間に向かって、「君たちには価値がある」と時には慰撫し、「君たちには価値がない」と時には反省を促して延命してきた。私自身を含めて作家の大部分は中流階級出身で、読者もそうだ。両者に大した違いはなく、延々自分語りをしているに過ぎない。そこには別の視点など存在しなかった。作家と出版業界の結託の産物であるこの果てしない自己言及に新しくアカデミズムが加わったわけだ。二十一世紀になった今では創作科卒の作家が書くことだけでは生活できず、創作科に教員として舞い戻って教える茶番の永久機関がアメリカ文学を支配している。

ニューヨークはパリから戻った私の目に醜さを増して映った。治安も悪化の一途を辿っている。生活の大部分が家と大学の往復に費やされた。祖国に帰ってきて五年目にして、私はニューヨークの隠者と化していた。

アメリカは食に絶望した国だ。TVディナーと称する料理とも言えない代物が幅を利かせ始め、全体主義国家も真っ青の食の均質化が国中で進行していた。一九六〇年代、アメリカ全土を侵食していったマクドナルドとケンタッキー・フライドチキンはやがてこの星を覆い尽くすようになる。

ジュリアンはパリで手に入れたレースやリボン、刺繍に造花があしらわれたロココの貴婦人のドレスを着て、マンハッタンの度肝を抜くのにご執心だった。ローブ・ア・ラ・フランセーズと呼ばれるファッションだ。ジュリアンは毎朝、知人が経営する美容室に行き、ドレスの着付けを手伝ってもらっていた。

ジュリアンが暴行を受けたり逮捕されたりしないか、気が気ではなく説教もしたが、時代が変わったせいか、一九五四年の再現は起こらなかった。ジュリアンとは路上ですれ違ったりもしたが、私は素知らぬ態度を取った。会うのは私が深夜にチェルシー・ホテルに忍んで行く三日に一回程度。教職に就いた今、ジュリアンのような危険人物と関係があると思われてはまずい。ジュリアンと私の関係を正確に知っていたのはジーンだけだった。正直なところ、ジュリアンが何をやっていたかはよく知らない。パーティ三昧だったのは知っているが、私はセックスのあとは眠くなるので、ジュリアンの寝物語を右から左に聞き流していた。今思えば、私は抑鬱状態にあったのだろう。自分の小説は書けず、講義では学生に手を焼き、ジュリアンも何も書こうとはしない。私が書いていたものと言えば講義用のノートと日記、ジュリアンに舞い込むインタビューのための想定問答集ぐらいだった。ジュリアンは私の前で入念にリハーサルを繰り返してからインタビューに臨み、記事はいつも話題になり、名声は高まった。ただし、小説家としてではなく著名人としてだ。ジュリアンは小説家より、俳優や歌手に向いていた。

Ⅲ

敵。ジュリアンと私には一九六〇年代に入るまで、人格を持った敵はいなかった。それまではアメリカ社会全体が私たちの敵だったと言っても過言ではない。しかし、一人の人間としての敵が初めて現れた。歴史的な対立だったから、わざわざ明記すべき必要はないほどよく知られた敵。それがリチャード・アルバーンだった。以下はアルバーン自身が喧伝していたプロフィールに基づく。

1

アルバーンは一九二五年に正統長老教会の信徒である労働者の子供としてニューヨークのサウス・ブロンクスに生まれた。ジュリアンや私と同い年にあたる。十代半ばまでは文学に何の興味も示さず、学校をサボタージュして移民の少年との喧嘩や女漁りに明け暮れる日々を送っていたが、ハイスクールでヘミングウェイ、次いでドス・パソスの小説に出会い、メルヴィルやホーソーンといった古典にも親しんで、本人曰く「改心」した。「改心」という言葉とは裏腹にこの時信仰も捨てたらしい。アルバーンは続いてサルトル、戦後はカミュに傾倒し、自分でも小説を書き始めた。もっとも、フランス語は出来なかった。翻訳で読んだと言っていた。アルバーンは文学を極めるためには学歴こそが必要だと素朴な考えを抱き、刻苦勉励してイェール大学に進んだ。

アルバーンはイェールの在学中に海兵隊に入隊して太平洋戦争に赴き、退役後の一九四八年、五百ページにも及ぶ戦争小説『星条旗を掲げて』を世に問い、トルーマン・カポーティの『遠い声　遠い部屋』、ゴア・ヴィダルの『都市と柱』を超えるベストセラーになった。ピューリッツァー賞にもノミネートされた。六〇年代に入ってもノーマン・メイラーの『裸者と死者』、ジェームズ・ジョーンズの『地上《こ》より永遠《とわ》に』と並ぶ第二次世界大戦小説と過褒《かほう》されている。『星条旗を掲げて』はサルトルの影響が顕著な込み入った文体で描かれる、硫黄島の戦いに臨む海兵隊の物語だった。主人公のマイケル・ジャクソン中尉、ニックネームMJが、のちに戦死する上官からの愛憎相半ばする虐待を受けつつ、硫黄島の戦いを切り抜け、太平洋戦争終結を迎えるまでを描いている。戦場の不条理は批判されているが、主人公は戦争の大義自体には何ら疑問を抱いておらず、原爆投下にも肯定的だ。愛国小説と言っていいだろう。アルバーンはこの小説が自らの従軍経験に基づいて書かれていると公言していた。『星条旗を掲げて』一冊でアルバーンは国際的な名声と大金を手にし、「ニューヨーク・タイムズ」に「今現在最も優れた、次作を嘱望されている小説家」と激賞された。

しかし、期待は裏切られた。デビュー作の成功からほどなくしてアルバーンはハリウッドに脚本家として招かれたが、彼が書いた脚本はいずれもものにならず、女と酒とマリファナに溺れていたらしい。第二作の『やつらはゴミだ』が出版されたのは七年後、一九五五年のことだ。俳優志望の純真な青年が役を得るために、ハリウッドを牛耳っている邪悪なホモセクシュアルのプロデューサーや売春婦紛いの女優に肉体関係を強要されて精神に変調を来《きた》し、アルコールとドラッグで破滅していく陰鬱な四百ページにわたる小説だった。前作同様の巨大なスケールとセンセーショナルな主題が注目を集めて売れはしたが、頻出するポルノ紛いの性描写、連発されるスラング、文章は酒のせいなのかマリファナのせいなのか時々調子外れになり、批評家からはお下品なタイトルを含めて、欠点を指弾された。

一九五九年にはエッセイを寄せ集めた『文学の英雄』が刊行される。この自画自賛の極みのようなタイトルを持つ著作のなかでアルバーンは「俺は大文字のアメリカを書く作家だ」と大言壮語し、「今のアメリカの小説家は文壇の小世界に籠もっているモグラだ。俺は違う。俺は真性のアメリカ人だ」と放言して、各方面から顰蹙《ひんしゅく》を買った。アルバーンはそればかりか保守雑誌「ナショナル・レヴュー」にも寄稿していた。サルトルとカミュを文学的な師と仰いでいる無神論者が、右派の牙城と関わり合いを持つのはおかしな話だ。

ジュリアンと私が初めてアルバーンと遭遇したのは一九六二年の十一月、ニューヨークで行われた出版パーティの席上だった。誰の出版を記念したものかは憶えていない。どうせ消えた作家だ。作家と編集者で構成された招待客は過ぎ去ったばかりのキューバ危機について話し、ケネディを口々に誉めそやしている。私は政治家に期待したことなど一度もなかったから、会話には加わらなかった。ケネディはハンサムだと言われていたが、私には大統領のにやついた顔は下卑たものに見えた。

ビュッフェにこの国では滅多にお目に掛かれない料理が出ていた。牛フィレ肉のロッシーニ風だ。ステーキの上にフォアグラを載せてトリュフを添えたこの料理に私はかぶりついたが、紙を食べているように味気なかった。私は一口食べてあとは残し、一人憮《ぶ》然《ぜん》としてテーブルの前に腰掛けていた。

パーティが終盤に差し掛かった頃、驚嘆と嘲笑が入り交じったどよめきが起こり、ご自慢のロココ調のドレスに身を包んだジュリアンが現れた。私たちはそっと目礼を交わした。ジュリアンは私から一人置いた席に腰を下ろして、回ってきたボウルから行儀良くキャビアを取っている。人混みの向こうから雑誌で何度も見たことのある顔が近づいてきた。生え際が後退した金髪をオールバックに撫でつけ、わざとらしく快活そうな笑顔を作り、不自然なまでに白い歯を見せつけている。青い瞳は人を侮った色を湛えていた。数々の著者近影でもそうだったが、リチャード・アルバーンはタフガイという評判とは裏腹に、東部の知識人よろしくJ. Pressのツイードのスーツで身を固めている。ただし、保守的な装いはそこまでで、金満家のご婦人のような金鎖がついた金縁眼鏡を掛け、首には派手な紫のアスコット・タイを締めていた。ボディビルで鍛えていると公言していたとおり、体格は立派で身長は六フィートを超えていたが、酷《ひど》い猫背だった。それを補うためだろうか、顎を無理遣り仰《の》け反《ぞ》らせて、頭部を持ち上げている。おかしな姿勢のせいで、アルバーンが大股に歩を進める度に、全身は軟体動物のように蠢《うごめ》いた。メディアに流布されたイメージと違い、労働者階級出身のマッチョと言うよりは、富裕層出身の気障《きざ》な自惚《うぬぼ》れ屋のように見えた。アルバーンは何もかもちぐはぐだった。あまりにも奇妙だったせいで、皿の上のフォアグラと牛肉の残骸から顔を上げ、凝視してしまったぐらいだ。見世物を見るような視線を投じられていたのにアルバーンは素早く気づき、威嚇するようにレンズ越しに睨《にら》みつけてきた。私は慌てて目を伏せた。アルバーンは満足したらしく勿体振った顔をして一人うなずき、キャビアを賞味しているジュリアンの背後に立った。

「ホモのマリー・アントワネットといったお召し物だな」

それがアルバーンの第一声だった。発せられた強気な台詞にそぐわず、瞼《まぶた》は神経質そうに痙攣《けいれん》している。ジュリアンは振り返りもしなかった。アテが外れて一人芝居を演じさせられたアルバーンは、大袈裟《おおげさ》な身振りで人差し指を天に翳《かざ》して言葉を続けた。

「貴様はお姫様気取りでお上品に食事をしているつもりかもしれないが、ベッドの中では薄汚い直腸にペニスを入れられて喜んでいるんだろう。このクソ袋が」

私は自分が罵倒されたように硬直したが、ジュリアンは立ち上がると無言でアルバーンの顔にテーブルの皿を叩きつけた。金縁眼鏡のレンズが割れる音がし、倒れたアルバーンは床を転げ回った。アルバーンはポケットから取り出したハンカチで鼻血を拭い、付着した赤い液体を見て金切り声を上げた。付け加えるならば、ハンカチはシルクで花柄だった。

「今に見ていろ。オカマ野郎!」アルバーンは上擦《うわず》った声で言い捨てて、ナメクジのように這いつくばりながら会場を出て行った。

「行っちゃったみたい」ジュリアンは何事も起こらなかったように平然と言った。「パーティを続けません？」

それで終わりではなかった。アルバーンはタブロイド紙のゴシップ・コラムニストに情報を流した。最初に出た記事では文学的な論戦を挑んだところ、ジュリアンは震えて何も言わなかったため、アルバーンは勝ち誇ってパーティ会場を出て行ったことになっていた。だが、多くの目撃者がいたためにすぐに事実が露見する。嘘の情報を流したのではないかという疑惑が浮上し、アルバーンはインタビューに応えざるを得なくなった。見出しは「ジュリアン・バトラーは俺を殴った——リチャード・アルバーン・インタビュー」で、マッチョのアルバーンが「オカマに暴力を振るわれた」と嘆いている滑稽な記事だった。アルバーンはインタビューをこう結んでいた。「バトラーは俺に嫉妬しているだけだ。あいつにはいくら足掻《あが》いても俺のような偉大なアメリカ小説なんか書けやしない。性的に倒錯した駄作が三つあるだけじゃないか。それであいつはいきなりパーティで皿を投げつけてきたんだ。痛くもなんともなかった。俺は紳士だからやつに無言でお辞儀して出て行った」

自分から売った喧嘩に負け、泣きべそをかいている幼児のようだった。これ以上アルバーンに関わり合うのは時間の無駄だ、とジュリアンに会って言おうと考えていたところに、向こうからプラザ・ホテルのオーク・ルーム・バーで明日ランチを、と電報が来た。何故電報だったのかわからなかった。チェルシー・ホテルではなく、プラザ・ホテルなのかもわからない。訝《いぶか》しみながら翌日の昼休みに大学からタクシーで出向いた。

終戦直後のプラザ・ホテルのオーク・ルームは同性愛者の秘密の社交場だった。今や観光地に降格されてしまったバーにかつての面影はない。テンガロン・ハットを被った田舎者が群がっているバーカウンターを横目にテーブルに着いて、クラブハウス・サンドウィッチとクラムチャウダーを投げやりに注文した。ジュリアンはなかなか現れず、昼から飲んでいいものか迷ったが、時間を潰すためにカリフォルニアワインの白をグラスで頼んだ。安っぽい味だった。一口で飲むのを止めてうんざりしていた時、ジュリアンがあたりを見回しながら足早にやってきた。グレーのストライプのジャケットに緑のネクタイを締めている。メイクもしていない。そんな地味な服装をしているのは今まで目にしたことがない。

「何故こんなところに呼び出した？」

私はクラムチャウダーを啜《すす》った。スープはすっかり冷めてしまい、不味くなっている。

「尾行されてる」ジュリアンは囁《ささや》いた。

「尾行？　誰が？　何のために？」

「たぶんＦＢＩじゃない？」ジュリアンはウェイターを呼び止め、ヘネシーをダブルで頼んだ。「アルバーンと揉めてから、チェルシー・ホテルに僕宛の変な脅迫状みたいなものが大量に届くんだよ。『カトリックのオカマ野郎』とか『男色家《ソドミスト》』とか。オスカー・ワイルドが彼氏のパパから受け取ったみたいなやつ」

「アルバーンが一人でせっせと脅迫状を何通も書いているんじゃないか?」

「それにしては数が多いよ。毎日何十通も届くんだ。たぶんアルバーンと縁が深い『ナショナル・レヴュー』と関係のある右翼の連中じゃない? でも、尾行しているのはそういう人間じゃない。プロだと思うよ。電話も安全じゃなさそう。だから、電報を打ったんだよ」

「以前、FBIが君をブラックリストに入れたという噂はあったが、ケネディが大統領になってリベラルな時代になったとインテリどもは喜んでいるじゃないか」

「ジョージは何もわかってない。僕は政治家の子供だからこういうことには詳しいんだよ」ジュリアンは運ばれてきたヘネシーを一気に飲み干して、次の一杯をウェイターに頼んだ。「ケネディはリベラルなんかじゃない。そういうイメージで票を集めていただけ。ケネディはマッカーシーの譴責《けんせき》決議を欠席したくらいの日和見屋なのは知ってるでしょ? そのうえFBI長官のフーヴァーは徹底したアカ嫌いだけど、ケネディはあいつをクビにできなかった。たぶんアルバーンから『ナショナル・レヴュー』経由でフーヴァーに情報が伝わったんだと思う」

「フーヴァーが君をマークしたところで、彼に利益のある情報が得られるとは思わないな。君は遊び歩いているだけなんだから」

「こっちがそう思っていてもあっちはそう思わない。フーヴァーは隠れホモだよ。こっちの世界では有名なこと。それもホモ嫌いのホモ。ホモの有名人や政治家を陥れることが大好きなんだって。そういうホモは多いよ。マッカーシーの片腕だったロイ・コーンも隠れホモ。自分の身を守るために同類を槍玉に挙げるわけ」

「そんな馬鹿な」

私は無意識にスプーンでスープ皿を叩いている自分に気づいた。ジュリアンは被害妄想に駆られていると思ったが、今やフーヴァーがそういう類の人間だったのはよく知られている。二十一世紀になってからFBIどころかCIAまでジュリアンの調査を続けていた記録が公開された。いずれにせよジュリアンの私生活が探られるのはまずい。ジュリアンを調べれば当然、私に行き着く。「ジュリアン・バトラーとコロンビア大学准教授の秘密の関係」というゴシップ記事が出たら終わりだ。

「実はリトル・ブラウンから新しい小説の依頼が来たんだ。締切は来年一九六三年の終わり。アルバーンにもニュー・アメリカン・ライブラリーから依頼が来てるってリトル・ブラウンは言ってたよ。リトル・ブラウンとニュー・アメリカン・ライブラリーは僕とアルバーンの小説の刊行を同じ日にしたいみたい。そうやって対立を煽って相乗効果で売るんだって」

「良いことじゃないか」口ではそう言っておいたが、私は不安に苛《さいな》まれていた。出版社は作家を使い捨てることに何の罪悪感も持っていない。彼らは慈善事業で本を出しているのではない。スキャンダルは彼らにとっては商機《ビジネス・チャンス》だ。それはジロディアスから学んだ教訓だった。たとえ作家が死んでも出版社は大喜びで遺作を増刷するだけの話だ。リトル・ブラウンとニュー・アメリカン・ライブラリーはジュリアンとアルバーンを敵対させて利益を得ようとしている。乗せられて対決すれば失敗作を書いた方が悪く言われ、キャリアに傷がつく。

「僕は国外へ出るよ。アメリカでは落ち着いて話を考えることもできないじゃない？」ジュリアンは三杯目のヘネシーに取りかかっていた。「実際はジョージが書くにしてもね」

「それがいいだろう」内心ジュリアンがアメリカを去るのを歓迎した。これで私たちの関係がアルバーンやフーヴァーに悟られる可能性は減る。「どこへ行くんだ？」

「そんな浮き浮きした感じで言われると腹が立つよ」ジュリアンは唇を尖らせた。「ローマへ行く。冷戦だもん。核戦争でいつ世界が滅びるかわからないって言われてる。どうせ死ぬなら永遠の都で死ぬっていうのは悪くないじゃない？　毎週バチカンのミサに与《あずか》れるのは嬉しいし」

「君にしてはロマンティックなジョークだ」私はローマ滞在中、女装してコロッセウムの周囲に居並ぶ売春婦や男娼の列に加わったジュリアンの所業を根に持っていた。

「僕はいつだってロマンティックだよ。ローマは遠いし、物価も安い。可愛い男の子もたくさんいるかもしれないし？」

今度はジュリアンが当てこすった。思わずスプーンを投げつけたくなったが、ジュリアンは「じゃあね」と言って立ち上がり、オーク・ルームを出て行ってしまった。私は怒りの矛先を失ってまた皿にスプーンを打ちつけながら、これからのことを思案した。アルバーンより話題になるものを書かなくてはならない。問題はそのあとだ。アルバーンが文壇で評価を下げても右翼との関係は続くだろう。右翼は著名なアルバーンを利用し続けるはずだ。危機は去らない。そのためにはアルバーンを出版界どころかフーヴァーからも見捨てられるほど破滅させてやる必要がある。

2

一九六三年の春、ジュリアンはローマに豪奢なペントハウスを購入して移り住んだ。ペントハウスのあるアパルタメントは歴史地区のトッレ・アルジェンティーナ広場に面していた。カエサルが暗殺されたポンペイウス劇場の遺跡がある広場はたくさんの猫が集まっていることから「猫の聖地」と呼ばれている。広場はパンテオンのすぐ近くに位置し、交通の便は良かった。テベレ川の向こう岸にあるバチカンへも歩いて三十分もかからない。ピウス十二世の後を継いだヨハネ二十三世をジュリアンは気に入っていた。「面白くてかわいいおじいちゃん」と言っていたが、ジュリアンがローマに住んで二ヵ月後に亡くなってしまった。次の五大陸を飛び回った「旅する教皇」パウロ六世になってからジュリアンはバチカンのミサへ顔を出さなくなった。避妊禁止の厳守を始め、改革に反対する姿勢を貫いたのがお気に召さなかったようだ。

初めて自分の家らしきものを持ったジュリアンの趣味は最悪だった。壁紙は花柄で統一され、床は黒と白の市松模様、リビングの天井からはシャンデリアが吊り下がり、猫脚のソファが並んでいる。フィリップス・エクセター・アカデミー時代からジュリアンが大事にしていたイダ・ルビンシュタインの写真に加え、父方の先祖だったアイルランドの貴族の肖像画と母方の先祖がヴェネツィアに住んでいた頃から所有していた中世の紋章も飾られていた。バルコニーにも花柄の大きなソファがあり、晴れた日には寝そべりながら日向ぼっこを楽しめるようになっている。ニューヨークから海を越えてきたロココ調の天蓋つきベッドが置かれた寝室の壁一面には、ジュリアンがこれまで登場した新聞や雑誌のインタビューにゴシップ記事が貼り付けてあった。「朝起きて僕について書いてある切り抜きに囲まれてると浮き浮きするじゃない？」とジュリアンは言っていた。自己陶酔もいいところだ。

私は昨年の終わりから調査会社にリチャード・アルバーンの身辺を探るように依頼していた。三人の調査員がアルバーンの現在のニューヨークの生活、サウス・ブロンクスでの子供時代、五〇年代のロサンゼルスでの生活を手分けして調べていた。おかげで月に二千ドルが飛んで行った。ハリウッドでの派手な女性関係やドラッグやアルコールについては情報が山程出てきたが、本人が公言していたことで、何の役にも立たなかった。アルバーンは女性と情事を持とうと結婚しようと妊娠させようと、奇異に思えるほどですぐに関係を解消してしまう。調査員は元夫人や元愛人と接触したが、皆口を揃えて「あまりに交際期間が短くてディックがどういう人間かもわからない。そういう関係になったと思うと逃げるようにいなくなってしまったから」と言うばかりだった。調査員はアルバーンの子供を産んだ女性からも話を聞き出したが、「慰謝料と養育費はしっかり払ってもらっています。ディックに悪感情は抱いていません」と無関心な返答に終始された。生地のブロンクスではわずかな収穫があった。アルバーンはブロンクスの生まれではあったが、自称とは違い、治安の悪い貧民街のサウス・ブロンクスではなく、ウエスト・ブロンクスのリバーデイル生まれだった。リバーデイルは古くからある高級住宅街だ。アルバーンは今も実家に母親と住んでいる。死んだ父親は食料品店のチェーンを経営し、叔父はテキサスにある石油会社の社長ですらあった。労働者階級どころかれっきとしたアッパー・ミドル・クラスだ。高校を卒業するまでガールフレンドなどいた試しがなく、どこへ行くのもママと一緒で、近所ではいじめられっ子の泣き虫として有名だった。あのマッチョ気取りは虚飾だったのだ。しかし、この程度のまやかしはタブロイド紙のゴシップ記事にしかならない。

早々にブロンクスとロサンゼルスでの調査を打ち切り、三人がかりでアルバーンの戦中から戦後の素行を調べさせたが、イェール大学時代の同窓生をあたっても今とは同一人物とは信じられないほど内気で勤勉な学生だった話しか出てこなかった。熱心に校内誌の編集をしていたぐらいで、存在感が薄かったらしい。スキャンダルになるような過去は何も出てこなかった。私は焦りで不眠症に陥った。ジュリアンの次作の構想など思いつきもしない。アルバーンの調査と大学の講義で手一杯だった。私は夏季休暇を利用してローマへ飛んだ。

ジュリアンは甘い生活《ラ・ドルチェ・ヴィタ》を送っていた。アルバーンの件は私に一任して何もしなかった。昼過ぎに起きるとカプチーノとコルネットのブランチをベッドで済ませて街へ繰り出す。ジュリアンは赤の格子柄のミニスカートを穿いて、白く眩《まばゆ》い剝き出しの脚を太腿から足首まで見せびらかした。イギリスでマリー・クワントの手になるミニスカートの流行の兆しがあり、ジュリアンはそれに飛びついたのだ。

それにしてもわざわざ人が集まっているパンテオンの周囲やスペイン広場、ポポロ広場を闊歩してはミニスカートから覗く美脚を晒《さら》すのには閉口した。急なスペイン階段を上っている時、ジュリアンを後ろから見上げると下着が見えてしまっていた。イタリアでは十九世紀末から同性愛は合法だった。保守的な家族主義の側面もある国だが、個人の行動には見て見ぬ振りをする。せいぜいアメリカから来た観光客がジュリアンを見かけて文字通り目を剝《む》くぐらいだった。久々に目にするローマは相変わらず美しかったが、永遠の都では誰もが堕落せざるを得ない。ジュリアンが乱痴気騒ぎ《オージー》に行くと枢機卿猊下《げいか》の一人が女装で加わっていた。バチカンの腐敗を二千年近く間近で見ているローマっ子は誰も驚きもしなかったそうだ。

ジュリアンはミニスカートの披露を兼ねて男漁り《クルージング》をしていた。ポポロ広場の脇にあるピンチョの丘には発展場としての機能があった。プロの男娼とその場限りの相手を求めるアマチュアがそこかしこをうろついていた。ジュリアンは決してプロを相手にしなかった。見るからに頭でっかちの陰気なアマチュアの若者に英語とイタリア語の混淆《こんこう》で話しかけるのだ。男を確保するとペントハウスに連れ帰り、夕方まで一緒にシエスタを楽しむ。ジュリアンの逸脱を初めて目にした時のことは思い出すのも苦痛だ。私は一人でペントハウスのリビングで「ワシントン・ポスト」から頼まれた原稿を前にしていた。自分の小説が書けないので、短い書評の仕事を請け負うようになっていたのだ。そこへ眼鏡をかけた芋っぽい若者にしなだれかかったジュリアンが戻ってきた。芋は私を見て驚いたが、ジュリアンは私に「チャオ」と軽く挨拶すると、芋を連れて寝室に消えて行った。私はこれから扉越しに聞こえるだろう物音を耳にするのを恐れて、ペントハウスを抜け出して階段を駆け下り、路上へ走り出た。眼前のトッレ・アルジェンティーナ広場では猫が群れ集っている。バルでフォカッチャを買い、猫にやりながら時間を潰した。ぎらつく太陽がポンペイウス劇場の茶褐色に変色した大理石に最後の光を投げかけながら没しようとする頃、私はペントハウスに戻ってジュリアンの寝室をノックした。「どうぞ」という声と同時に扉を開けた。若者はいなかった。ベッドに腰掛けたジュリアンは裸のままレースの小さな下着に脚を通していた。その姿は忌まわしいまでに淫らだった。

「どうしてこんなことをする？」

「どうしてって？」ジュリアンは不思議そうに私を見た。「相手がいないからだよ。ジョージは僕としたがらないじゃない？　ニューヨークでも三日に一回だったし、ローマにはなかなか来なかったじゃない？　僕ともうしたくないいんじゃないの？」

「そんなことはない」

「じゃあ」ジュリアンは下着一枚のまま私に近づくと、肩に腕を回してぞっとするほど色香のある低い声で囁いた。「これから毎日してくれるんだったら、もうこういうことはしないよ？」

　自分が欲情したのがわかった。その証すら汚らわしかった。ジュリアンを突き飛ばして寝室から出た。トイレに籠もり、鍵をかけた。扉を叩く音がして「ねえ、どうして？　僕としたくないの？」という声が聞こえた。私は深夜までトイレから出なかった。その日、二十一年間続いたジュリアンとの性生活は終わりを告げた。私と離れてパリやタンジールで暮らしていた時にも、似たような行きずりの関係があったことを疑わざるを得なかった。ジュリアンに魅力を感じなくなったわけではない。セックスの回数が減ったのは私が大学で著しい精神的な疲労を感じていたせいだ。ジュリアン以外の誰にも性欲は覚えなかったが、ジュリアンを誰かと共有するのは御免だった。私自身の性生活もいったん終わりを告げた。ジュリアンはそれからも冴えない若者を家に連れ込み続け、私は広場で猫に餌を与え続けた。ジュリアンが私に似ているインテリ風の陰気な、出来得る限り眼鏡の大学生を選んでいるのは明らかだった。

ある夜、ジュリアンはお気に入りだったロード・バイロンというその手の客が集まる妖しげなリストランテのテラスでプロセッコ片手に語った。「ローマではどんな男の子も誘いを断らないんだよ。罪だとも思ってないみたい。僕の好みはノンケの堅物で経験豊富じゃない大学生だけど、そういったどう見ても男にはなびかないタイプでも、夕方、女の子とのデートにあぶれているところを『一緒に来ない？』って誘えばＯＫしてくれるんだ。あの子たちはそのうち結婚しちゃうんだろうけど、セックスの相手の性別なんか気にしないみたい」

「どうやってそんな堅物を口説くんだ」私はビステッカをナイフでこれ以上ないほど細かく切り刻んでいた。

「『君って世界で一番美しい男の子じゃない？』って英語で言うの。たいていの男の子はこれで落ちちゃう」

容姿の優れない連中相手によくもそんな歯が浮くような台詞が言えたものだ。

「この前口説いた子なんて初めてだったんだ。僕を娼婦かなんかと勘違いしたみたいで、したあとにお金を払おうとするの。マンマから貰ったお小遣いで。最初のうちは断ろうとしたんだけど、あんまり感謝されるからそのまま貰っちゃった」とアルコールでご機嫌になって話を続けるジュリアンを私は無視した。

ロード・バイロンではゴア・ヴィダルと顔を合わせた。ゴアもふたたびアメリカを離れていた。

「アメリカでは絶望しかなかった」ゴアはテラス席でキャンティの杯を重ねながら言った。「私は『都市と柱』で小説家としてのOKリストから外されてしまった。同性愛を書いたことで、シリアスな作家として評価してもらえなくなった。カポーティは『ティファニーで朝食を』で成功した。内容はクリストファー・イシャーウッドの『さらばベルリン』の露骨なパクりで、認めたくはないが、よく書けている。ノーマン・メイラーすら誉めた。それに比べて私はもう小説家ですらなかった。祖父の後を継ぐべく下院議員に立候補したが、落選した。政治家にもなれなかった。仕方なく戯曲を書いたが、ブロードウェイで成功するなんて私には簡単なことだったよ。ヘンリー・ジェイムズは『劇場《シアター》は芸術《アート》ではない。劇場《シアター》は秘密《シークレット》だ』と言ったが、私はその秘密をマスターしたんだ。だが、私は小説を書きたい。ローマには小説を書きに来たんだ。アメリカでは忙し過ぎて書けないからな」

「せっかくローマに来たんだから、ローマ帝国のことでも書けばいいんじゃない？」ジュリアンは夜道を歩く眼鏡の若者に気を取られて、いい加減そのものの口調で言った。

「そのつもりだ。私たちはギリシア語とラテン語をみっちり叩き込まれた最後の世代だ。若い作家はラテン語すら覚束ない」

ギリシア語もラテン語もできないジュリアンは嫌そうな顔をした。ゴアはそれには気づかず続けた。「ジュリアンと同じ名前の皇帝の小説を書いている」

「ユリアヌス」私は思わず口に出していた。一九四二年の初夏の記憶が甦《よみがえ》った。

「そうだ。キリスト教に最後の抵抗を試みた背教者と俗に呼ばれる皇帝だ。小説の主人公としては悪くない」ゴアは神経質そうな笑みを浮かべて唇の端を歪め、ワイングラスをまた手に取った。「まさかジュリアンと同じ名前の主人公の小説を書くことになるとはな」

翌年、ゴアは十年越しの小説『ユリアヌス』を世に問い、ベストセラーの首位に送り込んだ。ゴアの反骨精神と知的な文体が一つとなった、初めて自身の声を見出した小説だった。その裏にはこういう会話があったことをここに書き記しておく。

その夏、八月も半ばになって、ジュリアンが私に漏らしたアイデアはローマとは縁もゆかりもない小説だった。自伝小説だ。確かにジュリアンの半生は興味深い。ワシントンD.C.とハリウッドの政略結婚の下に生まれたアメリカ文学のトラブルメイカー。「でも、ただ事実に忠実な自伝小説を書いたところでつまらないじゃない?」とジュリアンは言う。私は今で言うフェイク・ドキュメンタリーの形式を導入することにした。ジュリアンの人生の登場人物たちのインタビューを数珠《じゅず》繋《つな》ぎにする形式だ。小説はジュリアンの前口上を経て、祖父母と両親の証言から始まる。ジュニア・ハイスクール時代の友人、私やゴアをモデルにしたフィリップス・エクセター・アカデミーの級友のインタビューが続き、トルーマンやジロディアス、ジーンを原型にした人物も証人に加わる。コクトーやウォー、ボウルズ、バロウズ、サザーン、ボールドウィンも華を添える。最終章でジュリアン本人が登場し、自分の性的乱行を開陳してから「死ぬまで僕はやりたいようにやってやる」と宣言して終わるのはどうだろう、事実は大幅に脚色する、と言ったところ、大はしゃぎで私に飛びつき、キスの雨を降らせた。私は顔を背けた。翌日からジュリアンはますます熱心にミニスカートでローマを練り歩くようになった。

私はローマの電器店でオープンリールのテープレコーダーを入手し、ジュリアンに登場人物たちに成り代わって演じながら、自分について語るように言った。バカンスの残りは毎晩深夜までジュリアンのお喋りの録音に費やされた。締切はその年の十二月十日、一九六四年四月三日発売とリトル・ブラウンは決めていた。アルバーンの新作もニュー・アメリカン・ライブラリーから同じ日に出る。私のバカンスが終わるまでに録音は完了させなければならない。時間はなかった。

ジュリアンは堂々たる演技の才能を発揮した。人嫌いの祖父や生真面目なロバート・バトラー上院議員、男狂いのアンを演じているうちはこちらも笑っていられたが、古典の引用を鏤《ちりば》めながら気難しそうに話す私の物真似をやってみせるようになると、もう笑うどころではなかった。それだけならまだいい。私はジュリアンの初めての男ではなかった。ジュリアンは十三歳の時、クラスで一番成績が良かった優等生に初めて恋をした。あの手この手で懐柔し、学校のトイレで初体験を遂げた。ジュリアンは三十八歳になるのに乙女のようにはにかみながら、懐かしそうに初体験について話してみせた。ジュリアンはフィリップス・エクセター・アカデミーに入るまで合計三人のクラスメイトと寝たとも語った。私は意趣返しに小説で人数を百人に増やした。パリやタンジール、『ネオ・サテュリコン』時代のマンハッタンでの性的な遍歴もジュリアンは告白した。私は経験人数を合計で千人に水増しした。嫉妬と夜遅くまでの作業で私の不眠症は悪化していった。

九月に私はニューヨークに戻ったが、アルバーンに関する調査書類は凄まじい分量になっていたものの、何の成果もあげていなかった。調査員たちは目下アルバーンの軍隊時代を調べていた。もう締切まで三ヵ月しかない。アルバーンに小説の出来で負ける気はしなかった。重要なのは話題性だ。しかし、講義がある。私は医者を騙《だま》すことにした。精神分析医の寝椅子の上で、でたらめのトラウマをでっちあげるのは造作もなかった。私はまんまと鬱病の診断書を手に入れ、大学に提出して休職する許可を取りつけた。それから二度と精神科には行っていない。私は急いで録音の文字起こしをし、ジュリアンの口述を編集して原稿を書き上げていったが、あとから医者に不眠のことを正直に言い、睡眠薬を処方してもらうべきだったと後悔した。午前七時に起床して机に向かい、昼食を挟み、午後七時で執筆を終える。疲労困憊しているはずなのに日付が変わっても眠れない。毎日二、三時間の睡眠で暮らしていたが、今になって思えばあの時の私は本当に鬱病だったのだろう。執筆中にケネディが死んだのに気づきもしなかったぐらいだ。

一九六三年十二月に原稿は完成し、私はクリスマス休暇に校正刷りを携えてローマへ戻った。私はジュリアンの偽自伝小説にウラジーミル・ナボコフの『セバスチャン・ナイトの真実の生涯』をもじった『ジュリアン・バトラーの真実の生涯』というタイトルをつけていた。今、この回想録に私が再利用しているものだ。天蓋つきのベッドに寝そべってカプチーノを口にしながら校正刷りを封筒から出したジュリアンは眉を吊り上げ、私の目の前でタイトルに赤いボールペンで勢いよく打ち消し線を引いて、その横に『ジュリアンの華麗なる冒険』と大書した。他には何の訂正もしなかった。

ジュリアンの性的な冒険につきあう気はさらさらなかったので、私はニューヨークにとんぼ返りした。タウンハウスに戻ってくると郵便箱は調査会社からの報告書が詰まった封筒で溢れんばかりだった。一つ一つ開封して熟読したが、はかばかしい成果はない。

その時、電話が鳴った。調査員の一人からだった。

「ずっと電話していたんですが」相手は咎《とが》めるように言った。

「旅行中だったんだ」私は調査員にもイタリアのジュリアンのペントハウスの電話番号を教えていなかった。用心するに越したことはない。

「ようやくわかったことがありました。アルバーンは戦争が終わる頃に志願して、サモアのトゥトゥイラっていう南太平洋のちっぽけな小島にあるパゴパゴって港で食料輸送の後方支援の任務についていたんです」

「どういうことだ?」パゴパゴと言えばサマセット・モームの「雨」の舞台だ。調査員の言葉の意味するところがよくわからなかった。

「軍歴詐称です。アルバーンはただの一度も実戦に参加していませんよ。硫黄島の戦いにも参加していません。アルバーンが赴任したトゥトゥイラ島から硫黄島までは四千二百マイル以上離れています。軍隊時代の仲間が証言してくれました。硫黄島の戦いに参加したガブリエル中尉という友人の従軍経験をアルバーンはそのまま小説に引き写したんです。この中尉というのが曲者でして、『星条旗を掲げて』が出た時に新聞でインタビューに応じて、自分はアルバーンの戦友でその内容が真実だと保証した人物なんですが、アルバーンの軍隊仲間と全然話が食い違っていたんです。大体ガブリエルはアルバーンと軍隊で出会ったわけでもない。連中が親しくなったのはバレエ教室ですよ」

「バレエ？」

「はい。アルバーンの趣味はバレエです。ガブリエルはバレエダンサーで、除隊後はバレエ教室をやっています。今もアルバーンは自宅でバレエの個人教授を受けていますよ」

「よくわからないな」と口にはしたが、私はある確信に辿り着きつつあった。

「実際にガブリエルに会いに行って脅しつけたら、全部吐きましたよ。あまり電話口では話したくないこともありますので、今、報告書に詳しくまとめています」

「なるべく早く送ってくれ」

興奮で声が上擦った。これであの忌々しい偽マッチョを私の人生から消すことができる。

3

『ジュリアンの華麗なる冒険』とリチャード・アルバーンの新作『アメリカの悪夢』は一九六四年四月三日に同時に発売された。敵も私と競い合うように小説を書き上げていたらしい。分量はアルバーンにしては短い二百五十ページのコンパクトな本だが、物議を醸すのは請け合いだった。フィリップス・エクセター・アカデミーを出たホモセクシュアルの上流階級の不労所得者が、マンハッタンを舞台に無意味な殺人を繰り返しながら、悪趣味なまでにスノッブな生活を送る様を混沌とした文体で描いた小説だ。書店で立ち読みしたが、これと言ったストーリーは見当たらなかった。『アメリカの悪夢』が『ネオ・サテュリコン』の出来の悪いパロディで、主人公のプロフィールがジュリアンに当てつけたものなのは明白だった。文学性などかけらもないが、センセーショナルだから売れ行きはいいだろう。「ニューヨーク・タイムズ」のベストセラー・リストでは『アメリカの悪夢』が首位を走り、『ジュリアンの華麗なる冒険』が三位だった。アルバーンは思想的に両極端な「ヴィレッジ・ヴォイス」と「ナショナル・レヴュー」の二つのインタビューで「俺は偉大なアメリカ作家だ」と繰り返し勝利宣言した。

六月、「ワシントン・ポスト」は「捏造された英雄」という記事を一面に掲載した。記事はアルバーンが硫黄島の戦いに参加しておらず、硫黄島から四千二百マイル以上離れたアメリカ領サモアのトゥトゥイラ島にあるパゴパゴで後方支援の任に就いており、『星条旗を掲げて』の内容は他人の経験に基づくものだと報じていた。言うまでもなく、書評を寄稿していた「ワシントン・ポスト」の編集者に私が報告書一式を渡したのだ。

調査から浮かび上がってきたアルバーンは私の歪んだ影のようだった。戦後にバレエを通じて出会ったアルバーンとガブリエル中尉は別れ難い仲になっていた。同性愛への自己嫌悪と二人の関係を隠すためにアルバーンは女遊びに明け暮れたが、異性とのセックスに耐え切れず、すぐに中尉の下に舞い戻っていたらしい。それにしてもあのマッチョ気取りの趣味が自宅でチュチュを着てチャイコフスキーの『くるみ割り人形』を踊ることだとは。報告書によればいつもアルバーンが少女クララ、中尉が王子を演じていたらしい。この大天使の名を持つ中尉はクルーカットで口髭を生やした元軍人らしい容姿にもかかわらず、タンクトップを着てタイトなジーンズを穿き、バレエ教室の周りを筋骨隆々とした肉体とはち切れそうな尻を見せびらかしながら歩き回る変人として知られていた。『星条旗を掲げて』の主人公MJのファースト・ネーム、マイケルはガブリエル中尉のラスト・ネーム同様、大天使であるミカエルを語源に持つ。ボーイフレンドの名前から連想して名づけたのだろう。愛し合う二人だけにわかる秘密の目配せだ。

調査員はアルバーンとの交情をネタに中尉を脅迫した。ガブリエルは狼狽して関係を認め、洗いざらい喋った。しかし、私は同族のセクシュアリティを公にするほど人でなしではない。調査員に再度中尉に接触するように伝え、匿名でアルバーンの従軍記録についてのみ証言する約束を取りつけて、最終的な報告書をまとめさせた。

　翌日の複数のタブロイド紙にはバスローブ姿のアルバーンが、リバーデイルの自宅に押しかける記者を前に動揺しきった表情を浮かべている写真が掲載された。アルバーンを擁護する者はわずかしかいなかった。その希少な例外は一貫してジュリアンを批判してきた批評家のセオドア・プレスコットだ。プレスコットは「アルバーンが嘘をついていたからといって彼の小説が損なわれるわけではない。むしろ逆だ。小説家は嘘をつくのが仕事だ」と主張する論考を「ニューヨーカー」に発表した。ここでようやく私の出番が来た。冷静な他人を装って「プレスコット氏を弾劾する」というエッセイを「ワシントン・ポスト」に寄稿した。私は既に学問的な権威も併せ持つ小説家だったから、遅ればせながらプレスコットに『ネオ・サテュリコン』の時のしっぺ返しを仕掛けたのだ。記事で私はモラルを厳粛に説き、プレスコットを批判し、ジュリアンとのパーティでの一戦についてその場に居合わせた者の一人として証言して、アルバーンに虚言症のレッテルを貼った。無論、ジュリアンの名義で小説を書いている私がモラルについて考えたことなど一度もない。

　プレスコットは反論しなかった。アルバーンは相変わらず自宅に押し寄せる記者に「あのジョージ・ジョンってやつは何者なんだ?」と一言コメントしたが、実害はない。一ヵ月も経たないうちに『星条旗を掲げて』、『やつらはゴミだ』、『文学の英雄』を出版していたチャールズ・スクリブナーズ・サンズは三冊とも市場から回収した。ニュー・

アメリカン・ライブラリーは『アメリカの悪夢』の増刷にストップをかけた。「ナショナル・レヴュー」の編集長のウィリアム・F・バックリー・Jr.も「戦争の英雄を詐称していたミスター・アルバーンの文章を今後小誌に掲載することはない」とコメントを出した。アルバーンは右翼にすら切り捨てられる事態に陥った。ゴシップ記事によれば、出版界から干されたアルバーンの経済状態は悪化していったらしい。ただでさえ彼は度重なる離婚のせいで慰謝料と養育費の支払いに追われていた。アルバーンはリバーデイルの実家を売りに出し、生地と偽っていたサウス・ブロンクスの狭苦しいフラットに引っ越さざるを得ないほど困窮した。ガブリエル中尉とも別れ、母親と二人きりで寂しく暮らしているそうだ。これでアルバーンの件は終わった。あまりにあっけなく事が進んだので、拍子抜けしたぐらいだ。騒動の収束を見届けてから、私は大学の講義に復帰した。

『ジュリアンの華麗なる冒険』は一九六四年いっぱいベストセラー・リストに留まり続けた。ハードカバーとペーパーバック合わせて百万部売れ、「ジュリアン・バトラー」のこれまでで最も成功した著作になった。私の銀行口座も潤ったが、出来には満足していない。ジュリアンの生涯を潤色するぐらい、嘘が職業の小説家には造作もないことだ。今でも『ジュリアンの華麗なる冒険』はジュリアンと私が書いた小説のなかでは一、二を争うほど人気だが、作者と読者は常に違う見解を持つものだ。

4

慎み深い私でもカウンターカルチャーの一九六〇年代とは無関係ではいられなかった。副大統領から大統領の座に就いたリンドン・ジョンソンの下でベトナム戦争の幕が切って落とされ、公民権運動が活発化し、ラジオはひっきりなしにロックンロールを流していた。タクシーでタウンハウスと大学の往復に終始している私にも時代の急激な変化は理解できた。最初に気づいたのは若者のファッションの変化だった。ベルボトムジーンズを穿いた長髪の男やミニスカートの短髪の女が、タクシーの車窓から視界に入り始めた。メディアによれば西海岸にはヒッピーと呼ばれる共同生活を送る連中によるコミューンが形成されつつあり、マリファナ、アンフェタミン、ＬＳＤといったドラッグのかつてない流行の兆しがあった。

『ユリアヌス』で成功を収めてアメリカに戻り、次作の準備に取りかかっていたゴア・ヴィダルとはプラザ・ホテルのオーク・ルームでランチをよく共にしていた。私は観光客にまみれた騒々しいオーク・ルームを忌避していたが、ゴアはよくわからない過去への執着からランチに行くならオーク・ルームと決めていた。昔のよしみで渋々付き合っていたわけだ。一九六六年のそんな食事の折、ゴアが妙な話を始めた。

「アンディ・ウォーホルという画家を知っているか？」

その男がキャンベル・スープの缶詰を写真のように具象的に描いたシルクスクリーンの作品で、ポップ・アートの代表格になっているのはいくら世事に疎い私でも知っていた。

「アンディはIQが60しかない天才だ」ゴアが皮肉っぽくではあるが、人を「天才」と形容するのは初めて聞いた。「アンディは驚くほど無教養な人間に見える。無口で、時たま口を開いたと思えば突拍子もないことしか言わない。近頃は映画製作に乗り出した。その映画ときたら拙劣で猥褻《わいせつ》で耐え切れないほど退屈だが、アンディが新しいことを始めようとしているのは確かだ。アンディのスタジオはファクトリーと言うんだが、そこにはセレブリティやオカマが群れを成して集まり、一種のコミュニティを形成している。連中はみんなドラッグをやっている。明後日、コピーライターのレスター・パースキーがファクトリーでパーティを計画している。来てみないか」

私は怖気《おぞけ》を震った。セレブリティと会うと気後れしてしまうし、ジャンキーにはバロウズの小説のなかで遭遇するだけで満足している、ドラッグなどもってのほかだ、そんなフリーク・ショーのようなコミュニティに関わりたくない、と愚痴り、こう締めくくった。

「どう考えてもそれは私向きではない。ジュリアン向きの案件だ」

「そうだな。ジュリアンは何をしているんだ?」

「バンコクにいる」

もう二年もジュリアンとは会っていなかった。ジュリアンがいない日々は空虚そのものだったが、ご乱行をこれ以上目にするのは御免だったからだ。私はといえばだらだら勤務し続けていたコロンビアが、大学院に創作科も含めた芸術学部を新たに立ち上げたのに悩まされていた。学部生に加えて院生にも教えなくてはならなくなった。大学は近々創作科で学べば修士号すら授与する方針を固めている。作家になれる保証もないのに創作を習っただけで修士とはお笑い草だ。ジュリアンとアルバーンの騒動が終わってから買い込んだカラーTVだけが私の慰めだった。

ローマに飽きてきたジュリアンはギリシアでジーンと合流して紛争が勃発している国々を迂回しつつ、トルコ、イラン、インド、タイとユーラシア大陸を横断する旅の途上にあった。ジーンは手紙で旅の様子を報告してくれたが、ジュリアンの行状は嘆かわしいものだった。歴史に何ら興味を持たないジュリアンはアテネでは「ウゾばかり飲んでいる」。トルコでは「アヤソフィアしか興味を示さなかった。ずっとカフェで水パイプを吸ってぼんやりしている」。中東では「ペルセポリスで乗ったラクダに唾を吐きかけられて、ラクダの悪口ばかり言っている。お酒が飲めないと愚痴ばかり」。インドでは「何を食べてもカレーの味しかしないじゃない、って不満たらたら。鬱憤晴らしに土産物屋でガネーシャ像をいくつも買い込んでいる」。ベトナム戦争でのアメリカ軍の保養地として賑わうバンコクに着くと「僕みたいな綺麗な男の子がたくさんいるって大喜び」し、以後チャオプラヤー川の畔にあるサマセット・モームやノエル・カワードが定宿にしたオリエンタル・ホテルを動こうとしなかった。

「それは問題だな」ゴアはステーキを胃袋に収める間、マシンガンのように飲み続けていたワインでかなり酔っていた。「パーティのことをジュリアンに伝えてみよう。バンコクに電報を打つ」

私にはゴアが酔った勢いで送った電報ぐらいでジュリアンが帰国するわけがないと踏んでいた。ところが、ジュリアンは電報を受け取るなり、わずかな手荷物をその日のうちにまとめ、翌日のフライトで太平洋を横断して母国に帰って来た。アメリカ嫌いのジーンは同行せず、東への旅を続けた。ジョン・F・ケネディ国際空港にジュリアンが到着したのはパースキーのパーティが行われる日の正午だった。

空港のロビーに迎えに行くとジュリアンは驚くべきことに「長髪」で「サイケデリックなペイズリー柄のジャケット」と「パンタロン」を纏い、「レイバンのサングラス」を掛けていた。ジュリアンは私に気づくとサングラスを外し、おどけた顔をしてみせた。ジュリアンは祖国で何が起こっているかをとっくに把握していたらしい。私は恐ろしく若作りしたファッションに冷ややかな沈黙で応えた。ジュリアンは「冗談だってば」と言って不満そうにすねた顔をしてみせた。流石《さすが》に四十一歳にもなってヒッピーもどきは困る。ジュリアンは私のタウンハウスに着くと、イヴ・サンローランのパンツスーツに着替えた。パーティまで時間はない。私たちは待たせていたタクシーでファクトリーがある東四七丁目二三一番地に直行した。

5

薄暗い照明に照らされてファクトリーは銀色に輝いていた。壁一面にアルミホイルが貼られているようだ。入るなり、私は少年を腕に抱いたルドルフ・ヌレーエフと激突しそうになった。奥へ進むと見知った顔が銀幕で飽きるほど観た女に食ってかかられている。テネシー・ウィリアムズを見かけるのは四〇年代以来だったが、元々ぽっちゃりしていたのにさらに太っており、腹が突き出ていた。メディアで報じられているとおり酒浸りらしい。ジュディ・ガーランドも容色が衰えており、かつての美貌はわずかに窺える程度だった。ガーランドはテネシーの顔に人差し指を突き立てて叫んでいる。

「私には演技ができないですって？　よくも私に向かってそんなことを！」

テネシーは両腕を万歳するように上げ、嫌味ったらしく笑っている。ふと視線を感じた。ダークスーツを着込んだウィリアム・バロウズが射るような目でこちらを見ている。私はジュリアンを引っ張って人混みに紛れた。インドのグルのような無精髭まみれで長髪のアレン・ギンズバーグ、あのミア・ファローを連れてご満悦のフランク・シナトラ、虚ろな顔をしたローリング・ストーンズのブライアン・ジョーンズとすれ違った。ゴアは見当たらない。私とジュリアンはパースキーの顔すら知らなかった。足に妙な感触を覚えて床を見ると、浮浪者のような格好の男が倒れている。目を凝らすと床にはたくさんの若者が座ったり、這いつくばったりしていた。そこへ上半身裸の大柄な女が注射針を片手に歩いてくる。女は私の足元に転がっている男の腕に無造作に注射針を突き立てた。私はすくみあがってその場から逃げ出した。眼前を派手なメイクとけばけばしい服装のドラァグ・クイーンが横切って行く。その時、耳障りなエレクトリック・ギターのフィードバックが響いたかと思うとスタジオの隅にいたバンドが演奏を開始した。レイバンのサングラスを掛けたヴォーカルは、レザージャケットにレザーパンツを着込んでいる。男はくぐもった声で呟《つぶや》くような歌い方をしているせいで、歌詞は「ヘロイン」という単語以外聞き取れない。ヴォーカルの横ではベリーショートの両性具有的な美貌のダンサーが踊っていた。その目は明らかにドラッグで恍惚としている。曲がクライマックスに差し掛かると、ヴォーカルの隣に控えていた男が神経を逆撫でする音色でヴィオラを奏で出した。私は耳を覆い、避難する場所はないか周囲を見回した。スタジオの中央に赤いソファが置かれている。ソファには先客がいたが、その周りには誰もおらず、真空地帯になっていた。足早にソファに向かい、腰掛けた。ジュリアンとはとっくにはぐれている。ソファにいた男の様子を窺うと、銀髪の年齢不詳の顔立ちで肌は真っ白だ。この男もレイバンのサングラス、レザージャケットにレザーパンツだった。うつむいてポラロイドカメラを弄《いじ》くり回している。男はこちらの顔も見ずに囁くような小声で話し掛けてきた。バンドの騒音にかき消されて何を言っているのかわからない。「え？」と問い掛けると男は私に向き直り、「ここは初めて？」と静かに言った。

「初めてだ。ゴア・ヴィダルに誘われてジュリアン・バトラーと来た」やっと話し相手が見つかったので、油断して私にしては愛想よく返事してしまった。「びっくりした。カリグラの宮廷だってここまで退廃していなかっただろう」

相手は良く言えば純朴な少年のような、悪く言えばおつむの働きが鈍そうな照れ笑いを浮かべて私から視線を外し、その場にいる危険人物たちを指差して解説してくれた。

「床に転がっていたのはオンディーヌ。ドラッグの売人で住所不定。オンディーヌに注射をしたのはブリジット・バーリン。あれでも大富豪の娘なんだ。ドラァグ・クイーンはキャンディ・ダーリング。僕が知ってる女装の男では一番美しいね。バンドはヴェルヴェット・アンダーグラウンド。歌ってるのはルー・リードで今やってる曲は『ヘロイン』。ルーはステージであれを演奏する時は注射をする真似をしてみせるんだ。踊っているのはモデルのイーディ・セジウィック。イーディは旧家の出身で最高のパーティ・ガール。僕たちの映画にも出てる。ヴィオラを弾いているのはジョン・ケイル」

私は親切に感じ入って「ところで、君は何の仕事をしているんだ？」とうっかり質問してしまった。男ははにかんだ表情を浮かべ、ひとしきりポラロイドカメラを弄くり回すと私の股間に目を投じた。

「僕、最近写真に凝っているんだ。ええと、その、ペニスの写真を撮っている。シリーズでね。君のはとっても大きそう。今すぐここでペニスの写真を撮らせてくれない？」

私は即座に立ち上がり、何人もの著名人にぶつかりながらファクトリーの外へ走り出た。翌朝、戻ってきたジュリアンに訊《き》いて真相が判明した。あのペニスの写真を撮るのがお好みな人物こそアンディ・ウォーホルその人だった。私は二度とファクトリーに足を踏み入れまいと心に誓った。

6

ジュリアンはファクトリーにハマった。昼頃に起きてセントラル・パークで野宿しているオンディーヌと一緒に公園の噴水で水浴びをし、ドラッグで朦朧《もうろう》としているイーディをチェルシー・ホテルに起こしに行き、同じホテルで暮らしていたキャンディ・ダーリングのメイクを手伝う。そしてブリジット・バーリンからアンフェタミンを買って服用し、夕方からファクトリーに行ってブラブラしていた。アンディが仕事を終えると一緒に夜通し飲み歩く。出で立ちもいつもアンディとお揃いのレイバンのサングラス、レザージャケット、レザーパンツだった。ジュリアンはアンディと、レストランとライブハウスを兼ねているマクシズ・カンザス・シティに入り浸り、アンダーグラウンド・シーンを存分に楽しんでいた。マクシズにはヤク中、ヤクの売人、ドラァグ・クイーン、泥棒などが屯《たむろ》しており、バックルームでは男たちが大っぴらに性行為をしていたようだ。マクシズでヴェルヴェット・アンダーグラウンドが「アイム・ウェイティング・フォー・ザ・マン」を演奏する際、ジュリアンは飛び入りで下手なピアノまで弾いたらしい。

私はジュリアンの放蕩を冷ややかに見ていた。四十を過ぎてアンフェタミンでハイになり、社会不適合者たちと遊び狂うのは年甲斐もない。「今すぐここでペニスの写真を撮らせてくれない？」事件以来、私はアンディとその取り巻きには絶対に近寄らなかった。そうこうしているうちに一九六六年が終わり、六七年になった。

ベトナム反戦運動に鼓舞されて、アメリカは政治の季節を迎えていた。私は大学の講義で手一杯だったが、ジュリアンがいつの間にかペンタゴン大行進に加わっていたのを新聞で目にした。ジュリアンはデモへの参加を公言せず、サングラスと地味なパンツスーツで群衆に紛れ込んでいたせいか、一般人扱いで写真の隅に写り込んでいた。もちろんキャプションはない。何故そんなことをするのか理解できなかった。

ジュリアンと私はタウンハウスでなんとなく同居を始めていた。六〇年代後半のニューヨークは男が二人で同居しているぐらいでうるさく言われない程度には自由になっていた。私は以前からの計画通り四階を譲り渡し、ジュリアンの居住スペースにした。六七年の夏のある夜、三階の書斎にいると上階から突然、躁病的な笑い声が響いた。それからしきりにジュリアンが一人裏声で喋るのが聞こえた。その夜を境に彼はファクトリーの連中との夜遊びをやめた。ジュリアンは自室に閉じ籠もり、夜に起きて朝に寝る生活を繰り返すようになった。アンフェタミンの常用でとうとう頭がおかしくなってしまったのかもしれないと心配したが、私は朝から大学に出勤しなければならない。ジュリアンと顔を合わせることは稀になった。毎夜、独り言は続いたが、内容は聞き取れなかった。

7

ジュリアンが引き籠もり始めて三ヵ月後、講義から帰宅した私は自分の書斎の机にいくつものカセットテープとテープレコーダーが置かれているのを発見した。一つ目のテープには「終末」とだけ書かれている。ロック・ミュージックでも録音されているのだろう。私はテープを再生してみた。「私はナディア・リアサノフスキー。始まりにして終わり、終わりにして始まり。私が宣する時、終末が幕を開ける。私は破壊者にして創造主。終末とともに私は死に、再生とともに復活する」と始まる狂おしい独白がジュリアンの裏声で始まった。アンフェタミンの服用で生まれた妄想か？　私は疑念に駆られながらテープを聴き続けた。

ナディア・リアサノフスキーと名乗る女の謎めいたモノローグが終わると、また別の消え入りそうな声色に変えて「サンディ・ジョーンズの報告書№1」と呟き、ジュリアンは別のエピソードを語り始めた。サンディ・ジョーンズはニューヨークに住むホモセクシュアルの映画監督兼プロデューサーで、マスメディアに太いパイプを持っている。彼は定期的に最近起こった出来事を話してカセットテープに録音し、タイピストに文字起こしさせているらしい。その記録が「サンディ・ジョーンズの報告書」のようだ。サンディのオフィスにはスタッフとしてヤク中やヤクの売人やドラァグ・クイーンやロック・ミュージシャンなど怪しげな連中が屯《たむろ》している。サンディ自身はシャイな性格でドラッグもやらないが、手掛ける映画がセックス、ドラッグと暴力をテーマにしたものばかりなので毎回スキャンダルを引き起こし、悪名を得ている。しかし、その過激な作風ゆえにサンディは若者たちにカリスマとして崇められているようだ。「サンディ・ジョーンズの報告書No.1」は今日起こった出来事に関するお喋りから始まり、映画業界やTV業界、セレブリティのゴシップがユーモアたっぷりに語られたあと、スタッフでヤク中兼ヤクの売人が最近ニューヨークで莫大な量のヘロインやモルヒネが出回っている、と伝えに来るところでテープは終わった。次のカセットはふたたびナディア・リアサノフスキーのモノローグと「サンディ・ジョーンズの報告書」が交代で録音されている。テープに吹き込まれた物語はナディアの謎めいたモノローグとサンディの報告が交互に現れて進行することがわかった。ジュリアンは次作の小説の原型をテープに吹き込んでいたのだ。私は次々にテープを再生していった。

　サンディはドラッグの出処が最近勢力を拡大している「リアサノフスキー教団」だと知る。信者たちは狂騒的なダンスを踊りながら「終末が訪れる」と来る日も来る日も路上で叫んでいる。マスメディアはこぞってリアサノフスキー教団の正体を探っているが、具体的なことは何一つわからない。

　サンディは自ら教祖のインタビュー番組を製作することを思いつき、教団の総本山があるサンフランシスコへスタッフと飛んだ。サンフランシスコに到着したサンディにリアサノフスキー教徒から接触があり、教祖はインタビューの申し出を受けると告げられる。総本山は女性と女装した男のみで占められ、異様な光景だった。教祖はナディア・リアサノフスキーと名乗る中性的な美少女で、サンディは一目《ひとめ》で魅了される。

サンディによるナディアのインタビュー番組は全国ネットで放映された。ナディアはそこで「来年の十一月二十五日に私が世界の終わりを宣する時、終末が訪れ、新しい世界が始まる」と予言し、センセーションを巻き起こす。

サンディはナディアと親しくなり、サンフランシスコに留まった。ナディアはロシア系移民の三世で、その名前はロシア語で「希望」を意味する。教団の創設にあたってはソ連が資金を提供していた。ベトナム戦争の渦中にあるアメリカ軍はゴールデン・トライアングルでケシからヘロイン、モルヒネ、アヘンを精製して兵士に与えている。教団はそのドラッグをソ連からの金で秘密裏にアメリカ軍から買い取り、安価な値段でアメリカ中にばら撒いて莫大な利益を得ていた。教団に入信する者にはセックスとドラッグを組み合わせた洗礼の儀式が行われ、一握りの幹部を除き、信者は洗脳されている。

ドラッグ嫌いのサンディは教団を醒めた目で見ていたが、ナディアとは離れ難く、右腕となることを決意した。サンディはマスメディアを使った大々的な宣伝を始め、ナディアはサンディのコネクションを使ってハリウッド、TV業界、ワシントンとニューヨークの政財界に教団のネットワークを張りめぐらし、自らの性的魅力とドラッグを駆使して、男女を問わず要人を籠絡《ろうらく》する。ナディアによって洗礼の儀式を施された人間のなかには戦略航空軍団司令官ジャック・スコット少将の姿があった。同じ頃、ナディアの指示で、オーストラリアのグレート・ビクトリア砂漠では信者による人工都市の建造が始まっていた。一年が経ち、予言の日まで一月《ひとつき》を残すばかりとなった。サンディはエンパイア・ステート・ビルディングで行われるナディアの宣言を世界同時中継する手筈《てはず》を整えていた。

しかし、教団のドラッグ売買をＦＢＩが突き止めたという情報が入ってくる。ＣＩＡも動き出し、教団とソ連の関係を探り始めた。ホワイトハウスが様々な容疑でナディアを逮捕し、教団を機能停止に追い込んでからあらゆる疑惑を追及する計画を立てたことも、隠れ信者の上院議員から伝わってくる。

逮捕される寸前にナディアとサンディはサンフランシスコから脱出し、ニューヨークのアジトに身を潜める。十一月二十五日が近づいてきた。ナディアはサンディを自室に呼び、自分がエンパイア・ステート・ビルディングに現れる時刻に合わせて、ジャック・スコット少将が核弾頭を搭載したＩＣＢＭをソ連に向けて発射する、ソ連にはそのことを既に仄《ほの》めかしてある、即時反撃があり、核戦争が始まる、と告げる。サンディには放射能が及ばないオーストラリアへ赴き、自分に代わって信者たちを導いて欲しい、とナディアは言う。サンディはナディアに一緒に逃げるべきだと主張するが、彼女は「最初から決まっていたこと。私は復活する」と言って肯《がえ》んじない。ナディアは一冊の本をサンディに手渡し、自分の死後、これを教団の「聖書」にして欲しい、と頼む。ナディアを翻意させるのは不可能だと悟ったサンディは、洗礼の儀式を受けて教団を率いていくことを誓う。ナディアは自らセックスとドラッグによる儀式をサンディに施す。彼女の肉体には乳房と男性器の双方があった。ナディアは人工的な両性具有だった。サンディは何故ナディアが男女を問わず要人たちを性的に征服したのかを理解する。

十一月二十五日、サンディと幹部たちは教団のプライベート・ジェットで辿り着いたオーストラリアの人工都市の神殿にいた。神殿の最高執務室のTVはエンパイア・ステート・ビルディングを映している。通常は入れない百三階のテラスで信者たちがサイケデリックな音楽を奏でている。逮捕状を持った警官隊が突入したとビルの下で実況するレポーターが興奮気味に告げる。尖塔から夥《おびただ》しい薔薇の花びらが舞い散り、ナディアがテラスに現れた。ナディアはマイクを摑むと「私はナディア・リアサノフスキー。始まりにして終わり、終わりにして始まり。私が宣する時、終末が幕を開ける。私は破壊者にして創造主。終末とともに私は死に、再生とともに復活する」と叫んだ。突如画面は混乱するスタジオに切り替わり、動揺した面持ちのキャスターが「複数のICBMがソ連に向かって発射された模様です」と早口で喋り出す。まもなく放送は途切れ、画面は砂嵐に包まれた。サンディはナディアに託された「聖書」を開く。そこにはエンパイア・ステート・ビルディングでナディアが叫んだのと全く同じ言葉が書かれていた。

その時、サンディは信じられないものを見る。ナディアが扉を開けて入ってきたのだ。

エンパイア・ステート・ビルディングにいたのは替え玉だった。泣き出すサンディに、ナディアは「私はナディア・リアサノフスキー。始まりにして終わり、終わりにして始まり。私が宣する時、終末が幕を開ける。私は破壊者にして創造主。終末とともに私は死に、再生とともに復活する」と言って微笑《ほほえ》んだ。最後のテープはそこで終わっていた。

8

サンディ・ジョーンズがアンディ・ウォーホルをモデルにしていることはジュリアンの口調からわかった。一緒に遊び呆けながらアンディを抜け目なく観察していたのだ。事実、アンディの死後刊行された『ウォーホル日記』の文体は「サンディ・ジョーンズの報告書」に恐ろしいほどそっくりだった。『ウォーホル日記』もアンディがアシスタントのパット・ハケットに電話で喋ったことを文字起こしした執筆形態を採っている。

ナディア・リアサノフスキーはアンディが夢中になっている美少女イーディ・セジウィックにインスピレーションを得たものに違いない。ファクトリーのキャンディ・ダーリングもヒントになったのだろう。だが、ナディアというキャラクターの核はジュリアン自身だ。サンディ・ジョーンズもアンディからいくつもの要素を借りてきているが、ドラッグやセックスに潔癖で裏方を好む内向的な性格は私そのものだった。

知ってのとおり、ジュリアンが一人で小説を書いたことはない。しかし、この録音にはほとんど直すところがない。文字起こしすればそのまま小説になる。アンフェタミンの助けを借りてお遊びで吹き込まれたものではない。これまで「ジュリアン・バトラー」名義で発表されたもののなかで最も優れた作品になるだろう。認めたくはなかったが、私がジュリアンの名前で書いてきた小説より面白い。敗北感すら味わった。

ただし、リアサノフスキー教の設定や軍事・政治・経済の考証はおざなりだったから、そこはリライトすることにした。草稿の録音が終わった次の日からジュリアンは夜遊びを再開したらしく、私は夕方に大学から戻ると自分の書斎に閉じ籠もって文字起こしを始めた。

文字起こしが終わると、まずナディアが教団の教義を語るモノローグを追加した。ジェームズ・フレイザーの『金枝篇』と最新の学術書を参照し、教義はフリュギアの大地母神で第二次ポエニ戦争末期、ローマに迎え入れられたキュベレ信仰を基盤にした。キュベレの息子もしくは恋人という説がある神アッティスは自ら去勢したと言われる。この神話に則《のっと》り、ガッリと呼ばれるキュベレとアッティスの去勢した祭司は女装して狂熱的な舞踏を踊りながらローマを行進した。終末論はゾロアスター教を参照し、ゾロアスター教の最後の審判で善行を積んだ者を楽土に導く少女へレネーをナディアに重ねた。さらにマニ教の宇宙論と現世否定、善悪二元論で教義を補完した。

そして、シリアのエメサの神エル・ガバルの司祭であり、性倒錯で知られるローマの少年皇帝ヘリオガバルスに関する記述があるカッシウス・ディオの『ローマ史』と、六人の歴史家によって書かれたと伝わる『ローマ皇帝群像』を参照し、ナディアのキャラクターを膨らませた。ヘリオガバルスは女装していただけではなく、自らの肉体に手術による性転換を施そうとし、男女構わず放埒な性行為に及んだと言われている。

最後に軍のドラッグ使用や核開発競争、冷戦下の軍事・政治・経済も調査して小説全体を説得力のあるものにした。一ヵ月でリライトは終わり、タイプライターで清書したところ、原稿は三百ページになった。私はそれをジュリアンの留守中に彼の書斎の机に置いてきた。ジュリアンのやり口を真似たのだ。翌日、机上からタイプ原稿は消えていた。

『終末』の出版は可能だと私は考えていた。人工的な両性具有者であるナディア、核戦争による世界の終わり、ドラッグでの洗脳、過激な性描写は読者に衝撃を与えるだろうが、今は四〇年代でも五〇年代でもない。セックスとドラッグの六〇年代だ。同性愛を描いた小説も何ら珍しくない。ナディアがマッチョなおっさんのジャック・スコット少将をドラッグ漬けにしてレイプするグロテスクなシーンが十ページも続いたのには閉口したが、ジュリアンがあまりにも嬉々として喋っていたので直さないでおいた。問題はどの出版社から出すかだ。ジュリアンがタイプ原稿を早く返却してくれれば私がコネのある出版社に持っていけるのだが、と呑気《のんき》に考えていた。

リライト原稿が完成した一ヵ月後の夜、講義から帰った私は二階のリビングのソファに座っているジュリアンと出くわした。髪を短く刈り込み、イヴ・サンローランのパンツスーツに赤いネクタイまで締めている。ジュリアンは満足気にダンヒルを燻《くゆ》らせ、ゆっくりとブランデーグラスを口に運んでいた。

「ここで何をしているんだ?」私は間抜けな質問をしてしまった。

「ヘネシーを飲んでるんだよ」ジュリアンは人を担ぐような笑みを浮かべた。

「なんでそんな格好をしているんだ?」

「ランダムハウスへ編集者のハーマン・アシュケナージに会いに行ったんだよ」ハーマンは私の担当だった。

「何故ランダムハウスへ?」

「出版社に編集者に会いに行く理由は一つしかないいじゃない? 打ち合わせ」

「何の打ち合わせだ?」

「出版社で打ち合わせすることといったら一つしかないじゃない? 出版の打ち合わせ」

「お堅いランダムハウスには『二つの愛』の時に断られただろう」

「僕はもう単なる小説家志望じゃないから。ベストセラー作家。当然向こうは僕の本を出版するのを光栄に思ってくれたよ。『終末』の出版は決まった。来年早々に出るって」

「いつから交渉していた? ハーマンに原稿を渡したのはいつだ?」

「実はランダムハウスからは『ジュリアンの華麗なる冒険』が出たすぐあとに次の小説の依頼があったんだよ。前払い《アドバンス》も一万ドルくれた。全部使っちゃったけど。でも、旅に出てたから何度も締切を延ばしてもらってて。ジョージに言うと急《せ》かされるじゃない？　だから何も言わなかったんだよ。びっくりした？」

ジュリアンは声をあげて笑った。私は無言で踵《きびす》を返し、自分のベッドルームに入った。ジュリアンは何一つ私に相談しないで出版交渉を勝手に私の担当編集者と進めたのだ。印税の前払いも使い込んだ。二重の裏切りだった。その夜は満足に眠れなかった。

9

一九六八年一月十三日早朝、コロンビアへ講義に向かう途中、凍てつくタイムズ・スクエアをタクシーで通過していると異様な電光掲示が視界に飛び込んできた。黒い背景に「ジュリアン・バトラー　終末　一九六八年一月十三日　ランダムハウス」と白く表示されている。それ以外には何も書かれていない。私は発売日を知らなかった。宣伝についても何も聞かされていなかった。既にジュリアンには献本が届いているはずだが、私は目にしていない。

嫌な予感がした。タクシーを停め、ニュース・スタンドで「ニューヨーク・タイムズ」と「ウォール・ストリート・ジャーナル」に加えて、「デイリー・ニューズ」と「ニューヨーク・ポスト」も買うと立ったまま、「ニューヨーク・タイムズ」を開いた。やはり「ジュリアン・バトラー　終末　一九六八年一月十三日　ランダムハウス」という全面広告が出ている。内容についての説明はない。「ニューヨーク・タイムズ」を路上に放り出し、「ウォール・ストリート・ジャーナル」を開いた。やはり全面広告が出ている。「デイリー・ニューズ」と「ニューヨーク・ポスト」のページもめくってみたが、結果は同じだった。これではハリウッド映画の宣伝だ。

講義などもはやどうでもいい。ふたたびタクシーを呼び止めてユニオン・スクエアの南にあるストランド・ブックストアへ足を延ばした。普段は文学書の品揃えが良いゴッサム・ブックマートに行くが、今は大型書店のストランド・ブックストアの方がいい。釣りをチップ代わりにしてタクシーを降り、書店の扉に駆け寄った。入口からすぐの平積みの新刊コーナーは黒い装丁のハードカバーで埋め尽くされている。私はそのうちの一冊を手に取った。表紙に「ジュリアン・バトラー　終末」と巨大な白字で印刷されており、その下に小さくランダムハウスと記されている。裏表紙には惹句も推薦文も何も書かれていない。私は何も買わずに書店を出てまたタクシーを捕まえ、タウンハウスへ帰った。

リビングに入るとジュリアンがシルクのバスローブを着てソファにだらしなく座り、素足をテーブルに投げ出してペリエ・ジュエを飲んでいる。テーブルには『終末』が一冊置いてあった。新聞各紙も全面広告が掲載されたページを表にして並んでいる。ジュリアンは私に気づいてシャンパングラスを意気揚々と掲げた。

「ランダムハウスは僕の希望どおりにしてくれたよ。タイムズ・スクエアの電光掲示板に広告！　新聞各紙に全面広告！　東海岸の新聞だけじゃない。『シカゴ・トリビューン』にも『ロサンゼルス・タイムズ』にもアメリカ全土の新聞と雑誌に広告が載ってるんだよ！　『エスクァイア』にも『バラエティ』にも『プレイボーイ』にも！」

「何故知らせなかった？」自分の手が小刻みに震えているのがわかった。「君の小説は君だけのものじゃない」

「今回、ジョージは大して貢献しなかったじゃない？」ジュリアンは悪びれもせず、屈託なく言った。「ジョージが書いた部分は今までで一番少なかったし、あれなら腕が良い編集者なら誰でもできるじゃない？　書いたとも言えないかも。赤入れと言った方がいいかもね。宣伝はびっくりさせようと思ったから内緒にしてたの。ほら、ジョージのぶん」

ジュリアンはテーブルから『終末』を手に取って近づいてきた。思わずジュリアンを跳ね除けた。本は絨毯《じゅうたん》に落下した。ジュリアンは怪訝《けげん》そうな上目遣いで私の顔を覗き込んだ。

「そんなものはいらない」

踵《きびす》を返してリビングを出た。階段を上り、自分の寝室に入って鍵を締めた。あとを追ってきたジュリアンが扉を音高く叩いて叫んでいる。

「何が気に食わないの？　僕が何をしたって言うの？　本の売れ行きが上がるようにしただけじゃない？　心配しているのはお金のこと？　前払いを使い込んだのはごめん。

残りの印税は半分あげるから！」

私は扉に背中を預けた。ジュリアンはほとんど私の手を借りずに小説を書き上げた。出版の交渉も広報戦略も一人で手掛けた。ジュリアンはもう私を必要としていない。眼鏡が曇っている。涙のせいだ。

10

その日以来、ジュリアンとは口を利かなかった。私は『終末』の反響に耳を塞ごうとしたが、それは不可能だった。六八年を通じてアメリカのメディアは『終末』一色に染め上げられていたからだ。ランダムハウスはタイムズ・スクエアの電光掲示と新聞と雑誌の全面広告以外、広報活動をせず、批評家に書評用の献本をする慣例も無視した。読者が得られた情報は著者名・タイトル・発行日・出版社のみ。情報を故意に制限する戦略が逆に購買意欲を煽り、ランダムハウスには注文が殺到した。

最初の反応は困惑。この一語に尽きる。『ネオ・サテュリコン』が出版された五〇年代と違い、正面切った非難や罵倒はなかったが、「ニューヨーク・タイムズ」に掲載された書評は初期の困惑を代表するものだった。「この小説はポルノグラフィーなのか？　ポルノグラフィーのパロディなのか？　文学なのか？　そうではないのか？　いずれにせよ著者は既成の概念を覆そうとしている」。他の書評も似たり寄ったりだった。しかし、徐々に多くの書評家がこの小説のブラック・ユーモアを理解した。「タイム」が『終末』は終末思想、両性具有、陰謀論、セックス、ドラッグをSF的手法で描いたジュリアン・バトラーによる新しい黙示録だ。全編にわたってアメリカの夢は告発され続けている。異端の教義の混淆から創出されたリアサノフスキー教は我が国のピューリタニズムへの弾劾となっている。核戦争による世界の終わりは冷戦下の現代への諷刺であることは間違いない。本書はあなたに邪《よこしま》な歓《よろこ》びをもたらしてくれるだろう」と評し、続いて「ボストン・グローブ」が「傑作！　両性具有の神ナディア・リアサノフスキーによる世界の終わりをめぐる奇想天外な一大スペクタクル」と激賞したことをきっかけに流れが変わった。

ゴア・ヴィダルやクリストファー・イシャーウッドも『終末』の真価を認め、好意的な書評を書いた。トルーマン・カポーティはこれまで一度たりともジュリアンと私の本を誉めたことはなかったが、そのトルーマンですらインタビューで「ジュリアン・バトラーはこれまで読むに値する小説を一つも書いてこなかったけど、『終末』は面白いし、彼も遂に小説家になったということね」とコメントした。

それまでジュリアン・バトラーの小説を一顧だにしなかったアカデミシャンの幾人かが持って回った言い方ではあるが、『終末』を賞賛し始めると、リベラルな新聞と雑誌はその評価に倣った。だが、「ナショナル・レヴュー」を中心とした保守雑誌が「愚書！」と攻撃を開始したため、メディアは『終末』をめぐって二つに分断された。

書評合戦が収束を始めた頃、ジュリアンの著者近影とインタビューが各紙に躍り始めた。TV出演の依頼もひっきりなしで、ジュリアンはモーニング・ショーにまでその姿を現した。タブロイド紙は登場人物のモデルを詮索した。ジュリアンはアンディ・ウォーホルとイーディ・セジウィックがヒントになったとあっさり認めた。アンディは自分がサンディ・ジョーンズのモデルになったことを面白がり、ジュリアンと一緒にお揃いのレザー・ファッションでセシル・ビートンのカメラに収まった。写真は「ヴォーグ」のページを飾った。自己宣伝が大好きなアンディは自分にとって良い広告になるとでも思ったのだろう。

イーディ・セジウィックはアンディの許を去り、ドラッグ中毒と神経症の治療のため、入退院を繰り返していた。彼女はアンディとジュリアンが自分を利用した挙句に裏切ったと感じ、甚《いた》く傷ついたらしい。イーディは三年後の一九七一年に睡眠薬の過剰摂取《オーバー・ドーズ》でこの世を去った。わずか二十八歳だった。

私は『終末』に関する情報を自分から得たわけではない。屈辱に苛まれていた私は『終末』についての書評や議論が新聞や雑誌に載っているのを目にする度、ページを閉じていた。ところが、ジュリアンは新しい書評が出る毎にそれをスクラップして、書斎の扉の下にある隙間から押し込んでくる。ジュリアンの特集やインタビューに関しても同じだった。増刷やTV出演に際しても手書きのメモをいちいち送ってきた。私は知らざるを得なかったのだ。頭がどうにかなってしまいそうだった。気晴らしに誰かと食事にでも行こうかと思ったが、私の友人のゴアやトルーマンはジュリアンの友人でもある。二人と会えば『終末』の話が出るのは必定だ。大学帰りにバーで酒を飲んで憂さ晴らしをすることを思いついたが、私には行きつけのバーはなく、それほど酒が好きなわけでもない。バー通いは始める前から諦めた。最後に体を酷使してストレスを解消しようと決め、ジムに登録してみたが、私は自分が極度の運動音痴だったことを失念していた。ジム通いは一回で挫折した。憤懣《ふんまん》やるかたない心を抱えて、私はタウンハウスと大学をタクシーで往復する生活に戻った。そして、キャンパスから帰宅して書斎に閉じ籠もる度、ジュリアンが残していったスクラップやメモを発見する。精神科医のお世話になるべきだろうか、という考えが頭をもたげた。

11

一九六八年五月、私はコロンビア大学を辞めた。四月からキャンパスは騒乱状態にあった。まず前年の六七年にコロンビアと国防分析研究所の提携が発覚してスキャンダルになった。次に大学は黒人街のハーレムに体育館を建てる計画を進めていたが、学生はこれを人種差別と捉えた。騒ぎを起こした学生の大部分は白人で、黒人の知り合いなど皆無に等しかった。私にも黒人の友人はいない。この時代、中流階級の白人は黒人と親しく交わることはまずなかった。にもかかわらず、学生は座り込みをキャンパスで始めた。

私は全講義を無期限で休講とし、座り込む学生の群れを横目にキャンパスから歩み去ろうとした。その時、思わぬ人間を見た。緑のテニスシャツに地味なスリムパンツという目立たない服装のジュリアンが小走りにやってきて、学生に紛れて座り込んだのだ。ノーメイクのジュリアンに気づいた者はいなかった。普段の派手なファッションをかなぐり捨てていたのは、ただの一般人として抗議に参加するためなのは明白だった。ジュリアンは隣の眼鏡の学生と親しげに会話を交わしている。私は立ちすくんだ。自分たちがやっていることも黒人のことも理解していないかもしれないが、学生たちは正しい。黒人は人間扱いされていない。パリで出会ったジェイムズ・ボールドウィンの顔が頭をよぎった。ボールドウィンはジュリアンの友人だ。会話が苦手な私はカフェで同席してもわずかに言葉を交わした程度だったが、ボールドウィンの眉間に刻印されていた二つの深い皺《しわ》は私の記憶に焼き付いていた。今すぐ抗議に加わるべきだ。無能な学生たちへの嫌悪とジュリアンとの不仲が私を逡巡させていた。ジュリアンを遠くから見つめながら、私は木偶《でく》の坊《ぼう》のように三十分もその場に立ち尽くした。そして、何もせず、無言でキャンパスから歩み去った。私は卑怯な臆病者だ。政治どころか、社会にもまともに関わってこなかった。私には人間の仲間入りをする資格すらない。下らない自意識に囚われた永遠の傍観者だ。

ほどなく学長のグレイソン・カークはデモを禁止した。反撃に何百人もの学生が学長室を含めたキャンパス内の主な建物を占拠した。作家もキャンパスに姿を見せて演説したらしい。目立ちたがり屋のスーザン・ソンタグやノーマン・メイラーたちだ。キャンパスを占領した学生は警官隊に排除された。この衝突をきっかけに全世界に学生運動が広がっていく。五月の初めに私は職を辞した。これ以上教鞭を執るのは無意味に思え、それ以上に何もできなかった自分に嫌気が差していた。

辞表を提出し、キャンパスをあとにした私はタクシーではなく、徒歩でタウンハウスまで帰った。太陽はまだ沈んでいない。気温も高くなっている。夏の兆しだ。夕陽に彩られて何もかもが輝いて見えた。道行くニューヨーカーは誰もが幸福そうだった。一方、私の感情は灰色に塗り潰されていた。ジュリアンはもう一人で小説を書ける。依頼も来る。宣伝もできる。政治にコミットすることさえ辞さない。それに引き換え私は次の小説の構想すらなかった。大学も辞めた。ただの無職だ。

覚束ない足取りで歩いていると視界の隅に奇妙なものが映った。立ち止まって今し方目に入ったものを確認した。ショーウインドーのガラス越しに毛むくじゃらの茶色い物体が蠢いている。近寄ってみるとそれは犬のようだった。もう子犬とは言えないほど大きく、狭いガラスケースの中で窮屈そうに身を捩《よじ》っている。つぶらな瞳をしているが、美しいとは言い難い。顔はぶちゃむくれで耳は立っている。足は太く、短い。犬は私の姿を認め、ガラスに不細工な顔を押しつけてきた。舌が青い。ショーウインドーの上を見やるとペットショップの看板があった。変な犬もいるものだと思いながら私は帰路に就いた。

帰宅して書斎に入ると、ジュリアンがまた扉の下から押し込んできた『終末』の書評のスクラップを発見した。溜息をついてぼんやりとしていたら、あの犬が頭に浮かんだ。私は犬のことを知らない。生まれてこの方、動物と暮らしたことがないのだ。タウンハウスを出て近くの書店へ入り、写真入りの犬の図鑑を買って戻って来た。ページを繰ると「チャウチャウ」という項目に行き当たった。

チャウチャウは古代から中国で食用犬として飼育されていた。性格は頑固で警戒心が強く、孤独癖があり、人見知りする。飼い主には忠実だが、時には飼い主にも嚙みつくことがある。運動を嫌う。なんとも犬らしくない犬だった。自分の顔がほころぶのがわかった。笑うのは久しぶりだ。さらに図鑑を読み進める。一説によればチャウチャウが運動を嫌うのは食用犬として太らせ、逃亡を防止するために後ろ足を改良され、歩行が困難なことによるらしい。クソ真面目なピューリタニズムに毒されて、身動きが取れない私のようだった。

翌日のニューヨークは蒸し暑かった。私はペットショップに足を運んだ。ガラスケースのなかでチャウチャウは青い舌を出し、苦しそうに喘《あえ》いでいる。ペットショップの扉を開けると肥満したオーナーが近寄ってきた。

「こいつにご興味がおありですか?」

私がうなずくとオーナーはガラスケースから犬を引っ張り出し、押しつけてきた。私の腕の中で犬は鼻を鳴らして耳障りな音を立てた。股間を確認するとメスだった。

「チャウチャウはしつけが難しくて飼いにくいんです。だから誰も買い手がつかないうちにこんなに大きくなってしまって。これじゃそろそろ処分するしかなくて困っているんですよ。もう誰も買わないでしょうし、五十ドルでどうです？」

犬は私の顔を一心に見つめている。口から大量の涎《よだれ》が垂れていた。自分では精一杯愛嬌を振りまいているつもりのようだ。

私は購入を即決した。オーナーにひとしきりレクチャーを受け、餌を始めとして犬を飼うのに必要な物を一式買い込んだ。チャウチャウと店をあとにしようとした時、オーナーが背後から声をかけてきた。

「犬はいいですよ。不仲なご家庭でも犬がいればいつの間にか仲が良くなることもありますから。その犬がこんなやつでもね。奥さんによろしく」

妻などいない私は苦笑した。しかし、この犬が我が家に来ることで、ジュリアンとの関係が少しは改善するかもしれない。チャウチャウを見つめた。犬は不思議そうな顔をして見上げてくる。私はリードを引っ張り、歩き出した。犬は棒立ちになって動こうとしない。チャウチャウのなかでもこの犬の運動嫌いは筋金入りのようだった。私は数歩前に立って「おいで」と呼んだ。犬は一、二歩歩くと停止した。私は何度も「おいで」と繰り返したが、反応は同じだった。そのうち犬は息を切らしながら路上に横倒しになってしまった。仕方なく私は彼女を抱き上げた。重い。その時、ボルサリーノを被った男が肩にぶつかってきた。

「失礼《パルドン》」

男は洒落た三つ揃いのスーツを着ていた。帽子を取って芝居掛かったお辞儀をしてから、私の顔をしげしげと見つめた。

「以前どこかでお会いしましたか？」

「いいえ。人違いではないでしょうか」

とっさにそう答えたが、それは嘘だった。だいぶ老け込んでいたが、忘れたくても忘れられない顔だった。モーリス・ジロディアスを目にするのは十年ぶりだ。

「それは失礼」ジロディアスは困ったように微笑し、私が抱きかかえていたチャウチャウの頭を触ろうとした。犬は嚙みつこうとしたので、ジロディアスはとっさに指を引っ込めた。「可愛い犬ですね」とジロディアスは顔を引きつらせて皮肉を言うと帽子を被り直し、会釈して歩み去った。

何故パリにいるはずのジロディアスがマンハッタンのど真ん中にいるのか。オリンピア・プレスの経営が悪化しているとは聞いていた。しかし、今はこの犬を家まで連れ帰らなくてはいけない。私はすぐに頭の中からジロディアスのことを追い払った。

12

リビングでチャウチャウに食事を与えているとジュリアンが帰ってきた。一面に花を刺繍したオスカー・デ・ラ・レンタの華美なイヴニング・ドレスを纏《まと》っている。帝政ロシアの皇女のようにけばけばしい。かなり酔ってもいる。ジュリアンは高揚した口調で話し掛けてきた。

「今日の昼は『ガーディアン』のインタビューを受けたんだ。『終末』のイギリス出版に合わせてのプロモーション。明日は『ル・モンド』の記者とランチ。フランスでも翻訳されることになったから。それからトルーマンの招待で、アンディとラ・コート・バスクにディナーに行ったんだよ。オーナーのスーレは下にも置かないもてなしぶり。ベストセラー作家二人に今最高にフレッシュなアーティストだからじゃない？　あとからケネディ夫人とベイブ・ペイリーも来たんだよ。ジャクリーンはアリストテレス・オナシスと今年中に結婚したいって。ジャクリーンのことをマスコミはジャッキーって言うけど、本人はそう呼ばれるのが大嫌いみたい。ジャッキーでもなく、ジャクリーンでもなく、フランス風にジャクリーヌと呼んで欲しいって。『ジャクリーヌの方が私にふさわしいでしょう？』って言うんだ。ジャクリーヌはとんでもないナルシストだって思わない？　でも、楽しかったよ。四人でクリスタルのボトルを六本空けたんだ。五本は僕とトルーマンで飲んだんだけど。僕が二本でトルーマンが三本。トルーマンは飲み過ぎ。どこかで食前酒をしこたま飲んできて、ディナーが始まる前にへべれけだったよ。ディナーは六月二日にＮＢＣで生放送される特別討論番組の打ち合わせも兼ねてたんだ。トルーマンとゴアとノーマン・メイラーと僕が出演するんだよ。四〇年代にデビューした作家の同窓会みたいじゃない？　司会はアンディがやることになってるんだけど、アンディに司会なんてできるか怪しいよ。無口だから。トルーマンはゴアが出るのが面白くないって。『ゴアなんてうんざり！』ってディナーが終わるまでずっと文句を言ってたよ」

私は無言でジュリアンを見つめた。ラ・コート・バスクは上流階級が集まる極めつけのスノビッシュなフレンチ・レストランだ。ベイブ・ペイリーはCBSの会長ウィリアム・S・ペイリーの妻で社交界の名花、ジャクリーン・ケネディに関しては説明するまでもない。ジュリアンは昔からそうだったが、『終末』の成功で俗物ぶりに磨きがかかっているようだった。ジュリアンはまだ喋り続けようとしていたが、犬の存在に気づいた。

「それはなに？」

「犬だ」

「犬ってことはわかってるよ。飼うつもりなの？」

「ああ。これからの人生の伴侶にするつもりだ」

「名前は？」

「マリリン」とっさに思いついた名前を言った。

「マリリン？　マリリン・モンローのマリリン？　このずんぐりむっくりの不細工な犬

が？」

「悪いか？」

マリリンはドッグフードを食べ終わり、涎を垂らしながらジュリアンを興味深げに見上げた。そして、ジュリアンに向かって短い尻尾を振りながらゆっくり近づいて行った。

「やめて。涎を垂らしながら近づかないで。やめてってば！」

マリリンは嫌がるジュリアンにしがみつき、押し倒した。ジュリアンは「やめて！」と叫び続けている。マリリンはじゃれつくのをやめようとせず、情けない声をあげているジュリアンに馬乗りになってむしゃぶりつき、彼の顔を涎まみれにした。

「なんてやつ！」ジュリアンは必死の形相でマリリンを引き剝がすとリビングの入口まで後退し、我々に向かって指を突き立てた。「この醜い犬を今すぐ追い出して！　追い出さないなら君も一緒にこの家から出て行ってもらうから！」

「残念ながら」私は勝利の笑みを浮かべて言った。「ここは私の家だ」

ジュリアンは宙を仰ぐと音高くドアを開けて出て行った。マリリンは訝《いぶか》しげな顔をして私を見上げていた。

13

私はマリリンに狂犬病の予防注射を受けさせた。ペットサロンにも登録した。予想に反してマリリンは無愛想でもしつけにくい犬でもなかった。それにしても運動嫌いの癖によく食べる。一日二食のドッグフード、おやつのビーフジャーキーでは満足しなかった。太らせてはまずいので、キャベツ、キュウリ、セロリといった野菜を大量に買い込み、冷蔵庫にストックして与えた。マリリンは野菜が気に入った。歯応えがあるのが良かったらしい。

毎朝午前五時、空腹を訴えて鼻を鳴らすマリリンに起こされた。朝御飯を食べさせて、セントラル・パークへ一時間の散歩に連れ出す。マリリンの歩くペースは鈍重ですぐにへたばったが、私は根気よく散歩を続けた。帰宅してからはコロンビアで行った講義を本にする作業に取りかかった。もう小説家としてはやっていけないと思い、評論家に転じるつもりだった。昼はマリリンにおやつを与えながら自分も軽く食事し、また仕事をして午後五時にやめ、彼女と夕食を摂る。食後は念入りにブラッシングをしてやり、ソファの上で一緒にTVを観たりしたあと、午後十時にはマリリンを寝室に連れて行き、ベッドで抱き合いながら眠った。私はあっという間にいっぱしの愛犬家になってしまった。

ジュリアンはマリリンを嫌がった。彼は昼夜逆転の生活を続けていて、昼頃起床する。起き抜けのジュリアンがリビングにやってくると、必ずマリリンと戯れている私と遭遇した。ジュリアンはその度にすねた様子で無言だった。私は一計を案じた。朝の散歩を終えて帰宅すると、マリリンをジュリアンの寝室に連れて行った。マリリンは短い足で苦労しながらベッドに這い上がってジュリアンの顔を舐《な》め回した。ジュリアンは起きようとしない。業《ごう》を煮やしたマリリンは頭にかぶりついた。悲鳴が聞こえるなか、私は上機嫌で書斎に向かった。これを毎朝繰り返した。マリリンの訪問でジュリアンの生活は朝型に強制的に改善された。

そのうちマリリンはジュリアンに懐いた。ジュリアンも戸惑いながらマリリンを受け入れ始めた。あとから聞いたのだが、ワシントンD.C.で暮らしていた少年時代、彼はミミという名前のビーグル犬を飼っていたらしい。犬には慣れていたのだ。ある日、資料を買いに行った書店から帰ってくると、ジュリアンがステーキ用の生肉をマリリンに与えようとしているところに出くわした。私は扉の陰から見ていた。マリリンは肉を頬張ったものの、違和感を覚えたのか、すぐに口から取り落としてしまった。私が与えていた野菜と比べ、歯応えがない生肉はお気に召さなかったらしい。「良い肉なのに。マリリンは何が好き？　フォアグラなら食べる？」とジュリアンは優しく語り掛けていた。ジュリアンは家にいる間はマリリンの面倒を見るようになった。マリリンに関することから会話も甦った。ペットショップのオーナーは「不仲なご家庭でも犬がいればいつの間にか仲が良くなることもありますから」と言っていたが、あれは真実のようだ。

14

六月二日は日曜日だった。私はマリリンと夕食を済ませ、一緒にソファに寝そべってTVを点けた。私の隣でマリリンはかしこまった姿勢で画面を見やっていた。ニュース番組が終われば特別番組『文学の今』が始まる。あと三十分だ。

TVは予備選挙のニュースを放送していた。共和党ではリチャード・ニクソンが他の候補を圧倒している。「法と秩序の回復」を訴えるニクソンはベトナム反戦運動と公民権運動を快く思っていない保守層を支持基盤としていた。つまり支持しているのは反動的な白人だ。アカ嫌いのニクソンらしかった。しかし、ベトナム戦争継続には反対を表明しており、反戦派からも支持を得ている。いいとこ取りの詭弁だとしか思えなかった。民主党は混乱のさなかにあった。ベトナム戦争反対を訴えるユージーン・マッカーシー上院議員が最初の予備選挙でリンドン・ジョンソン大統領に肉薄すると、急遽《きゅうきょ》ロバート・ケネディ上院議員が立候補を表明する。両者に挟撃され、勝利を得られないと悟ったジョンソンは大統領選挙不出馬を宣言した。現在はロバート・ケネディが最有力候補だと見做《みな》されている。私にはケネディの弟は日和見主義の火事場泥棒にしか見えなかった。キャスターは二日後の六月四日に民主党のカリフォルニア州予備選挙が行われることを告げてニュースは終わり、CMが流れた。

予備選挙の時期に文学の特別番組を放映するとはＮＢＣも呑気なものだ。トルーマン、メイラー、ゴア、ジュリアンは名声の頂点にいた。揃いも揃って出たがり屋でもある。そのうえ、ジュリアンを除いた三人は互いに仲が悪い。トルーマンとゴアの確執は続いていた。メイラーは一九五九年に出版した『僕自身のための広告』でゴアの小説の出来に疑問を呈し、対してゴアは「ノーマン・メイラーの自己宣伝」という辛辣なエッセイで報いた。今はトルーマンとメイラーの関係も不穏なものになっている。六五年、トルーマンは「ノンフィクション小説」と銘打った『冷血』を「ニューヨーカー」に掲載し、翌年刊行された単行本はかつてない成功を収めたが、ノンフィクション小説とは何か、言語矛盾ではないか、と議論が持ち上がった。メイラーは当初ノンフィクション小説に懐疑的だったが、今年に入って自ら加わったペンタゴンへのデモを描く『夜の軍隊』をちゃっかり刊行していた。トルーマンは自分が開拓したジャンルをメイラーがパクった、と非難していた。こんな面子《メンツ》が揃えば番組が荒れるのは決まっている。ジュリアンが巻き込まれなければいいが、と思うと同時に、私は打ちひしがれていた。私も四人と同世代の作家だ。ジュリアンの共作者でもある。なのに、今ＴＶに登場しようとしているのは彼らであって私ではない。私はアメリカを代表する作家になれなかったどころか、その候補にも挙がらなかったのだ。マリリンは心なしかそわそわしている。

突然ＴＶから荒々しいリフを奏でるエレクトリック・ギターの音が聞こえた。サングラスをかけたギタリストは煙草を吸っている。画面はやたらと唇が大きい長髪のヴォーカルに切り替わった。それが誰かはロックに詳しくない私にもわかった。ローリング・ストーンズのミック・ジャガーはネイティヴ・アメリカンのようなメイクをしている。ミックは飛び跳ねながらシャウトし、歌い出した。バンドの演奏は恐ろしく暴力的で、聞いたこともない曲だった。チャンネルを間違えたかと思ったが、画面全体に「文学の今」という文字が躍った。カメラは呆然としている観客席を映してから苦笑いしているスーツ姿の銀髪の男を捉えた。ＮＢＣの看板番組『ザ・トゥナイト・ショー』のホスト、ジョニー・カーソンだ。

「特別番組『文学の今』へようこそ。ジョニー・カーソンです。今夜の私はホストではありません。サポートです。では、ホストをお招きいたしましょう。今、最高にクールなポップ・アーティスト、アンディ・ウォーホル！」

アンディはサングラスもしていなければレザージャケットも着ていなかった。眼鏡を掛け、ブルックス・ブラザーズのボタンダウンのシャツにネクタイ、紺のブレザーだった。場所柄をわきまえたのかもしれないが、そこらへんにいる大学生のように見えた。アンディはうつむいたまま小走りにスタジオを横切ってカーソンと握手し、隣に着席した。

「アンディ、今の気分はどう？」

カーソンが訊くとアンディはどもった。

「すすすす、凄いね」

カーソンは微笑みながら続きを促した。

「凄いよ。ローリング・ストーンズは。僕、ヴェルヴェット・アンダーグラウンドってバンドをプロデュースしてたんだけど、喧嘩しちゃって。でも、ミックとブライアンと仲良くなったんだ。だから、今日ストーンズに来てもらったんだ。凄いでしょ？」

カーソンは思いっきりしかめっ面をしたあと、あやすように言った。「そうだね。凄いね。でも、この番組は音楽番組じゃなくて文学番組だからね」

「そうだった」アンディは叱られた子供のようにうつむいた。

「ゲストを呼んでいいかい？」

「うん」

「それでは最初のゲストをお呼びしましょう。一昨年はセレブリティが集結した『黒と白の舞踏会』の主催者としても話題を呼びました。ノンフィクション小説『冷血』の著者、トルーマン・カポーティ！」

トルーマンが姿を見せた。千鳥足だった。もう酔っている。トルーマンはストーンズの演奏に合わせてちょっと踊ってみせたあと、帽子を取って観客にお辞儀した。トルーマンは禿げかかっていた。腹は突き出ており、巨大な頭部はボールのように丸い。オレンジのタートルネックのセーターに黄色いチノ・パンツを穿いている。かつての美少年の面影はどこにもなかった。まるでブルドッグだ。アンディとカーソンと握手したあと、トルーマンはゲスト用に並べてある椅子に着席した。テーブルには四本の酒瓶が並んでいる。トルーマンの前にはストリチナヤのボトルとオレンジジュースが入ったピッチャーがあった。

「昨年自らペンタゴン大行進に身を投じ、逮捕された顚末《てんまつ》を描いた『夜の軍隊』で全米の話題を攫《さら》っているノーマン・メイラー!」

縒《よ》れたワイシャツとリーバイスのブルージーンズというラフなスタイルのメイラーは不貞腐《ふてくさ》れた顔をしていた。私が動くメイラーを目にするのはこれが初めてだった。四十五歳のはずだったが、年寄りの猿のように見えた。肌は皺くちゃで顔全体が萎びている。メイラーはアンディと握手を済ませ、不機嫌そうにトルーマンの隣に着席した。メイラーの前にはジャック・ダニエルのボトルとマグカップが置いてあった。カーソンは呼び込みを続ける。

「ベストセラー『マイラ』の機知に富む著者であり、アメリカで最も論争的な作家、ゴア・ヴィダル!」

ゴアはグレーのピンストライプ・スーツに赤いネクタイを締め、笑みを浮かべてゆったりとした足取りでスタジオに現れた。どことなくいつもと違う。表情筋が強張《こわば》っている。ゴアはメイラーの隣には座らず、一つ席を空け、向かって一番左端に着席した。ゴアの前にもご多分に漏れずマッカランのボトルがあった。

「そして、世界を破滅に導く両性具有の教祖を描く『終末』の著者、ジュリアン・バトラー! 『終末』は今年一月の発売以来、驚異的な売上を見せています」

ジュリアンは一九五四年の「プレイボーイ」で初めて公に姿を現した時と同じファッションで颯爽《さっそう》と登場した。ウェーブをかけた二つ結いの髪、薔薇のコサージュをあしらったミニハット、裾を短くした黒いヴィクトリア朝のドレスに網タイツを穿き、脚線美を艶やかに見せつけている。アメリカに自らのイメージを刻印した時の再演をしているのは明白だった。四十三歳になってもその若々しさは輝きを放っている。中年だらけの男子校の同窓会に美女が乱入したようだった。ジュリアンはゴアとメイラーの間の席しか空いていないことに気づいて一瞬困ったような笑みを浮かべたが、そのまま座った。ジュリアンの前にもヘネシーとブランデーグラスが置いてある。

ゲストの入場が終わったタイミングで音楽は終わった。「演奏はローリング・ストーンズでした。ありがとう。曲は昨日アメリカで発売されたばかりのニュー・シングル『ジャンピン・ジャック・フラッシュ』。ストーンズに拍手を。では」と言ってカーソンはアンディを見た。

カメラはあらぬ方を向いているアンディを大写しにした。カーソンに睨まれたアンディは赤面し、消え入りそうな声で喋り始めた。

「ローリング・ストーンズのみんな、ありがとう」アンディはハケようとしているバンドに声を掛けた。「ミック、ブライアン、キース、ビル、チャーリー、ありがとう。どうもありがとう――」

「そろそろ本題に入ろうか」カーソンは呆れ顔で言った。

アンディは目を細めて棒読みで喋り出した。間違いなくカンペを読んでいる。

「五〇年代はビート・ジェネレーションが文学シーンを席巻したわけだけど、それも今は下火になったよね。六〇年代になって新しい作家が次々と出てきている。『キャッチ＝22』のジョセフ・ヘラー、『カッコーの巣の上で』のケン・キージー、そして『V.』のトマス・ピンチョン――この作家は知らないけど。ジャーナリズムでも新しい動きがある。その先頭に立っているのがここにいるトルーマンとノーマンなんだけど――ノーマン、今のアメリカで一番優れた作家って誰だと思う?」

マグカップからジャック・ダニエルを飲んでいたメイラーは「そうだな」と言ったきり黙り込んだ。緊張が走った。

「ノーマン、『俺だ』と言うのはお願いだからやめてくれよ」

カーソンのジョークに観客は笑った。場が和《なご》んだのを見て取ったメイラーは口火を切った。

「さっきアンディはビートが下火になったと言った。確かにそうだ。しかし、俺はジャック・ケルアックとウィリアム・バロウズこそが現代最高の作家だと思う」

「ケルアックの文章は酷《ひど》い!」トルーマンは甲高く叫んでから、故意に作った低い声でゆっくりと言った。「彼は文章を書いているのではない。タイプを叩いているだけだ」

観客は大笑いだった。メイラーは助けを求めるような顔をしてジュリアンを見やった。

「トルーマンに賛成。ケルアックが今までの人生で一度でも何かを考えて書いたことがあるかっていえば疑問じゃない？」ジュリアンはにこやかに言った。

　メイラーが殺意を覚えたチンパンジーそっくりの表情を浮かべた時、アンディがおずおずと横槍を入れた。

「あの、僕がこんなことを言うのはどうかと思うんだけど、バロウズは一流の作家ではないんじゃないかな？　つまり、ええとビルは『裸のランチ』っていう傑作を一つ書いたけど、今では過去にすがって生きているようなものじゃない？　ごめんね」

　メイラーは不意を突かれて黙り込んだ。カーソンはアンディを睨みつけた。

「アンディにも同意。『ジャンキー』と『裸のランチ』は良かったから、今のバロウズは残念だよ」ジュリアンはまた合いの手を入れた。

　嬉しそうに笑うアンディをカーソンが小突いた。アンディは慌ててカンペを読むのを再開した。

「今、アメリカは政治的混乱の渦中にある——あるんだよね？」アンディは台詞の途中でカーソンに訊《たず》ね、相手はうざったそうに無言でうなずいた。「大統領選挙が始まろうとしている。文学と政治の話をしよう。ノーマン、ゴア、君たちは政治的なエッセイをたくさん書いてる。実際に政治的な活動もしてる——してるんだよね？」

「俺は来年ニューヨークの市長選に出馬するつもりだ」と言ったメイラーをゴアが遮った。

「アンディ、ノーマンと私を一緒にするな。私は政治家の一族に生まれた。ジャクリーン・ケネディは私の義理の妹だ。確かに私は六〇年にニューヨーク州の下院議員に立候補して僅差で落選した。しかし、投票者の四十三パーセントは私を支持した。私の得票数はこれまでのどの民主党候補の得票数より多かった。そして、私はケネディ大統領の芸術顧問だった」ゴアは誇らしげに胸を張ってみせた。

「で、ゴアはホワイトハウスのパーティで酒に酔って暴れてボビー・ケネディに追い出されたの」とトルーマンが付け加えたので、ゴアは血相を変えた。

「追い出されたんじゃない！　出て行ったんだ！」

「どっちでも同じじゃない」トルーマンは空になったストリチナヤのボトルを掲げ、「おかわり」と画面外のスタッフに言うと続けた。「ゴアとノーマンが政治に関わるのは自分の宣伝をするためでしょ」

「お前は南部から来た偏見に凝り固まった共和党支持の宗教右派だ」ゴアはトルーマンを指差しながら声を張りあげた。「お前には政治のことなんかわからない」

間に挟まれたジュリアンとメイラーは迷惑そうに笑った。トルーマンの注意は酒に逸れていた。彼は「おかわり」のストリチナヤをなみなみとグラスに注ぎ、オレンジジュースをほんの少し垂らして飲んだ。アンディがまたカンペを読み上げる。

「今、ジャーナリズムでも新しい動きがある。その先頭に立っているのが、ここにいるトルーマンとノーマンなんだけど――二人はノンフィクション小説を書いたよね？」

「『夜の軍隊』はノンフィクション小説ではないよ、アンディ。副題をちゃんと読んでくれ。『小説としての歴史、歴史としての小説』だ」とメイラー。

「ノーマン、あなたは嘘をついている」トルーマンが早口で話し出した。「『冷血』を書いてる間、あなたと何度も議論したけど、あなたはノンフィクション小説がなんだかわかっちゃいなかった。『冷血』の取材には六年掛けた。この世の果てのようなカンザスを彷徨《さまよ》ったし、犯人二人の処刑にも立ち会った。そして、物語から注意深く私自身を排除したの。私は自分を語り手なんかにしなかったし、主人公にもしなかった。でも、ほんの三年後、あなたは自分の安っぽい経験を元に『夜の軍隊』を書いた。あなた自身を主人公にしてね。私はノーマン・メイラーがノンフィクション小説を書くにあたって力になれたことを心から嬉しく思ってる」

「トルーマン、君はノンフィクション小説という名称を発明した。だが、それは名称だけの話だ。昔からあのジャンルは存在した。君だってリリアン・ヘルマンのノンフィクションに触発されたって言ってたじゃないか。ノンフィクション小説は君の発明じゃない。それともあれか？　俺は『おお、カポーティ様、わたくしはあなた様の発明であるノンフィクション小説を書こうと存じます。何卒《なにとぞ》わたくしめにご許可を下さい』とでも言うべきだったのか？」

メイラーはトルーマンに今にも殴りかからんばかりだったが、アンディがまたカンペの棒読みを始めた。「二人は最近話題になっているジャーナリストのトム・ウルフをどう思う？　ウルフのデビュー作はカンディー・カラード――なんだって？」アンディはカメラの向こうにいるカンペ係に呼び掛けてしまった。

「『キャンディ・カラード・キャデラック』」トルーマンが言った。

「『カンディー・カラード・タンジェリン・フレーク・ストリームライン・ベイビー』」カーソンが小声で訂正した。

「どっちでもいい」トルーマンは無関心そうに言った。「トム・ウルフが後世に残るなんて思えない」

ゴアが口を挟んだ。「これは文学についての番組だったはずだ。トム・ウルフ？　トム・ウルフは文学ではない。クソとケーキはどっちが美味しいですか？　みたいなことを訊かないでくれ」

アンディは笑い出して話せなくなったので、カーソンが対応した。

「トム・ウルフは文学ではない。つまりジャーナリズムは文学ではない、と受け取っていいんだね、ゴア？　一方、トルーマンとノーマンはジャーナリズムと文学の融合を目指している。二人の書いているものも文学ではないと思うかい？」

「そうだ。作家は真実を語らなければならない」ゴアは嘲るように付け加えた。「彼がジャーナリストだった場合を除いて」

メイラーが表情を変えて立ち上がり、何か喋ろうとしたが、トルーマンがそれを遮った。

「新聞記事みたいな文章を書いていたあなたが言えたこと？　あなたの小説は信じ難いほど酷い。『ユリアヌス』のような小説は誰でも書ける。『マイラ』があなたが書いたなかでは一番マシな本だけど、残念ながら傑作とは言えないね。あなたは一冊の忘れ難い本も書いてないの。ゴア、あなたはいずれジョセフ・ヘゲシャイマーのような作家になってしまうでしょうよ」トルーマンは観客に向き直った。「みなさん、ジョセフ・ヘゲシャイマーのことご存じ？」

観客は無言だった。トルーマンは満足気な笑みを浮かべた。

「みなさん、ご存じではないようね。五十年前、ジョセフ・ヘゲシャイマーはゴア・ヴィダルが自分のことを有名だと思っているより、五千倍有名だった。ところが今じゃ、ここにいるみなさんはジョセフ・ヘゲシャイマーのことなんか知りもしない」

「トルーマン、お前は昔から文学に関心がなかった」ゴアは両目の瞼を痙攣させていた。

「どういう意味？」とトルーマン。

「トルーマン、お前は昔から文学に関心はなかった」ゴアは同じ台詞を噛み締めるように繰り返した。「お前はただ文学を通じて有名になりたかっただけだ。だから他の売れている作家の作品をなぞった。『遠い声　遠い部屋』はカーソン・マッカラーズの小説を盗んだものだ。『ティファニーで朝食を』ではクリストファー・イシャーウッドの『さらばベルリン』からヒロインのサリー・ボウルズを誘拐してきてホリー・ゴライトリーという名前に変えただけだ」そして、ゴアはカメラ目線で言った。「手短に言えばトルーマン・カポーティには全く独創性はなかった。それから彼はノンフィクションの世界に行った。そして『冷血』を書いた。想像力のない作家であるカポーティにとってこれはごく自然な流れだった」

カメラは大笑いするアンディを捉えた。観客は凍りついていたが、アンディに釣られて徐々に笑い出し、拍手が起きた。ゴアは澄まして悦に入っている。突如トルーマンが立ち上がった。

「あなたたち！」トルーマンは観客に向かって激昂していた。「あなたたちは『文学の今』って番組を観に来てるんだから文学には少しは関心があるはずでしょう？」トルーマンはカメラに怒鳴った。「ＴＶの前のあなたたちもそう。もし本当に文学に興味があるなら、なんでこんな酔っ払いたちの番組を観ているの？　ＴＶを消せ！　本を読め！」

そこまで言うとトルーマンは前のめりに倒れた。観客席からどよめきが起き、悲鳴が上がった。ストリチナヤの二本目のボトルは空になっている。カーソンが素早く席を立ち、倒れているトルーマンの足を引きずってスタジオから出て行った。カメラはアンディにズームインした。アンディはカメラに気づき、照れながら言った。

「それではいったんＣＭです」

15

ＣＭは恐ろしく長く感じられた。私は全国ネットでアメリカを代表する作家が揃いも揃って馬鹿を晒しているのに唖然としていた。おまけに全員前後不覚になるほど酔っている。他の三人が言い争っているせいでジュリアンは恥を晒していない。それどころかほとんど画面に映っていなかった。ジュリアンは宣伝のために出演したのにアテが外れたと思っているだろう。マリリンは退屈したのか、ソファの上で何度もあくびをしながらまどろんでいた。

急に汗まみれのカーソンの顔が画面にアップで映し出された。

「ＴＶをご覧のみなさん、大変お見苦しい場面があったのをお詫びします。ミスター・カポーティは控室で休んでいます。なんでもありません。『オレンジジュースを飲み過ぎた』とのことでした」

スタジオに取り残された三人のゲストの前からは酒のボトルがなくなっている。スタッフはこの乱痴気騒ぎがアルコールによるものだと遅まきながら察したらしい。カーソンはアンディにうなずきかけ、カンペを読むように促した。

「二十世紀に入ってからセックスは文学の大きな主題になった。ノーマン、ゴア、ジュリアン、みんなセックスについてたくさん書いている。セックスの話をしよう」

「アンディ」ゴアは苦笑した。「それはあまり上品な話題じゃないな。今の時刻にセックスに興味のあるやつは実際にベッドでナニをしているはずだ。こんな番組なんか観ない」

「――でも、君の新作『マイラ』はセックスの話だし、ジュリアンの『終末』もそうじゃない？　ノーマンも昔からセックスのことばかり書いているよね？」

「『マイラ』はセックスの話なんかじゃない」ゴアは跳ねつけた。「男根中心主義に覆われたこの世界の諷刺だ」

「『夜の軍隊』とセックスは無関係だ。あれは政治についての本だ」メイラーが続いた。

「『マイラ』と『終末』はポルノグラフィーかもしれんが」

「嘘をつくな」ゴアが言い返した。「『夜の軍隊』にはお前が政治集会で『マスでもかいてろ』と言っているところがある。ノーマンはセックスに取り憑かれている。セックスは存在する。それについてなすべきことはない。セックスは道を作るわけでもないし、小説を書くわけでもない。セックスはそれ以外の意味を人生に付与しない。だから、セックスに取り憑かれたノーマンにはロクな小説が書けない」

　ゴアはそう畳み掛けるように言うと、またカメラ目線で嫌味に笑いながら顎に手を当てた。フィリップス・エクセター・アカデミー時代からお得意のポーズだ。カメラはメイラーを映した。その目は焦点を結んでいない。手が震えている。メイラーは唸り声をあげた。

「表へ出ろ！」

　メイラーはゴアに躍り掛かり、顎に頭突きを食らわせた。ゴアはよろけたが両手でメイラーを突き飛ばした。間に挟まれたジュリアンが二人を制止しようと立ち上がる。ジユリアンはゴアをガードしたが、メイラーはもう一度ゴアを殴ろうと突っ込んできた。カーソンがメイラーの胴にしがみつく。メイラーは「離せ！」と喚《わめ》いて腕を振りほどき、倒れたカーソンの顔面を足蹴にした。ゴアがジュリアンを押しのけてメイラーに近づく。メイラーはその瞬間を逃さず、渾身の力でゴアにアッパーカットを見舞った。ゴアは仰向けに倒れたが、今度は血まみれになったカーソンが起き上がってメイラーの頭を背後から殴りつけた。もはや『文学の今』はプロレス番組と化していた。カメラはアンディをクロースアップにする。アンディはおどおどしていた。

「それではいったんCMです」スタッフが走ってきて耳打ちした。「えっ――CMに入れない？――うん。――うん」

画面の外では放送禁止用語で罵り合うゴアとメイラーの声が聞こえる。スタッフは伝達事項を喋り終わったのか、カメラの前から去った。アンディは晴れやかな笑顔で言った。

「それではあらためてローリング・ストーンズが一曲歌ってくれるよ。八月に発売予定の新曲で『ストリート・ファイティング・マン』」

ミック・ジャガーがアンクル・サムのシルクハットを被ってふたたび登場した。バンドが演奏を開始する。そこへゴアが逃げ込んできた。メイラーが追ってくる。そのうしろから怒り狂ったカーソンも走り込んでくる。三人はもつれ合いながら殴り合い、カーソンがドラムセットに倒れ込みそうになった。ドラマーは飛び退き、演奏が乱れた。すると煙草を吸っていたサングラスのリズム・ギターの男が演奏を止めて、カーソンの頭をギターで殴りつけた。カーソンは昏倒した。ゴアは壁際に追い詰められ、メイラーのボディブローを両腕でガードしている。ギタリストはエレキギターを振りかざし、今度はメイラーに襲い掛かろうとしていた。その時、五人の警備員が殺到し、ゴアとメイラーを引き剝がすとスタジオの外へ連れ去ってしまった。ギタリストはそれを見届けると尻ポケットから新しい煙草を取り出し、火をつけて悠然と演奏に戻った。カーソンはドラムセットの前に伸びていたが、また警備員たちがやってきて足を引っ張って行き、画面から消えた。演奏が終わり、アンディは穏やかに言った。「それではここで本当にいったんCMです」

酷い選曲だった。作家たちがストリート・ファイトもどきを演じている時にかける曲ではない。マリリンはすっかり眠気が吹き飛んだらしく、目を瞬《しばたた》かせている。CMが明けた。アンディの隣にジュリアンが座っている。

「二人きりになっちゃったね」アンディは力なく笑った。

「今まであんまり喋れなかったから好都合だよ」ジュリアンは爽やかな笑顔で応えた。

「でも、放送時間があと五分しかないんだ」

「困ったね」ジュリアンは今にも舌打ちしそうだった。

「今日のまとめをしようか。いなくなった三人にはこれ以上ないほどお互いへの意見を聞いたから」アンディはまた力なく笑った。「ジュリアンにも三人についてコメントしてもらおうか――ノーマンをどう思う？」

「作家なら拳じゃなく言葉で勝負すべきじゃない？　ノーマンに文学は向いてないみたい。ボクサーに転職すればいいんじゃない？」

静まり返っていた会場に遠慮がちな笑いのさざなみが起きた。アンディは大袈裟に手を打って喜んで見せた。「凄い！　じゃあ、ゴアとトルーマンは？」

「ゴアとトルーマンは似た者同士だよ。お金と名声と男の子への飽くなき欲求も共有してる。鏡に映った自分自身に怒ってるようなものじゃない？」

会場は爆笑と拍手に包まれた。ジュリアンはおどけた顔をしてみせた。

アンディは苦しそうに笑いをこらえながら言った。「君は彼らをライバルだと思う？」

「僕にはライバルなんていないよ」ジュリアンが調子に乗り始めたのがＴＶ越しにも見て取れた。

「でも、前はいたんじゃない？――誰だっけ？」

「リチャード・アルバーン？　懐かしい。もうアルバーンの本を出してくれる出版社なんてどこにもないんじゃない？　慰謝料と養育費で借金に苦しめられて、酒に溺れて頭がおかしくなったって聞いてるよ。アルバーンはマッチョを気取ってたけど、バレエのチュチュを着て『くるみ割り人形』を踊るのが好きなんだって。マザコンだから今ではママと二人きりで暮らしてる。ある日、アルバーンは割れた眼鏡を掛けて帰ってきたんだ。ママがどうしたのか訊いたら泣きながらこう言ったんだって。『ママ、近所の餓鬼どもが窓から俺がバレエを練習しているのを覗いて、俺をホモ野郎だって囃《はや》し立てたんだ。すぐに窓から飛び出して殴ってやった。誰にも俺をホモなんて呼ばせやしないよ、ママ！』」ジュリアンはカメラに向かって呼びかけた。「ディック、ママと仲良くね」「ありがとう、ジュリアン」アンディは腹を抱えていた。「そろそろ時間みたいだ。ここにいるみんなもTVを観ているみんなもありがとう。今日は楽しかった。ジュリアン・バトラーに盛大な拍手を」

アンディはジュリアンを立ち上がらせて自分も拍手した。ジュリアンとアンディは固く握手した。

「ローリング・ストーンズのみんなもありがとう。ストーンズは最後に今年発売されるアルバムからもう一曲新曲を披露してくれるよ。『悪魔を憐れむ歌』っていうんだって。それじゃ、さよなら。『文学の今』。アンディ・ウォーホルがお送りしました」

スタッフ・クレジットが流れ始め、ミック・ジャガーがパーカッションのリズムに乗って踊り出す。彼はキリストの処刑にも、ロシア革命にも、電撃戦にも、宗教戦争にも立ち会ったと歌っていた。ケネディを殺したのはあなたと私だとも。ミックは曲がクライマックスに達する頃、自分をルシファーと呼んでくれと言った。私はシャウトし続けるミックを無視してTVを消した。

酔っ払いのトルーマンはまだしも、いい年をして殴り合うゴアとメイラーはどうしようもない。死体に鞭打つようなアルバーンについてのジョークを飛ばすジュリアンもどうかしている。三回も演奏したローリング・ストーンズが主役のロック番組のようだった。『文学の今』はNBCが放映した討論番組では過去最高の視聴率を獲得したが、瞬間最高視聴率を記録したのはリズム・ギターの男、キース・リチャーズがジョニー・カーソンをギターで殴りつけている時だった。

　私は胸糞が悪くなり、就寝しようとソファから立ち上がった。マリリンが唸り始めた。マリリンは大人しい犬だった。一緒に暮らしてきた一ヵ月近くの間、唸ったり吠えたりしたことは一度もない。なだめるために頭を撫でようとしたが、マリリンは歯を剝き出して嫌がり、唸り続けた。時計はもう十時を回っている。こんな時間に騒がれては眠れない。私はマリリンをおやつで懐柔しようと冷蔵庫の扉を開けた。その時、電話が鳴った。マリリンが今度は電話に向かって吠え出す。私は毒づきながら受話器を取った。

「もしもし」どこかで耳にしたことのある囁くような小さい声が聞こえる。

「もしもし。うちの犬が吠えている。こんな時間に電話してこないでくれ」

「ジュリアンの家だよね？」

「そうだが」

「君は誰？」

「同居人だ。ジュリアンはいない。用事があるならまた明日の朝電話してくれ」

「良かった。君に用があったんだ」

「何の用だ？」

電話の向こうで男は黙りこくっている。マリリンは吠え続けていた。

「用がないなら切る」

「大事なことなんだ。とても大事なことなんだ」

声が震えている。笑いをこらえているらしい。こんな時間に電話してきて名乗りもせずに笑っているとは不謹慎な男だ。

「それより君は誰なんだ？」

「僕はアンディ。落ち着いて聞いてくれ」

私は相手が笑っているのではないことに気づいた。アンディ・ウォーホルは泣いていた。

「ジュリアンが撃たれたんだ」

16

私が病院に着いた時、ジュリアンは手術室にいた。病院のロビーにはTVのクルー、新聞や雑誌の記者、野次馬がいた。アンディはすぐに見つかった。どこにいてもあの銀髪のカツラは目立つ。アンディに声をかけると彼は私を招き寄せた。ローリング・ストーンズとアンディの取り巻きが私を囲む。報道陣からガードしてくれたのだ。それにしても病院には不似合いな連中だった。ドラァグ・クイーンにスーパースター、ヤク中のヒッピー。ファクトリーで出くわした顔も何人かいた。

アンディはジュリアンの狙撃事件について詳しく話してくれた。アンディとジュリアンとストーンズは番組終了後、NBCスタジオで取り巻きと合流した。マクシズ・カンザス・シティで打ち上げをやるつもりだったらしい。ジュリアンとアンディは談笑しながらスタジオを出た。路上にアイヴィー・ルックの眼鏡の男が待ち伏せていた。男はジュリアンを拳銃で二回も撃った。ジュリアンは笑いながらその場に倒れた。男はそのまま逃走し、マンハッタンの人混みに紛れてしまった。男が何者かはわからなかったし、逮捕もされていない。

十分後、救急車が到着した。アンディとミックが付き添った。泣いているアンディをジュリアンは慰め、「ネロに殺されると悟ったペトロニウスは血管を切って、傷口を閉じたり開いたりしながら、馬鹿馬鹿しい歌やふざけた詩に耳を傾けてまどろむように死んだんだって。粋な死に方じゃない？　だから下らない話をして」と言った。私からフィリップス・エクセター・アカデミー時代に聞いた話をそのまましたのだ。アンディは必死にファクトリーや社交界のゴシップを話した。ジュリアンは笑いっ放しだった。興が乗ったのかミックに歌まで所望した。ミックは「夜をぶっとばせ」を歌い出した。ジュリアンはコーラスを歌い始め、アンディにも歌うように言った。三人は声を揃えて歌った。助かるかもしれない、とアンディは安心しかけたが、「夜をぶっとばせ」を歌い終わると同時にジュリアンは昏睡状態に陥った。

救急車が病院に着くなり、ジュリアンは手術室に担ぎ込まれた。二時間経った今も手術は終わっていない。

　私は待合室のベンチに腰掛けながら、差し伸べられたアンディの手を強く握った。名声の頂点での死。ジュリアンは伝説になるだろう。私はジュリアンに伝説になどなって欲しくなかった。私が必要としたのは人としてのジュリアン・バトラーだった。結局、私はジュリアンに嫉妬していただけだった。

「痛いよ」という声を聞いて我に返った。

　アンディは苦笑いをしている。「医者が出てきた」

　時計は午前三時を指していた。私はアンディの手を三時間以上も握りしめていたらしい。疲労困憊の体《てい》の医師は我々の姿を認めて口を開いた。

「手術は終わりました。二発の銃弾が肺と胃を貫通していました。心臓に傷一つついていないのが不幸中の幸いでしたが、手術中に一度心拍が途切れました。あれだけの重傷だったら無理もない。率直に言ってこれからどうなるかはわかりません。とりあえず集中治療室で様子見です。面会はできません」

　医師はそう言うと、取材をしようと声を張り上げている報道陣の方へ歩み去った。アンディたちは帰り支度を始めた。私はうつむいたままベンチを動かなかった。

「ここにいても仕方ないよ」アンディは私の前にしゃがんで言った。

　私はマリリンのことを思い出した。朝食をあげなくてはいけない。

17

メディアはジュリアンの狙撃事件で埋め尽くされていた。TVはモーニング・ショーから犯人は誰か議論を続けていた。新聞各紙は「ジュリアン・バトラー撃たれる」という見出しを一面に掲げている。私は一日中TVに見入った。正午、ニュースは民主党予備選挙の現地からの中継を申し訳程度に挟み込んでいた。ロバート・ケネディが優勢らしい。いきなり中継が途切れ、画面がスタジオに切り替わった。「今、入ったニュースです」とキャスターが興奮した面持ちで話し出した。「ジュリアン・バトラーを銃撃したとして、作家のリチャード・アルバーンという男が逮捕されました」

キャスターはアルバーンのプロフィールを手短に紹介し、逮捕の経緯を説明した。警察は昨夜NBC本社ビルから走り去る男の目撃証言からアルバーンを割り出した。今日の早朝、警官の一団がアルバーンのサウス・ブロンクスのフラットに踏み込んだ。アルバーンはママに見せるためにレオタードを着込んでレコードでプロコフィエフの『ロミオとジュリエット』を大音量で流し、逞しいタンクトップの男と一心不乱に踊っていたところだった。あとからタブロイド紙に載った記事によると、相手は発展場で出会った新しいボーイフレンドだったようだ。警官を見てママは泣き出した。押し問答が続いたあと、アルバーンは「俺がジュリアン・バトラーを撃った。俺は男だ。どこにも逃げないぜ」と喚きながら、その言葉とは裏腹にレオタード姿のまま窓から逃げ出そうとした。警官たちはアルバーンを取り押さえ、その場で逮捕した。現在、取り調べ中。動機はまだわからない。

ＴＶはアルバーン逮捕を報じ終わると、またジュリアンについてのニュースを繰り返し始めた。私は電源を切ってソファに深く身を沈めた。アルバーンを追い詰めたのは私だ。身支度を整えて病院に行ったが、ジュリアンはまだ集中治療室にいて面会はできなかった。私は帰宅し、マリリンをベッドに連れて行って彼女を抱き締め、身を横たえた。マリリンは神妙な表情をしていた。何が起きているかわかっているようだった。慰めようと思ったのか、何度も私の頬を舐めたが、そのうち顔を押しつけたまま眠ってしまった。ジュリアンと出会うまでの私は存在しないも同然だった。ジュリアンとの過去が輝いて見えるのと同時に未来は黒一色で塗り固められている。私はマリリンの涎《よだれ》にまみれながら眠りに落ちた。

六月四日の朝、マリリンの散歩を済ませてから病院に赴いたが、面会謝絶だった。ニュース・スタンドで新聞各紙を買い求め、自宅に戻った。今度は新聞に「作家リチャード・アルバーン逮捕――『俺がジュリアン・バトラーを撃った』」という見出しが躍り、ＴＶはアルバーンに関するプロフィールを流し続けた。新しい情報は何もなかった。私はマリリンを抱きかかえながらＴＶを点けっ放しにしてソファに丸くなった。ＴＶが中継に切り替わった。ホテルの玄関口が映し出されている。報道陣が一人の伊達男に群がっていた。モーリス・ジロディアスは押し隠した喜びを抑えきれないように笑みを浮かべている。

「今、出張から帰ったばかりだ。オリンピア・プレスは近日中にリチャード・アルバーンの自伝を出版する」

ジロディアスは浮かれた口調でそう告げ、記者たちをかきわけてホテルのなかに引っ込んだ。

その日のTVと夕刊各紙による情報を総合すれば経緯はこうだった。ジロディアスはJ・P・ドンレヴィー、ウラジーミル・ナボコフ、テリー・サザーンとの印税未払いと出版権をめぐる続け様の訴訟に苦しめられてパリでの出版業に支障をきたし、活路を見出すべくニューヨークに本拠を移したらしい。そこへアルバーンが自伝の企画を持ち込んできた。かつては一流出版社とばかり仕事をしてきたアルバーンだったが、ジュリアンとの対決以降どこからも依頼はなく、ジロディアスに縋《すが》ったのだ。ジロディアスは前金千ドルを提示したが、彼にはそんな金などなかった。とりあえず五百ドル払い、アルバーンに原稿を書くように言った。ジロディアスの要求はただ一つ。扇情的な原稿だ。アルバーンは三ヵ月で自伝を完成させたが、ジロディアスは難色を示し、書き直すよう言った。アルバーンは改稿を手にジロディアスの許を何度も訪れたが、前金はそれ以上払われず、毎回書き直しを要求され、出版の話ものらりくらりとかわされ続けた。実のところ、ジロディアスはアメリカで出版業を営むための金策を行っている最中で、アルバーンの自伝を出す費用などなかった。そうこうしているうちにアルバーンは困窮を極めた。同居していたママによるとサラダドレッシングに浸したパンだけの食事が続いたらしい。六月二日、アルバーンはジロディアスの事務所に中古で買った安物のピストルを持って押し入ろうとした。ジロディアスを脅迫して前金を全額支払わせるつもりだった。それができない時は殺そうと思っていたようだ。ところが、ジロディアスは金策のためにニューヨークを留守にしていた。標的の不在で空振りしたアルバーンはそのままバワリー街の労働者が集まるバーに赴き、酒を呷《あお》った。バーのTVは『文学の今』を映していた。そこではジュリアンが上機嫌で彼を嘲笑《あざわら》っていた。アルバーンは地下鉄に飛び乗ってNBCスタジオのあるロックフェラー・プラザに向かい、待ち伏せた。そして、出て来たジュリアンを撃った。

ジロディアスとの思いがけない再会はこの事件の予兆だった。ジロディアスの笑みの意味を私は理解した。彼は自分を見捨てたジュリアンに意趣返しできるとほくそ笑んでいたのだ。ジュリアンを世に出した男と私に出版界から消された男は、図らずもジュリアンのための葬送曲を共に奏でていた。

18

翌朝、マリリンの散歩がてら新聞各紙を購入しにニュース・スタンドに立ち寄った。

どの新聞も「ロバート・ケネディ撃たれる」と大見出しを一面に掲げている。自宅に戻ってからTVを点けたが、どこのチャンネルも予備選挙の勝利が確定した直後にボビー・ケネディが撃たれたことを伝えていた。犯人はサーハン・サーハンというパレスチナ人で、ボビーは病院に担ぎ込まれて生死の境を彷徨《さまよ》っているらしい。もうどのメディアもジュリアンについてのニュースを報じていなかった。

朝食を済ませて病院に着くと受付で、ジュリアンに会うことはできないが昨夜遅くに意識は回復したので一般病室に移した、と告げられた。安堵で全身の力が抜け、ロビーのベンチにへたり込んだ。うつむいていると肩を叩く者がいる。

「大丈夫？」どこかで聞いたことのある心地良いアクセントだった。

「大丈夫だ」

私は下を向いたままだったが、視界の端に白衣をとらえた。看護師らしい。

「友人の意識が戻ったんだ。もう心配ない」

「でもまだジュリアンに面会できないんでしょ？」

私は顔をあげた。そこには看護服を着たジーン・メディロスの懐かしい姿があった。

ジーンは屈み込んで私の耳に囁いた。

「今朝、パリから飛んできたんだ。ロバート・ケネディも撃たれたんでしょ？　本当に野蛮な国。空港から直行したらジュリアンは面会謝絶だって言われて。頭にきたから更衣室に忍び込んでナース服を盗んできちゃった。これならジュリアンに会えるでしょ。

行きましょう」

「一人で行ってくれ。私は看護師の服を持っていない」

「実は」ジーンは目をくるくる動かして、右手に持った医者の白衣を持ち上げてみせた。

「これも盗んできちゃった。聴診器も」

十分後、私たちはジュリアンの病室の扉をノックしていた。「どうぞ」と弱々しい声がした。点滴に繋がれていたジュリアンは焦点の合わない目でこちらを見ていたが、私たちが誰かわかると大声を出した。

「僕は復活した！」

「墓から甦ったラザロみたいにね」とジーンは言った。

「ナザレのイエスと言ってよ。イエスは十字架に架けられた三日目に復活した。僕の意識が戻った昨日は撃たれてちょうど三日目じゃない？」ジュリアンはしたり顔で言った。

「ところで、僕を撃ったやつは捕まった？　あいつは誰なの？」

「リチャード・アルバーンだ。昨日、自宅でバレエを踊っている時に逮捕された」

ジュリアンは笑い出した。「ディック！　これであいつは完全に終わり。もう終わったようなものだったけど。可哀相なディック！　可哀相なディックのママ！　あいつは僕を殺そうとしたけど、僕はここでぴんぴんしてる。ディックの墓碑銘にはこう刻んでやる。『リチャード・アルバーンここに眠る。ディックはママが大好きだった』」

「イエスはそんなこと言わない。右の頰をぶたれたら左の頰を差し出すの」とジーンはすぐさま切り返した。

ジュリアンははしゃぐのをやめなかった。「それでマスコミは今頃騒ぎ立ててるんじゃない？　『ジュリアン・バトラー撃たれる』って見出しが新聞の一面に載ってTVは朝から晩まで僕のニュースを流してるはず。そうじゃない？」

「昨日まではそうだった。今日は君のニュースはやってない」私は言った。

「なんで？　僕が復活したことを知らないから？　ああ、物わかりが悪く、心が鈍く、預言者たちの言ったこと全てを信じられない者たち、メシアはこういう苦しみを受けて、栄光に入るはずだったのではないか！」ジュリアンは『ルカによる福音書』を引用した。

「ジュリアン、違うの。とにかくキリスト気取りはやめて」ジーンは呆れている。

「いやだ」ジュリアンは頰を膨らませて今度は『マタイによる福音書』をもじって言った。「恐れることはない。行って、僕の記者たちにマウントサイナイ病院に来るように言いなさい。そこで僕に会うことになる！」

「記者は来ない」

「なぜ？」ジュリアンはこれ以上不可解なことはないと言いたげな顔をして私たちを見た。

「ロバート・ケネディが撃たれた。今日の新聞とTVはそのことしか話していない」

ジュリアンの上機嫌は花が萎んでいく様子を早回ししたように消え去った。

「これで僕はもっと有名になるチャンスを逃したわけじゃない？　ボビーを殺してやり

たい」

「殺せば？　あなたがボビーを殺せば今よりもっと有名になれるよ」ジーンは逆捩《さかね》じを食わせた。

私は我慢しきれず笑い出した。ジーンも吹き出した。ジュリアンもつられて笑った。最後には三人とも爆笑していたが、ジュリアンは急に顔を強張らせた。

「笑い過ぎて傷が痛い。僕は本物の看護師を呼ぶからね」

私たちはただちに退出した。ロビーを突っ切り、路上に転げ出た。二人ともまだ笑いが止まらなかった。昨日までモノクロに見えていたマンハッタンが極彩色で煌《きら》めきだした。笑い転げながら走る白衣の私たちを道行く人々は不審そうに見ている。ジーンはジュリアンが完全に回復するまでニューヨークに留まる気だった。タウンハウスに滞在してもらうことにした。マリリンがジーンを出迎えた。

「かわいい！」ジーンはマリリンに駆け寄って飛びついた。マリリンは見知らぬ闖入者《ちんにゆうしや》に怯《ひる》んだが、ジーンは容赦せず愛撫した。「こんなかわいい子と一緒に暮らしているなんて教えてくれなかったじゃない。名前はなんていうの？」

「マリリンだ」

「マリリン？　女の子ね。でも、チャウチャウにマリリンは似合わないでしょ」ジーンはマリリンをもみくちゃにしながら幼児に話し掛けるように言った。「あなたもこんな名前嫌だよね。この子、どことなくジョージに似てない？　むっつりしてるし。決めた。

新しい名前はジョージエットにしようよ。はじめまして、ジョージエット」

「そんな名前はやめてくれ」

「冗談だよ。あれ？」マリリンをしつこく撫でさすっていたジーンは手を止めた。「この子、ハゲがある」ジーンはマリリンの毛をかきわけて私に見せた。一セント銅貨ほどの毛がない部分があった。「かわいそう。犬もストレスがあるとハゲるもんね。ジュリアンがいなくて寂しかったんだよね」

ジーンはマリリンをひしと抱き締めた。マリリンは盛んに瞬きしていた。

19

ジュリアンは驚異的な回復力を見せた。「好きな運動は性行為だけ」とインタビューでは嘯《うそぶ》いていたが、世界を放浪していた時も朝まで飲み歩いていた時も、一度たりとも心身の不調を訴えたことがない。体は丈夫だった。私とジーンは毎日ジュリアンを見舞ったが、陽気過ぎる患者を見舞う必要があるのか疑念を抱くほどだった。ジーンはマリリンを猫可愛がりし、私はジーンに研鑽《けんさん》を積んでいた手料理を振る舞った。

ロバート・ケネディは六月六日に死んだ。TVと新聞は引き続き、混迷を極める予備選挙のニュースを続けたが、マスコミはジュリアンのことを思い出したようで、取材陣がマウントサイナイ病院の待合室にちらほら現れるようになった。「ライフ」のカメラマンは読者から送られてきた百合の花々に囲まれた病室のジュリアンの写真を撮っていった。「タイム」の記者もインタビューに訪れた。ジュリアンは快活に質問に答えたが、インタビュアーが帰り際に、ロバート・ケネディが暗殺されなければジュリアンを表紙にした特集を組む予定だった、と漏らすと悔しがった。

見舞いに来たゴアはメイラーにアッパーカットを食らったせいで首にギプスをつけていた。「昨夜、パーティでまたトルーマンと会った。椅子だと思って座ったらぐんにゃりした。酔って伸びているあいつの上に座ってしまったんだ」

「それじゃトルーマンは何の上に座っていたの?」とジュリアンは訊ねた。

ゴアはギプスに固定された顔を歪めて言った。「もっと小さな椅子の上だ」

他にもジュリアンの友人知人が大勢見舞いに来たが、私は誰とも面識がなかった。TVや新聞や雑誌で見た顔ばかりだったが、顔と名前が一致しない。『終末』はベストセラー・リストに居座り続けていた。ジュリアンが意識を回復してすぐにペーパーバック版も出版された。ランダムハウスは十ヵ国に翻訳権が売れたと伝えてきた。20世紀フォックスの重役が自らジュリアンを見舞い、五十万ドルで映画化権を売却する気があるかどうか訊いてきた。ジュリアンはその場で契約書にサインした。

『終末』はハードカバーとペーパーバック合わせて一千万部以上売れた。最終的に二十ヵ国語に翻訳され、国際的なベストセラーにもなった。アメリカが、いや、世界がジュリアン・バトラーに跪《ひざまず》いた瞬間だった。一九六八年はジュリアンにとって驚異の年《アヌス・ミラビリス》となった。ただし、翌年、未曾有《みぞう》の印税と映画化権料のせいで莫大な税金を払わされ、ジュリアンが憤激したことは言い添えておかねばならない。

ジュリアンは意気軒昂に振る舞っていたが、ランダムハウスのハーマン・アシュケナージが病室を訪れ、次作を書いて欲しい、と依頼すると酷く表情を曇らせた。「締切は来年末でどうだ?」と訊ねるハーマンに、ジュリアンは「僕は重症なんだよ」と打って変わって弱々しく応えた。今思えば常用していたアンフェタミンを病院で処方してもらえるはずもなく、強制的に薬切れにさせられていたわけだから、ジュリアンの脳内で異変が起きていたのは間違いない。

ジュリアンは次作の話が持ち上がってから、時折心ここにあらずになった。ハーマンは辛抱強く何度も病室にやってきたが、ジュリアンは首を縦に振らなかった。ハーマンは譲歩に譲歩を続け、締切は一九七〇年、七一年、七二年、七三年と延びていき、七四年末になった時、これ以上妥協はできない、と告げた。ジュリアンも根負けし、締切は一九七四年末、前金は三万ドル、内容は問わない、で決着した。

六月が終わる頃、ジュリアンは歩けるようになった。彼は久しぶりに煙草が吸えることを喜び、病室にいない時は喫煙所にはりついていた。七月に入り、患者が退院に耐えられるほど回復しているかどうか、三日間にわたって検査が行われたのち、病室に主治医がやってきた。

「何の問題もありません。退院して下さって結構です」医者は朗らかに言った。「傷に良くないですから、アルコールは飲まないようにして下さい。炎症が起こる可能性があります。それでは」

医師は踵を返したが、「そうだ」と言って足を止めた。「肺のレントゲンを撮ったところ影のようなものがあったので、念のためもう一度撮り直したのですが、特に問題はありませんでした。おそらく煙草の吸い過ぎでしょう。本数を控えて下さいね。それでは」

翌朝、ジーンと迎えに行くとジュリアンはロビーで煙草を吸っていた。穏やかに医師の言葉を繰り返したが、ジュリアンは無視した。終始不機嫌でタウンハウスに帰るタクシーに乗り込むまで口を利こうともしなかった。

「ねえ」車内でジュリアンはおずおずと口を開いた。「僕はイエスじゃなかった」

「そんなの当たり前じゃない」助手席に座っていたジーンは笑った。

「オスカー・ワイルドの『善行を施せし者』って散文詩があるじゃない？　そこでイエスは自分が甦らせた若者が泣いているのを見る。イエスが『何故泣くのか』と訊くと若者は言うんだ。『私は一度死んでいたのに、あなたは私を死から甦らせた。泣く以外に何が出来るのですか？』って」

バックミラーでジュリアンの様子を窺っているジーンと目が合った。ジーンも異変に気づいている。ジュリアンは言葉を続けた。

「若者が泣いていたのは何故か今の僕にはわかるよ」

20

ジュリアンは一歩も外に出なかった。寝室に籠もりきりでマリリンを抱き締めて黙りこくっている。マリリンは困り果てていた。ジュリアンが帰って来たのにストレスは軽減されず、ハゲはなかなか治らなかった。ジーンは元気づけようと懸命におどけてみせたが、ジュリアンは作り笑いすら浮かべない。リビングに姿を見せても、私が腕を振るった料理の数々に手を付けようとしなかった。心配したジーンはパリへ戻る予定を遅らせて、タウンハウスに留まった。

ＴＶでジュリアンのニュースが流れることはもうなかった。七月十日の「デイリー・ニューズ」に「リチャード・アルバーン保釈」という記事を見つけた。六月半ばにモーリス・ジロディアスが保釈金の一万ドルを支払ったのだ。ジロディアスはアルバーンに自伝の続きを書かせるためにそうした、と報じられている。前金すらロクに払えなかったジロディアスが保釈金を積んだということは、借金をしてまでアルバーンの自伝を大々的に売るつもりだ。私はジュリアンが見ないように「デイリー・ニューズ」を細かく千切ってゴミ箱に捨て、ジーンには口頭で伝えた。

七月二十日、警官の一群がタウンハウスにやってきた。警官たちは今を時めくジュリアン・バトラーの家に興味があったらしく、用件を口にせず、リビングを占領すると好奇心丸出しで視線を彷徨わせていた。私たち三人は礼儀正しく対応したが、連中はいつまで経っても訪問の理由を話さない。本来の家主である私は痺れを切らして「ご用件は?」とそのうちの一人に言った。インテリアを眺めるのに夢中だった警官は虚を衝かれた顔をしたが、目的を思い出した。

「つい先程ランダムハウスにリチャード・アルバーンと名乗る男から脅迫電話があったんです。社長も編集者もジュリアン・バトラーも殺してやると言っていると、通報がありました。既にここらへん一帯とランダムハウス周辺には非常線が敷かれています。お宅の周囲にも警官を配置していますから大丈夫です。外出は控えて下さい。ご不便をおかけします。すぐに捕まると思いますよ」

そう言うと警官はまだ見物に熱中している仲間たちを促して去って行った。玄関まで送って行ってリビングに戻ると、ジュリアンの姿が消えていた。ジーンが額に手をあてて宙を仰いでいる。「ジュリアンはどこだ?」と訊くとジーンは首を横に振り、キッチンに顎をしゃくってみせた。冷蔵庫の前でジュリアンがマリリンをきつく抱いてうずくまっている。私は無言でうしろから抱き締めた。ジュリアンの身体は痙攣を起こしていた。十分以上、そのままでいた。震えが収まったあと、ジュリアンは私の顔も見ずに呟いた。

「僕は生きてた。生きることに何の疑問も感じたことなんてなかった。撃たれても死ななかったし、今も生きてる。でも、生きてる感じがしないんだよ」ジュリアンはまた震え出した。腕のなかで苦しそうにしていたマリリンが慎ましい抗議の声をあげた。

アルバーンはその夜にまた逮捕され、留置所に逆戻りした。非常線は解除され、警官は消えた。数日もしないうちに書店に『俺はジュリアン・バトラーを撃った――リチャード・アルバーン自伝』が並んだ。百ページちょっとの薄い本だった。平積みになっている本を手に取り、ページを繰った。ジロディアスの序文がついている。ジロディアスはアルバーンを仰々しく誉めちぎり、ジュリアンを世に出した自分の慧眼を自画自賛していた。そして、如何にジュリアンが才能のないヘボ作家で、しかも自己中心的で不誠実で恩知らずにも自分を捨てた、と矛盾した主張が恨みがましく続いていた。

アルバーンによる本編はジロディアスの序文より酷かった。この回想録で触れるほどの内容は何もない。急いで書き殴ったのが見て取れる乱れた文体で、「いつの日か俺はジュリアン・バトラーを殺す」という宣言で終わっていた。私は本をそっと平台に戻した。アルバーンは小説家ではなく奇矯な犯罪者として記憶されるだろう、と思った。実際、現在ではチャールズ・マンソンやジャック・アボットとアルバーンは同列に扱われている。

タウンハウスに戻るとジーンがリビングのソファでうつむいていた。テーブルの上には引きちぎられた封筒と『俺はジュリアン・バトラーを撃った』が転がっている。

「ジロディアスからランダムハウス経由で送られてきたんだって。ジュリアンは私が目を離した隙に読んじゃったみたい。それからマリリンと寝室に籠もりきり」

ディナーの際、ジュリアンを寝室から出てこさせるのには苦労した。いくら食事の時間だと言っても出てこなかったが、一緒にいるマリリンに夕食を与えないといけないから立て籠もるのはやめてくれ、と伝えると素直に扉を開けた。

夕食はジーンの提案による、私が腕によりをかけて作ったイタリア料理のコースだった。食前酒にカンパリ、食中酒にプロセッコ、前菜にカプレーゼ、プリモ・ピアットにパップタネスカ、セコンド・ピアットにコトレッタ・アッラ・ボロネーゼ、デザートにパンナコッタまで用意した。食後酒にはグラッパだ。ジュリアンは食欲を刺激されたらしく、黙々と料理を平らげていった。何しろ彼は一ヵ月近くロクに食べていなかったのだ。エスプレッソを飲みながら、ジュリアンはダンヒルに火をつけた。

「ローマを思い出しちゃった」ジュリアンは退院以来、初めて明るい表情を見せた。「激しい陽光、僕の素敵なペントハウス、美しいバチカン、かわいい男の子――」ジュリアンはうっとりと口にしてから私の視線に気づき、バツの悪そうな顔をした。

「ねえ、イタリアに行かない？」ジーンは言った。「ニューヨークで引き籠もっていても仕方ないと思う」

「ペントハウスはあのままだろう？　それに」私が話を引き取った。「ローマにはアルバーンもいない」

ジュリアンはうなずいた。瞳に輝きが戻っている。ジーンと私は目を見合わせた。何のことはない。私が豪勢なイタリア料理を作ったのはジュリアンにローマを思い出させるためだった。その夜から荷造りを始めた。八月の初めに私たちはジョン・F・ケネディ国際空港からローマへ旅立った。イタリア行きはランダムハウスのハーマン・アシュケナージ以外には告げなかった。すぐに戻ってくるつもりだった。

21

一九六八年のローマはジュリアンを失望させた。学生運動が世界を席巻していたが、ローマも例外ではなかった。街は騒然としており、治安は悪化している。ジュリアンは早速街に繰り出したが、発展場にイタリアの少年の姿はなく、代わりに貧しい移民と一目でわかる男娼たちが屯《たむろ》していた。身の危険を感じたジュリアンは手ぶらでペントハウスに取って返し、二度とローマで男遊びをすることはなかった。イタリアは経済復興の途上にあり、ローマでは朝から晩まで大渋滞が発生していた。排気ガスで大気は汚染され、騒音は酷かった。落胆したジュリアンはペントハウスに引き籠もり、朝からキャンティを飲み、午後にそれはグラッパに変わった。その間ひっきりなしに煙草を吸っている。ジュリアンの甘い生活はもはや過去のものとなってしまった。

ジーンは南イタリアへのドライブにジュリアンと私を誘った。北イタリアとの経済格差もあって近代化されておらず、伝統的な生活が営まれているからだ。ローマ滞在を二週間もしないうちに切り上げ、ジーンが借りてきた白いフィアット・ヌォーヴァ500

の狭い車内にぎゅう詰めになって、私たち三人とマリリンは南イタリアに向かった。ジーンの運転は達者なものだったが、よくいるハンドルを握ると人格が変わるタチで、他の車に進路を妨害される度に舌打ちをし、窓から顔を出して邪魔な歩行者に罵声を浴びせ掛ける。心の休まる暇がなかった。マリリンは心配そうに鼻を鳴らし続け、ジュリアンは窓の外をずっとぼんやり見ていた。

最初に訪れたのはナポリだった。ホテルにチェックインしてマリリンを預け、街に繰り出したが、路上は不潔で臭く、ベスパを乗り回す若者で溢れ、ローマ以上に騒がしかった。ジュリアンは意気消沈して言った。

「『ナポリを見て死ね』って言うけど、これじゃ『ナポリを見たら死ぬ』じゃない?」

ホテルに引き返すと言い張るジュリアンを、私とジーンはナポリ国立考古学博物館に引っ張って行った。私はどうしてもそこにあるポンペイからの出土品を見たかったのだ。一階のファルネーゼ・コレクションを眺めたあと、中二階へ登って行くと古代の美術品が大量に展示されていた。ジュリアンは退屈してどこかへ行ってしまった。

壁に掛けられた巨大なモザイクが私の目を引いた。アレクサンドロス大王とダレイオス三世が描かれている。十九世紀初めにポンペイで出土したものだ。アレクサンドロスは敵の兵士を槍で貫き、戦車に乗ったダレイオスに向かって突き進んでいる。ペルシア軍は混乱しており、ダレイオスは敗走しようとしていた。私はアレクサンドロスに関する挿話を思い出した。アレクサンドロスにはヘファイスティオンという深く愛した友がいた。アキレウスに自らをなぞらえていたアレクサンドロスにとって、ヘファイスティオンはパトロクロスだった。少年時代からヘファイスティオンはアレクサンドロスを支え、片腕として活躍するが、東方遠征からの帰還後、エクタバナで急死してしまう。アレクサンドロスは友の死を嘆いて酒浸りになり、翌年三十二歳の若さでこの世を去る。あたかもアキレウスとパトロクロスの神話をなぞるかのように。

「秘密の小部屋っていうのがあったんだ」背後からジュリアンの楽しげな声がした。「入ってみたら古代の猥褻な絵画だらけじゃない。男と女のセックスだけじゃなくて、男と男のセックスを描いたものもあって、それにたくさんのペニスの彫刻があるんだよ。古代のポルノも悪くないかも」

私はジュリアンの肩を摑み、その場を立ち去った。

ディナーは創業一八七〇年の歴史あるピッツェリアで摂ることにした。店の前には行列が出来ており、散々待たされた挙句、席に着くとメニューはマルゲリータとマリナーラ二種類のみ。飲み物はビール、コーラ、水だけだった。強い酒が飲めないのでジュリアンは機嫌が悪くなった。私たちは卵城も大聖堂も見ることなく、翌朝ナポリを去った。

22

私たちは一路アマルフィを目指した。風光明媚《ふうこうめいび》で治安も良いのが理由だ。断固たるドライバーであるジーンはナポリから山岳地帯を直進した。フィアットはヴェスヴィオ火山とポンペイの脇をすり抜け、険しい山中の曲がりくねった道を飛び跳ねながら走り続けた。マリリンは車に酔って嘔吐した。二時間近く悪路に揺られて疲れ果て、私たちはラヴェッロという街の広場で車を停めた。広場より先は階段だらけで自動車は入れなかったからだ。ラヴェッロはアマルフィ海岸にそびえたつ断崖の上にある、空に浮かんでいるような小さな街だった。

広場にあるバールで一休みして、気さくなオーナー夫妻にラヴェッロの見所を教えてもらった。広場のビザンティン建築のドゥオーモを見物してから、絶景で知られるヴィラ・チンブローネまで足を延ばした。街中に張りめぐらされた階段のせいで徒歩以外の交通手段はない。私たちは空中を伝う細い街路を登って行った。白く大きな邸宅が立ち並び、崖の下にはレモンと葡萄の果樹園が見える。ロバで荷物を運ぶ住人と何度もすれ違った。

ヴィラ・チンブローネは街の最も奥まった場所にある。十一世紀から存在するヴィラを二十世紀初めに変人の英国貴族が改修したものだ。邸内にはゴシック様式、ムーア様式、ヴェネツィア様式が混在し、かつての主の奇矯な性格が窺えた。薔薇やハイビスカスが咲き乱れる庭園を暫《しば》し歩くと視界が開け、ローマの皇帝の彫像が並ぶテラスに辿り着いた。私はテラスからの眺めに言葉を失った。眼下にはアマルフィ海岸とティレニア海が広がり、遥か彼方のシチリア島まで見渡せる。これほどまでに美しい光景を私は目にしたことがなかった。ジュリアンとジーンも同じだったようだ。私たち三人は無言でテラスに立ち尽くした。私はマリリンを抱きかかえて景色を見せてやった。マリリンは口をあんぐりと開き、涎を垂らして眺望に見入っていた。ジュリアンが誰に言うとでもなく呟いた。

「空と海の青が溶けあって境目がわからない」

それから今に至るまで、私はヴィラ・チンブローネからの眺めを幾度となく文章で描写しようとしたが、ジュリアンの簡潔な言葉よりうまくいったことはない。テラスをあとにした時、私の感覚は経験したことのない鮮やかな色彩を帯びていた。人はままならない道をひたすら歩んだあとに突如として魔法の瞬間に出会う。その瞬間に生はそれまでのように味気なく青ざめたものではなく、目も眩《くら》むような輝きに満ちたものに姿を変えるのだ。

私たちは広場に戻る途中にあるホテル・ヴィラ・ラウラのリストランテに立ち寄って昼食を摂った。南イタリアの片田舎とは思えないほど料理は洗練されており、魚介類は絶品だった。食後に名産のリモンチェッロを啜っていると、白スーツに身を固めたオーナーのシニョール・パオリーニが流暢な英語でジーンに話し掛けてきた。彼はラヴェッロで三つのホテルのオーナーを務める傍ら、街の子供たちに英語を教えていた。シニョール・パオリーニはジーンとジュリアンの小説が好きだと言い、サインをもらいたいと言った。私のことは知らなかった。普段だったら癪《しゃく》に障るところだが、その時の私はラヴェッロに眩惑《げんわく》されていた。言葉が勝手に口をついた。

「この街に住みたいのですが、空いている物件はありますか？」

私の質問にジュリアンとジーンは呆気に取られていた。シニョール・パオリーニも驚いた様子だったが、少し考え込んでから話し出した。

「街の外れに大きなヴィラがあります。私が所有していますが、長年空き家になっていますから、住めるようにするのは大変ですよ。もしよろしければ私の仕事が終わり次第、見に行きますか？」

「見に行きます」私は二人の意見も聞かずに答え、興奮して付け加えた。「ヴィラ・チンブローネからの眺めは素晴らしかった」

「それは良かった」シニョール・パオリーニは微笑んだ。「そのヴィラはチンブローネの真下にあります。チンブローネを改修した貴族の娘が住んでいたものです。同じ眺めがテラスから見られますよ」

23

夕刻、私はシニョール・パオリーニの案内でマリリンを連れてヴィラに向かった。ジュリアンとジーンはホテルに置いてきた。ジュリアンはかつてなく行動的になった私を目の当たりにして落ち着かず、悪路を運転してきたジーンは疲れ切っていた。

ヴィラ・チンブローネの手前の三叉路で左に曲がった先の突き当たりに石造りの門があった。門を潜り抜け、糸杉の森の中の小径《こみち》を歩く。両脇には十九世紀末に作られた巨大な壺が並んでいる。途中、松林に囲まれた、急な階段が枝分かれして果てしなく続いており、その先には海が広がっていた。

「アマルフィへの直通階段です。ヴィラの所有者が使える専用通路です。三十分で海岸に着きますが、三千段もありますからかなりきついですよ」シニョール・パオリーニは言った。

小径はやがて階段になり、上ったり下ったりを繰り返すと庭園に到着した。植物が無秩序に生い茂り、野良猫たちの集会所になっている。庭からようやくヴィラが見えた。その壮麗さに私は息を飲んだ。そそりたつ石灰岩の断崖絶壁に巨大な白亜のヴィラが燕の巣のように突き刺さっていた。玄関の上にはキュベレの像が刻まれている。異教趣味に思わず笑みが零れた。マリリンは野良猫に恐れをなしたが、暫くすると地面を嗅ぎ回り始めた。私はマリリンのリードを外して庭で遊ばせておき、シニョール・パオリーニと共に邸内へ入った。

「ヴィラには電気が通じていません。日が暮れたら何も見えなくなります」とシニョール・パオリーニに急かされて、内部を早足でめぐった。ヴィラは傾斜を利用した地上三階、地下一階の四階建てだった。暖炉がある大きな部屋が二十室。その全てにアマルフィ海岸を見渡せるテラスがある。他にはキッチン、バスルーム、物置。屋上からの眺めはヴィラ・チンブローネのテラスからのそれと全く同じだった。長年放置されていたせいか、埃の手篤い歓迎を受けたが、そんなことはどうでもいい。私はここが気に入った。シニョール・パオリーニに購入の意思を伝え、一緒にホテルに戻った。

ジーンは自分の部屋に引っ込んでしまっていた。ジュリアンはリストランテのテラス席でリモンチェッロを舐めながら粘っていた。私はヴィラの様子を説明した。ジュリアンは気乗り薄だった。

「この街は綺麗だけど、こんなド田舎に引っ込んじゃったら世捨て人になっちゃうじゃない？　パーティにも行けない。友達にも会えない。仕事にも支障をきたしちゃう。編集者との打ち合わせもできない。原稿を送るのも一苦労じゃない？　一番の問題はマスコミの連中はこんなところには来ないってこと。新聞や雑誌のインタビューも受けられない。TVにも出られない。アメリカは僕のことを忘れちゃうよ」

「私は一人でもここに住む」断固とした口調でそう告げ、ジュリアンの痛いところを突くことにした。「アメリカにはアルバーンがいる。アルバーンが出所したら君はずっと脅えて暮らすことになる。今のローマは昔のローマではない。ここに住まないとしたら君はどこに住むんだ？」

ジュリアンはグラスに残ったリモンチェッロを一気に飲み干して嘆息した。

「一度言い出したら聞かないんだから。でも、ヴィラは君のお金で買ってよ。僕は一ペニーも出さないから」

24

　翌朝、私はシニョール・パオリーニに小切手で三十万ドル払った。三十万ドルは巨大なヴィラの値段としては決して高くはない。辺境にあり、廃墟同然だったからだろう。慎重に貯蓄に励み、増加の一途だった銀行口座の預金はほとんど空になったが、気にしなかった。ジュリアンと私の印税で充分やっていける。

　ヴィラの改修のために地元の工事業者と庭師の手配を済ませたのち、私とジュリアンはナポリを経由していったんローマに戻った。パリに帰るジーンとはナポリ・カポディキーノ国際空港で別れた。ジーンは「あなたはジュリアンがわがままだと思っているみたいだけど、そうじゃない。いつだって勝手なことをしているのはジョージじゃない。自覚がないのには困ったものだけど」と呆れたように言って搭乗ゲートに消えた。ローマに帰り着いてからは引っ越しの準備をこなした。街中のアンティーク・ショップをめぐって家具を揃えた。私の趣味を反映し、家具は古代ローマのレプリカを集めた。ジュリアンと私の双方の友人や仕事の関係者に新しい住所を告げる手紙も書いた。今となってはアメリカに帰る理由はどこにもなかった。タウンハウスは貸家にすることにした。ペントハウスは「あんな田舎にずっと引っ込んでいたら息が詰まっちゃうじゃない。時々は気晴らしのためにローマに出たいよ」とジュリアンが言うので、手放さなかった。

私たちは一週間でラヴェッロに戻った。

私はホテル・ヴィラ・ラウラを拠点に改築の陣頭指揮を執った。ラヴェッロの建設業者と庭師は時間にルーズで工事は遅れに遅れた。ニューヨークから船便で届いた蔵書三万冊を運び込むのは骨が折れた。引っ越し業者では間に合わず、シニョール・パオリーニが組織した住民の一団に手伝ってもらい、私は自分でも本が詰まった木箱を運んで広場からヴィラまで何度も往復した。ジュリアンは退屈し、マリリンを連れて散歩に出た。まもなく彼はドゥオーモを見渡せる広場のバールに神輿《みこし》を据えるようになった。ジュリアンは昼頃に起床するとすぐに広場に向かい、目覚めのプロセッコを呷って街の住民に酒を奢った。ディナーの時間まで飲み続けて帰って来ない。毎日広場まで迎えに行かなければならなかった。日曜は必ずドゥオーモでミサに与《あずか》り、住民と親しくなった。興が乗れば少年時代のように広場で歌声を披露した。おかげでジュリアンには「歌手《イル・カンタンテ》」というあだ名がついた。私の方は「先生《イル・マエストロ》」と呼ばれるようになった。気難しそうな顔をしていて無口だからだ。

小さな街の常としてラヴェッロの住民は噂好きだった。ここでは誰もが顔見知りだ。若者に色目でも使えば街中の噂の種になってしまう。ジュリアンには面倒に巻き込まれるのは御免だと言い渡しておいた。欲求不満を持て余したジュリアンの酒量は増えていった。

一ヵ月経っても改修工事は終わらず、外壁の塗り直しと植物の剪定が行われていたが、電気と水道が繋がるとホテル・ヴィラ・ラウラを引き払い、ジュリアンとヴィラに移り住んだ。これまでどおり寝室は別々にし、書斎も二つ用意したが、ジュリアンは何も書こうとせず、すぐに片方は物置になってしまった。門にはインターホンを取りつけ、邸内からしか開閉できないようにした。狙撃事件のようなことが二度と起こっては困る。ヴィラに用がある者は必ずインターホンを鳴らして来訪を告げなくては中に入れない。浴室の隣にサウナも設置し、庭園にプールを増築した。カトレア、ブーゲンビリア、ハイビスカス、薔薇と百合を植えることにも熱中した。藤棚をめぐらせた東屋《あずまや》まで建てた。マリリンは甘い香りに食欲をそそられ、せっかく植えた花を食い荒らしたので、花は食べるものではない、と教えなくてはならなかった。

ジュリアンは何も手伝わなかった。相変わらず昼過ぎに起き、広場のバールに入り浸ってワインを飲み、陽が沈んでヴィラに戻って来るとヘネシーをやり、ボトルを一本空けるまで眠ろうとしない。就寝は午前四時だ。ジュリアンの生活態度を立て直す必要があった。

私は朝の七時にマリリンを寝室に差し向けて、ジュリアンを叩き起こすようになった。午前中、私はカプチーノを飲みながら書斎で評論や書評の執筆をする。やることのないジュリアンは書斎のソファに寝そべり、煙草を燻らせてだらだらと一ヵ月遅れで届いたアメリカの雑誌を読み、飽きると話し掛けてきて邪魔をした。正午には仕事を切り上げ、ヴィラの直通階段を使って海岸まで二人で降りて行く。歩くのが得意とは言えないマリリリンは連れて行かなかった。三千段もの階段を下って行くのは想像以上にきつかったが、散歩を繰り返すうちに二人とも慣れてしまった。階段を下り切ると海沿いにアマルフィの市街地へ向かう。ヘラクレスが愛した妖精を葬ったと言われるアマルフィの眺めは素晴らしかった。海岸から街を振り返ると大小様々の建物が折り重なるように傾斜を埋め尽くしているのが見える。タバッキで新聞を買ってから、一時間に一本しか来ないバスでラヴェッロに三十分かけて引き返す。ジュリアンはタクシーに乗りたがったが、私は節約のためにバスにこだわった。午後二時頃ラヴェッロに戻り、私たちは広場のバールで一休みする。そこでジュリアンは最初の一杯にやっとありついたが、私はディナーが終わるまでワインより強い酒を飲むことを禁じた。ヴィラに帰ってから私はパスタとサラダの遅いランチをこしらえて供した。食後は書斎で陽が暮れるまで読書をする。ジュリアンはアメリカから取り寄せたレコードを聴いていた。ヴェルヴェット・アンダーグラウンドの『ホワイト・ライト／ホワイト・ヒート』とローリング・ストーンズの『ベガーズ・バンケット』を繰り返し流していたのを憶《おぼ》えている。『ベガーズ・バンケット』に収録された「悪魔を憐れむ歌」がミハイル・ブルガーコフの『巨匠とマルガリータ』に基づいているのに気がついた。歌詞も『文学の今』で演奏されたバージョンとは微妙に違う。「誰がケネディを殺したのか《フー・キルド・ケネディ》？」が「誰がケネディたちを殺したのか《フー・キルド・ザ・ケネディーズ》？」と複数形になっている。ＪＦＫに続き、ＲＦＫも暗殺されたからだろう。

夕食はヴィラで食べることが多かった。地元で獲れた新鮮な魚介類で作ったアクアパッツァやムール貝のスープ、タコのトマト煮が私の得意料理だった。パスタはペスカトーレをよく作った。肉を食べたい時はネッタとルーカという気さくな夫婦が隣の肉屋と一緒に経営するトラットリア、クンパ・コジモに行く。仔牛肉をレモンソースで味つけしたスカロッピーナ・アル・リモーネが美味だった。運動の甲斐なく、美食のせいで私は太りだし、最終的に樽のようになった。不健康なほど痩せていたジュリアンも肉づきが良くなっていった。持っていた服のサイズが合わなくなり、エミリオ・プッチのゆったりとしたインド風のドレスを着るようになったぐらいだ。

ディナーが終わってから寝るまでの間、ジュリアンはヘネシーを飲むことを許可される。午後十一時にはジュリアンをベッドに追いやり、寝かしつけてから、私も自分の寝室で眠りに就いた。これが私たちの平均的な一日の過ごし方だった。

冬になってヴィラの改修工事はようやく終わった。書斎のテラスから見えるティレニア海は冷たく燃える青い炎のように輝いている。私は自分の楽園に満足していた。

25

『終末』の映画化は難航していた。僻地に引っ越したこともあり、20世紀フォックスとの意思疎通は上手くいかなかった。ジュリアンはデビュー作『プロデューサーズ』でアカデミー賞脚本賞を受賞したばかりのメル・ブルックスに注目していた。『プロデューサーズ』の不謹慎な劇中歌「ヒトラーの春」をラヴェッロの広場で歌ったせいで、住民の顰蹙《ひんしゅく》を買ったほどだ。ジュリアンはブルックスを監督に迎えたいとの意向を伝えたが、コメディになってしまうと20世紀フォックスの上層部に拒否された。代わりに監督に就任したのはケン・ラッセルだ。ラッセルはD・H・ロレンス原作の『恋する女たち』で脚光を浴びている最中だった。ナディア・リアサノフスキー役にはミニスカートと中性的な容貌で一世を風靡《ふうび》したモデル、ツイッギーがキャスティングされた。そして一九七〇年に出来上がったのは下ネタ満載の変態ミュージカルコメディだった。ラッセルのキャンプ趣味と音楽を多用した今で言うMVのような演出は不評を買い、興行成績でも惨敗した。にもかかわらず、ジュリアンはラッセルを甚《いた》く気に入り、『終末』が大失敗に終わってからもこの監督の悪趣味な映画を観続けた。特にチャイコフスキーの伝記映画『恋人たちの曲　悲愴』を偏愛していた。同性愛者のチャイコフスキーが不幸な結婚をし、欲求不満を募らせて狂気に陥った妻に列車の中で襲われそうになる、この悪夢のような映画のどこが良いのか私にはさっぱりわからない。『終末』は最低映画の烙印を押されたが、今では何度も回顧上映がなされ、世界中でDVDも発売されている。マニアの間ではラス・メイヤーの『ワイルド・パーティー』と並び称されるカルト映画なのだそうだ。『終末』の公開に合わせて数多くの新聞と雑誌がはるばるラヴェッロまで国際電話をかけてきた。ジュリアンは電話の度にはしゃいだが、映画が失敗に終わった途端マスコミの取材は途絶えた。

友人もヴィラに少しずつ顔を見せるようになった。ジーンは毎年春の始まりと共にやってきて夏の終わりまで滞在した。ジーンの訪問はいつも喜ばしいものだった。ジュリアンは目に見えて明るくなり、マリリンも歓迎した。私たち血の繋がらない三人と一匹は家族のような時を過ごした。世界中を飛び回っていたゴア・ヴィダルも姿を見せた。ヴィラに着くなり、ゴアは「ティベリウスのようだな」と感想を漏らした。ローマ帝国の第二代皇帝だったティベリウスは晩年カプリ島に隠棲し、十年後に死ぬまでローマに帰ることはなかった。ジュリアンが呼び寄せた映画関係者や上流階級の暇人もバカンスに泊まりに来たが、私はジーンを除いた訪問者は一人残らず気に食わなかった。ゴアはジュリアンに負けず劣らずの大酒飲みだ。ゴアが来るとジュリアンは午前中から深酒してしまう。他の面子は名前も知らなかったし、連中の方でも私を知らなかった。ジュリアンはセレブリティが来る度に住民も招いて大掛かりなパーティを開いたが、私はずっと書斎に引っ込んでいた。

Ⅳ

1

私たちはイタリアを離れなかった。近隣のポンペイやカプリ、シチリアに観光で足を延ばしたり、ジュリアンが退屈する度、ローマのペントハウスに赴いて何週間か過ごしたりはしたが、ほとんどの時間はラヴェッロのヴィラで静かな生活を送っていた。

リチャード・アルバーンは精神鑑定の結果、裁判で責任能力なしと認められ、ニューヨークのベルビュー病院の閉鎖病棟に強制入院させられた。精神病院だったらいつの日か退院してしまう可能性はある。アルバーンの裁判が終わっても、ジュリアンの口からアメリカに帰りたいという言葉は出なかった。

私は規則的な執筆を続けて二冊の評論集を出した。大学の講義録をまとめた『虚構の技術』と『同時代の作家たち』だ。評判は良かった。『同時代の作家たち』はロスト・ジェネレーションの陰に隠れて評価が及ばなかった第二次世界大戦直後の私たちの世代について、ジュリアンを筆頭にゴア・ヴィダル、トルーマン・カポーティ、ポール・ボウルズ、ウィリアム・バロウズ、ジェイムズ・ボールドウィン、ジーン・メディロスの文学的な意義を論じたもので、売れ行きも悪くなかった。私は小説家から評論家への転身を果たした。ジュリアンは何も書こうとはしなかった。ランダムハウスのハーマン・アシュケナージは最初、手紙でやんわりと催促してきたが、だんだん国際電話をかけてくるようになった。電話口でジュリアンがいつも話を逸らし、知り合いのゴシップばかり喋るのにハーマンは業《ごう》を煮やし、一九七二年の夏、遂にラヴェッロにやってきた。

ヴィラの門までジュリアンとジーンの三人で迎えに行くと、肥満体のハーマンは真昼の激しい日差しの下、息を切らせていた。汗まみれになり、豊かに蓄えた口髭まで濡れそぼっている。

「ニューヨークからローマまで九時間。空港で乗り換えに二時間。ナポリまで一時間。ナポリからラヴェッロまでタクシーで一時間半。ようやく着いたと思ったら、君たちの家は街の一番奥でひたすら階段を上って三十分。なんでこんな僻地に引っ込んだんだ」

不平を零《こぼ》すハーマンにジュリアンは気の毒そうに言った。「でも、ここから母屋までもっと歩くんだよ」

ヴィラのリビングに入るなり、疲れ切ったハーマンはソファにへたりこんだ。マリリンが足にまとわりついてズボンを涎《よだれ》まみれにしたが、何の反応も示さず、口も利かなかった。ジュリアンがワインのボトルを持って行くと手を左右に振って断った。

「私は仕事に来たんだ。バカンスに来たんじゃない」

尋問が始まった。ジュリアンは言を左右にして誤魔化そうとしたが、十分後には何も書いていないどころか、構想すら浮かんでいないと自白した。

「私も暇じゃない。わざわざ南イタリアくんだりまで来たんだ。手ぶらで帰るわけにはいかない」ハーマンは声を荒らげた。

ジュリアンは黙り込んだ。ジーンは険悪な雰囲気が嫌になったのか、マリリンを連れて庭に出て行った。

「そうだな」ハーマンは物憂げに言った。「私は君の小説だと『空が錯乱する』が好きだよ。君の作品のなかじゃ一番地味かもしれないが、時代考証が緻密で一番リアリティがある。王道と言っていい。君には古典の教養がある。ペトロニウスを下敷きにした『ネオ・サテュリコン』も良かった。『終末』はやり過ぎだった」

ジュリアンは不愉快だと言わんばかりの顔で私を見た。ハーマンが誉めたのは私が主導した小説ばかりだった。

「私は単行本になる分量の長編小説を依頼した。締切まであと二年と六ヵ月しかない。ゼロから長編を書くにあたって二年半はそれほど長くはない。大体、六八年に締切を六年後にした時だって、会社の経営陣や営業部からは反対があったのに私は必死に説得したんだ。これ以上、締切を延ばすのは無理だ。建設的な提案をさせてもらう。また古代についての歴史小説を書いてくれ。ギリシアでもローマでもなんでもいい。なんならペルシアでもエジプトでもいいんだ」

ナポリで見たアレクサンドロス・モザイクが脳裏に甦《よみがえ》った。

「フィリップス・エクセター・アカデミーで」私は口を開いた。「私たちはラテン文学だけではなくギリシアの古典をみっちり教わった。ジュリアンはプルタルコスの『対比列伝』が好きだった」

ジュリアンは不意を突かれた目で私を睨《にら》んだ。ジュリアンはギリシア語もラテン語も苦手だ。古典にも歴史にも興味がない。『対比列伝』も読んだ試しがない。私はジュリアンを無視して続けた。

「アレクサンドロスについての小説を書いたらどうだ？　アレクサンドロスにはヘファイスティオンという親友がいた」

私はアレクサンドロスとヘファイスティオンについてひとくさり話した。二人の関係は友情以上だったことも。ペルシアを征服したのちアレクサンドロスの愛人になった宦《かん》官《がん》の少年バゴアスの話もし、古代ギリシアの少年愛についても説明した。ハーマンはうなずきながら話を聴いている。ジュリアンは反感、混乱、興味、納得と慌ただしく表情を変え、笑いを抑えるのに一苦労した。私が話し終わった頃にはジュリアンは陽気になっていた。

「アレクサンドロスがいいんじゃない？」ジュリアンはちゃっかりしていた。

「結構だ。アレクサンドロスに関する歴史小説。締切は七四年の十二月末。七五年に刊行する」

安堵の溜息をついてソファに深く体を沈めたハーマンにジュリアンはあらためてワインを勧めた。ハーマンは何度かグラスを傾けたあと、うつらうつらし始め、大いびきをかいて眠りこけてしまった。彼は午後八時まで目覚めなかった。起きてからはもう小説のことはおくびにも出さなかった。ハーマンはそれから帰るまで食べ物の話しかしなかった。ハーマンはのちに『食いしん坊《ザ・グルマン》』というタイトルを冠した回想録を出したほど食べることが好きだった。ハーマンはその晩にクンパ・コジモでイタリア料理に舌鼓を打ち、翌日のランチはシニョール・パオリーニのホテル・ヴィラ・ラウラのテラスでピザを何枚も腹に詰め込み、ラヴェッロの料理店をあらかた食い荒らしたあと、アマルフィ海岸一帯にあるリストランテに標的を変えた。おまけにハーマンは大酒飲みで食後にはロメオ・イ・フリエタの太い葉巻を盛んに吸う。傍で見ていると胸焼けがしそうだったので、ハーマンがアメリカに帰った時はほっとした。ジュリアンと私は広場まで編集者を送った。タクシーに乗り込む時、ハーマンは満面の笑みで「また食べに来るよ」と言った。帰国してから送ってきた手紙には一週間の滞在で体重が五キロ増えたと書かれていた。

2

ハーマンがラヴェッロを去った翌日から私は執筆の準備に取り掛かった。アレクサンドロスに関する同時代の一次資料は全て散逸している。古代に書かれた伝記としてはフラウィオス・アッリアノスの『アレクサンドロス大王東征記』、プルタルコスの『対比列伝』、クルティウス・ルフスの『アレクサンドロス大王伝』がある。しかし、このアレクサンドロスの伝記作者たちは三人とも帝政ローマ時代の文人であり、ローマの政治観と歴史観に基づいて書いている。最新の研究を参照する必要があった。私はニューヨークとロンドンの歴史専門書店に連絡し、アレクサンドロスに関する手に入る限りの研究書と当時のギリシア、小アジア、エジプト、ペルシア、インドに関する文献を取り寄せる手はずを整えた。原稿が完成した時に事実の誤りや時代錯誤がないかどうか、ランダムハウス経由でハーバード大学の歴史学者に入念にチェックしてもらう約束も取りつけた。

まずは書庫にあった『アレクサンドロス大王東征記』、『対比列伝』、『アレクサンドロス大王伝』の精読から始めた。ジュリアンにはこの三冊の英訳をあてがっておいた。ラテン語で書かれている『アレクサンドロス大王伝』はどうにかなったが、『アレクサンドロス大王東征記』と『対比列伝』は古典ギリシア語で書かれている。フィリップス・エクセター・アカデミーで訓練を受けたとはいえ、私のギリシア語は錆びついていたから、この二冊を読みながら言語自体を学び直す必要があった。

創作ノートを作成しながら資料を読み進めていくと、古代に書かれた伝記の弱点が見えてきた。『アレクサンドロス大王伝』は史実に忠実ではなく、信憑性に欠ける。『アレクサンドロス大王東征記』は最も信頼性が高い「正史」とされているが、問題はアレクサンドロスの弱点にまで肯定的な態度だった。『対比列伝』は人間としてのアレクサンドロスに焦点を絞って交友関係や日常生活を叙述し、長所も短所も公平に扱っているので好感を持った。私の構想と最も近い伝記だったが、プルタルコスは古代の他の書き手同様、事実より面白さを優先するところがある。話を盛っているのだ。古代に書かれた伝記はどれも一長一短だった。

三ヵ月の集中的な読書によって古代の歴史書をあらかた読み終わった頃、ニューヨークとロンドンに注文した資料が船便で届いた。到着した資料は千冊に及び、ヴィラまで運搬するためにロバを飼っている住民の世話になった。

最新の資料によると近年になってアレクサンドロス研究は新たな局面に入った。ヘーゲルによるアレクサンドロスをギリシアの文明を東方にもたらした東西文明融合の貢献者と讃える視点は、当時のプロイセンの帝国主義を反映している。一九三〇年代にイギリスの歴史学者ターンが唱え始めたアレクサンドロスをコスモポリタンの先駆者として見做《みな》す学説は、国際連盟が作られた時代に迎合したものだ。歴史研究が時代の制約を受けるのは当然だが、ヘーゲルとターンの解釈も同時代の政治に影響されている。二人のアレクサンドロス像は英雄崇拝以上のものではなかった。

ところが、一九七〇年代からは歴史学全般でそれまでのようなマクロな史観が鳴りを潜め、史料批判に基づいたミクロなアプローチが採られ、アレクサンドロスから英雄的なイメージは剝奪された。アレクサンドロスが遠征した東方の研究が盛んになったことも大きい。ヨーロッパ優位の歴史観はもはや時代遅れであり、ヨーロッパの始まりの地ギリシアから世界帝国を創造した偉大な英雄というアレクサンドロス像はもはや有効ではない。ギリシア人はペルシア人を「野蛮人《バルバロイ》」と見做したが、ギリシアより遥かに長い歴史と優れた文明を持つエジプト、ペルシア、インドから見れば、アレクサンドロスの方が僻地の新興国ギリシアのさらに周縁だったマケドニアから来た侵略者の「野蛮人」なのだ。

資料の精査を終えた時、私は泥沼に嵌《は》まり込んでいた。アレクサンドロス像は今正に問い直されようとしており、私にはどのような小説を書けばいいかわからなくなった。書斎で創作ノートを前に苦悶する日々が始まった。ジュリアンは三日で『アレクサンドロス大王伝』、『アレクサンドロス大王東征記』、『対比列伝』の英訳を読み終わり、私が資料を読んで創作ノートを書くそばから目を通すほかは、書斎で煙草に立て続けに火をつけながらぶらぶらしていた。そうこうするうちに一年が経過し、私は「締切に間に合わないのではないか」という緊張から胃潰瘍《いかいよう》になってサレルノの病院に通うまで追いつめられた。ラヴェッロには町医者しかいないからだ。初めて経験した胃カメラは苦痛極まりなかった。幸い手術するほど症状は重篤ではなく、薬物療法で済んだ。資料に熱中していた間もアマルフィへの散歩と料理は続け、ジュリアンが酒を飲み過ぎないように監視し、早い時刻に寝室に追いやって寝かしつけていた。胃潰瘍になった私とは対照的にジュリアンは健康になっていったのはやりきれなかった。元はと言えばジュリアンの小説の締切で、私が気に病む必要はなかったのだが、アレクサンドロスに没頭するあまり、そんなことは完全に忘れていた。

ある日の昼下がり、通院を済ませ、書斎で創作ノートと睨《にら》めっこをしようとしていたところ、ソファに寝そべっていたジュリアンが声を掛けてきた。

「ジョージのノートは緻密で、小説を書くのに不足してる情報は一つもないと思うよ」

「私もそう思う」わかりきったことだったから、私は会話を打ち切って創作ノートを開こうとした。

「でも、ジョージは最初、アレクサンドロスとヘファイスティオンの話をしたじゃない？　アレクサンドロスに興味を持ったのはヘファイスティオンとの関係があったからだって」

私は机から顔を上げ、ジュリアンを見つめた。

「このノートを元にすれば古代の歴史書から最新の学説までをカバーした優れたアレクサンドロスの伝記が書けるんじゃない？　浩瀚《こうかん》な伝記が。でも、ジョージは作家だよ。歴史家じゃない。歴史書を書くなら他に適役がいるよ。それを忘れてない？」

そのとおりだった。議論の渦中にあるアレクサンドロスを私が学術的な精確さで書いても意味はない。ヘファイスティオンの視点を創り出し、彼から見たアレクサンドロスを限定的に虚構として書けば問題は解決するだろう。少年時代のアレクサンドロスとヘファイスティオンから小説を始めればいい。

「助かった」と言うと、ジュリアンは「気にしないで」と応えて照れ臭そうに煙草に火をつけた。その時、ジュリアンの声がハスキーを通り越して、くぐもった悪声に近いものになっているのに気づいた。煙草の吸い過ぎだろう。人は年を取る。美しさも失われていく。残念なことではあったが、それより私は小説の梗概に取りかかる意欲に駆り立てられ、もうペンを執ったところだった。作業に没頭するうちに、ジュリアンの声に起こった異変については考えもしなくなった。

3

梗概は二週間で完成したが、アレクサンドロスの生涯はたった三十二年にもかかわらず、波乱に満ちており、一冊には収まり切らないと判断せざるを得なかった。ジュリアンに国際電話でハーマンに連絡を取らせて小説を二部構成にし、一九七四年末の締切には第一部のみを提出することで了承してもらった。ハーバードの歴史学者にチェックを仰ぎ、決定稿を仕上げる期間を半年と考えれば、残り時間は九ヵ月しかない。

私はアレクサンドロス二部作をヘファイスティオンの三人称一元視点で書こうとしていたが、ジュリアンはヘファイスティオンの一人称が良いと言った。ジュリアンが出来たそばから文章を口頭で調整することを条件に全編の語りはヘファイスティオンのモノローグに統一された。

第一部はガウガメラの戦いの前夜から始まる。アレクサンドロスと予言者アリスタンドロスが儀式を執り行い、恐怖の神フォボスに生贄《いけにえ》を捧げているのをヘファイスティオンは見つめている。儀式が終わる頃、老将パルメニオンを始めとした部下たちが押しかけ、ペルシア軍の三分の一に満たないマケドニア軍が白昼堂々正面からぶつかる危険性を説き、夜襲を提案する。アレクサンドロスは取り合わない。パルメニオンたちが下がると、アレクサンドロスの天幕の前で二人の親友は話し込む。アレクサンドロスはヘファイスティオンに休むように言い、自分の天幕に戻って行く。ヘファイスティオンはその背中を見つめていた。

次章で時はアレクサンドロスの幼年時代に遡る。アレクサンドロスの母、オリュンピアスは密儀に入れ込む陶酔的な性格と権謀術数に長《た》けた政治手腕を併せ持ち、残酷な行為にも手を染めた。父フィリッポスは有能ではあるが、抑圧的な父親として描いた。このような両親の許に育ったアレクサンドロスは遊び相手として選ばれた同い年の貴族の息子、ヘファイスティオンに安らぎを求める。アレクサンドロスとヘファイスティオンの性格付けには苦労した。古代の歴史家はアレクサンドロスについて克己心が強く、名誉を重んじるが、激情家だった、と口を揃えて語っている。アレクサンドロスは高いカリスマ性を備え、将兵に人気があったものの、その生涯はテーベの破壊に始まる虐殺と略奪と粛清に彩られている。ある研究者がアッリアノスの見解を裏書きする形で、アレクサンドロスの性格を典型的な古代人のそれだ、と分析していたのは役に立った。アキレウスを超えようと小アジアに進出し、ペルシア帝国を滅ぼしてからは、ヘラクレスですら落とせなかったと伝わるアオルノスの砦を攻略して現在のパキスタンまで達した。そしてインドまで征服したと言われるディオニュソスを凌駕《りょうが》しようと東進を続ける。私はアレクサンドロスを決して英雄として描かなかった。優れた指揮官として実務家でありつつも、神話や伝説を信じて地の果てまで行こうとする名誉に取り憑かれた夢想家、という二面性を併せ持つ人物にした。

史料によればヘファイスティオンは妬み深く喧嘩早い性格で、マケドニア軍では孤立した存在だった。主人公と語り手が激情家と喧嘩屋では小説自体が暴走してしまう。私はヘファイスティオンをアレクサンドロスより冷静な人物にした。妬み深い性格はそのままにしておいた。

私はアレクサンドロスの少年時代の逸話を再構築していった。十三歳になったアレクサンドロスは父に招かれた哲学者アリストテレスによってミエザの学園で帝王教育を受ける。ヘファイスティオンも後継者の一人となる友人プトレマイオスも一緒だった。哲人と未来の王の師弟関係はごく最近まで過大評価されていたが、実際のところ、アリストテレスは自ら校訂して渡した『イーリアス』を除き、アレクサンドロスにそこまでの思想的影響は与えていない。アリストテレスの哲学が飽くまでギリシアの枠内に留まったのに対し、アレクサンドロスは東征によって東方の文化を貪欲に吸収していった。アリストテレスは東征中のアレクサンドロスに書き送った『植民地の建設について』で異民族を植物のように扱うように勧めているが、この考えは自分たちの文化を優位に起き、異民族を「野蛮人《バルバロイ》」と見下したギリシア人の典型的な態度だ。アレクサンドロスは従うどころかペルシア寄りの同和政策を推し進め、二人の間に不和が生じた。私はアレクサンドロスがアリストテレスの教えを受けた三年間のうちに、のちの反目の予兆を暗示するように二人の齟齬《そご》を匂わせておいた。

十六歳になったアレクサンドロスはフィリッポスが遠征中の留守を任された際に起こった反乱の鎮圧で初陣《ういじん》を飾る。マケドニアがギリシアを打ち負かしたカイロネイアの戦い以降、フィリッポスはギリシア全域を事実上支配するようになり、ペルシア遠征の準備に取り掛かった。その直後、フィリッポスは娘の結婚式を執り行っていた劇場で同性の愛人にあっけなく暗殺されてしまう。

フィリッポスの死後、アレクサンドロスはマケドニアに戻り、二十歳で王位に即《つ》くが、ふたたびギリシアのテーベが反乱を起こす。アレクサンドロスは急行し、テーベ軍を破ると市街を徹底的に破壊して住民を皆殺しにする。私はアレクサンドロスの残忍な性格を示すため、微に入り細を穿《うが》ち虐殺を描き尽くした。

二十三歳でアレクサンドロスはギリシアとバルカン半島全域を掌握し、父が計画していた東方遠征を実行に移す。この頃、アレクサンドロスは哲学者のディオゲネスを訪ねたとプルタルコスは書いている。ひなたぼっこをしていたディオゲネスにアレクサンドロスが「何か必要なものはないか」と訊《たず》ねた。ディオゲネスは「ちょっと日のあたるところからどいてくれないかね」と答えた。知識人という人種は選民意識から政治を裏で操る資格があると思い込み、野心に駆り立てられて為政者と癒着することがある。私は選民意識を持つ知識人の典型としてアリストテレスを描く一方、己の道を行く理想的な知識人としてディオゲネスを対置した。政治家は知識人をせいぜい利用しようとするぐらいで、それ以上の関心を持たない。故にアレクサンドロスとディオゲネスの会見は完全なすれ違いで終わる。

アレクサンドロスはまず『イーリアス』の舞台となったトロイに向かい、自分はアキレウスの墓に、ヘファイスティオンはパトロクロスの墓にそれぞれ花を手向《たむ》けた。マケドニア軍はたったの一年で現在のトルコ一帯を占領してシリアの国境間近にまで迫った。遠征二年目にはイッソスでペルシア帝国のダレイオス三世自らが率いるペルシアの大軍と激突する。アレクサンドロスは自らダレイオスに突撃し、ダレイオスは戦場から逃走した。

イッソスの戦いの後にアレクサンドロスには女性の愛人ができる。相手はダレイオスの家族と共に捕らえられたペルシアの総督の娘のバルシネだ。これまではヘファイスティオンがアレクサンドロスの愛情を独占していたが、遂にライバルが現れる。

アレクサンドロスは小アジアを一路南下する。翌年にはエジプトでファラオとして認められた。ファラオは神でもある。これ以降アレクサンドロスは自己の神格化を推し進めていった。

アレクサンドロスはエジプトを去ってペルシア帝国の内陸深く侵攻し、ガウガメラでダレイオス率いる大軍と対峙する。ここで時間軸は冒頭のガウガメラの戦い前夜に戻る。

翌朝、アレクサンドロスは将兵一人一人に声をかけて激励し、ガウガメラの戦いが始まる。マケドニア軍の中央の兵のみが前進し、両翼は後退し始めたので、ペルシア軍は攻撃を仕掛けざるを得なかった。右翼の騎兵隊を指揮していたアレクサンドロスはペルシア軍の前線と並行する形で移動し、自ら囮《おとり》になる。ダレイオスは騎兵を繰り出すが、アレクサンドロスが自らの騎兵の背後に控えさせていた軽装歩兵に行く手を阻まれる。この過程でペルシア軍は兵力が分散してしまい、アレクサンドロスは急速転回してダレイオス本隊に突撃する。近衛部隊まで倒されたダレイオスはまたしても戦場から逃走し、勝敗は決した。

ダレイオスを破ったアレクサンドロスはバビロンに入城する。街中に花が敷き詰められ、ありとあらゆる香料が至るところに積まれ、市民はアレクサンドロスを歓呼の声で迎えた。市民の歓迎に手を振って応えるアレクサンドロスの笑顔を隣でヘファイスティオンは見つめていた。

ここで第一部は終わる。私の文章をジュリアンが口頭で語り直し、それを原稿に反映する形で進めた。ジュリアンが実際に旅した東方世界について話してくれたのは役立った。ジュリアンは長旅の間、怠惰そのもののように振る舞っていたとジーンは書いてきたが、東方の風土をしっかり観察していたのだ。

執筆に入るまでは膨大な創作ノートがあるから充分だと思っていたが、実際に作業が進行していくうちにあとからあとから資料を調べ直す必要が生じていった。アリストテレスとディオゲネスを描くために、ソクラテス以前からヘレニズムまでの哲学の文献も渉猟した。ディオゲネスについては著作が残っていないため、『ギリシア哲学者列伝』を参照した。私が最も惹かれたのはアレクサンドロスの後継者ペルディッカスに弾圧されたエピクロスだ。エピクロスは妖しげな快楽主義者と誤解されがちだが、心の平静を説いたのであって、肉体的な快楽の追求を目指したのではない。エピクロスは理性ではなく、感情を肯定し、神の存在を認めつつも唯物論に接近した。動乱の時代の渦中で「隠れて生きよ」を信条としたエピクロスは徹底した個人主義者でもあった。間断ない不安に脅えながらそれを理性で抑えつけ、嫌々ながらストア派のように禁欲的に生きてきた私にとって、エピクロスはそれからの人生の導き手となった。

草稿が完成したのは一九七四年の六月だった。ラヴェッロにやってきたハーマンのアシスタントに託してハーバードに転送してもらい、判断を仰いだ。九月に送り返されてきた草稿に附されていたコメントに基づいて、私は時代錯誤な文章を修正するか削除した。ジュリアンが全編を確認したのち、私がタイプして決定稿が仕上がった。ラヴェッロには冬が訪れていた。乾いた大気は冷え切っており、書斎のテラスから見える空とティレニア海は不気味なまでに碧く澄み渡っている。一週間、私とジュリアンは寝て暮らした。かつて執筆でこれほど消耗したことはなかった。

4

一九七五年四月、『アレクサンドロス三世《アレキサンダー・ザ・サード》』の第一部『栄誉』はランダムハウスから出版された。私はジュリアン経由でハーマンの反対を押し切り、タイトルに決してわかりやすい『アレクサンドロス大王《アレキサンダー・ザ・グレート》』を使わせなかった。「アレクサンドロスは偉大《グレート》ではない。ただの人だ」という理由からだ。ハーマンは『栄誉』の発売に合わせたプロモーションのためにジュリアンに帰国して欲しいと懇願してきた。「ニューヨークのリッツ・カールトン・ホテルのスイートを確保する。そこで雑誌と新聞の記者たちからインタビューを受け、ＴＶ局にも話をつけるのでいくつかの番組に出演し、出来ればアメリカ全土の書店をめぐるサインツアーにも出てくれ」とハーマンは言った。

私たちは『栄誉』の執筆に没頭した二年半、編集者を除いてアメリカとの連絡を絶ってしまっていた。新聞と雑誌でしかアメリカのことを知らなかった。とりあえず現在のアメリカがどうなっているか、旧友に探りを入れることにした。ジュリアンはアンディ・ウォーホルに電話した。アンディもジュリアンが撃たれた同じ年にヴァレリー・ソラナスに銃撃され、生死の境を彷徨《さまよ》った。六〇年代は自由と引き換えに暴力とセックスとドラッグが支配した放埒な時代でもあったのだ。アンディは事件以来、かつてほど仕事に情熱を傾けてはいなかった。毎晩パーティを梯子しているそうだ。気がかりなのはアルバーンだった。イタリアにはアルバーンのニュースは入ってこなかったが、アンディはその後の消息を知っていた。アルバーンはベルビュー病院から退院していた。オリンピア・プレスは一九七四年に潰れ、モーリス・ジロディアスがアメリカを去ったせいで、最後の著作も絶版になり、収入源を絶たれたアルバーンは知り合いにたかりながらマンハッタンの安宿を転々としているらしい。先日もファクトリーのスタッフがバワリー街のスラムで浮浪者同然のアルバーンを見かけたそうだ。ジュリアンは即刻、ハーマンに電話してアメリカ行きを断った。

ハーマンが代理で指揮を執った手篤い宣伝にもかかわらず、文学界はジュリアン・バトラーの新作に戸惑いを隠せなかった。「まだ生きていたのか」という反応も少なからずあった。作家としては七年も完全に沈黙していたのだから無理もない。

六〇年代とは何もかもが変わってしまった。ベトナム戦争は終わり、冷戦には緊張緩《デタン》和《ト》が訪れていた。ニクソンはウォーターゲート事件で辞職した。文学も様変わりしていた。トマス・ピンチョン、ジョン・バース、ドナルド・バーセルミに代表されるポストモダン小説が脚光を浴び、カート・ヴォネガットのようなＳＦからの越境者たちも注目されていた。イギリスではマーティン・エイミスが華々しくデビューし、スーザン・ソンタグやエリカ・ジョングのような女性作家、エドマンド・ホワイトのようなゲイ作家も台頭していた。

ジュリアンや私と同世代の作家は苦境に立たされていた。ポール・ボウルズは妻のジェインの死後、二度と長編小説を書くことはなかった。ビート・ジェネレーションの残照も消えていた。ジャック・ケルアックは死んだ。ウィリアム・バロウズは『裸のランチ』以降、カットアップとフォールドインを駆使した実験的な小説を書き続け、マイナーな作家に逆戻りしていた。

トルーマン・カポーティは上流階級を舞台とした大作『叶えられた祈り』に取り掛かったとマスメディアを通じてひっきりなしに喧伝していたが、未だ完成したという話は聞かない。噂によれば前にも増してアルコールに溺れているらしい。ラディカル・フェミニズムの急先鋒ケイト・ミレットは『性の政治学』と題した著書でノーマン・メイラーを「究極の男性優越主義者」とまで罵倒した。それまで性の開拓者を自負していたメイラーは、勢いを増すフェミニズムに足を掬われる形で失墜した。ただ一人、ゴア・ヴィダルが精力的な活動を続けていた。ゴアは『都市と柱』や『マイラ』のような性的に過激な小説を書く作家と長年レッテルを貼られてきたが、一九七三年に発表した『アーロン・バアの英雄的生涯』を核とするアメリカの年代記を続々と刊行して歴史小説家と見做されるようになった。政治・文学・性に関する辛辣なエッセイも評価が高く、ゴアはアメリカという国に対する文明批評家としての役割を担うようになる。

このような状況下で出版された『栄誉』は当初、冷笑で迎えられた。書評家は現代を舞台にしたポップな前作『終末』とは打って変わった重厚な古代の歴史小説をどう扱っていいかわからないようだった。『栄誉』がアレクサンドロスの成功の絶頂で幕を下ろすのもマイナスに作用した。ベトナム戦争で痛手を受けたアメリカ人にとってアレクサンドロスは時代錯誤な人間に映ったからだ。ジュリアンを「墓場から甦った作家」と揶《や》揄《ゆ》したり、「古色蒼然とした小説」などと嘲笑したりする書評が最初は大半だった。

だが、エドマンド・ホワイトが『栄誉』を同性愛小説として称賛する書評を執筆し、ゴア・ヴィダルが歴史小説としての出来を評価し、思いも寄らなかった二人の援軍、イギリスの作家アンソニー・バージェスと、新進の文学者として頭角を現していたイェール大学のハロルド・ブルームが好意的な評を書いてから情勢はいくらかマシになった。ジュリアンは好意的な書評に浮かれていたが、私はホワイトの評にだけは納得がいかなかった。ギリシアでもローマでも同性同士の愛情はありふれたことだった。だからこそ、古代の歴史家はアレクサンドロスの男色についてはそっけない記述に留まっている。私自身も「同性愛者アレクサンドロス」や「同性愛者へファイスティオン」を描いたつもりはなかった。本人たちにもそんな認識はなかっただろう。古代の社会には同性愛者という概念自体がなかった。私の時代に至ってもゲイというアイデンティティは確立していなかった。そしてホモセクシュアルであることは誇れるようなものではなかった。同性愛を隠しもせず、大っぴらに公言していたジュリアンは例外的な存在だ。絶えず危険と隣り合わせで、多くの者がクローゼットに隠れざるを得なかった。

読者は『栄誉』にアレクサンドロスとヘファイスティオンの愛情に満ちた会話はいくらでも見出せるだろうが、二人の性的な関係は仄《ほの》めかされる程度だ。私は同性愛という狭隘《きょうあい》な視点からではなく、より広い視野でアレクサンドロスとヘファイスティオンを描いた。いつの日か同性愛がありふれたことになる世界への夢を託していたからだ。ゲイをアイデンティティとし、自らゲイ作家と名乗ったホワイトはその点に考えが及んでいなかった。

発売二ヵ月ほどはお寒い限りだった売れ行きも徐々に上がっていった。ハードカバーの増刷が決まり、年内にペーパーバック版も刊行された。『終末』の部数と比べれば二十分の一に過ぎないが、『栄誉』はベストセラーになった。それまでのスキャンダラスな作風とも一線を画していたから、これまでジュリアンの本など手に取ろうともしなかった読者層がついたのは大きい。

多くの新聞や雑誌がジュリアンにインタビューの打診をしてきたが、ラヴェッロまで来るように言うとどこも躊躇《ちゅうちょ》した。私はこの状況を逆用して、『ネオ・サテュリコン』出版時に「プレイボーイ」に掲載されたインタビューの再現を目論んだ。イタリアに記者を送るほど予算がない媒体にはこちらで書いた自作自演のインタビューを掲載するように言った。渡りに船だったらしく、アメリカのマスメディアはこの胡散臭《うさんくさ》いやらせに飛びついた。もっとも、既に大雑誌に成長した「プレイボーイ」や古巣の「エスクァイア」までもが面倒臭がってこの方法を採用したのには閉口したが。私が質問事項を書き、ジュリアンが口頭で答える形で大量の記事をでっち上げた。ジュリアンの機知とユーモアに富んだ自己宣伝の才能は未だに衰えてはいなかった。

無数のやらせインタビューが掲載され始めると『栄誉』は増刷を重ね、三つのTV局がランダムハウスを介して企画を持ち込んできた。イギリスのBBCはジュリアンにイタリアを旅して欲しいと依頼してきた。ラヴェッロとアマルフィを起点としてナポリ、ローマ、フィレンツェを経由してイタリアを縦断し、終着点はヴェネツィアだった。旅費は制作費から出す、好き勝手に振る舞ってもらって構わない、とのことだった。ジュリアンは承諾した。ハーマン・アシュケナージも編集者として撮影に付き添う名目でイタリアに来ると言ってきたが、イタリアを食べ歩きたいという魂胆は見え透いていた。

残るは衛星生中継によるCBSのマイク・ウォレスとの対談とABCの一時間のインタビュー番組だった。ジュリアンは全ての申し出を受諾したが、一ヵ月の猶予をもらった。酒と美食で肥満した肉体を酷く気にしていて、減量するためだ。「TVに出る時ぐらいは僕の美しさをみんなに見てもらいたいじゃない？」というのがジュリアンの言い分だった。

ローマにあるダイエット専用スパにジュリアンは一ヵ月籠もった。最初の三日間は絶食、その後も鶏のささ身と野菜のみの食事、パスタやピザやフォカッチャといった炭水化物とアルコールは厳禁で、ジムとプールでハードな運動をこなすプログラムにジュリアンは音《ね》を上げそうになったが、自分の容姿を誇りたい切望が打ち勝ち、どうにかスパに留まっていた。スパお薦めの奇妙なダイエット法にも熱を上げた。浣腸ダイエットだ。便秘が解消されて腹が引っ込むらしい。私は効果を疑問視していたが、スパ籠もりを終えたジュリアンの体型はスリムになっていた。むっちりとしていた頬もこけ、ジュリアンは外見的な自信を取り戻したが、私はその裏で夏季休暇を利用してローマにやってきたハーマンと合流し、密かにリストランテを食べ歩き、美食を堪能していた。ジュリアンがスパから出てきた時、私が明らかに太っていたため、一悶着あったのは言うまでもない。

衛星生中継でのマイク・ウォレスとの対談がまず行われた。ジュリアンが指定した場所は自分のローマのペントハウスだった。パリのアンティーク・ショップから取り寄せたロココの正装を纏って、ジュリアンは撮影に臨んだ。鮮やかな青いジュストコール、花柄が絹糸や金糸で刺繍されたジレ、首元からはフリルがついたジャボ、タイトなキュロットに白タイツという華美過ぎるファッションだった。ジュリアンは「僕、マリー・アントワネットにプロポーズした時のモーツァルトみたいじゃない?」と言ったが、七歳のマリー・アントワネットにモーツァルトが会ったのは六歳の時だ。せいぜい「時代錯誤の懐古主義を信奉する変人の中年」といったところだろう。

対談が始まると、硬派を気取る傲慢なマイク・ウォレスはジュリアンの紹介を手短に打ち切って「ところで、ジュリアン、君はゲイだと公言しているね。六九年のストーンウォールの反乱以来のゲイ・リベレーションをどう思う? 六〇年代の性革命以来、アメリカ人の性生活は様変わりしたね」と訊《き》いてきた。「僕は長年イタリアに住んでるから今のアメリカ人の性生活については何も知らないよ」とジュリアンは軽く受け流そうとした。ウォレスはしつこかった。「でも、君の新作はアレクサンドロス大王と部下の同性愛の話だよね？」と食い下がる。ジュリアンは「僕が書いたのは同性愛小説じゃない。歴史小説だよ。アレクサンドロスはゲイじゃない。ヘファイスティオンもゲイじゃない。古代ギリシアでは同性愛者って概念がなかった。ほとんどの男が今で言うバイセクシュアルだったんだ。それが普通だったんだよ。同性愛について話すのはやめない？僕は新作について話すために出演したんだよ」ときっぱり言った。それでもウォレスは「では、古代のバイセクシュアルについて話そう」と言い出す。ジュリアンは無視して「ところで、アレクサンドロスはオリンピュアスって狂おしい性格の権謀術数に長けた女性を母として生まれたんだ」と『栄誉』の粗筋を話し出した。ウォレスは話を聞く振りをして「それは同性愛かい？」「二人の性生活はどんな感じだったんだ？」といった言葉を何度も挟み込んだ。その度にジュリアンは嫌悪が顕《あら》わになった視線でカメラを睨みつける。放送時間いっぱい『栄誉』について話すジュリアンと隙あらばセックスの話題を持ちかけるウォレスのちぐはぐな応酬が続いた。この馬鹿げた放送を愚かなアメリカ人は喜んだらしい。翌日のタブロイド紙には「ジュリアン・バトラーVS.マイク・ウォレス」という見出しが躍った。

マイク・ウォレスとのトラブルに比べて、ＡＢＣの一時間のインタビュー番組の収録ではさしたる問題は起きなかった。スタッフは「文学的な番組を作りたい」と言ってきたにもかかわらず、文学にはまるで無知だった。仕方なくまた私が質問事項を事前に作成した。ジュリアンに念入りなリハーサルをさせてから、リポーターに質問を渡す形を採った。自作自演インタビューと同じく、この番組自体がやらせだった。熟知している質問に、時に機知に富む警句を吐き、時にお茶目に振る舞い、時に驚き、時に気分を害し、時に言葉に詰まった振りをしてみせるジュリアンは立派な役者だった。

そして、私たちはラヴェッロに戻り、イタリア縦断の準備に取り掛かった。番組自体はジュリアンの意向で『ジュリアン・バトラーのイタリア』と名づけられていた。BBCの予算は潤沢だった。最初のシーンはヘリコプターがラヴェッロのヴィラの上空を旋回してから、庭園をヘリポート代わりにして着陸するところから始まる。ジュリアンが地上に降り立つなり、グレン・グールド演奏、ストコフスキー指揮のベートーヴェンのピアノ協奏曲第五番変ホ長調「皇帝」が鳴り響く。悪趣味な選曲だったが、七〇年代に入ってからUKロックに夢中だったジュリアンと妥協を重ねた結果だ。派手派手しい化粧をして中性的な装いをしたデヴィッド・ボウイにジュリアンは特に熱を上げていた。ドレスを着てソファに横たわるボウイがジャケットを飾る『世界を売った男』を目にして「ねえ。この子、僕に似てない？」と言い出す始末だ。女と踊って恋仲の男の嫉妬を煽る少年を歌うボウイの「ジョン・アイム・オンリー・ダンシング」の歌詞を替えて「ジョージ・アイム・オンリー・ダンシング」と歌ってみせるほどだった。ジュリアンは番組のポスト・プロダクションで、ボウイの「愛しき反抗《レベル・レベル》」を自分の登場のBGMに所望した。それでは『文学の今』と同様、ロック番組と化してしまう。私は番組全編にグレン・グールドを使用する代替案を出した。コンサートから引退し、レコーディング・スタジオに隠遁して完璧な録音を目指したこのピアニストに私は親近感を覚えていた。ジュリアンはグールドの美青年然とした容姿を気に入って、あっさり説得された。しかし、「絶対に『皇帝』じゃなくちゃだめ」と言い張る。大した自己愛だったが、今度は私が妥協した。最終的に私の意向どおり『ジュリアン・バトラーのイタリア』には全編にグールドの演奏によるバッハ、ベートーヴェン、グールド自身の編曲によるワーグナーが流れている。

ヘリコプターから現れたジュリアンはマイク・ウォレスとの対談で「マリー・アントワネットにプロポーズした時のモーツァルトみたい」と言っていたロココの正装を身に纏っていた。余程気に入っていたらしく、撮影中ずっと同じ服装だった。ジュリアンはカメラに向かって精一杯威厳のある表情を作って「僕はジュリアン・バトラー。ここはラヴェッロ。僕のヴィラだよ」と告げる。もちろんヴィラはジュリアンのものではなく、私のものだ。ラヴェッロの住民はヘリの轟音《ごうおん》に度肝を抜かれ、この撮影は後々まで語り草になった。

ベートーヴェンのピアノソナタ第三十番の第一楽章の麗《うるわ》しい旋律が流れるなか、ジュリアンはヴィラからアマルフィへの直通階段を下りていき、誰もいない海岸を逍遥する。夏の海岸はイタリアの内外からバカンスにやってくる富裕層で混雑していた。スタッフは撮影のために市長に賄賂を贈り、警官と一緒に海岸から観光客を追い払って封鎖したのだ。ティレニア海に向かって物思いに耽《ふけ》りながら、ジュリアンは十世紀に地中海を支配した海洋国家、アマルフィ共和国の興亡について語る。ジュリアンはアマルフィ共和国について何も知らなかったどころか、知ろうともしないので、私がカンペを作った。場面はラヴェッロのドゥオーモを見渡せる広場のバールに移り、ジュリアンはリモンチェッロを啜《すす》り、出演者として駆り出されたシニョール・パオリーニとラヴェッロについて語り合う。シニョール・パオリーニは初めてのTV出演に興奮しきっており、事前にリハーサルを済ませていたのに演技過剰だった。次に私の書斎で打ち合わせるジュリアンとハーマンが映し出される。ジュリアンは「『アレクサンドロス三世』の第二部のタイトルは『幻滅』」と呟《つぶや》く。私が決めた題名だ。「締切は七七年の夏でどうだ?」とハーマンはわざとらしく勿体振った顔で尋ねる。「それでいいよ。ただ、僕はこれからイタリアを縦断する旅に出るんだよ。執筆の疲れを癒やしたくて」とジュリアンは答える。「ぜひ私も同行させてくれ」とハーマンは申し出る。ジュリアンは「いいよ」と笑顔で返す。

わざわざ借りてきた真紅のフェラーリ365 GTS4の幌《ほろ》を下ろし、サングラスをかけたハーマンとジュリアンがナポリへ向かう映像にグレン・グールド演奏のバッハのイタリア協奏曲第三楽章が被り、やっとタイトルロールが流れる。この『イージー・ライダー』紛いのシーンはバッハの典雅な音楽で安っぽさから辛くも免れていた。ジュリアンはT・レックスの「20センチュリー・ボーイ」をかけようとしたが、私は一蹴した。

五十歳にもなって二十世紀少年とは年甲斐もないこと甚だしい。

私もイタリア縦断の撮影に同行した。ジュリアンのカンペを書かなくてはならなかったからだ。当然、カメラの前に立つことは固辞した。フェラーリは二人乗りで、私はロケバスにスタッフたちと押し込まれた。マリリンはシニョール・パオリーニに預かってもらった。

スパッカナポリをぶらつくジュリアンとハーマンをカメラに収めてから、国立考古学博物館のアレクサンドロス・モザイクの前でジュリアンが『栄誉』について話すシーンを撮影した。当然ながらアレクサンドロス・モザイクの前で『栄誉』の執筆を思いついたのは私であって、ジュリアンではない。ここでもカンペだ。ナポリでハーマンは早くも旺盛な食欲を剝《む》き出《だ》しにした。カメラが回っている間でも、道端のピッツェリアで買った切り売りピザをパクついていた。撮影が終わってからのディナーでもハーマンはナポリきってのピッツェリアでピザを一人で三枚も平らげた。

ローマでもハーマンは絶えず食べ続けた。フォロ・ロマーノから撮影は始まったが、ジュリアンが『空が錯乱する』の話をしながら古代ローマの皇帝たちに思いを馳せる振りをしている脇で、ハーマンは生クリームをたっぷりかけたジェラートにスプーンを突っ込んでいた。髭をクリームまみれにして食べ続ける姿は、うしろで流れるバッハのパルティータ第六番に全く以て不似合いだった。長い歳月をかけて発掘が行われているが、未だその大部分が地中に埋もれているネロの宮殿、ドムス・アウレアに残ったモザイクの前でジュリアンがさらに『空が錯乱する』について語り、ローマでの撮影は終了した。ハーマンはその日のディナーでローマの三大パスタ、カルボナーラ、アマトリチャーナ、カチョ・エ・ペペを一皿ずつ胃腑《いのふ》に納め、サルティンボッカとカチャトーラを追加注文した。

ローマの次はフィレンツェで撮影を行ったが、ジュリアンも私もこの地に来るのは初めてだった。私は街を覆い尽くすルネサンス建築に目を奪われたが、それ以上に気になったのは観光客の大群だ。街の隅から隅まで雑踏だった。スタッフはドゥオーモのクーポラの上からフィレンツェを睥睨《へいげい》するジュリアンを撮影した。BGMは晴れやかなバッハのチェンバロ協奏曲第二番だ。屋上までは急な階段を四百六十四段登らなくてはならない。肥満体のハーマンは汗に濡れ、息を切らしていた。涼し気な顔で街並みを見やるジュリアンの横で苦しそうに喘《あえ》いでいるハーマンまでスタッフがカメラに映してしまったのは失敗だった。

私が書いたカンペに沿ってジュリアンがフィレンツェの歴史の蘊蓄《うんちく》を披露する場面の撮影が終わってから、一二二一年に創設されたサンタ・マリア・ノヴェッラ薬局に行くジュリアンたちと別れ、私は一人ウフィツィ美術館を駆け足で見て回り、ピッティ宮殿、ヴェッキオ宮殿に足を運び、ヴェッキオ橋をそぞろ歩いた。どこへ行っても観光客に遭遇するのはうんざりしたが、メディチ家の栄華が残る、このルネサンスの小さな宝箱のような街が気に入った。ウフィツィ一つとっても一日で見終わるようなものではない。

せめて一週間、通い詰めたかった。

宵の口にホテルのロビーのソファに倒れ込んでいるジュリアンと出くわした。何が起きたのか訊くと、サンタ・マリア・ノヴェッラ薬局での撮影が終わったあと、ハーマンはフィレンツェ名物ビステッカ・アラ・フィオレンティーナ、要はTボーンステーキを是非ともディナーに食べたいと言い張り、ジュリアンとスタッフをリストランテに引っ張って行った。フィレンツェのビステッカ・アラ・フィオレンティーナは巨大だ。最低でも二人前で合計二ポンドの肉塊が供される。ハーマンは自分とジュリアンの分に、その上をゆく四ポンドを頼んだ。ジュリアンが早々にギヴアップして肉を残すと、ハーマンは自分のステーキを平らげたあとでそれも食べ尽くした。胃もたれで動くことも困難になったジュリアンを横目に、ハーマンは「まだまだ食べて食べて食べまくるんだよ」と楽しげに言い、スタッフを引き連れて夜の闇に消えたらしい。「ハーマンは狂ってるよ」とジュリアンは息も絶え絶えに言った。

放映された番組を観た私は一人で観光に行ったことを後悔した。静寂が支配する薄暗いサンタ・マリア・ノヴェッラ薬局に入るなり、ジュリアンは「買って買って買いまくっちゃえ！」と叫んで買い物客を驚かせた挙げ句、膨大な数の石鹸、入浴剤、ハーブウォーター、アロマ、そして百合《ジーリオ》の香水を気に入って何十瓶も買い漁り、一万ドル以上使っていた。ハーマンの食欲とジュリアンの物欲はどっちもどっちだった。以後、ジュリアンはほとんどカメラの前に姿を現さなくなる。ディナーのシーンでは嬉々としてビステッカ・アラ・フィオレンティーナを頰張るハーマンが延々映っていた。次のシーンではまた別のリストランテでトリッパを前に喜色満面のハーマンがとらえられていた。番組はもはや『ジュリアン・バトラーのイタリア』ではなく、ハーマンの食べ歩き番組の様相を呈していた。

終着点のヴェネツィアを訪れるのは二十年ぶりだった。フィレンツェ同様、観光客の大群が押し寄せていたが、ヴェネツィアはその姿を変えていなかった。私はヴェネツィアの映像に最初から最後まで、グールド自身の編曲によるワーグナーの静謐《せいひつ》な「ジークフリート牧歌」を流すように指示した。

朝からバーカロを梯子しようと言い出したハーマンに誘われて、ジュリアンとスタッフは街に消えた。カメラはバーカロでプロセッコを立ち飲みし、チケッティを摘む二人の姿を映し続けた。一杯飲むと二軒目のバーカロに移動し、またプロセッコ一杯とチケッティを一皿。ハーマンは特に手長海老のグリルを気に入ったらしい。手摑みで食べてご満悦だった。二人は夕方までに十軒ものバーカロを梯子していた。

私は一人でサン・マルコ大聖堂を訪れ、初めてヴェネツィアに来た時と同じように洗礼堂の窪んだ床を前にした。あの時、『失われた時を求めて』に描かれたこの床を見つめながら、私は自分がプルーストのような小説家になれるか自問自答していた。今の私はあと一年でプルーストがこの世を去った年齢になるのに、自分一人では文学史に残るものは何一つ書いていないどころか、ジュリアンのゴーストライターに成り下がっている。しかし、やるべきことはやった。これからもそうするだろう。ジュリアンはアメリカを代表する小説家になった。それでよしとすべきだ。いくらか感傷的になりながら私はハリーズ・バーへ向かって歩き始めた。午後五時にそこで撮影を行うジュリアンたちと合流する約束をしていたからだ。

ハリーズ・バーの前には人集《だか》りが出来ていた。ジュリアンたちが店内に入れず、二代目オーナーのアリーゴ・チプリアーニと押し問答をしている。ジュリアンがハリーズ・バーを贔屓《ひいき》にしていた頃、店主は父親のジュゼッペだったが、時折店の手伝いをしている学生時代のアリーゴを見かけることがあった。すっかり中年になったアリーゴは困惑していた。

「撮影のお約束をしていましたが、今日は特別なお客様が遠方からいらっしゃいまして二階は貸し切りになっています」

「そいつはどこから来たんだ？」空腹に苛《さいな》まれているのだろう。ハーマンは唸った。

「イランからです。当店に来たいとお連れ様におっしゃったところ、お連れ様のプライベート・ジェットでイランからヴェネツィアまでまっすぐ飛んでいらしたと」

「それは誰なの？」ジュリアンも自分より優先される客がいることに腹を立てている。

「トルーマン・カポーティ様です」アリーゴは答えた。

「トルーマンは僕の友達だよ？」

ディレクターはジュリアンとアリーゴに耳打ちをした。「番組をジュリアン・バトラーとトルーマン・カポーティの再会で締めくくるのは最高ですよ」とディレクターはひそひそ声で言った。「ハリーズ・バーにとっても決して悪いことではありません」

アリーゴはいったん店内に引っ込み、出てきた時は笑顔だった。「どうぞ。カポーティ様がお待ちです」

落ち着いた木製の店内は変わっていなかった。トルーマンは連れと二階の窓際のテーブルに腰掛けていた。最後に見た時より肥満している。足まで届きそうなスカーフを首に巻いたトルーマンはこちらの姿を認め、立ち上がってまくしたてた。

「ジュリアン！　こちらはアトランティック・リッチフィールド石油会社の社長のボブ。ボブはペルシア湾で石油を掘ろうとしていたんだけど、イラン側が取り付く島もなかったの。ところが、たまたま私はイランのシャーと知り合いだったわけ。それでボブを連れてイスファハンの宮殿に行ったのね。シャーとボブは意気投合して、基地を造る許可もその場で下りた。交渉が終わってボブが『トルーマン、食事はどこで食べたい？』って訊くから、私は『ヴェネツィアのハリーズ・バーがいい』って冗談で言ったら、なんとボブはプライベート・ジェットでイスファハンからヴェネツィアまで連れて来てくれたの。空港から快速艇でここに来たってわけ」トルーマンはいつものように饒舌《じょうぜつ》だったが、何かに憑かれたように落ち着きがない。「ジュリアンはＴＶの撮影に来たのね？」

「そう。このシーンで撮影は終わり」ジュリアンはトルーマンの向かいに腰掛けた。私はカメラに映らないように隣のテーブルに座った。

「ジュリアン・バトラーの番組のラスト・シーンにこのトルーマン・カポーティが華を添える！　きっと視聴率は素晴らしいものになる！」トルーマンは甲高く叫び、グラスに注がれたマティーニを不味そうに飲み下した。アル中は酒の味に興味がない。酒を味わうためではなく、ただ酔うために飲むからだ。「『叶えられた祈り』の第一弾は読んだ？　『エスクァイア』の六月号に載っているの。とうとう発表することが出来たわけ」

「ううん。まだ届いてないよ」ジュリアンの言葉は半分本当だった。私たちはＴＶ撮影に忙殺されていたから、「エスクァイア」がヴィラに届いていたかどうか知らなかった。

「そうなのね」トルーマンはしょげかえったが、お喋りは止まらない。「『モハーヴェ』って章なの。夫に性的な恐怖を覚える上流階級の女が主人公。女は夫とセックスできないから不倫を繰り返す。だけど、女は夫を愛している。夫も女を愛している。そういう話。テネシー・ウィリアムズが誉めてくれたの。テネシーは滅多に人を誉めないのに」

「面白そうじゃない？」ジュリアンは無関心そうに言うと、手を挙げてウェイターにドン・ペリニヨンのロゼをボトルで注文した。

連れのボブは酩酊しているようで、視線をテーブルの下に投じながら黙りこくっていた。ハーマンはハリーズ・バー名物のベリーニの杯を重ねつつ、もう前菜のビーフ・カルパッチョを一皿食べ終わっていたが、紙のように薄く切られた牛肉が物足りなかったらしく、おかわりを頼んでいる。私はシュリンプ・サンドウィッチにした。トルーマンはひたすら喋り続けた。

「『モハーヴェ』で終わりだと思っちゃいけない。『エスクァイア』の十月号には『ラ・コート・バスク一九六五』って章が載るのね。『モハーヴェ』は小手調べ。大体、小説家に成り損なった主人公が書いている短編って設定だし、小説内小説に過ぎないの。『ラ・コート・バスク一九六五』は私たちもよく通っていたレストラン、ラ・コート・バスクが舞台。そこで次から次へと語られるゴシップ！　第一級の爆弾ね。実際の上流階級のゴシップを元にしてる。あいつらは私を宮廷の道化かなんかだと思ってるんでしょうけど、私は作家なの。『叶えられた祈り』を書くためにこれまでずっと観察を続けていたことなんてわかっちゃいない。そして『叶えられた祈り』は『失われた時を求めて』と並び称されて、私はアメリカのプルーストになるの！」

何故、ホモセクシュアルの小説家はプルーストになりたがるのだろう。私は内心苦笑した。トルーマンは緊張と不安に苛まれているように見えた。十年以上何も書いていなかったのだから当然だろう。トルーマンは『冷血』で作家として手に入る限界まで名声を得た。『叶えられた祈り』が『冷血』より優れたものでなければ彼の評価は下落する。

「そんなことしたらモデルは黙っていないんじゃない？」とジュリアンは訊ねたが、トルーマンは「気づくわけないでしょ。あいつら馬鹿だから」と軽蔑しきった口振りで言うと、またマティーニを注文した。

「ところで、『栄誉』は読んでくれた？」ジュリアンはシャンパングラスを口に運びながら言った。

「古代ギリシアの話なんでしょ？　書評は読んだ。評判が良いみたいね」トルーマンはバツの悪そうな顔をした。「私は昔のことに興味がないの。お金持ちのお友達は私をよくギリシア旅行に誘ってくれて、ギリシアをヨットで回るんだけど、ギリシアにあるものといったら遺跡だけ！　私は遺跡なんかうんざりだからいつも途中で帰っちゃうの。その点、ハリーズ・バーは最高ね」

二人の作家が席を共にしているのに、互いの作品を読んでいない時ほど気まずいことはない。私は目を逸らし、シュリンプ・サンドウィッチを味わうのに意識を集中した。ハーマンは二皿目のビーフ・カルパッチョをフォークでまとめて丸飲みし、リゾットに挑んでいる。ボブは椅子に背中を預け、寝息を立てていた。

「一九四八年のヴェネツィアを憶《おぼ》えてる？」沈黙ののち、ジュリアンが口火を切った。

「憶えてる。私もあなたも若くて美しくて」トルーマンは遠い目をした。

「今は二人とも年を取ったよね」ジュリアンは苦笑いした。

「あの頃に戻りたい」

「サン・マルコ広場で二人で写真を撮ったのを憶えてる？　あの写真はまだ僕の手元にある」

「憶えてる。二人で鳩に餌をやっているのを撮ってもらった」トルーマンの肥満した顔が歪んだ。「ねえ、ジュリアン。なんで何もかもが決まりきったように消えてなくなるのかしらね。人生ってなんでこんなに忌々《いまいま》しく、下らないんでしょうね」

ジュリアンは言葉を失った。ハーマンすらリゾットを食べる手を止めた。トルーマンは目に涙を浮かべている。大運河《カナル・グランデ》の向こうに落ちていく夕陽がハリーズ・バーを暗い赤に染め上げていた。

5

『ジュリアン・バトラーのイタリア』のロケが終わるとジュリアンとハーマンはフェラーリに乗って北イタリアを抜け、南フランスに向かった。ハーマンはバカンスの終わりまでまだ余裕があったので、食べ歩きの旅を続行しようと言い出し、ジュリアンは話に乗った。ヴェネツィアを発つ時、ハーマンは運転席から私に向かって「食べ歩き！　食べ歩き！」とあられもなく興奮していた。助手席のジュリアンは憂鬱そうに一言も発さなかった。トルーマンと話してからジュリアンは塞ぎ込んでいた。私にはマリリンの世話がある。鉄道とバスを乗り継いで一路ラヴェッロへ取って返した。

ジュリアンは九月になるまで戻ってこなかった。二人は南フランスに着くと星付きレストランを片っ端から食い荒らした。ハーマンと行動を共にしたことでジュリアンの酒量は以前に逆戻りした。ハーマンの回想録『食いしん坊《ザ・グルマン》』にはジュリアンの飲みっぷりが記されている。

私はジュリアン・バトラーほど飲む人間を知らない。ジュリアンは朝からカフェでワインをボトルで飲み始め、それはランチの間も続いた。私たちはレストランでたっぷりとディナーを食べ、ホテルのバーに深夜まで居座ってから部屋へ戻る。私は自室に辿り着くと酔いと満腹のせいですぐに眠ってしまったが、いつも薄れゆく視界の隅にシャンパンのボトルをラッパ飲みするジュリアンが映っていた。それが毎日繰り返されたのだ。

二人は南フランスを食い荒らし終わると、ピレネー山脈を越えてスペインまで足を延ばした。スペインにはヴェネツィアと似たような梯子酒の習慣がある。一軒目のバルで一杯飲みながらタパスをつまむと、次のバルへ移動して同じことを繰り返すのだ。シエスタを取るスペイン人は夜型で日付が変わってからも飲み続ける。この風習がジュリアンの飲酒癖に拍車をかけた。スペイン滞在中、シエスタが終わってバルが開店する午後三時から翌日の午前三時までの十二時間、ジュリアンはシェリーとカヴァを飲み続けた。ハーマンも流石《さすが》に付き合いきれなくなり、二人はバルセロナで解散した。ハーマンはニューヨークへ、ジュリアンはラヴェッロに戻った。二ヵ月ぶりに見たジュリアンは荒《すさ》んだ顔つきをしていた。暴飲暴食のせいで体型は元に戻り、ダイエットの成果は台無しになった。

私は『アレクサンドロス三世』の第二部『幻滅』に取り掛かっていた。物語はペルセポリス炎上から始まり、アレクサンドロスの死で終わる予定だった。創作ノートを作った時に最後まで構想を記しておいたから、さほど時間はかからないと踏んでいた。

　すぐに自分の見通しが甘かったことを悟った。無血開城したバビロンやスーサと違い、ペルセポリスの住民は頑強に抵抗したため、アレクサンドロスは五ヵ月に及ぶ略奪を行ったのち、街に火を放ったのだ。『栄誉』で描いたアレクサンドロスには少なくとも強大な敵に立ち向かう矜持《きょうじ》があった。だが、勝利がもたらしたのは打ち続く破壊と虐殺だった。アレクサンドロスはペルセポリスを後にし、逃亡を続けるダレイオスの追撃に移るが、ダレイオスは家臣のベッソスに暗殺されてしまう。アレクサンドロスはベッソスに標的を変え、中央アジア深く分け入っていく。ゲリラ戦に苦しめられたアレクサンドロスの対抗措置は皆殺しだった。

　マケドニア軍内部でも粛清が始まっていた。アレクサンドロスは自らの暗殺未遂事件を口実に重臣パルメニオンとその息子フィロタスを処刑する。それに伴って騎兵を率いたこともなかったヘファイスティオンが騎兵隊の指揮官になる。ヘファイスティオンはただでさえ依怙《えこ》贔屓《ひいき》されて妬まれていたのに、ますます周囲に疎まれていく。王のペルシアへの同化政策に反対していた側近のクレイトスとアレクサンドロスは酒宴で激論になり、アレクサンドロスは自らクレイトスを槍で突き殺した。二度目の暗殺未遂事件が起き、アリストテレスの親族で歴史家のカリステネスが処刑され、アリストテレス一派との対立も始まった。

アレクサンドロスの私生活も複雑なものとなっていく。ダレイオスの寵愛《ちょうあい》を受けていた若く美しい宦官《かんがん》バゴアスにアレクサンドロスは恋してしまい、その関係は王の死まで続いた。アレクサンドロスは中央アジアを平定すると豪族の娘ロクサネと結婚する。ロクサネはアレクサンドロスが初めて正式に迎えた妻となった。ヘファイスティオンは周囲から孤立していき、私生活ではアレクサンドロスの女性の愛人バルシネ、男性の愛人バゴアス、妻のロクサネと渡り合わなくてはならなくなった。

困難が加速度的に増殖していくにもかかわらず、名誉に取り憑かれた救いようのない夢想家アレクサンドロスは神話上の英雄たちを超えようと東へ東へと進軍していく。夢は悪夢へとその姿を変えていた。書いているだけで憂鬱になり、私の筆はアレクサンドロスがインドに侵攻するあたりから停滞していった。

ジュリアンは気味が悪いほど寡黙になっており、私がエピソードを書き上げる度にチェックを頼んでも、いい加減にページをめくってモノローグとして文章が硬い箇所を「こことここを直せばいいんじゃない？」と言う程度だった。

十一月になってトルーマンの『叶えられた祈り』の新しい章「ラ・コート・バスク一九六五」が掲載された「エスクァイア」十月号が届いた。「ラ・コート・バスク一九六五」は主人公である両刀使いの男娼、P・B・ジョーンズがニューヨークの路上でレディ・クールバースと出会うところから始まる。レディ・クールバースはジョーンズをラ・コート・バスクに誘い、シャンパンの杯を重ねながら社交界のゴシップを滔々《とうとう》と語り続ける。ただそれだけの話だが、舞台がラ・コート・バスクに限定されており、動きが全くないにもかかわらず、一幕劇のように緊張感に満ちている。読者の注意を一瞬も逸らすことがない。技巧の限りを尽くした力技に舌を巻いた。セレブリティの醜悪な実態を暴露するトルーマンの筆は幻滅に染まっている。私はトルーマンの文章は評価しても、これまでのカマトトぶった小説自体を好んだ試しはない。『叶えられた祈り』は気に入った。かつての夢見がちな少年はもういない。トルーマンは大人になった。おかしなことに作家自身はそれを悔いているようだ。それはヴェネツィアで漏らした言葉で気づいていた。トルーマンは多くのアメリカ人と同じく無垢に価値があると勘違いしている。無垢にこだわるのはアメリカの病理の一つだ。アメリカ人は成熟をよしとしない。いつまでも弱々しい子供のように自分を犠牲者だと思っている。大人になったと認めようとはせず、加害者だと指摘されれば慌てふためく。無力な子供のままでいる限り、世界は苦痛に満ちて見える。成熟は解放であって、悔いるようなものではない。子供は無垢ではなく、幼稚なだけだ。

翌月に届いたアメリカの雑誌は「ラ・コート・バスク一九六五」に対する喧々囂々《けんけんごうごう》の反応で埋め尽くされていた。トルーマンはジュリアンに語ったように上流階級の名士たちをあからさまにモデルにしていたのだ。レディ・クールバースはトルーマンの親友だったスリム・キース。作中で夫を射殺し、裁判で無罪放免となるアン・ホプキンスはファースト・ネームすら変えられておらず、アン・ウッドワードという女がモデルだった。

浮気相手が生理中だったせいで、妻が帰ってくるまでに必死に経血で染まったシーツを洗っている滑稽な男はCBS会長のビル・ペイリー。トルーマンが崇拝していた社交界の名花、ベイブ・ペイリーの夫だった。スリム・キースは激怒してトルーマンと絶縁した。アン・ウッドワードは「ラ・コート・バスク一九六五」の発表直後に睡眠薬で自ら命を絶った。ベイブ・ペイリーとトルーマンの友情は二度と元に戻らなかった。

アメリカではスキャンダルばかりが書き立てられ、作品への文学的な批評はなかった。ジュリアンはそれを知ってから放心状態になった。トルーマンは長い沈黙を経て『叶えられた祈り』をようやく発表した途端、転落した。ちょうど『ジュリアン・バトラーのイタリア』が放映された関係で、「ラ・コート・バスク一九六五」へのコメントを求める記者たちから大量の国際電話がかかってきた。ジュリアンは電話口に出ようともしなかった。

取材攻勢がやんだ頃、ゴア・ヴィダルから電話があった。私が受話器を取った。ジュリアンは書斎のソファでぼんやりしている。私が「ゴアだ」と告げても無言で首を横に振った。仕方なく私が話すことにした。

「『プレイガール』は読んだか?」ゴアは上機嫌だった。

そんな雑誌は知らないと言うと、「『プレイボーイ』の女性版で男性ヌードを載せているポルノ雑誌だ」とゴアは答えた。トルーマンは「プレイガール」のインタビューでゴアがホワイトハウスから叩き出された例の話の違うバージョンを喋ったのだ。今度のバージョンではゴアがジャクリーン・ケネディの母親を侮辱したのがその理由になっていた。

「前にも話したとおり、私がホワイトハウスを去ったのは事実だが、叩き出されたんじゃない。出て行ったんだ。トルーマンは嘘ばかりついてきた。名誉毀損であいつを訴えることにした。慰謝料に百万ドルを要求する。あのヒキガエルを捻《ひね》り潰してやるのが楽しみだ」

ゴアはそう言うと電話を切った。ゴアとトルーマンの立場はかつてと逆転していた。トルーマンはゴアが作家として評価を確立するまでずっと小馬鹿にしていた。今は成功の頂点にいるゴアが破滅しかかっているトルーマンを叩き潰そうとしている。

ゴアの電話の内容はジュリアンに伝えなかった。ジュリアンも聞きたいとも思わなかっただろう。私はトルーマンがそれほど好きではなかったが、痛ましくなったのは確かだ。迷った末にアンディに電話をかけた。前にも増してトルーマンと親しくなっていると聞いていたからだ。「トルーマンはパニックになってるよ」とアンディは言った。妻子ある男と泥沼の関係に陥っておかしくなっていたところへ「ラ・コート・バスク一九六五」のスキャンダルが追い打ちをかけたのだ。

「いつも泥酔していてランチを一緒にしても何を言っているかわからないくらいなんだ。でもね」アンディは照れ臭そうに笑った。「僕はずっとトルーマンのファンだったんだ。彼がデビューしてからずっとね。僕がニューヨークに出て来て最初にしたのはトルーマンの家を突き止めることだった。それから毎日郵便箱に『ハッピー・マンデー』、『ハッピー・チューズデー』、『ハッピー・ウェンズデー』と書いた葉書を直接投函し続けたし、会いたくて家の前に張り込みもした。しまいにはトルーマンのお母さんに怒られたけど。だから、トルーマンのためにできることは全部するつもりだよ」

遥かイタリアの地から私がトルーマンにできることは何もない。アンディの誠実さをいささか意外に思いつつ、私は電話を切った。

まもなくジュリアンのアルコール依存はトルーマンの失墜と歩調を合わせるように酷《ひど》くなった。昼過ぎに起き、ホテル・ヴィラ・ラウラで目覚めの一杯にグラッパを飲む。それから広場に出て本格的に飲み出し、日が暮れる頃には酩酊していたので、その度に迎えに行った。ヴィラに帰っても午前三時までゴードン・ジンをストレートで飲んで起きている。間違いなく中毒は悪化していた。私は日付が変わる頃に寝かしつけようと躍起になったが、ジュリアンは呼びかけにも応えず、黙ってグラスを口に運んでいる。服装もだらしなくなり、どこへ行くのもイヴ・サンローランのシルクのバスローブを羽織ったままだった。

この頃、『ジュリアン・バトラーのイタリア』の余波は遠くラヴェッロまで及び、「ジュリアン・バトラー詣で」にアメリカ人の読者がやってくるようになった。観光客の増加への貢献でジュリアンはラヴェッロの名誉市民になったほどだ。ジュリアンは毎日広場のバールにいたから、連中と出くわすとワインを奢って歓談していたが、どいつもこいつもヒッピー崩れのバックパッカーだった。私は読者を決してヴィラに迎え入れなかった。

6

冬に入ってからジュリアンは食物を口にしようとしなくなっていた。アル中は食事には目もくれず、酒ばかり飲む。ジュリアンはヘファイスティオンのモノローグの調整さえ放擲《ほうてき》していた。この時、ジーンがいてくれれば良かったのかもしれない。だが、ジーンがヴィラに滞在するのは四月から八月にかけてだ。私は一人で末期のアル中患者と対峙しなくてはならなかった。

その日もジュリアンは午前零時を過ぎても私の書斎のソファに寝そべって煙草を吹かし、ゴードン・ジンを飲み続けていた。私はジュリアンが栄養を摂れるように酒に添えるチケッティを作ることを思いつき、アルコールで朦朧《もうろう》としているジュリアンにトレイを差し出した。ジュリアンはフォークで突つくだけで口に運ぼうとしない。

「いい加減にしてくれ。本来だったら君が書くべき小説を私が一手に引き受けているのに当の本人は何もせず、酒に溺れている。私は君の尻拭いのために生きているのではない」

「トルーマンが気の毒なんだよ。昔からの友達があなるのは見てられないじゃない？」ジュリアンは無気力に呟いた。

「君はトルーマンではない」私は思わず声を張り上げてしまった。「トルーマンは書いた。優れた本を何冊も出した。今は書けなくなった。しかし、君は一度も本を最初から最後までまともに書いたことすらない。そもそも君は書けない」

「じゃあ、僕には才能がないって言うの？　ジョージよりも？」ジュリアンの私を見る目には怒気を孕んだ力が宿った。「『ネオ・サテュリコン』も『ジュリアンの華麗なる冒険』も『終末』も僕が喋ったものじゃない？」

「小説は書くものだ。実際に書いたのは私だ」

「そう」ジュリアンは目を伏せ、ジンのグラスを手に取った。「わかった。ジョージはそう考えているんだね」

そこで会話は途切れた。沈黙に耐えきれず、ジュリアンを残したまま、私は書斎を出て寝室に入った。

一九七六年は終わった。私は焦り狂っていた。締切まであと半年と少ししかない。それなのに私の筆は未だにインドに侵攻したばかりのアレクサンドロスをのろのろと綴っている。この時ほどジュリアンとの関係が険悪になったことはない。会話がなくなったので、言い争いすらしなかった。

新年を迎えて少し経ったある朝、私は悲鳴で目を覚ました。寝室に駆けつけると、ジュリアンはベッドの上で血まみれになって呻いている。口から血を吐いたらしい。私はシニョール・パオリーニに電話をかけて助けを求めた。シニョール・パオリーニは担架を持った若い住民二人を差し向けてくれた。ジュリアンは広場まで運ばれ、待っていた救急車でサレルノの病院に搬送された。私も同乗した。医師によれば胃にできたポリープが何かの弾みで潰れて出血したらしい。

「思い当たることはないですか?」との医師の質問にジュリアンは「寝酒にいつもどおりジンを二瓶飲んだだけだけど?」と答えた。

医師はジュリアンに禁酒を言い渡し、他にも異常があるはずだ、全身を検査すると宣言した。ジュリアンは近頃妙な空咳をするようになっていた。煙草の吸い過ぎではないか、と私が言うと、医師は肺気腫の疑いがあると言い出し、即刻禁煙するように、と付け加えた。ジュリアンは検査のために入院することになり、私は一人でヴィラに帰った。

翌朝、担架に担がれてヴィラに戻って来たジュリアンを目にして愕然《がくぜん》とした。ジュリアンはこっそり病院を抜け出し、タクシーでラヴェッロの広場まで戻って車を降りたところで力尽きて倒れた。見兼ねた住民たちがヴィラまで運んでくれたのだ。ジュリアンの呑気《のんき》な言い分はこうだった。「胃カメラは昨日飲んだし、レントゲンも撮ったから何か異常があればわかるんじゃない?」

私はイタリアに住み着いて以来、ワインやリモンチェッロを嗜《たしな》み、ささやかな飲酒の習慣を育んできたが、ヴィラからアルコールを追放しようと決意した。シニョール・パオリーニとバルのオーナーにも電話で二度とジュリアンに酒を飲ませないようにお願いした。禁煙も必要だ。広場の近くにあるタバッキにも電話し、ジュリアンに煙草を売らないように頼んだ。住民たちを呼んでヴィラからアルコールを運び出すのを手伝ってもらっていると、昼過ぎにサレルノの医師から電話がかかってきた。

「一体あの人はなんなんだ！　私にずっとおどけた態度を取って油断させておいて病院から脱走した！」

電話口で激昂する医師に、ジュリアンには私も悩まされ続けてきた、それも今日で終わりだ、彼には禁酒させるし、禁煙もさせる、と言ってなだめにかかったが、相手の怒りは収まらなかった。

「私が言いたいのはそんなことではない。病院から脱走したことも今となってはどうでもいい。レントゲンを見たら肺に巨大な影がある。肺癌の疑いがある。こんな片田舎の病院ではなく、ローマで診てもらうべきだ。病状は一刻を争う」

7

その日のうちにローマ大学付属のウンベルト一世総合病院にジュリアンを入院させた。全身の検査が行われ、イタリアの医療では治療が難しく、長年の不摂生のせいで手術自体が危険だ、と医師は申し訳なさそうに言った。私は動揺し切っていたが、ジュリアンは飄々《ひょうひょう》としていた。自分から著作権と資産は私に相続させるという遺言状を、鼻歌混じりに書き飛ばしたぐらいだ。そして、思いもかけないことを言った。「イタリアには飽き飽きしていたんだ。死ぬならいっそアメリカで死にたいじゃない？ただし、アルバーンがいないところがいいな」

私自身はアメリカに帰るのは気が進まなかったが、ジュリアンの意思を尊重した。通常の旅客機では立ち上がれなくなるほど病状が悪化したジュリアンをアメリカまで移動させることはできない。プライベート・ジェットをチャーターし、医師と看護師を同乗させてアメリカへ飛ぶことにした。『栄誉』の印税はこのフライトで消えた。アルバーンが潜んでいるはずのニューヨーク以外の受け入れ先を探し、ロサンゼルスのシーダーズ・サイナイ医療センターと話をつけた。大西洋を横断する機内で点滴に繋がれたジュリアンの手を私はずっと握っていた。ローマからニューヨークまで十時間かかり、給油を済ませるのに二時間、ロサンゼルスまでは七時間かかった。ジュリアンはプライベート・ジェットから迎えの救急車に担架で運ばれながら、満足そうに「放蕩息子の帰還だね」と言って弱々しく微笑《ほほえ》んだ。

シーダーズ・サイナイの医師は手際よく治療計画を立案した。まず一ヵ月の療養期間を置き、体力が回復したところで肺の手術を行う。その間ずっと入院させておくわけにもいかない、と医師が言うので、物件を探した。病院から車で十五分のハリウッド・ヒルズに二階建ての邸宅が安値で売りに出されていた。今、私がこれを書いている家だ。入居を決めると私はリビングを改造して病室にし、シーダーズ・サイナイの医師に紹介してもらった看護師を雇って万全の態勢を整えた。ジーンもパリからラヴェッロに立ち寄ってマリリンを回収してから、ロサンゼルスに向かうと言ってくれた。

ラヴェッロでの荒み切った生活が嘘のようにロサンゼルスでの日々は穏やかだったが、ジュリアンの食欲は戻らず、点滴の世話になっていた。酸素マスクが必要になることもあった。マリリンはジュリアンのベッドの足元にずっと張りついていた。ジーンと看護師のおかげで看病は交代制になり、私はふたたび『幻滅』のペンを執った。ジュリアンの現状とアレクサンドロスの晩年を重ね合わせてしまい、気が滅入った。アレクサンドロスは兵の反対に遭い、遠征を中止する。帰還の旅は苦難に満ちたものだった。インドを離れる際の戦闘でアレクサンドロスは瀕死の重傷を負う。その後、砂漠を二ヵ月もの間突っ切って帰路に就いた。飢えと渇きによって脱落した兵士たちは砂に埋もれて死んでいった。ペルシアに帰り着くと、インドから同行していた「裸の哲学者」カドモスが体調を崩し、生きたまま火葬にして欲しいと願い出る。カドモスは薪の上で焼かれながらアレクサンドロスに「まもなくバビロンでお会いしましょう」と謎めいた言葉を遺して死んだ。

ジュリアンはラヴェッロにいた時とは打って変わって協力的になり、ヘファイスティオンのモノローグをこまめに直し、全く動じた様子を見せなかった。万が一のことがあったら、司祭を呼ぶか訊いても「人は必ず死ぬ。それだけのことじゃない？　僕は一度死んだようなものだから、それからあとは余生みたいなものだったし。病者の塗油はいらない。葬儀も埋葬の形式もどうでもいいし。僕はいつも神様と一緒にいるから大丈夫」と平然としていた。音楽への興味も甦り、クロード・フランソワのシングル「セ・タネ・ラ」を大音響で繰り返し流した。「セ・タネ・ラ」はフランキー・ヴァリ&ザ・フォー・シーズンズの「1963年12月（あのすばらしき夜）」のカバーで、フランソワは原曲を俗悪なディスコサウンドにアレンジし、歌詞まで一九六二年の自分の成功を誉め称えるものに改変していた。私はTVでこのフランス人を観たことがある。ラメの入ったスーツでキメた小柄な中年男で、四人の半裸の女性ダンサーを従え、エアロビクスのような振り付けで踊り狂っていた。悪趣味を通り越してある種の美学に到達していたからジュリアンは気に入ったのだろう。フランソワに悩まされながら私は筆を進めた。

スーサに到着したアレクサンドロスは合同結婚式を挙行する。アレクサンドロス自身はダレイオスの娘スタテイラ二世及びアルタクセルクセス三世の娘パリュサティス二世と結婚し、ヘファイスティオンはスタテイラ二世の妹、ドリュペティスと結婚した。この合同結婚式はペルシア支配を確かなものとする政略結婚の意味合いに加えて、アレクサンドロスとヘファイスティオンの絆をさらに強化するためだった。ヘファイスティオンは帝国宰相をも任じられた。スーサをあとにし、次に向かったエクタバナでヘファイスティオンは熱病に倒れる。いったん体調が持ち直したため、医師が目を離した隙にヘファイスティオンは鶏肉と冷やした葡萄酒を口にした。病状はぶり返し、アレクサンドロスが駆けつけた時には絶命していた。ヘファイスティオンは最愛の友に看取られることなく、一人で逝ったのだ。私にはこの逸話がどうしても書けなかった。書きあぐねているうちに手術の日が近づいてきた。ジュリアンが病院へ戻る前夜、私はヘファイスティオンの死がどうしても書けない、と打ち明けた。

ジュリアンは「僕に任せて」と呟くと「口述する。煙草を吸わせて」と言った。私は躊躇《ためら》ったが、「一本くらいいいじゃない？」とジュリアンは急かした。ジーンが自分のゴロワーズをわけてくれた。ジュリアンは煙草に火をつけ、おどけて「フランス人はゴロワーズかジタンだよ」とパリで出会った時のジーンの口真似をした。ジーンは顔を両手で覆い、リビングから出て行った。マリリンは悲しげに鼻を鳴らした。

煙草を吸い終わり、ジュリアンは口述を始めた。熱病に苦しむヘファイスティオンは意識が混濁し始め、アレクサンドロスの行末を案じながら、友の名前を何度も口にしながら事切れる。見事な一人芝居を観ているようだった。私はジュリアンの語りをノートに書き留めながら歓《よろこ》びさえ覚えた。消え入るような声でヘファイスティオンの最後の言葉を語り終えるとジュリアンは激しく咳き込んだ。看護師が飛んできて酸素マスクをあてがった。

翌朝、シーダーズ・サイナイの廊下をストレッチャーで運ばれていくジュリアンを私は見つめていた。痩せこけてしまい、肌は青白くなり、初めて出会った少年の日に戻ったようだった。ただし、皺《しわ》だけが増えている。そう伝えるとジュリアンは言い返した。

「そういうジョージはあの頃の神経質そうなガリ勉とは別人じゃない？　すっかり太っ

ちゃって、昼間から広場でぶらぶらしてるイタリアのおじさんみたいに見えるよ」

私たちは微笑みあった。ジュリアンも私も別れ際にキスを交わすような感傷的な人間ではない。そっと握手をした。

「大丈夫。また会えるよ《アイ・ル・シー・ユー・アゲイン》」とジュリアンは小声で言った。

フィリップス・エクセター・アカデミーでのあの遠い日、ジュリアンが歌っていたノエル・カワードの曲だ。手術室の扉が開き、ジュリアンが運び込まれるとふたたび閉まった。私はジュリアンと二度と会うことはなかった。一九七七年四月三日のことだった。

8

私はジュリアンの遺体をただちに火葬した。火葬はカトリックの慣習に反するが、ジュリアンは埋葬の形式はどうでもいいと言っていた。葬儀を開くつもりはなかった。マスメディアに勘づかれたくなかったからだ。記者が押し寄せてきて、私とジュリアンの関係をあれこれ詮索されると考えただけで虫唾《むしず》が走る。

ニューヨークから飛んできたハーマン・アシュケナージは、マスメディア対策の一切を自分が取り仕切ると請け負ってくれた。リビングに置かれた遺灰が入った白い陶製の骨壺を見やり、ハーマンは「もうこれでジュリアンと食べ歩きもできなくなった」と言って目に涙を浮かべた。

ハーマンはジュリアンの死を公表すると同時に『終末』と『栄誉』を増刷すると言った。「ところで」ハーマンは鼻をハンカチでかんで続けた。「『幻滅』は完成しているのか？」

「ヘファイスティオンの死まで書き上げてからジュリアンは逝った」私の言葉に嘘はなかった。

「じゃあ、アレクサンドロスの死までは書かれていないのか？」ハーマンは不安げな顔をした。「未完成ということか？」

私は言葉に詰まった。ヘファイスティオン死後のアレクサンドロスをどう描くかは決めていなかった。生き残った廷臣の誰かによる後日談を付す構想はあったが、ひとまずこの問題は棚上げにしておいたのだ。ハーマンは怪訝《けげん》そうにこちらを見ている。沈黙を破ったのはジーンだった。

「ジュリアンはアレクサンドロスの死もちゃんと書いた。草稿段階ってだけ」

「ああ、そうなのか」ハーマンは納得がいっていない様子だった。「しかし、その草稿はどうやって形にするんだ？　私が編集するか？」

「ジョージがやればいいと思う」ジーンは私に目配せした。「これまでだってジョージはジュリアンの小説の下調べを手伝ったり、書いている最中もアドバイスをしたりしてたから」

ハーマンは黙って私の顔を見据えた。

「もしよければ」私は口を開いた。「私が形にしてもいい」

「それでいい」ハーマンはうなずき、帽子を手に取って立ち上がった。「来たばかりだが、私はニューヨークに戻る。ジュリアンが死んだことを公表したら忙しくなる。マスメディアは大騒ぎするだろう。不都合がないようにここの住所は隠しておく」

ランダムハウスはジュリアンの死を四月十日に公表した。TVで速報が流れ、新聞と雑誌は一斉にジュリアンの追悼記事を掲載した。ジュリアンに一貫して好意的ではなかった「ニューヨーカー」までが「二十世紀のオスカー・ワイルド」と讃えた。「タイム」はジュリアンを表紙にして特集を組んだ。一九六八年の銃撃事件の時に消えた企画が甦ったのだ。

ジュリアンの友人三人には電話で連絡した。最初はトルーマンだった。午前中だというのに彼は酔っ払っていた。トルーマンは料理の話を始めた。

「今ポテトのキャビア添えを作っているのね。ジャガイモにバターを塗ってトースターで焼いて、キャビアを載せたらできあがり。簡単だけど、とっても美味しいの」

電話はそこで唐突に切れた。続いて電話したのはゴアだった。

「フィリップス・エクセター・アカデミーで始まった長きにわたるロマンスも遂に幕切れか」ゴアがこの時ほど感傷的な口振りになるのは初めてだった。ゴアも自分に似つかわしくない台詞を発したと悟ったらしく、いつもの皮肉に切り替えた。「ところで、ジュリアンは君に看取ってもらって幸せだっただろうな。私も死ぬ時は君に看取ってもらうことにするよ」

　最後はアンディだった。アンディはひとしきりお悔やみを述べてから自分の哲学を披露した。「僕は死んだ人はブルーミングデールズ・デパートに行っていると思っているんだ。ブルーミングデールズに買い物をしに行ってるだけだって。だから、きっとジュリアンもブルーミングデールズで買い物をしているんだよ」

　ジュリアンの訃報が載っている新聞を一つ一つ確認していると「ロサンゼルス・タイムズ」の小さな記事が目に入った。「元作家リチャード・アルバーン死亡」と見出しには書かれていた。記事によればアルバーンはロサンゼルスに流れ着き、四月九日にスラム街のスキッド・ロウの簡易宿泊所で絶命しているところを発見された。死因は書かれていない。奇妙な運命の符合だった。

　ハーマンがマスメディアに居場所を知らせなかったおかげで、私は静かな環境で『幻滅』を書き終えることができた。もはやヘファイスティオンは死んでしまったのだから、その視点で書くわけにはいかない。エピローグは愛人の宦官バゴアスによる回想で綴られる形を採った。アレクサンドロス死後のバゴアスについてはよくわかっていないが、私はバゴアスが生き残り、天寿を全うした設定にした。

　ヘファイスティオンの死を嘆き悲しんだアレクサンドロスは友を半神の英雄として祀り、前にも増して酒を飲んだ。それでも王の野心は尽きることなく、次の遠征としてアラビア半島周航を企て、準備のためにバビロンに戻ってくる。バビロンに入城する前から様々な不吉な予兆が起こり、物語はより陰鬱さを増す。バビロンでもアレクサンドロスは酒に溺れた。そして、ある日発熱するとすぐに口も利けないほど病状は悪化し、後継者を指名しないまま十日後にこの世を去る。ヘファイスティオンの死から一年も経っていなかった。「アレクサンドロス様とヘファイスティオン様はご自分たちをなぞらえたアキレウスとパトロクロスのように死にました」とバゴアスは語り、王の死後、勃発した帝国の分裂、いわゆるディアドコイ戦争について触れる。エジプトを手中にしたプトレマイオスはアレクサンドロスの遺体を奪取し、首都のアレクサンドリアに埋葬した。今、バゴアスはプトレマイオスの庇護を受け、アレクサンドリアで暮らしている。バゴアスは「アレクサンドロス様の帝国は夢想家が一代で築き上げたものに過ぎず、砂上の楼閣でした」と語る。しかし、バゴアスは最後に言う。「アレクサンドロス様の成し遂げたことはかつて誰にも成し得ませんでした。これからもそうでしょう。アレクサンドロス様の死後、その不在が我々に取り憑いて離れませんでした」と。バゴアスの言葉はそのまま私のジュリアンへの真情だった。

『幻滅』を書き終えた私は原稿をハーマンに郵送し、荷造りを始めた。一刻も早くラヴェッロに帰りたかった。ハリウッド・ヒルズの家は購入したばかりだ。売りに出したら赤字は免れない。貸し出すことにした。ジーンは私のそばを離れなかった。彼女にも自分の仕事がある。私の面倒を見ていたらいつまで経っても執筆ができないから帰るよう言ったが、ジーンは聞かなかった。

引っ越しの準備が終わった日、私とジーンはマリリンの散歩に出た。猛スピードで行き交う高級車に身をすくめながら、ハリウッド・ヒルズのだらだら続く坂道の路肩を下っていった。車社会のロサンゼルスではドライバー以外の如何なる人間にも人権は認められていない。ジュリアンのためとはいえ、何故こんなところにやってきたのか、自分に苛立ちすら覚えた。私は道すがらジーンに悪態をついた。

「私は子供じゃない。もう立ち直っている。イタリアに帰るぐらい一人でできる」

「あなたは立ち直ってるって言うけど、そんな風には見えない」

「『幻滅』は完成した。一人でやっていける」

「じゃあ、あなたは今何をやってるの？」ジーンは私の顔を覗き込んだ。

「マリリンの散歩だ」私は憮然《ぶぜん》として答えた。

「じゃあ、そのマリリンはどこ？」

私は自分の足元を見た。マリリンはいなかった。私はマリリンを置いて散歩に出てしまったのだ。ジーンはそれ見たことかという顔をした。

「私、ローマまであなたを送る。イタリアに帰ればあなたは元気になると思うから」

＊＊

この回想録の登場人物のほとんどはもうこの世にいない。

トルーマン・カポーティは一九八四年に五十九歳で死んだ。アルコール中毒とドラッグ中毒の果ての死だった。『叶えられた祈り』は完成しなかった。

アンディ・ウォーホルは一九八七年に五十八歳で死んだ。胆嚢の手術を受けた翌日、あっけなく死んだのだ。今頃はブルーミングデールズでジュリアンと仲良く買い物をしているのだろう。

ゴア・ヴィダルは二〇一二年に八十六歳で死んだ。二〇〇三年に五十三年間連れ添ったパートナーのハワード・オースティンを亡くしてから酒に溺れて塞ぎ込んでいたらしい。ゴアは皮肉屋の仮面をずっと被っていたが、本性は救い難いロマンティストだったのだろう、と今になって思う。

これでこの回想録はおしまいだ。私の生涯も終わりに差し掛かっている。しかし、最後に一つだけエピソードをつけ加えさせてもらうことにしよう。

＊＊＊

「イタリア」

ジーンの囁《ささや》きで私は目覚めた。アリタリア航空の旅客機は既にローマへの着陸態勢に入っている。機内は窓からの真夏の陽光に満たされていた。

レオナルド・ダ・ヴィンチ国際空港のロビーでプロセッコを飲んだ。ジュリアンが死んでからまともに食べていなかった。空腹を覚え、カプレーゼを頼んだ。ボンゴレ・ビアンコも一皿平らげた。食事を済ませると気分は良くなっていた。

「ほら。イタリアへ帰れば大丈夫だって言ったでしょ。本当にイタリアが好きなんだから。鬱病患者はみんなイタリアに強制送還すれば治るかもってあなたを見てると思っちゃう」

ジーンは大きく手を振りながらパリ行きの搭乗口に消えて行った。

検疫を終えたマリリンを引き取り、空港からトッレ・アルジェンティーナ広場のペントハウスまでタクシーを飛ばした。主を失った寝室に入って天蓋つきベッドに座り、脇のキャビネットにジュリアンの骨壺を置いた。机上にサンタ・マリア・ノヴェッラの香水瓶が並んでいる。一つ手に取って手首に吹きかけてみた。百合の香りだ。隣にはカルティエのオイルライターも残されている。ジュリアンが何度も修理に出して使い続けていたものだ。ライターを手に取り、マリリンを連れてペントハウスを出た。

私はローマを彷徨い歩いた。パンテオンの周りをでたらめに進み、ヴェネツィア宮殿の前を通って、カピトリーノ美術館の脇をすり抜けた。今までの私はジュリアンに縋《すが》って生きていた。ジュリアンとは二度と会えない。新しい生を始めなければならなかった。気がつくと車が行き交うナツィオナーレ通りにいた。陽は沈みかけていた。坂道が続く通りを下っていくと狭く急な階段に行き当たった。

突如、近代的な街並みが途切れ、眼下に古代の遺跡が現れた。トラヤヌスの記念柱が聳《そび》え立ち、その先には見渡す限りフォロ・ロマーノの廃墟が広がっている。ローマは黄昏の光に包まれ、何もかもが黄金に輝いていた。ここでは過去と現在と未来が繋がっている。また小説を書けるだろうか。ジョージ・ジョンという名前では思うままに書くことはできない。ジュリアン・バトラーはもう名乗れない。新しい名前が必要だ。

ゆったりとした白いブラウスを着たボブ・カットの少年が壁にもたれかかって煙草を吸おうとしていた。近寄ってジュリアンのライターで火をつける。少年は幼さの残る顔で私を見上げて恥ずかしそうに「ありがとう」と英語で言った。アジア系の顔立ちだ。眉は細く切れ長の目で、流れるような髪は黒い。ショートパンツから覗く華奢な脚は滑らかで初雪のように白かった。絶えて訪れなかった欲望が首をもたげるのを感じた。

「百合の香りがする」少年はジュリアンの香水に気づいた。

「サンタ・マリア・ノヴェッラのジーリオだ。ローマは初めて?」

「うん。昨日ローマに着いたところ」少年は汗で肌にまとわりついたブラウスを鬱陶しそうに指でつまみあげた。

「ローマの夏は酷く暑い」私は舌を出して荒い息をしているマリリンを見やった。

「この子、なんて名前？」少年は屈み込んでマリリンの頭を撫でた。

「マリリンだ」

「マリリンって名前はチャウチャウには似合わないんじゃない？」少年の鈴を鳴らすような笑い声は耳に心地良かった。「僕の名前はセイラン。あなたは？」

「アンソニー」ラテン語に由来を持つ古い名が口をついた。「アンダーソン」頭韻を踏む姓があとに続いた。ほら。新しい名前だ。

「ところで」私はジュリアンが男の子を口説く時に使っていた台詞を言った。「君は世界で一番美しい男の子じゃないかな？」

セイランは顔を赤らめたが嫌そうな素振りは見せず、はにかんだ笑みを浮かべた。

それから私は新しい名前で幸福に生きた。

アンソニー・アンダーソン　ジョージ・ジョン

ジュリアン・バトラーを求めて——あとがきに代えて

ジュリアン・バトラーの小説を初めて読んだのは一九九五年、十五歳の時だ。何の気なしに家で古ぼけた『新潮世界文学小辞典』のページをめくっていてその存在を知った。ノーマン・メイラー、トルーマン・カポーティ、ゴア・ヴィダルと同世代で性的に過激な小説と歴史小説を共に手掛けていると記されていたが、項目はあっても三段組でわずか十二行。一九六六年初版の『新潮世界文学小辞典』だったから、挙げられている作品名は『ジュリアンの華麗なる冒険』までで、没年は記載されていなかった。

市立図書館で蔵書検索をしたが、一冊も置いていない。仕方なくカウンターでバトラーの小説なら何でもいいから取り寄せて下さいと頼んだ。三週間後、都立図書館から到着したのが『終末』だった。終末を予言する両性具有の教祖が権謀術数と自作自演でアメリカを滅ぼしてしまうストーリーには衝撃を受けた。これほどまでに辛辣な諷刺と諧謔で彩られた小説は読んだことがなかった。それからもない。俗語が入り乱れて綴られる異様な物語にもかかわらず、作風は何処《どこ》か優雅で、意外な結末も気に入った。

学校から程近い神保町の古書店をめぐり歩き、既に全て絶版だったバトラーの邦訳を買い集め、原書の収集も始めた。ペンギン・20thセンチュリー・クラシックス――ペンギン・モダン・クラシックスの当時の名称――がちょうどバトラーの全小説を再刊し、北澤書店に平積みになっていたのは幸運だった。

バトラーの六作の長編小説には全て邦訳が存在する。『二つの愛』（宮本陽吉訳、一九六五）、『空が錯乱する』（吉田健一訳、一九六六）、『ネオ・サテュリコン』（鮎川信夫訳、一九六七）は、オリンピア・プレスから刊行された出版物を主なラインナップとする河出書房新社の「人間の文学」に収録されている。最初に読んだ『終末』は日夏響の翻訳で一九八〇年に国書刊行会から出版されたものだ。『ジュリアンの華麗なる冒険』（柏書房、永井淳訳、二〇〇八）と『栄誉』と『幻滅』を合本した『アレクサンドロス三世』（多田智満子訳、国書刊行会、二〇〇二）も遅ればせながら今世紀になって出版された。フランス文学の翻訳で知られる詩人、多田智満子が英語の小説の邦訳を手掛けたのはロバート・グレーヴズの『この私、クラウディウス』とこの『アレクサンドロス三世』のみだ。現在はどの邦訳も絶版で入手困難になっている。

日本でのバトラーの知名度は高いとは言えない。アメリカ本国と日本での作家に対する評価には大きな乖離がある。例えば、数々のベストセラー小説を世に問い、エッセイ集『ユナイテッド・ステイツ』で全米図書賞を受賞し、第二次世界大戦後から二十一世紀初頭までアメリカ文学の悪役《ヒール》として著名だったゴア・ヴィダルすら九作品ある長編小説の邦訳は一つ残らず絶版で、日本でよく知られているとは言い難い。ノーマン・メイラーは英語圏ではほぼ全著作が現在でも新刊で入手可能で電子書籍化もされているが、戦後の日本で持《も》て囃《はや》され、ほとんどの作品が邦訳されたのに今はどれも絶版だ。ジュリアン・バトラーにも同じことが起きていた。

CiNiiでは日本でのバトラーに関する研究は一つしかヒットせず、一九五五年に関西学院大学が発行している「英米文学」に掲載された「アメリカのペトロニウス――ジュリアン・バトラー『ネオ・サテュリコン』におけるパロディの分析」という論文しかない。執筆者は無名の研究者で、それ以外に検索で論文は引っかからなかった。自著でバトラーに言及している日本の作家は同時代を生きた吉田健一と三島由紀夫だけだ。主に英文学の批評と翻訳で知られる吉田が、珍しくアメリカ文学を論じた『米国の文学の横道』（垂水書房、一九六七）に収録された「ジュリアン・バトラアに就て」で自ら訳した『空が錯乱する』を評している。米国の文学ではなく、オスカー・ワイルドやイーヴリン・ウォーといった英国の文学の影響がバトラーの文体には色濃いと吉田は見做《みな》し、『空が錯乱する』というタイトルはハクスリーの詩「ネロとスポルス」（吉田の表記に従えば「ネロとスポラオス」）から来ていると指摘した。三島由紀夫は『ネオ・サテュリコン』を邦訳刊行前に原書で読み、エッセイ集『不道徳教育講座』（中央公論社、一九五九）のなかでニューヨークにおける同性愛のアンダーグラウンドの描写を賞賛している。

日本での言及があまりに少ないため、当時は発達していたとは言い難いネットを駆使して英語圏の情報に手を伸ばさざるを得なかった。Ｗｅｂ上の英語の書評やプロフィールをまとめた記事は日本とは比べ物にならないほど豊富で、バトラーは機知に富んだ優雅にして猥雑な諷刺小説家、該博な古典教養に支えられた歴史小説家としてだけではなく、その華麗な生涯でも著名だったことを知った。一九二五年に上院議員の父、ハリウッドの大物プロデューサーの娘だった母の間にワシントンD.C.で生まれ、幼少時代を政財界の中心で過ごしたれっきとした上流階級出身だが、一九四八年にパリのオリンピア・プレスからポルノ作家としてデビューし、早々に同性愛を公言してマスメディアに女装でその姿を晒《さら》し続けた。生前は作風の過激さから「反アメリカ的」、「その小説は精神的な虚無と腐敗から生み出されたもので、完全に無意味」、「カトリックのオカマ野郎」とまで罵倒され、右派からも左派からも、カトリックからもプロテスタントからも非難を浴びた。アメリカでは一九六〇年まで著作が発禁だったが、現在英語圏では「二十世紀のオスカー・ワイルド」、「同性愛文学のゴッドファーザー」、「性革命の先駆」と目されている。ノンクレジットながらバトラーが原作と脚本を担当したウィリアム・ワイラー監督、モンゴメリー・クリフト主演の『ネロ』（一九六〇）は映画史に残る古典で、ケン・ラッセル監督、ツイッギー主演で映画化された『終末』（一九七〇）もカルト映画になっている。バトラーはアメリカとフランスとイタリアを拠点に世界中を旅した作家で、小説家のリチャード・アルバーンとの歴史的な対立、銃撃事件から奇跡の生還をするも五十二歳で早過ぎる死を迎えるという波乱に満ちた人生を送った。本国アメリカでは一九九〇年代から今に至るまでクィア・スタディーズの研究者による論文が数多く発表されている。ペンギンから新版が再刊された時も、英語圏の文芸欄を持つ多くの新聞や雑誌に書評が掲載された。現在でもWeb媒体にバトラーの小説についての記事が出ることは多い。

バトラーを読み始めた一九九〇年代はエドマンド・ホワイトを中心に海外のゲイ小説の翻訳が盛んで、ゲイ・ムーヴメントも隆盛を迎えていたが、未だ同性愛は日陰の存在だった。当然ながらバトラーが生きた時代のアメリカはもっと抑圧が激しかったにもかかわらず、バトラーは同性愛を堂々と肯定している。女装の男娼の悲劇『二つの愛』も退廃的な諷刺小説『ネオ・サテュリコン』もそうだ。歴史小説の『アレクサンドロス三世』と『空が錯乱する』は同性愛がありふれていた古代ギリシアとローマを舞台にしている。虚々実々の半自伝小説『ジュリアンの華麗なる冒険』や『終末』は同性愛を恥じるどころか、むしろ誇っている。ジュリアン・バトラーを読むことは世界観を変えてしまう体験だった。しかし、僕はそういった側面のみに心惹かれていたわけではない。同性愛を肯定的に捉えている小説家ならば、それこそエドマンド・ホワイトでも構わないはずだ。ジャンルとしてのゲイ小説というゲットーが形成される前に執筆活動を行ったバトラーの小説は一般読者に向かって書かれ、挑発的だがポップで開かれていた。アメリカ文学よりはイギリス文学の影響が窺われる洗練された技巧にも裏打ちされていた。哄笑《こうしょう》をあげているかのようなブラック・ユーモアに溢れたキャンプ趣味にも魅了された。バトラーの小説は少年時代の僕にとって秘密の友人のような存在だった。ジュリアン・バトラーは僕が生まれる三年前にこの世を去ってしまっていたが、世界で最も会いたかった小説家だった。

しかし、その小説を原文で何度となく精読していくうちに、機知に彩られた『二つの愛』と『ジュリアンの華麗なる冒険』と『終末』、冷徹で虚無的な『空が錯乱する』と『アレクサンドロス三世』には歴然とした違いがあるように思えてきた。文章の癖は同じだが、前者の作品に見られるスラングを多用した口語的な語りと実験的な構造は後者で鳴りを潜め、古典教養の裏付けがある語彙で綴られている。『空が錯乱する』はバトラーの小説で唯一、三人称が用いられているし、『アレクサンドロス三世』は一人称だが陰鬱で機知の閃《ひらめ》きがあまり見られない。ペトロニウスを下敷きにした『ネオ・サテュリコン』では例外的に二つの作風が幸福な調和を見せている。

奇妙な事実にも気づいた。バトラーは長編小説六作以外、何一つ「書いた」ものを残していない。短編もエッセイも評論もなかった。小説の他には数々の媒体で行われた膨大なインタビューを集成した七百ページもの『ジュリアン・バトラー全発言』が一冊あるだけだ。少年時代から亡くなる直前までの目もあやなバトラーの写真が多数収録され、どのインタビューもウィットに富んでいて愉快だったが、嘘とも誠ともつかない放言が目立つ。編者はジョージ・ジョンという聞いたこともない文芸評論家だった。ジョンの他の著作のなかにはバトラーについて唯一単著として出版された評論集『ジュリアン・バトラーのスタイル』があった。『ジュリアン・バトラーのスタイル』ではバトラーの全小説の緻密な分析は行われているものの、バトラーその人については触れられていない。飽くまで作品論だった。バトラーに関する評論はもう一冊『ジュリアン・バトラー

――『規則を書き換える』というアンソロジーがある。これもジョージ・ジョンによって編まれたものだった。『規則を書き換える』はゴア・ヴィダル、アンソニー・バージェス、ハロルド・ブルーム、イタロ・カルヴィーノ、マリオ・プラーツら名だたる文学者が執筆しているが、どの評論も長いものではない。学術誌に掲載された多数のクィア・スタディーズの論文はどれも作者であるバトラーの伝記的な事実とは切り離されたテクスト分析で、その一つとして単著にも共著にも収録されて出版されたことはない。ジュリアン・バトラーの生涯はわからないことが多過ぎた。

バトラーに関する三冊の書籍を発表しているジョージ・ジョンが鍵を握っているかもしれないと考え、調べ始めた。すぐにジョンは文芸評論家として知る人ぞ知る存在だとわかった。評論の邦訳はなかったが、ロスト・ジェネレーションの作家を偏重するアメリカの文学界で、第二次世界大戦後に登場したバトラー、トルーマン・カポーティ、ゴア・ヴィダル、ポール・ボウルズ、ウィリアム・バロウズ、ジェイムズ・ボールドウィン、ジーン・メディロスの価値をいち早く認め、彼らの守護聖人の役割を果たしたと評されていた。アメリカでは無名だった多くのイギリス作家に再評価の光をあて、イタロ・カルヴィーノやウンベルト・エーコといった現代イタリア文学の英語圏への紹介者でもあった。ギリシア・ラテン文学から最新の文学に至るまで多くのエッセイを残し、最近まで旺盛な評論活動を続けていたらしい。ジョンが著した評論集は『ジュリアン・バトラーのスタイル』を含めて十冊に及び、一九九五年に全評論を集成した千二百ページの大著『文学への航海』で全米批評家協会賞を受賞。以降の著作はない。現在、イタリア、ラヴェッロ在住。

ジョンが元々は小説家だったことも知った。一九五九年、長編小説『かつてアルカディアに』でイギリスの出版社でデビューし、翌年同作はアメリカでも刊行され、六一年にウィリアム・フォークナー賞を受賞している。『かつてアルカディアに』はマイナーな古典となったが、ジョンは『かつてアルカディアに』以前に様々な雑誌に発表していた短編を集めた『古い日記から』を六二年に刊行してから、小説家としては完全に沈黙し、評論家に転じた。『かつてアルカディアに』は一九七二年の映画化と同時に河出書房新社から翻訳が出ている。絶版だったので古書店で購入してみた。叙情的で緻密な文体には感心したが、何かが足りない。抑制され過ぎていて小説全体が小さくまとまっている。『古い日記から』も原書で読んだが、感想は変わらなかった。

しかし、アメリカから取り寄せた電話帳のようなサイズの『文学への航海』は名著だった。評論家としてのジョンは明晰で博識で意地悪なユーモアに溢れていた。古代から現代までの西欧文学はもちろん、東洋文学にも通じており、ペトロニウスや十八世紀イギリス小説を論じたかと思えば、『金瓶梅』や三島由紀夫を語るといった博識振りだった。評価する作家に関しては徹底的に誉めるが、評価しない作家に関してはこき下ろす。批判の舌鋒は鋭かった。ヘミングウェイが大嫌いで、模倣した多くの後続の作家たちを「ヘミングウェイ男根中心主義症候群に感染している」と腐すほどだった。

ジョンは概してアメリカ文学を評価していないようだった。古典ではエドガー・アラン・ポー、ヘンリー・ジェイムズ、ナサニエル・ウエストが例外で、メルヴィルもホーソーンも認めていない。「知性に欠けた夢見がちなロマン主義者たちによる二流の文学」というのが、ジョンのアメリカ文学総体への評価だった。同世代の作家を除くとジョンが二十世紀半ばのアメリカで賞賛するのはウラジーミル・ナボコフのみ。ナボコフは英語で小説も書いたが、元々はロシア人だ。カルヴィーノやエーコは買っていたが、アメリカのポストモダン小説には否定的で「カート・ヴォネガットとフィリップ・K・ディックぐらいしか良いものが見当たらない」と書いていた。アメリカの批評理論にも一切興味なし。『ジュリアン・バトラーのスタイル』の共著者ハロルド・ブルームすら「権威なき時代の権威主義者」と呼んでからかっている。ミニマリズムやジェネレーションXには洟《はな》も引っ掛けない。ただし、ブレット・イーストン・エリスの『アメリカン・サイコ』には興味を示し、「ブレット・イーストン・エリスは『アメリカン・サイコ』以外一語も読むに値する小説を書いていない」という嫌味な書き出しではあるが、長い論考を書いている。二十世紀のイギリス文学には好意的だった。イーヴリン・ウォー、アンソニー・バージェス、マーティン・エイミスを論じ、ジャネット・ウィンターソンは絶賛だった。

僕はジョンの見解に全面的に同意はしないが、彼から学んだことは大きかった。師と言っても過言ではない。ジョンの影響で、ギリシア・ローマの古典や、十八世紀と十九世紀末から二十世紀のイギリス文学に親しむようになった。同性愛文学の系譜を知ったのも間違いなくジョンのおかげだ。

『文学への航海』の白眉は最終章として再録された『ジュリアン・バトラーのスタイル』だった。初読時に真価に気づかなかった自分を恥じた。ジョンは自分が書いたかのようにバトラーの小説を知悉《ちしつ》していた。バトラーの全作品を単語レベルまで分析し、仕掛けられた夥《おびただ》しいオマージュ、パスティーシュ、パロディの下敷きになった作品を一つ一つ提示し、ゲイやジャンキーのアンダーグラウンドからバトラーがそれまでのアメリカ文学では使用されていなかった多くの主題と語彙をもたらしたことを証明している。「バトラーはそれまで周縁だった領域から新しい言葉を持ち寄り、変容する社会と共振し、文学の規範を書き換えていった」とジョンは定義し、「伝統を知り尽くしていたからこそ、バトラーは小説を変革した」と結んでいる。『ジュリアン・バトラーのスタイル』の前では、数々のクィア・スタディーズによる論文は色褪《いろあ》せて見えた。研究者たちは自分の思想のダシにバトラーの小説を扱っているだけだったからだ。

ジョンはバトラー以上に謎めいた人物だった。マスメディアにはデビュー以来、全く姿を現さない。フォークナー賞の授賞式には「フォークナーが嫌いだから」という理由で欠席。全米批評家協会賞の授賞式にもイタリア在住を盾に出席していない。顔写真も『かつてアルカディアに』のそでに小さく刷り込まれている著者近影しか公表されていなかった。残された画素の粗い写真には分厚い黒縁眼鏡をかけた地味で神経質そうな青年が写っている。

出版社による著者プロフィール、新聞や雑誌の書評、論文への引用以外で、ジョンに言及したものは、フィリップス・エクセター・アカデミーでバトラーとジョンの同級生だったゴア・ヴィダルの回想録『パリンプセスト』のみだ。ジョンはフィリップス・エクセター・アカデミー時代の記述とともにわずかに登場する。ヴィダルは次のように書いている。

フィリップス・エクセター・アカデミーでクラスメイトだったジョージ・ジョンは哀れなほど内気で寡黙な生徒だった。ガリ勉で英語と歴史の成績はトップだったが、数学の成績は酷いもので、運動神経はゼロだった。クソ真面目な彼のことを私はジョージ・サンタヤナの小説から採った「最後の清教徒《ザ・ラスト・ピューリタン》」というあだ名で呼んでいた。一方、ジュリアン・バトラーほどの放蕩者を私は見たことがない。彼は軽薄極まりなかったが、美しい少年だったことは確かだ。私とジュリアンは縁戚関係にあり、同性への興味をともにしていたので、親しくなった。在学中、フランス語で芝居をやることになり、オスカー・ワイルドの『サロメ』を演出した時、ほんの悪戯心からジュリアンをサロメ、ジョージをヨカナーンにキャスティングした。ジュリアンに翻弄されて挙動不審になったジョージは見ものだった。それが契機となり、二人は生涯の友となった。

卒業後、ジュリアンは海軍に入り、ジョージはコロンビア大学へ行き、二人はしばらく会うことはなかったが、ジュリアンが小説を書くようになると、「ニューヨーカー」次いで「エスクァイア」に就職したジョージは友人の私設編集者兼エージェントになった。ジュリアンの『ネオ・サテュリコン』を「エスクァイア」に掲載したのはジョージだ。そのせいで彼は「エスクァイア」をクビになり、「パリ・レヴュー」に移籍したのち、小説家になった。彼の小説『かつてアルカディアに』の登場人物の一人は私をモデルにしている。ジョージはコロンビア大学の創作科で教鞭を執ったこともあったが、アカデミズムにうんざりしてジュリアンとイタリアへ渡り、小説を書くのを辞めて評論家になった。

ジョージのジュリアンへの献身ぶりは傍《はた》から見ていても羨ましいほどだった。ジュリアンが死んだ時、ジョージに「私も死ぬ時は君に看取ってもらうことにするよ」とジョークを言ったが、半分ほどは本心だ。ジョージの全人生はジュリアンに捧げられていた。今でも彼は亡き友の文学的評価と著作権という名の墓を守っている。私はアメリカとイタリアを行き来しているので、ラヴェッロで隠者同然に暮らすジョージとは今でもしばしば顔を合わせる。二度とアメリカに帰る気はないそうだ。この前、顔を合わせた時も「あんな不快な国は他にない」とジョージは苦々しげに言った。私もその意見に賛同する。しかし、これ以上、彼の私生活について書くのは控えさせてもらおう。ジョージの趣味は訴訟で、私にとっても訴訟は個人的な悦《よろこ》びの一つではあるが、多忙な私は有閑な彼に法廷で勝てる気がしない。

バトラーとジョンは公私にわたって密接な関係にあったらしい。ジョンに会って話を聞いてみたくなった。しかし、機会がない。バトラーはカポーティ、ヴィダル、メイラーと同様にメディアの寵児《ちょうじ》で、その三人の誰よりも小説でも人物でも奇矯だった。生真面目な日本のアカデミズムや海外文学の読者には受け入れられそうもない。バトラーの小説を読んでいる日本の現役の作家や評論家は僕の知る限り一人もいない。ジョンは日本では完全に無名だった。僕は二〇一一年に文芸評論家としての仕事を始めたが、どの媒体にもバトラーやジョンのことは書けなかった。

契機がめぐってきたのは二〇一四年の十二月だった。オリバー・ストーンが『ネオ・サテュリコン』の映画化に着手しているニュースをネットで目にした。既に撮影は終了してポスト・プロダクションに入り、翌年六月に世界同時公開されるという。脚本はストーンと共にあのジョージ・ジョンが担当している。僕は最初の単著を出したばかりで、経済的な余裕がわずかにあった。この機を逃せばバトラーとジョンを日本に紹介するチャンスは二度と来ないだろう。ジョンは今年八十九歳になる。あまり時間はない。ラヴェッロのジョンをインタビューのために訪ねることにした。発表する媒体はあとから探せばいい。国書刊行会の『アレクサンドロス三世』と柏書房の『ジュリアンの華麗なる冒険』はタトル・モリエイジェンシーを介してジョンと交渉のうえ、出版されていた。

タトル・モリを経由すればバトラーの著作権を管理しているジョンに接触できるはずだ。電話をかけて交渉を依頼した。担当者は「弊社は翻訳の仲介を業務にしており、面会の交渉は前代未聞だ」とお怒りだったが、こちらのしつこさに根負けしてラヴェッロのジョンに連絡してくれることになった。ただ、ジョンはPCを持っていないため、手紙で交渉するので時間がかかるかもしれない、と言われた。僕はジョンに宛てる手紙に住所、電話番号、無駄だと思ったが一応メールアドレスも添えて、タトル・モリに託した。十五歳で『終末』を読んでから三十四歳の今までジュリアン・バトラーの小説を読み続けていること、ジョンの著作も全て読んでいることを記した。三ヵ月待っても返信はなかった。担当者に国際電話を何度もかけてもらったが、繋がらないと言われた。ジョンはこれまで一度もインタビューを受けたことがない。わざと返事をしない可能性がある。一か八かアポイントメントなしでラヴェッロのジョンに会いに行くことに決めた。翌二〇一五年の三月にイタリア語も話せないのに、トランク一つを持って成田からローマへの直行便に搭乗した。

『ジュリアン・バトラー全発言』を精読し、YouTubeにアップロードされていた『ジュリアン・バトラーのイタリア』も何度も観返してネット上の情報と照らし合わせ、下調べは済ませてある。ラヴェッロのジョンのヴィラに辿り着く自信はあった。到着したレオナルド・ダ・ヴィンチ国際空港からタクシーでローマ・テルミニ駅まで行き、駅近くの安ホテルにチェックインした。これまで訪れたことのあるフランス、ロシア、スペイン、アメリカと比べても、イタリアは別世界だった。日常が営まれている都市の至るところに巨大な遺跡が平然と横たわっている。ローマでは古代が今と同居していた。

その日のうちにバトラーが住んでいたトッレ・アルジェンティーナ広場に赴き、それらしきペントハウスも特定してデジタルカメラに収めた。スペイン広場に程近いアングロ・アメリカン書店にも立ち寄った。ローマ随一の英語専門書店だ。特に英文学に強く、ゼイディー・スミスのサイン会も開かれたことがある。

書店にはバトラーのペンギン・モダン・クラシックスから出た新しい版もあり、つい全冊購入してしまった。店員によれば、バトラーはイタリアに住んでいたからこの国でもよく読まれているという。棚には以前から興味があったマックス・ビアボーム、ロナルド・ファーバンク、P・G・ウッドハウス、デヴィッド・マドセン、アンソニー・アンダーソンなどが大量に並んでいた。棚ごと買い占めたいぐらいだったが、財布と相談して三十冊で妥協した。購入した本はトランクに入り切らず、日本に船便で運んでもらうことになった。イタリアまで来て英語の書籍を買い込んだのは我ながらおかしな話だった。

翌朝、ローマ・テルミニ駅から列車でナポリまで行った。バトラーが『アレクサンドロス三世』の着想を得たナポリ国立考古学博物館を訪れ、アレクサンドロス・モザイクを見物した後、ランチにピッツァ・マルゲリータを食べてぶらぶら歩いていると、ナポリ中央駅の辺り一帯にはギャングスターのようなファッションの麻薬の売人らしき男た

ちがあちこちに立っている。ナポリはマフィアが絡むゴミ問題で治安が悪化していると
いうニュースを思い出した。慌ててタクシーを呼び止めてラヴェッロを目指した。一時
間半ほど険しい山道を走り抜けてからドライバーはトンネルの前で僕を降ろし、ここか
ら先は歩くしかない、と言って走り去った。心細くなってトンネルの暗闇をとぼとぼ歩
いて行くと、こぢんまりとした広場とドゥオーモが現れた。トンネルを出てすぐの右の
壁にはゆうに三メートルはありそうなバトラーのポスターが貼ってあった。『ジュリア
ン・バトラーのイタリア』でフィルムに収められた晩年の姿そのままだった。ポスター
には「ラヴェッロにようこそ。ジュリアン・バトラー」と数ヶ国語で大書してあった。
バトラーはこの街の観光資源になっているらしい。広場には『ジュリアン・バトラーの
イタリア』でバトラーが地元の住民とお喋りしていたバールのテラス席があった。僕は
店の奥でレジをいじっているエプロンをかけた大柄な中年の女性に声をかけた。
「ジュリアン・バトラーをご存じですか？」
「ジュリアン・バトラーはとっくに死んだよ！」女性は大声で言った。南イタリアは英
語が通じないことが多いと聞いていたので、英語の答えが返ってきて安心した。「もし
かして日本人？」
「はい。ミスター・ジョンに会うためにここまで来ました」
女性は目を剝《む》いた。「日本から先生《イル・マエストロ》に会いに来た？　そんな人は初めてだ！」
「先生《イル・マエストロ》って誰のことですか？」

「シニョール・ジョンのこと。いつも気難しそうな顔をしていたからね。シニョール・バトラーは歌手《イル・カンタンテ》。いつも歌っていたから。酷い酔っ払いだったけどかわいかった」

女性は懐かしそうだった。

「それで先生《イル・マエストロ》のヴィラはどこです？」

「先生《イル・マエストロ》は引っ越したよ。一年前にアメリカに帰った！」

ジョンはアメリカが大嫌いだったはずだ。膝から崩れ落ちそうになって、レジカウンターに摑まりながら、ジョンに手紙を送ったが返事がないのでラヴェッロまで来たこと、バトラーの小説をもう二十年読んできたことを必死に訴えた。女性は「ちょっと待っててね。今、シニョール・ジョンの友達を呼んであげるからね」とどこかに電話をかけた。イタリア語で何やら話してから「来るって」と僕に笑いかけた。

僕は勧められるままテラス席に座り、レモンの果汁が混ぜてある酸っぱいオレンジジュースを飲みながら、正体不明の「シニョール・ジョンの友達」をそわそわしながら待った。二十分が経った頃、広場の隅の階段を長身の老人が足早に下りてくるのが見えた。

「シニョール・パオリーニだよ。先生《イル・マエストロ》の友達！」女性はバールの奥から叫んだ。

フリースとジーンズに身を包んだ老人は頭髪を完全に失ってはいたが、『ジュリアン・バトラーのイタリア』でこのテラス席に座り、バトラーと歓談していた正にその人だった。僕は立ち上がってお辞儀し、自己紹介とこれまでの経緯をまくしたてた。シニョール・パオリーニは気圧《けお》された表情で「わかった。わかった。ジョンのヴィラの今のオーナーは私だ。これから案内してあげるから」と英語で言った。

ヴィラは街の外れにあるという。道すがら話をした。シニョール・パオリーニは七十九歳。現在は三つのホテルとジョンから託されたヴィラのオーナーだった。何故ジョンがアメリカに帰ったのか訊《き》くと「ジョンはずっと足を悪くしていたんだが、とうとう車椅子になってしまった。ラヴェッロでは徒歩しか移動手段がない。歩けない人間には暮らせないんだ」歩きながらシニョール・パオリーニはこちらを振り返って言った。「日本からヴィラ宛に手紙を送ってきたのは君か？　ジョンは警戒心が強い人間だ。自分の仕事相手と友人はみんなアメリカの住所を知っているから、ヴィラに届く手紙は全部処分してくれ、と頼まれたんだが、日本の企業から手紙が届いたことなどなくてね。どうしたものか、と思っていたところだったが、私からの手紙も添えてアメリカに転送してあげよう。だが、ジョンは秘密主義だから、君にその住所を教えるわけにはいかない。付き合いの長い私が口添えしてもインタビューを承諾するかどうかはわからない。一筋縄ではいかない人間なんだ」

両脇に古風な白亜の邸宅が立ち並んでいる急な階段を進んで行くと、ロバを連れている住人とすれ違った。狭い階段だらけのラヴェッロは重い荷物を運ぶために今でもロバを使うんだ、とシニョール・パオリーニは言った。

僕はシニョール・パオリーニから見たジョンについて訊いた。「彼はラヴェッロの住民と打ち解けて《ファミリア》いましたか？」と言うと、シニョール・パオリーニは「打ち解けて《ファミリア》いる」

を「家族《ファミリー》」と勘違いし、「ジョンはゲイだ。バトラーもゲイだ。家族なんかいない」と「ゲイ」という単語を連呼した。予想外ではなかったが、ジョンがゲイだったとは初めて知った。

「ジョンはヴィラに引き籠もっていた。パートナーのバトラーとは対照的だ。バトラーは社交的なナイスガイで大抵ラヴェッロの広場にいたから人気があった。だから、名誉市民にもなった。素晴らしい歌手《イル・カンタンテ》だったよ。ジャズ、ポップス、ロックなんでも歌った。ジョンは偏屈で変人だった。イタリア語は読めたし、聞き取れたんだが、どうしてなのかイタリア語を話すのを嫌がった。イタリア語で話し掛けられると英語で答えるんだ」

三十分後、ヴィラに到着した。門の先には細い道が延々と続く。道の左側は断崖絶壁だった。眼下には段々畑と果樹園、そしてアマルフィ海岸が広がっていた。『ジュリアン・バトラー全発言』の写真で見た通路が視界に入った。

「ヴィラ専用のアマルフィへの直通階段だ。ジョンは足を悪くするまでこの階段を使ってアマルフィまで散歩するのを日課にしていたんだ」僕は階段を下りてみようと走り寄ったが、シニョール・パオリーニに制止された。「今、そこは閉鎖しているから入っちゃ駄目だ！　ヴィラは改修中なんだ」

小径《こみち》は途中から階段になり、やがて芝生に覆われた庭園が現れた。プールや東屋《あずまや》もある。庭園は工事のための足場が組まれた巨大な白い母屋へと繋がっていた。ヴィラは垂直な崖にへばりつくように建っている。

シニョール・パオリーニは入ってすぐの大きな部屋に僕を招き入れた。壁紙は剝ぎ取られ、机と椅子と本棚しか残っていない。「ジョンとバトラーの書斎だよ。本棚を見てごらん。二人の著書が世界各国で翻訳されたものも含めて揃っているだろう？　ジョンはバトラーと自分の本を言語ごとに一冊ずつ残して、三万冊の蔵書をアメリカに持ち帰ってしまったが」邦訳されたバトラーとジョンの著作も並んでいる。「机に予備のタイプライターも置いていった」

机の前に腰掛け、シニョール・パオリーニにデジタルカメラで写真を撮ってもらった。書斎を見終わったあと、シニョール・パオリーニは七十九歳とは思えない敏捷さで階段を駆け上りながら言った。

「他にも部屋がたくさんあるので急ごう。日が暮れてしまう。ヴィラは改修中で照明がないんだ」

どの部屋も壁紙が剝がされてブルーシートで覆われ、木材が散乱していた。最後にバルコニーに案内してもらった。高所恐怖症の僕には脚が震えるほどの眺望だった。三月の澄み切った空と足下に広がるティレニア海の碧さは同じ色彩だった。

ヴィラをあとにすると夜になっていた。シニョール・パオリーニは自分の所有しているホテル・ヴィラ・ラウラに泊まるといい、オフ・シーズンだから空室がある、と言った。晩年のバトラーはこのホテルのテラスで昼間から酒を飲んでいたらしい。ディナーにはクンパ・コジモというトラットリアを推薦された。アマルフィ一帯は魚料理が名物だが、オーナー夫妻は肉屋も経営しているから、肉料理も美味しいらしい。クンパ・コジモではネッタという経営者の老婦人が給仕をしてくれた。「ジュリアン・バトラーとジョージ・ジョンを知っていますか」と訊くと「二人は常連でしたよ」と気さくに答えてくれた。僕は店内の写真を沢山撮ったが、ネッタは嫌な顔一つせず、にこやかだった。前菜はカプレーゼ、プリモ・ピアットにはボンゴレ・ビアンコ、セコンド・ピアットのビステッカは評判通り絶品だった。白ワインのデカンタをつけても三十ユーロもしなかった。

翌朝、ホテルのフロントでシニョール・パオリーニが待っていた。「さっきアメリカのジョンに私の手紙を添えて君の手紙を転送した。実はジョンはPCを持っているんだ。自分では使えないがね。秘書がEメールで出版社との交渉などの連絡をやっている。PCを持っていないから手紙を送れ、というのは、ごく親しい友人や仕事以外の人間を遮断するための口実だ。私もメールアドレスは教えてもらっていないから、手紙でやり取りしているぐらいだ。ここからアメリカまでエアメールは十日ほどで届く。ジョンが手紙の内容を確認したら、君のメールアドレスに秘書からEメールが届くだろう。返信まで二週間程度と考えればいい。ただし、ジョンがインタビューの申込みに応じるつもりがなかったら、何の返事もないことは覚悟しておいた方がいい」

僕は礼を言うと、今日ラヴェッロを発つと告げた。シニョール・パオリーニは握手の手を差し伸べてから言った。

「ところで、ヴィラは現在改装中なんだが、あまりの広さに買い手がつかないでいる。敷地が四ヘクタールもあるんだ。改装が終われば部屋が二十、バスルーム七、ジャグジー、サウナ、マッサージパーラー、プール、東屋を擁したヴィラになる。そして何といっても、どのテラスからも地中海を見渡せるのが売りだ。価格は三千万ユーロだ。ジョンはあのヴィラを四十年以上前に三十万ドルで私から買ったんだが、私に権利を戻す時には二千万ユーロで売ると言ってきた。物価の上昇に加え、ジュリアン・バトラーが住んでいたというプレミアがついただろう、と言うんだ。確かに有名人が住んでいた家は高く売れる。仕方ないから払ったよ。おまけに改修をしなければいけない状態だったから、酷くコストがかかっている。三千万ユーロで売っても私の利益は大した額にならない。日本人は金持ちが多いと聞く。誰か君の友人で買い取ってもいいという人間はいないだろうか？」

　日本は四半世紀前から不景気で、三千万ユーロを出せる友達はいない、と僕は説明しなければならなかった。シニョール・パオリーニは「日本人も大変だね」と苦笑いして執務室に引っ込んだ。

　ホテルの送迎車でナポリに戻った。中央駅に乗りつけてもらい、そのまま鉄道でフィレンツェを目指した。ジョンから返事があっても二週間なら『ジュリアン・バトラーのイタリア』をなぞる旅をすればいい。フィレンツェに着くなり、バトラーの真似をしてサンタ・マリア・ノヴェッラ薬局でお土産を買い漁ろうとしたが、日本にある支店より遥かに安いとは言え、高級店に変わりはなかった。僕はバトラーが『ジュリアン・バトラーのイタリア』でいくつも買い込んでいた百合《ジーリオ》の香水を一つだけ買って店を出た。

フィレンツェに一週間ほど滞在後、鉄道でヴェネツィアに移動してサン・マルコ広場近くのホテルに泊まった。目的地は『ジュリアン・バトラーのイタリア』のラストシーンでバトラーとカポーティが最後の会見をしたハリーズ・バーだった。ヘミングウェイ、オーソン・ウェルズも足繁く通い、盛名を馳せているバーには看板すらなかった。扉に素っ気なく書いてあるＨＡＲＲＹの文字に気づかなかったら通り過ぎてしまっただろう。小ざっぱりとした制服に身を包んだウェイターは全員流暢な英語を話した。オフ・シーズンだったからか客は少ない。一階のカウンターでカポーティが好んだマティーニを頼んだ。ハリーズ・バーのマティーニはカクテルグラスではなく、脚のない丸いグラスに注がれる。そのぶん量は多い。ダブルどころかトリプルと言っていい。そのうえ、レシピはジン十にベルモット一の割合だ。一杯で十七ユーロするが、三杯も飲めば充分酔った。サービスで出してもらったオリーヴやチーズ・トーストも美味しかった。居心地の良さも手伝って一週間ハリーズ・バーに通い詰め、マティーニだけで粘った。ウェイターは毎日通ってくる日本人を迷惑がったのか面白がったのかはわからないが、話し相手になってくれた。最年長のバーテンダーはカポーティやヴィダルと話したことがあった。カポーティと面識のない若いウェイターは「トルーマン・カポーティってトルーマン大統領の親戚でしょう?」と言ってきた。僕は「トルーマンはファースト・ネームであり、カポーティがラスト・ネームです。トルーマン・カポーティとトルーマン大統領は何の関係もありません」と訂正した。何故こんなデマが流布されているのかわからなかった。

六日目の午後七時頃、仕立ての良い濃紺のスーツを身に纏った長身のダンディな紳士が姿を現した。ウェイターが僕に耳打ちした。「シニョール・チプリアーニだよ」ハリーズ・バーの二代目オーナー、アリーゴ・チプリアーニだった。シニョール・チプリアーニは八十歳を超えていたが、引き締まった体つきで、背筋を綺麗に伸ばしている。僕は彼が書いた『ハリーズ・バー——世界でいちばん愛されている伝説的なバーの物語』を読んでいた。握手を求め、写真も撮らせてもらった。シニョール・チプリアーニは愛想良く、カポーティとバトラーが食事をした二階席のテーブルが空いているからどうぞ、と言った。二階は『ジュリアン・バトラーのイタリア』で撮影された時のままだった。窓からは夜の大運河《カナル・グランデ》が見える。客はぼんやりとサラダをつついているドレス姿の若い女性一人しかいない。僕はバトラーとカポーティが話していたテーブルに案内された。リゾットとビーフ・カルパッチョの二品だけを注文した。洗練された料理に満足した僕は食後、会計のために一階に戻った。勘定は目を疑う二百ユーロだった。カウンターと違い、二階は高額な席料を取られるのを忘れていた。シニョール・チプリアーニは商売上手だった。ハリーズ・バーを一歩外に出るとヴェネツィアは急な大雨に見舞われており、サン・マルコ広場は水没している。バーに引き返し、ウェイターに傘を借りてホテルに帰るとメールアプリに通知があった。受信トレイに短いメールが現れた。

チャオ！
僕はシニョール・ジョンの秘書だよ。
僕たちはインタビューに前向き。
直接インタビューする？　電話インタビューにする？

バーニー

ジョージ・ジョンに手紙が届いたことはわかった。それにしてもビジネス・メールとは思えないほどフランクだ。正直、このバーニーという人間が本当にジョンの秘書なのかすら疑った。僕は直接会ってインタビューしたいと返信した。十分もしないうちに返事が来たが、三月は都合がつかないらしい。ヴェネツィアに暫く留まってからアメリカまで直行することも考えたが、あと数ヵ月は無理だと言われた。今イタリアにいるので、日本に帰ってからまた連絡する、と返信した。

翌朝、ヴェネツィアからアムステルダム経由で成田に帰る夕方の便を予約し、傘を返しに開店時間にハリーズ・バーを訪れた。カポーティやヴィダルの話をしてくれた老バーテンダーがカウンターで一人グラスを磨いていた。傘を渡し、これから日本に帰ります、と別れの挨拶をした。そして、アメリカにいる文芸評論家のジョージ・ジョンにインタビューできそうだから、と理由を言うと、意外な答えが返ってきた。

「シニョール・ジョンはシニョール・バトラーが亡くなったあともヴェネツィアに来る度にお越しになったよ。シュリンプ・サンドウィッチがお気に入りだった」

そのサンドウィッチを今頼めるかと訊くと、老バーテンダーはランチから出すものなのだが作ってあげよう、と言って調理場に消えた。十分後、小海老が大量に詰まったサンドウィッチの皿とマティーニが僕の前に置かれた。マヨネーズ・ソースで味付けされた小海老が口の中で弾ける感触が心地よかった。食べ終わってから会計を頼むと十ユーロだった。「計算を間違っているんじゃないですか？」と訊くと、老バーテンダーは「またのお越しを」と言ってにっこり笑った。

日本に帰国してから、ジョンの秘書を名乗るバーニーという得体の知れない人物と交渉が始まった。バーニーのメールはのらりくらりとした答えばかりで、いつも短く三行から五行。ミススペルもザラだった。ジョンにはいつ会えるか訊ねると、六月末ならなんとかなるかもしれない、と言う。ジョンの住所も知らせてこなかったが、自分の携帯番号は教えてくれた。五月になって突然Facebookにジュリアン・バトラーの公式ページが開設された。亡くなった作家の公式ページがSNSに存在するのは珍しいことではない。カポーティにもヴィダルにもテネシー・ウィリアムズにも公式ページがある。バトラーの公式ページはペンギン・ランダムハウスの運営だった。フォロワーはすぐに五万人に達した。英語圏ではバトラーの読者は未だ多いらしい。

　五月三日の日本時間午後九時、バーニーに国際電話をかけた。呼び出し音が何度も続いてから「もしもし？」とイタリア語で寝ぼけた声がした。僕が英語で名乗るとバーニーも英語に切り替え、「イエス、イエス。寝ていたんだ」と言う。「こちらは二十一時です。時差を考えていませんでした。そちらは何時ですか？」と訊くとバーニーは「五時だよ」と呻いた。今、午前五時ということは太平洋標準時だ。アメリカ西海岸の大都市ならロサンゼルスかサンフランシスコだろう。バトラーが亡くなったロサンゼルスの方が可能性は高い。「ロサンゼルスは午前五時なんですね」とカマをかけた。バーニーは「なんで知ってるの？」と驚いた声を出した。僕は「時差を確認したんです。あなたとミスター・ジョンはロサンゼルスに住んでいるんですね？」と言った。バーニーはまた呻いたが、おずおずと「そうだよ。僕たちはロサンゼルスに住んでいる」と白状した。

「これ以上だらだらと交渉するわけにはいきません。インタビューは『ネオ・サテュリコン』の世界同時公開に合わせて行おうと思っています」と手紙にも書きました。六月三十日にインタビューさせて戴きたいと思っています」と僕は続けた。バーニーは暫く沈黙してから「わかった。それでいこう」と答えた。礼を言って電話を切った。

　その日のうちにネットで六月二十九日に出発、七月二日に帰国する成田・ロサンゼルス往復の格安航空券を予約した。ホテルはビバリーヒルズにある四つ星だが、何故か一泊百二十ドルのリーズナブルなところに決めた。バーニーにホテルの住所もメールした。

インタビューのアポイントメントが取れたため、記事を掲載してくれる媒体探しを始めた。付き合いのある出版社に片っ端から連絡してみたが、ジュリアン・バトラーの名前すら知らない編集者が多かった。バトラーの邦訳を出版していた河出書房新社の「文藝」の当時の編集長に一縷《いちる》の望みを託して電話を掛けた。

「ジュリアン・バトラーはうちが出していたからもちろん知ってる。ジョージ・ジョンの『かつてアルカディアに』もうちだから読んだことがあるよ。ジョンのインタビューね？　バトラー原作の『ネオ・サテュリコン』の脚本を書いたんだ？　それなら三十枚書いて」

　編集長はバトラーの邦訳を全て読んでいた。そんな編集者は初めてだった。「バトラーは本当に面白いよね。『終末』は大好きだよ」と言う。「ジョンはこれまでインタビューを一度も受けたことがありません。文章から考えると毒舌家ですが、大丈夫でしょうか？」と訊ねると「作家はそれぐらいじゃないと面白くないよ」と逆に励まされた。

　河出書房新社のはからいで『ネオ・サテュリコン』の試写も観られた。時代設定は一九五〇年代から一九八〇年代半ばになっていた。冒頭のホロヴィッツのコンサートは特別出演したプリンスのライブに置き換えられている。プリンスは『パープル・レイン』リリース時のヴェルサーチェの衣装を纏《まと》って「レッツ・ゴー・クレイジー」の語りでライブを始め、シャウトするとギターをかき鳴らした。ミニマルな「ビートに抱かれて《ウェン・ダヴス・クライ》」が続く。最後にフル・オーケストラが登場し、壮大なアレンジで「パープル・レイン」

が奏でられる。ジュリーとクリスがトイレでセックスをするシーンではアンコールで演奏されている設定の「ダイ・フォー・ユー」が流れた。

登場人物はヤッピーのゲイに姿を変え、猛威を振るっていたAIDSの脅威に晒されつつセックスとドラッグに耽《ふけ》っていた。主人公はジュリーからマッツ・ミケルセン演じるクリスに変更され、ミケルセンはコカインでハイになりながらモノローグを語り続ける。美々しく女装したダグラス・ブースはジュリー役にぴったりだった。プリンスの起用も『ネオ・サテュリコン』に合っている。「ダイ・フォー・ユー」の「僕は女じゃない　僕は男じゃない　君には決してわからない何かだ」という歌詞も示唆的だった。映画としては面白い方だった。しかし、原作の忠実なアダプテーションではなかったし、上映時間三時間は長過ぎる。映画は良くも悪くもストーンのものだった。ジョンがどれほど脚本に貢献したかはよくわからなかった。

試写から帰ってくるとバーニーから電話が掛かってきた。「チャオ！　ロサンゼルスではどこに泊まるの？」と呑気《のんき》な声がした。もうフライトもビバリーヒルズのホテルも予約した、ホテルの住所もメールで送ったと言うと、「ビバリーヒルズ・ホテル？　あそこは最高だよ」と能天気な答えが返ってくる。流石《さすが》に頭にきて「泊まるホテルはビバリーヒルズ・ホテルじゃないし、遊びに行くわけじゃありません。六月三十日の何時にロサンゼルスのどこでインタビューさせてもらえるのか、ちゃんとメールで送って下さい」と僕は声を荒らげてしまった。バーニーは怯《ひる》んだように「オーケーオーケー」と言って電話を切った。あまりに杜撰《ずさん》な仕事ぶりにげんなりしたが、翌朝「ジュリアン・バトラー・レジデンス」と書かれたロサンゼルスのハリウッド・ヒルズの住所と「インタビューは六月三十日の午前十一時から」とメールが来てホッとした。「ジュリアン・バトラー・レジデンス」ということは、ジョンはバトラーが亡くなった邸宅に住んでいるのだろう。Google Maps に住所を入力したが、森の中の住宅街にあることしかわからなかった。

渡米まではバトラーとジョンの全著書を読み返して過ごした。ジョンは『ジュリアン・バトラーのスタイル』でバトラーの小説を分析し尽くしてしまっている。作品について訊ねても同じ答えが返ってくるだけだろう。『ネオ・サテュリコン』の映画化について訊くのは当然だが、ジョンとバトラーの関係とジョンの文学観をインタビューの主軸にするしかない。メモを取り、質問表も作成し、予定どおり六月二十九日に日本をあとにした。

時差の関係上、同日の朝にロサンゼルス国際空港に到着した。9・11直前の二〇〇一年八月にサンフランシスコを訪れて以来のアメリカだった。十四年前と警戒の厳しさは比べ物にならなかった。入国審査カウンターの前で並んでいると、大柄な男性警備員がこちらに近づいてくる。胴回りが身長と同じくらいの巨大な球体のような男なので、ついつい凝視してしまったら別室に連れて行かれた。荷物を見せるように言われ、身体検査を受けた。解放されてから、夏なのにポール・スミスのスーツを着込んでネクタイを締めている乗客は僕一人ぐらいだったからかもしれないと気づいた。荷物を最低限にするためにジョンに会う時の服装をしていたからだ。ロサンゼルスは気温が摂氏三十度にもかかわらず、乾燥していたため、スーツでも暑さは感じなかった。他の乗客は全員ラフな格好だった。

ホテルにチェックインして客室に案内されると宿泊料が安かった理由が判明した。クローゼットの扉に大穴が空いている。暇潰しにタクシーで街をめぐったが、アメリカ第二の都市だとは思えないようなところだった。ありとあらゆる施設が飛び地になっているせいで、どこへ行こうとしても車で移動するしかない。バーンズ&ノーブル書店に立ち寄ったが、品揃えではローマのアングロ・アメリカン書店に劣るどころか、ハードカバーは新刊のベストセラーしか置いておらず、あとはペーパーバックと雑誌しかない。ただし、映画版『ネオ・サテュリコン』の効果だろうか、バトラーの小説はペンギン・モダン・クラシックス版が置いてあった。

観光名所はどこも俗悪だった。郊外に行くに従って街並みは恐ろしく画一的になっていった。十代の頃、訪れたモスクワの郊外そっくりだった。そこにはソ連時代に建てられた、全く同じ設計の一戸建てと全く同じ設計のアパートが地の果てまで続いていた。共産主義も資本主義も行き着くところまで行ってしまえば何も変わらない。

昼食を摂るためにフロントで教えてもらったレストランが入っているショッピングセンターに足を運んだ。日本の地方に行くと目にするイオンモールより安っぽかった。レストランはシーフードのフライが売りだったが、何も味がしない。ウェイターに文句を言うと、満面の笑みで瓶詰めのリー&ペリンズ・ウスターソースをトレイに載せて持ってくる。ホテルに戻り、フロントに他にお薦めのレストランはないのかと訊ねたらレッドロブスターだと言われた。レッドロブスターなら日本にもある。僕はロサンゼルスでまともな食事を摂ることを諦めた。ジョンが何を考えてイタリアからこんな文化的な荒野に移り住んだのかわからなかった。

翌六月三十日は快晴だった。到着した時と同じスーツを着てタクシーに乗り込み、午前十時三十分にホテルを出発した。ハリウッド・ヒルズへの道程は信じ難いほど荒涼としたものだった。建物は疎《まば》らで砂地が続いている。ハリウッド・ヒルズに近づくにつれ、徐々に樹木が増えてゆき、やがてそれは森になった。

十一時ちょうどにジュリアン・バトラー・レジデンスの前に到着した。森に囲まれた邸宅は二階建てで外壁は白で統一されていたが、ところどころペンキが剝げ落ち、みすぼらしかった。ラヴェッロの広壮なヴィラとは比べものにならない。バーニーに電話するとすぐに本人が玄関から出て来た。二十代半ばくらいの若者だった。襟に赤いラインが入っている洒落たデザインの白いポロシャツにリーバイスのストレートジーンズを穿いている。僕を認めるなり、昔からの友人を迎えるような笑顔で「チャオ！」と言って手を振った。連絡を取り合っている間、僕はバーニーに悪感情を持ち続けていたが、それとは正反対の好青年だった。

僕は邸内のリビングに案内された。それほど大きくはないものの、ロココ調の豪奢な空間で暖炉があり、至るところに百合を活けた花瓶が置かれている。壁には中世ヨーロッパの紋章、インドのガネーシャ像、銅板のバトラーのラヴェッロ名誉市民証、古代ローマのモザイクが雑然と掛かっていた。リビングの奥にあるテーブルには額に入れられた数え切れないほどの写真がひしめきあっている。どれもバトラーを写したものだった。上院議員の父ロバートとその隣には母のアンが彼女と酷似した幼い息子を抱いて立っている。パスポート、フィリップス・エクセター・アカデミーの学生証、バーらしき店でピアニストを従えて歌っている十代のバトラー、パリのカフェでペルノーを飲むバトラー、「プレイボーイ」に掲載されて顰蹙《ひんしゅく》を買ったポートレイトも陳列されている。バトラーと著名人を写したものもあった。ゴア・ヴィダルとトルーマン・カポーティに挟まれて笑う若きバトラー。三人の背後にはシガレットホルダーで煙草を吸うテネシー・ウィリアムズも写っていた。サン・マルコ広場で鳩に餌をやっているバトラーとカポーティ。バトラーと愛嬌たっぷりの笑顔のジャン・コクトー。タンジールのカフェでミントティーを啜《すす》る不機嫌そうなバトラーとポール・ボウルズ。カフェ・フロールのテラスで歓談するバトラーとテリー・サザーン。同じテーブルにはジェイムズ・ボールドウィンの姿もある。お揃いのレザーで全身を固めたアンディ・ウォーホルとバトラーは気取ったポーズを取っていた。ラヴェッロで撮られたと思しき晩年の写真にはシニョール・パオリーニと写っている。ジョンの写真は一枚もなかった。

バーニーはソファに座るよう僕を促し、「シニョーレを呼んでくるよ」と言って姿を消した。テーブルにICレコーダー、デジタルカメラ、質問表やペンを並べていると、窓が開け放たれた。椰子の木が生い茂る中庭では噴水が穏やかな水音を立てている。その傍らにサングラスをかけた大柄な恰幅の良い老人が車椅子に座って佇《たたず》んでいた。ネイビーのストライプスーツを着込み、紫のネクタイを締めている。老人はバーニーに車椅子を押してもらってリビングに入ってきた。僕は立ち上がって会釈した。

ジョージ・ジョンはサングラスを外し、眩《まぶ》しそうな目つきをした。握手を求めるべきだったが、棒立ちになってしまった。『かつてアルカディアに』の不鮮明な著者近影に写っていた陰気で冴えない青年とは似ても似つかない。今、目の前にいる人物は僕の知らない誰かだった。時の経過で髪は白くなり、無数の皺《しわ》が縦横に走った肌はひび割れていたが、八十九歳とは思えない美貌を保っている。子供の頃に観た『グレン・ミラー物語』のジェームズ・ステュアートに似ていると思った。

僕は混乱して無言でお辞儀を繰り返したあとで、駄目元で写真を撮っていいか、デジタルカメラを持ち、ジェスチャーで訊ねた。ジョンは鷹揚《おうよう》にうなずいた。バーニーが記念に2ショットも撮ってくれた。僕は緊張で顔が強張《こわば》ったが、ジョンは寛いだ表情だった。バーニーは「この写真は掲載しないでね。個人的な写真と考えて」と小声で言った。やはりジョンは写真が嫌いなようだ。僕はやっと挨拶を口にした。

「お会いできて光栄です。アポイントメントも取らず、ラヴェッロまで押しかけて申し訳なく存じます。心よりお詫び申し上げます」

「君が会いに来なかったら、私が君に会いに行ったよ」とジョンは答えて唇の端に笑みを浮かべ、バーニーを振り返って合図をした。

バーニーはリビングから出て行き、戻って来た時には花柄のティーセットとパニーノが二つ並んだ皿を載せたトレイを携えていた。

「来客を前にして一人で食事をするのは品がないが、私は毎朝、目が覚めたら何も食べないで書く。朝食を摂ると眠くなってしまうんだ。もう四十年以上そうしている。午前中は仕事が捗るからね。これが今日初めての食事だ」ジョンはそう言うとバーニーがカップに紅茶を注ぐのを横目にいそいそとパニーノにかぶりついた。

「お仕事をなさっていたのですか？」と僕は訊いた。ジョンが最後の著作『文学への航海』を出してからもう二十年が経過している。執筆を続けているのは意外だった。

「ああ。少し前にちょうど長い仕事を終えたところだ。今はまた別の仕事に取り掛かっている。君は空腹か？」ジョンは口をもぐもぐさせながら言った。僕は首を横に振った。

「それはありがたい。私はお腹が減っている。君にもお出しすると私のぶんが減る。食は人生の大きな歓《よろこ》びだ」

「ギムレットはどう？　ギムレットには早過ぎる？」

バーニーは得意気に酒を勧めてきた。僕は「ノー・サンキュー」と答えた。ギムレットのような強いカクテルを飲んだらインタビューが台無しになる。

「バーニーはチャンドラーが好きなんだ。私にもしょっちゅうギムレットを勧めてくる」ジョンは肩をすくめた。

「インタビューを始めてもよろしいでしょうか」

「どうぞ」ジョンは一つ目のパニーノを紅茶で流し込み、二つ目に取りかかった。

「映画版『ネオ・サテュリコン』に関わった経緯を教えて下さいますか？　監督のオリバー・ストーンにはお会いになりましたか？」

「会っていない。三度も逮捕歴がある粗野な男だと聞いていたからね。少なくとも紳士ではない。バーニーを通じてメールでやり取りした。オリバー・ストーンは自分で書いた脚本の草稿を送ってきた。一九八〇年代に舞台を変更したのは構わなかったが、原作とはかけ離れていた。私はジュリアンの小説に忠実に改稿したが、ストーンは私の脚本をお上品だと言ってきた。結局、ストーンが自分の草稿を復元する形で、また書き直してしまった。出来上がったのは如何にもストーンらしい野蛮な映画だよ」

バーニーはCDプレイヤーを弄《いじ》って音楽をかけ、リズムに合わせて身体を揺らし始めた。「プリンスの『アルティメイト・ベスト』だよ。この曲は『アイ・ウォナ・ビー・ユア・ラヴァー』。プリンス、知ってる？」

「もちろん。『ネオ・サテュリコン』に出ていたね」

ジョンが口を挟んだ。「バーニーはプリンスが大好きなんだ。プリンスが住んでいるミネアポリスのペイズリー・パーク・スタジオまで出向いて、シークレット・ライブを観に行ったぐらいだよ。バーニーは時代に合わせてホロヴィッツをプリンスに差し替えましょう、と提案したんだ。ホロヴィッツは死んでるけど、プリンスはまだ本物が生きてますよ、と言うんだ。私は普段クラシックしか聴かないから、バーニーが持っていた『パープル・レイン』を聴いてみた。悪くなかった。それで脚本にプリンスのライブ・シーンを書いた。ストーンはそこだけ書き換えなかった。私の脚本への貢献はそれぐらいだ。プリンスは気難しいと聞いていたが、どういう風の吹き回しか出演を承諾した。あの映画の救いはプリンス、マッツ・ミケルセン、ダグラス・ブースといったキャストだけだ。ジュリアンにまつわる映画はいつもトラブルが起きる」ジョンはバーニーに向かって手を横に振った。「声が聴きづらくなるから止めなさい」

バーニーはうなだれて再生を止めた。ジョンは淡々と映画界について辛辣な評言を続けた。

「『終末』を監督したケン・ラッセルにとっては、原作より自分の悪趣味の方が大事だった。おかげで映画は大不評だった。ジュリアンは何故か気に入っていたが、ケン・ラッセルなんてどうでもいい監督だ。オリバー・ストーンは『ネオ・サテュリコン』の映画化を申し込んできたメールの追伸に『アレクサンドロス三世』は『アレキサンダー』を参考にしたと書いてきた。あの映画にはジュリアンのクレジットなど影も形もない。ジュリアンの著作権者としてストーンを訴えようかと思ったが、『ネオ・サテュリコン』の企画がお蔵になれば映画化権料がふいになる。『アレキサンダー』はだらだらと長い退屈極まりない映画だ。ストーンは作家で言えばリチャード・アルバーンのようなやつだ。暴力、セックス、ドラッグ、アルコール、陰謀論に大仰な演出。ジュリアンの繊細さや優雅さなど理解できない。『ネロ』の時も酷かった。メトロ・ゴールドウィン・メイヤーはジュリアンが直した脚本のクレジットを、酷い初稿を書いたチャールズ・ドライバーグとかいうどこの馬の骨ともわからない人間に全部やってしまった」

「裁判しましたよね」とバーニー。

「ジュリアンが亡くなってから『ネロ』のクレジットの件でドライバーグを訴えてやった。もちろん私が勝訴した」

ゴア・ヴィダルが書いていたようにジョンは間違いなく訴訟狂だった。このインタビューも掲載にあたって、裁判をちらつかせて修正を求めてくるかもしれない。何故裁判を起こすのか恐る恐る質問してみたが、ジョンは「金のためだね」と露悪的に短く言うばかりだった。評論で食べていくのは難しいだろうが、バトラーの印税は順調に懐に入っているはずだ。ジョンの答えは説得力がなかった。

「猫を潰すんじゃない」ジョンは鋭い目つきで僕の足元を見た。

僕の靴の下には長い尻尾があった。その先を見ると体長一メートルをゆうに超える、ふわふわの長毛の猫がお腹を出して両足を思い切り伸ばし、絨毯《じゅうたん》に寝そべっている。

「マリリン、嫌だった？」ジョンは猫に甘ったるい口調で話しかけた。猫は僕の足にしがみついてくる。「マリリンは君が好きなようだ。この子はマリリン三世だ。我が家で暮らす動物はみんなマリリンという名前なんだ。二世までは犬だった。私が年を取って散歩ができなくなったら可哀相だから、三代目は猫を飼った。不幸にして予測は当たった」マリリンは膝によじ登ってきた。僕は猫を抱きかかえたままインタビューを続ける羽目になった。「マリリンは二十歳だ。毛艶が良いだろう。大抵の人間より良いものを食べているからだ。羊の生肉を食べさせている。私と同じで美食家だ。料理は大きな楽しみで、自分で作っていたんだが、車椅子になってしまっては仕方がない。今はバーニーに作ってもらっている」

「マリリンは最近二階から落ちたんだよ」とバーニー。

「飛んだんだ」ジョンは真剣な口ぶりで否定した。「マリリンは冒険が好きなんだ。ジュリアンもそうだった。飛びたかったんだ。だから、自分であそこまで上がって飛んだ。怪我はしなかった。私はジュリアンやマリリンのように冒険好きではない。地味な人生を送っている」

猫の話を続けられても仕方がない。僕は質問を再開した。「ミスター・バトラーは華やかな人生を送りましたね。メディアにもひっきりなしに姿を現しました。あなたは何故そうしなかったのですか？」

「作家とはそういうものだからだよ。物書きは書くのが仕事だ。メディアに登場するのは宣伝のための余技に過ぎない。私に言わせれば時間の無駄だ。ジュリアン、トルーマン、ゴア。彼らはオスカー・ワイルドの現代版のようなものだった。そういえば私の祖父はオスカー・ワイルドに会ったらしい。私の文学的な素養は祖父が形作ったようなものだ」

「お祖父《じい》様はイギリス人ですか？」

「マンチェスター出身だ」ジョンは二つ目のパニーノを平らげると話を戻した。「ジュリアンは作家としては勤勉ではなかった。もし二十一世紀に生まれていたらジュリアンは小説家にはならなかっただろう。YouTuberとかなんとかいうものにでもなっていたんじゃないかな。評論家は小説家より酷い職業だ。書いてみればわかると思うが、小説は多様な形式を持ち、評論より遥かに複雑な芸術だ。評論家は大抵一つの文体しか持たないが、小説は様々な声を使いこなさなければならない。百の小説があれば百通りの書き方がある。それを読み取るためには一つ一つの小説に内在する固有のルールを理解しなければならないのだが、そんな能力は評論家にはない。せいぜいでっちあげた理論を作品にあてはめるか、最悪の場合は作品を自分が信奉するお粗末なドグマのダシにする。不幸にして私は小説家としては二流だったから、評論を書くしかなかった。そういえば君も評論家だったね？」ジョンは悪戯っぽく言った。「だが、私は理論とは無縁だったし、議論にも興味がない。誠実に作品と向き合った」

　僕はジョンと同世代の作家について訊ねた。

「それまでアメリカ文学はヘテロセクシュアルの白人の男性のものだった。犯罪、続いては精神病扱いだった同性愛が公的に語られることなどなかった。文学でもそうだった。

ウォルト・ホイットマン、ガートルード・スタイン、ジューナ・バーンズ、パーカー・タイラーにチャールズ・ヘンリ・フォードなど例外はいたが、大っぴらに語られ始めたのはようやく戦後になってからだ。我々の世代ではホモセクシュアルとユダヤ系が台頭した。ジュリアン、トルーマン、ゴア、テネシー、ボウルズ、バロウズはみんなホモセクシュアルだ。今ではアフリカン・アメリカンや移民や女性がそれに取って代わっている。ヘテロセクシュアルにせよホモセクシュアルにせよバイセクシュアルにせよアセクシュアルにせよ何にせよ、白人の男性の文学はその終焉《しゅうえん》を迎えようとしている。二十世紀に入ってから映画が文学に取って代わり、インターネットが映画に取って代わろうとしている今では文学自体の存続が危ういがね。我々はラテン文学で言えば白銀時代の作家だった。既に黄金時代は過ぎ去ってしまっていた。しかし、私は黄金時代より円熟の極みにある白銀時代のラテン文学の方が好きだ。果物は腐りかけが一番美味しいと言うだろう。白銀時代にも良い作家はいた。『サテュリコン』を書いたペトロニウス、『黄金の驢馬』のアプレイウス、哲学者のセネカ、詩人のマルティアリス、ユウェナリス、ルカヌス。それにタキトゥスとスエトニウスといった歴史家だ。ジュリアンはペトロニウスのような存在だったし、ゴアはユウェナリスとスエトニウスに近い。二人より年上で保守的だったトルーマンはさしずめ黄金時代末期のオウィディウスだ。経済は豊かになり、文明は爛熟《らんじゅく》し、退廃的な芸術が生まれた。戦後のアメリカもそうだ。アメリカは西側世界の覇権を手にし、ドルは最強の通貨になった。余裕が生まれ、それまでは不可視の存在だった人々が表舞台に姿を現し始めた。だからこそ、新しい形式が次から次へと姿を現した。しかし、歴史が浅い我々の文化はいつでも二流だったし、アメリカは世界の一等国とは言えない。未来への遺産としてもヨーロッパほどのものはない」

「トルーマン・カポーティとゴア・ヴィダルについてもう少し詳しくお聞かせ願えますか？」

「トルーマンは同世代で最も優れた文章を書いた。だが、既存の小説の枠組みから出ようとはしなかった。既にあるものを洗練させていくのが彼のやり方だった。トルーマンは芸術家と言うよりは熟達した職人だった。『冷血』を読めばわかる。トルーマンはノンフィクション小説というジャンルを創り出したと主張したが、『冷血』は十九世紀小説の完全な焼き直しだ。唯一『叶えられた祈り』は形式の面でも主題の面でも野心的だが、完成しなかった。ゴアが得意としたのは事実を元にしたエッセイ、歴史小説、諷刺小説だ。彼はエッセイストとしては二十世紀のアメリカで最も優秀だったが、本質は批評家であって小説家ではない。批評家は世界を分析するが、小説家は世界そのものを提示しなければならない」

「では」僕は本題に入った。「ミスター・バトラーはどうだったのでしょう。『ジュリアン・バトラーのスタイル』であなたは作品を分析し尽くしてしまいましたが、その生涯はあなたも含めて誰もまともに語っていません。長年生活を共にしたあなたから見たミスター・バトラーについて教えて下さいますか？」

「それは長い話になるね」ジョンは紅茶を口に含んだ。ジョンが何も言わないうちから、バーニーは新しいパニーノの載った皿を持ってきた。

ジョンはリビングの隅にある夥しい数のバトラーの写真を顎で示しつつ、二人の出会いから話し始めた。フィリップス・エクセター・アカデミーに始まり、終焉の地、ここロサンゼルスに辿り着くまで。ジョンはバトラーと同居していたことは認めたが、恋愛関係にあったとは一言も口にしなかった。バトラーの生涯については語ったが、自分の人生については慎重に言及を避けた。アルコール依存、癌宣告を経て、手術のための大西洋横断まで話が及んだ頃には僕は憂鬱になっていた。ジョンはいったん話を中断すると秘書を招き寄せた。皿はまた空になっている。「バーニー、パニーノをもっとだ。ジュリアンの部屋を見せてあげなさい。私の書斎も案内して構わない」

バーニーはおかわりのパニーノをジョンの前に置いた。八十九歳とは思えないほど健《けん》啖家《たんか》だ。マリリンはパニーノに興味を示して僕から離れたが、ジョンは年齢に似つかわしくない素早さで皿を引ったくって、迫り来る猫に幼児語で説教を始めた。猫は聞き分けたらしく、床に寝転がった。安堵の表情を浮かべてまたパニーノに取り掛かったジョンを残し、僕はバーニーと一緒にリビングをあとにした。

ジョンの書斎は廊下を挟んでリビングの反対側にあり、樹々に囲まれていた。書斎の小窓から見える緑が目に優しい。木製の大きな机と椅子、壁には大量の書物が収められた本棚が設えてある。初版本らしきジャン・コクトーの『大胯びらき』、イーヴリン・

ウォーの『ブライズヘッドふたたび』、トルーマン・カポーティ、ゴア・ヴィダル、ポール・ボウルズ、テリー・サザーン、ジェイムズ・ボールドウィン、ジーン・メディロスの著作が並んでいる一角もあった。バーニーは「そこにあるのはみんな著者からシニョール・バトラーやシニョール・ジョンに贈られたものだよ。全部サインが入ってるんだ」と言った。机上には年季が入ったノートが積まれ、原稿の束、タイプライター、筆記用具、レコード・プレイヤーが整然と並んでいる。部屋の隅にはiMacが置かれた小さな机があった。

「Facebookにジュリアン・バトラーの公式アカウントがあるのは知ってる？」とバーニーは訊いてきた。

「三十八年前に亡くなった作家とは思えないほどフォロワーが多いね」

「あれは僕のアイデアなんだ。『ペンギンからシニョール・バトラーの新しいエディションが出るなら、ネットで宣伝しなくちゃ駄目ですよ。今はみんな新聞やTVじゃなくて、ネットで情報を知るんですよ』ってシニョーレに僕が提案したんだ。僕がシニョーレの指示をメールで送って、ペンギン・ランダムハウスのスタッフが投稿しているんだ。僕は午後にこの机に座ってビジネス・メールを書いてるんだけど、シニョーレは向こうの机に座って、うしろからああしろ、こうしろと言うんだ。口語体は使うな、ミススペルが多い、ってしょっちゅう叱られる。シニョーレは本当にうるさいよ」バーニーはそう零《こぼ》しながらも嬉しそうな口振りだった。

吹き抜けになっている二階への階段には赤絨毯が敷かれていた。踊り場にはバトラーの祖先にあたるアイルランド貴族の肖像画が飾られている。十七世紀のものだとバーニーは教えてくれた。階上にはいくつもの扉があった。外観から推測していたより、多くの部屋を擁する邸宅のようだ。バーニーは扉の一つを開いて、なかから僕を招き入れた。

大きな兎のぬいぐるみが転がっている天蓋つきのベッドが最初に目に入った。部屋のあちこちに百合を活けた花瓶と燭台が並んでいる。床は黒と白の市松模様だった。花柄の壁一面は新聞や雑誌に掲載されたバトラーの写真や記事の切り抜きで覆われ、額装されたイダ・ルビンシュタインの写真が掛かっている。天井にはシャンデリアが吊り下がっていた。紫のドレープカーテンが覆っている窓の前には三つのトルソーにバトラーの衣装が飾られている。『ジュリアン・バトラーのイタリア』で着ていた映画『アマデウス』を連想させるロココ時代の正装。六〇年代のものと思しきレザージャケットにレザーパンツ。「プレイボーイ」と『文学の今』で身に纏っていたレースのフリルがついたヴィクトリア朝の黒いドレスには血痕がこびりついている。化粧道具とカルティエのライターにサンタ・マリア・ノヴェッラの香水瓶がいくつも置かれたキャビネット、大きな鏡がついたドレッサーが壁際に配置され、部屋の中央には黒檀のテーブルを二つの年代物の猫脚がついたソファが囲んでいる。書き物机は見当たらない。本棚もない。アメリカの作家の部屋というよりは日本のゴシック&ロリータを偏愛する乙女の寝室のようだった。バーニーはベッドのそばの小さな丸テーブルに近づいた。室内で唯一の本と白磁の壺が置かれている。

「シニョーレはこれを五万ドルで買ったんだ。署名入りの初版本だよ」と言いながらバーニーは革装丁の本を取り上げて、僕に手渡した。オスカー・ワイルドの『意向集』だった。ページをめくるとワイルドのサインがあった。その下にはジュリアン・バトラーというサインと、あまり上手いとは言えないバトラーの自画像と思しきカリカチュアが書かれている。

「シニョーレはこれをパリに居た時に古本屋で見つけてシニョール・バトラーの誕生日にプレゼントしたんだ。その頃はまだ安かったから買ったらしいよ。でも、誕生日の翌日、シニョール・バトラーはこの本を持って飲みに行ったら、現金の持ち合わせがないのに気づいて、ちょうどバーの目の前にあった古本屋にこれを売っちゃったんだ。もちろん、シニョーレは激怒した。去年、僕はサザビーズのオークションにこの本が出ているのをネットで見つけた。ニューヨークまでシニョーレの代理で行かされて、五万ドルで競り落としたんだ。シニョーレは落書きを見てまた怒った」とバーニーは笑った。

「それで」バーニーは壺を指さした。「これがシニョール・バトラーの骨壺」

この邸宅が今でもジュリアン・バトラー・レジデンスと呼ばれている理由がわかった。ここはバトラーの墓所なのだ。バトラーの墓でジョンはその生涯を終えようとしている。

バーニーと一緒にリビングへ戻った。ジョンは猫を膝に乗せて気持ち良さそうにうたた寝をしている。パニーノは影も形もなかった。バーニーはジョンの耳元で何か囁《ささや》いた。

iPhoneには午後二時五十分と表示されていた。インタビューが始まってから四時間が経過しようとしている。もう少ししたら御暇《おいとま》することにしよう。目覚めたジョンは照れ臭そうな顔をした。

「失礼。もう年だから昼食を摂ると眠くなるんだ。いつもはこの時間は昼寝をしている。起きると午後のお茶。午後七時ぐらいに夕食だ。ところで、どこまで話したかな」

「ミスター・バトラーの手術のためにロサンゼルスに着いたところまでです」

「そうだった。ジュリアンは正にこのリビングで闘病していた。何かあった時のためにここを病室に改造して、看護師と私、ジーンが交代で看病していた。ジーンというのはジーン・メディロスだ」

「ご友人だったのですか？」

「ジュリアンと私の共通の友人だ。出会ってからもう六十年になる。ジュリアンが亡くなってからも私とは付き合いが続いた。ジーンはこの近くに住んでいる。最近、引っ越してきた」

　バトラーとメディロスに親交があったとは考えたこともなかった。僕はメディロスの愛読者だ。初期のエロティックな小説もシリル・リアリー・シリーズもその後の著作も読んでいた。最新作の『エミリア』はそれまでの仮借ない作風と打って変わって、ハッピーエンドに終わる女性同士の恋愛を描いている。メディロスの小説が好きだとジョンに熱を込めて喋ってしまい、話の腰を折ってしまった。

「ジーンは今夜、食事に来るよ」ジョンは苦笑混じりにそう言ってから話を続けた。「ジュリアンは『幻滅』の執筆を終えた翌日にシーダーズ・サイナイ医療センターで手術を受けた。手術室に運ばれていった時、『また会えるよ《アイ・ル・シー・ユー・アゲイン》』と私に言った。私たちは二度と会うことはなかった。『幻滅』が遺作になった」

早逝はしたものの、ウィットとユーモアに溢れる作風や発言からどちらかと言えばバトラーは明るい人柄だと勝手に想像していた。ジョンの語るその生涯からはそうとも言えないようだ。

「人は必ず死ぬ。早いか遅いかだけだ。二人の人間が生活を共にしていればどちらかが先に死ぬ。心中でもしない限りね。それだけの話だ。もっともジュリアンの死は少し早過ぎた」ジョンは目を伏せた。

ヴィヴィアン・ウエストウッドの膝下まであるシャツ・ワンピースを着た女性がリビングに入ってきた。艶やかな黒髪は腰まである。アジア系の顔立ちだったが、バトラーにどこか似ていた。

「ただいま、パパ」女性はジョンにそう呼びかけた。

ジョンは顔を上げた。先程まで沈痛そうだったのに喜色満面になっている。「おかえり」

「おかえりなさい、マンマ」バーニーが続いた。

「マンマって呼ぶのはやめてって言ったでしょう。お姉さん《ソレッラ》って呼びなさいっていつも言っているじゃない！」女性はバーニーを一喝した。

「ごめんなさい」バーニーはそうは言ったが、反省の色はなくにやにやしている。「僕はちょっと席を外すよ」

女性は逃げ出したバーニーの背中に蹴る仕草をしてみせると、僕に恐ろしく早口で挨拶した。

「はじめまして。ミン＝リンラダー・ジョンです。パパのためにわざわざ日本から来て下さってありがとうございます。ラヴェッロにも行かれたと伺いました。父は口が悪いから大変でしょう？　パパ、彼を困らせてない？」

「私をいじめっ子みたいに言うのはやめてくれ」ジョンは苦笑いした。

「お子さんがいらしたんですか？」僕はミンに会釈しつつ、自分でもそれとわかるほどおどおどした口調で言った。

「ミンは私の娘だ。もっとも養女だが。バンコクで出会ったんだ。それからイタリアに戻った時に養子縁組をした。私は自分の名前が嫌いだ。立派なタイのラスト・ネームがあるんだから、私のものを名乗るのはやめた方がいい、と言ったんだが、本人がパパと同じがいいと言い張って、ジョンと名乗っている。タイ人にはニックネーム、ファースト・ネーム、ラスト・ネームがある。ミンはニックネームで、リンラダーがファースト・ネームだ。ミンはイタリアで私と一緒にバーニーの面倒を見てくれた。だから、ミンが嫌がるのにマンマと呼ぶんだ。ミンは私と孫くらいの年の差があるし、バーニーにマンマと呼ばれるには若過ぎる。ミンはまだ子供だ」

「パパ、私はもう四十八歳だよ。いつまで子供のままだと思ってるの」ミンはぴしゃりと言った。

「もっとお若いかと思いました」僕は狼狽《うろた》えながら割って入った。

「ああ。ミンはいつまでも若い。この前バークレーでワークショップを開いていたら、学生にデートに誘われたんだ。二十代だと思われたらしい。ミンを見たら誰でもそう思うだろう」ジョンは親馬鹿丸出しだった。

「年下は趣味じゃないから即座に断ったけどね。私は年上が好きだから。初めて会った頃のパパくらいの年の人が好き」

「あの時、私はもう六十歳だったよ。親離れしてくれ」

「子離れしないのはパパの方でしょ」ミンはジョンにしかめっ面をしてみせると、僕に向き直った。「私はちゃんと自活しているのに、家に帰ってくる度にお小遣いをくれようとするんです。それも額が半端じゃなくて。もちろん受け取りません。この年で親にお小遣いをもらっている人なんかいませんよ」

「バークレーで教えていらっしゃった、ということはご職業は学者ですか？」僕は話を逸らそうとした。

「いや、ミンはピアニストだ。バークレーの音楽学部で短期のワークショップを開いたんだ。演奏会で飛び回っていて滅多に家にはいないんだが、昨日ここロサンゼルスでコンサートがあって、その準備で最近は家にいた。君は運が良い。ミンはミケランジェリの弟子なんだ」ジョンが自慢げに口を挟んだ。

「ミケランジェリの弟子ってことになっているけど、マエストロは私に何も教えなかったよ。ソファに座って私の演奏を聴いて誉めるだけ。やたらと私と卓球をやりたがったな。たまに模範演奏をしてくれて、本当に完璧なテクニックだった。でも、『君は私の完璧主義を模倣してはいけない。そのせいで私のレパートリーは少ないし、コンサートも自分や楽器のコンディションが悪いとわかったらすぐキャンセルする。君はホロヴィッツを思わせる躍動的な演奏をする。技巧も高いし、音色の引き出しも豊かで強弱法も素晴らしい。だから、私が教えることは何もない』って言うの。どう考えても誉め過ぎ。でも、マエストロが何も教えないで誉めてばかりいたのは、私の資質をわかっていてそれを伸ばすことだけをしよう、って考えていたからじゃないかな？　今思えば、いい先生」ミンはそこまで一気に喋ると話題を変えた。「ところで、マリリンの羊を買ってきたよ。それとディナーの材料も。冷蔵庫に入れてある。今夜は私が作る。青パパイヤ《ソム》のサラダ《タム》、タイ風海老炒飯《カオ・パット・クン》、魚介のスパイシースープ《ポテーク》、アヒルのロースト《ペット・ヤーン》、デザートにマンゴー」

「私はタイ料理に目がない」ジョンは待ち切れないという面持ちで手を擦り合わせた。

「ナンプラーは癖になるし、辛いのもいい」

「じゃあ私はディナーを作る前に練習してくる」

「行ってきなさい。次のコンサートでは何を弾くんだ？」

「ショパンを何曲かとフランクのヴァイオリンソナタ。あの曲はピアノが伴奏じゃなくて、ヴァイオリンと対等だから腕の振るい甲斐があっていいの」

「フランクか。プルーストはフランクが好きだった。特に弦楽四重奏が」

「その話は三十年前から何百回も聴いてるからもう飽きたよ」ミンはそう言ってのけると、僕に笑いかけた。「パパは暇さえあればプルーストの話をするんです。本当に面倒臭い人ですけど、頑張って下さいね。それじゃ」

ミンはリビングを出て行った。養父に似て口は悪いが、終始にこやかで快活だった。辛辣な言葉を吐いても刺々しさはなく、悪意は感じられない。廊下でミンが「二度とママと呼んだら許さないから」と凄む声が聞こえる。まもなく階上でショパンのバラード第一番ト短調の序奏の和音が鳴り響いた。確かにホロヴィッツを思わせる奏法だ。強弱法は劇的で、多彩な音色はプリズムのように煌《きら》めいている。

バーニーが笑いながら戻ってきた。「シニョーレ、シニョーラ・メディロスが来ましたよ」

「早いな。夕食はまだだぞ」

ジャケットを羽織り、ブラウスにボウタイを締め、足首が覗くクロップドパンツを穿いたジーン・メディロスが軽やかな足取りでリビングに姿を見せた。

「ジョージ、書いてる？　私の言うとおりにしてる？」矢継ぎ早にどこの国のものともつかない魅力的なアクセントで言うとメディロスは僕の存在に気づいた。「こちらは?」

もう八十代のはずだが若い頃のポートレイトとほとんど変わっていなかった。インタビュー記事で「ジーン・メディロスの口調は茶目っ気たっぷりで、生き生きとした表情は一瞬ごとにくるくると変わる」と描写されていたが、そのとおりだった。僕はソファから立ち上がったものの、また無言でお辞儀を繰り返してしまった。

「日本人がインタビューに来ているんだ。もうすぐ終わる。書斎に新しく書いたものがあるから読んでいてくれ。この子は君のファンだ」

「そうなの?」メディロスは近寄ってきて僕の顔を真っ直ぐ見上げた。大きな瞳は好奇心で見開かれ、爛々と輝いている。「君が噂の男の子ね。ジョージを追っかけてイタリアまで行って空振りした子」僕はもう男の子と言える年齢ではありませんと訂正しようとしたが、口を開く前にメディロスはもう次の話題に移っていた。「私の本を読んでくれてありがとう。ところで、私が今着ているのは日本の服。コム・デ・ギャルソンだよ」と言うが早いか、今度はジョンに向かって喋りだした。「この前会った時からどれくらい進んだ?」

「三日では大して進まない。十ページというところだ」

「早く書き終わりなさい。グズグズしていると死んじゃうぞ」メディロスはおどけてみせ、「それじゃ読んでくるから」と言いおいて、リビングからつむじ風のように歩み去った。僕はメディロスに一言も話せなかった。

「ジーンには頭が上がらない。出会った時からそうだ」ジョンは言葉とは裏腹に楽しそうだった。「さて。何か質問はあるかね」

　僕はジョンがバトラーとの関係をはっきりさせなかったのが引っかかっていた。ジョンとバトラーが恋人だった場合と単なるルームメイトだった場合では事情が異なるが、もし恋愛関係だったとしても公表するかしないかは本人の自由だ。躊躇《ちゅうちょ》しているとバーニーがジョンに近づいて囁いた。

「疲れました？　マッサージします？」

「あとでいい」ジョンは首を横に振った。

　高齢のジョンにこれ以上の負担はかけられない。僕は核心に触れた。「ミスター・バトラーとは恋愛関係だったのですか？」

「私には愛はわからない。わからない言葉は使わない」ジョンは言葉を探すようにゆっくりと言った。「私とジュリアンの関係は一風変わっていた。自分たちが特別だと思っていたわけではないがね。それにあれは恋愛というようなものではなかった」

「では、なんだったと思われますか？」

「依存だ。ジュリアンは私を振り回したし、私はジュリアンに縋《すが》った。私たちの間には常に緊張があった。ジュリアンは社交的だったし、私は内向的だった。私は書くことだけに関心があった。ジュリアンにはなかった。ジュリアンにとって文学は道具だった。小説を通じて自分が認められることを望んだ。出版というメディアは十九世紀から二十った。ジュリアンはそのメディアを使って有名になりたかった。世紀にかけて最も隆盛した。ジュリアンは華やかな人生を送ったように見えるだろうが、幼い頃に両親に捨てられて以来、誰かに認められることに飢えていた。強烈な自己顕示欲は留まることを知らなかった。注目されるために公衆の面前にその姿を晒し続けた。虚しさを埋めるために常に刺激を求めた。若さと美貌が失われることを恐れた。芝居を演じるように人生を送った」

僕に沈黙以外の選択肢はなかった。ジョンは話を続けた。

「人生は芝居ではない。認められたいと思うことは自分を他人に譲り渡すことだ。そういった生き方は必ず悲劇的な結末を呼ぶ。人生は地味なものだ。朝に起き、仕事をし、食事をし、夜は眠る。そういった些事が生を形作っている。それは書くことでも同じだ。毎日、机に向かって一語一語書き連ねる。書くとはそういうことだ。ジュリアンにはそれがわからなかった。ジュリアンは呪われた作家で、もっと言えば呪われた人間だ。その仕事は優れたものだったが、認められることを何よりも欲し、時代や世相や流行に敏感過ぎたから、却《かえ》って作品を損ないかねなかった。そうならなかったのは私がいたからだ」ジョンは微笑した。「君も物書きだ。ジュリアンに惹かれているようだから言っておく。子供の頃、私は積み木を積むのが好きだった。何時間も積み木をひたすら積んでいた。部屋を作り、家を作り、城を作り、神殿を作った。楽しかったからだ。自分の美的基準に合うものを作るために最善を尽くした。子供だから大したものではなかったけどね。親は誉めるどころか、そんな私を異様に思い、邪魔をした。それでも私はやめなかった。今の書くという仕事もその延長線上にある。誰にも認められなくとも私は読み、書くだろう。読むのが楽しいからだし、書くのが楽しいからだ。書くことには長い歴史があり、様々な主題や形式がある。だから、まず書く前に読むことを楽しめなければお話にならない。文脈を無視してルクレティウスから引用すれば『無からは何も生じない』ということだ」

「わかりました」僕に言えるのはそれくらいだった。

「もちろんジュリアンが死ぬまで私にもこんなことはわからなかったよ。言ってみれば、私たちは二人の不幸な子供だった。ジュリアンの晩年にラヴェッロに移り住んでから、ようやく私は生きるとはどういうことか気づき始めた。ジュリアンを失ってから、それまでの私は生きていたとは言えなかった、とわかった。私はジュリアンが生きている間、彼の尻拭いばかりやっていた。ジュリアンに尽くすことこそが人生の全てだ、とね。そして、この身を捧げているのだから相手を束縛しても構わないと考える。それは支配が姿を変えたものでしかない。私たちの関係は依存だが、依存ではなく愛と形容しても同じことだ。支配の多くは愛の名の下に行われる」

「ミスター・バトラーが亡くなってからは何をなさっていたんですか？」

「元から表舞台に立つ方じゃなかったが、ジュリアンが死んでから完全にそれを辞めた。文壇にもアカデミズムにもマスメディアにも関わるのを辞めた。一年間、ジュリアンの著作権をめぐる厄介な争いがあったが、決着してから長い旅に出た。ジュリアンは世界中を旅したが、私はそうではなかった。本を読んだり、ジュリアンから聞いたりして知識として知っていただけだ。だから、自分で経験することにした。生まれて初めての休暇と言えなくもない。ジュリアンの足取りを辿り、ギリシアから小アジア、中東を経てインドまで行った。刺激を求めて旅したのではない。オリエンタリズムにも興味はない。知らなかったから知りたかっただけだ。ジュリアンが行ったさらに先へ、香港や君の国の日本まで行った。三島由紀夫は死ぬ一年前にジュリアンに手紙を送ってきた。『ネオ・サテュリコン』をエッセイで誉めたと言っていた。ジュリアンはお礼の返事を書いて、私も一緒に会いに行くつもりだったが、三島はすぐに亡くなった。日本へ行ったのはその埋め合わせみたいなものだ」

「僕もそのエッセイは読みました。三島についてどう思われますか?」

「手紙を読む限り、三島は感じが良い人だった。彼を誰かと比べようとは思わないね。しかし、私がアジアで一番気に入ったのは日本ではない。最後に行ったタイだよ。そこでミンに出会ったんだ。バンコクで暮らしているうちに南イタリアを思い出した。それでラヴェッロに戻ったんだ。アメリカでは常に息苦しさを感じていた。しかし、私は紛れもなくアメリカ人で、アメリカの連中は私を劣った同胞として扱った。ラヴェッロは昔から異邦人を受け入れてきたから暮らしやすかった。誰もが顔見知りだったが、他人のすることには干渉しない。もちろん住民は私をよそ者として扱った。でも、私を放っておいてくれた。アメリカでのけ者にされるより、イタリアでよそ者として生きる方が遥かに良かった」

「イタリアではどのような生活を？」

「さっき言ったとおりだ。朝早く起きて仕事をし、昼はアマルフィまで散歩し、料理を作って食べ、夜は眠るだけだ。本が一つ片付くとローマやフィレンツェ、ヴェネツィアへ休暇に行く。気が向けば別の国を旅した。私は初めて満たされた生活を送った」ジョンは満足気だが、疲労を感じさせる溜息をついた。「君は私が不幸にしてアメリカへ戻ってきてしまい、ジュリアンに取り憑かれていると思っているかもしれない。それは半分当たっているが、正確ではない。ジュリアンが死んでから長い時が経った。心の整理はできているし、多くのことは忘れてしまった。だから、思い出すために遺品をこうして並べている。今、書いている回想録のためだ」

「回想録をお書きになっているんですか？」

「そうだ。ジュリアンについての回想録だ。作家の人生はさして重要なものではないから、ジュリアンにとっても私にとっても仕事の脚注のようなものだが。あと一年もあれば終わるだろう。あれこれ言ったが、私ほどジュリアンを好きだった《ライクト》人間はいないよ。今まで話したことは自分自身への批判みたいなものだ。私はジュリアンを支配しようとしていたからね。やるべきことは全てやってしまった。今は概ね幸福だ」ジョンはスーツのジャケットの襟を指で摘《つま》んでみせた。「これはバーニーが誂えてくれたんだ。『新しいスーツが欲しい』と言ったら、私の身体《からだ》を採寸して、デザイン画を描き、生地も選んで、縫製も一人でやってしまった。いいスーツだろう。ジュリアンも着飾ることが大好きだった。バーニーが今着ているポロシャツも彼が自分で作ったものだ。バーニーにはファッション・デザイナーの才能がある」

バーニーはうなずきながらインタビューを終わらせるようにと言いたげな視線を僕に送ってきた。

「回想録を楽しみにしています。長い時間ありがとうございました」

「こちらこそ」ジョンは小声で答えた。また眠気が戻ってきたようだった。僕は深々とお辞儀をして立ち去る準備を始めた。ICレコーダー、デジタルカメラ、質問表やペンをまとめ、バーニーに付き添われてリビングを出ようとすると、背後から「夕食はまだかな」というジョンの声が聞こえる。バーニーは振り返って「さっきまでパニーノをたくさん食べていたでしょう！」と言いながら大笑いした。廊下で原稿の束を抱えたメディロスとすれ違った。

「もう帰るの？　今度はもっとゆっくり話したいよね」メディロスは声を掛けてきた。

「残念ですが、もう明日には日本に帰るんです」と僕は言った。

「また話すことになるって私にはわかってる。私にはいつだって先のことがわかるから」メディロスはそう言ってリビングに早足で入って行った。

邸宅を立ち去る時、ミンが弾くフランクのヴァイオリンソナタのピアノパートが聞こえてきた。フィナーレの第四楽章だった。クライマックスに近づくにつれ、ピアノは昂《たか》ぶっていく。これではコンサートでヴァイオリンは薙ぎ倒されてしまうだろう。ホロヴィッツというよりマルタ・アルゲリッチのような激情だ。共演者が気の毒になった。

バーニーはホテルまで真新しい紫のロールス・ロイスで送ってくれた。バーニーはハンドルを握りながら「シニョーレに『紫はプリンスの色だからこの車がいいですよ』ってねだったら『私はロック・スターじゃない』って大反対されたけど、最終的には買ってくれたよ。シニョーレはいつも君が今いる助手席に座ってる」と楽しげに言って、プリンスがセルフカバーした「ナッシング・コンペアーズ・トゥ・ユー」のライブ・バージョンを流し始めた。車窓からは往路と同じように砂漠が続いているのが見える。ホテルのエントランスにロールス・ロイスを乗りつけると、バーニーは「Facebookで友達になっておこう。そのうちまた話すことがあるよ。シニョーラ・メディロスの言うことは当たるから」と言った。お互いにiPhoneを取り出して登録を済ませた。バーニーはロールス・ロイスの窓を開けて手を振りながら走り去って行った。疲れを癒そうとホテルのバーでお薦めを頼むとギムレットが出てきた。そういえばロサンゼルスはレイモンド・チャンドラーの『ロング・グッドバイ』の舞台だ。僕はギムレットを口にしながらインタビューでのジョンの言葉を反芻《はんすう》して終日過ごした。

翌朝ロサンゼルスを発ち、七月二日に予定どおり成田に帰り着いた。機内でジョンのインタビューの文字起こしをノートPCに打ち込み、それが終わると推敲《すいこう》を始め、家に帰るや書き上げて入稿した。ギリギリの進行だった。紙数の制限もあり、インタビューはかなりの短縮を余儀なくされた。バーニーとの約束を守り、ジョンの写真は提供しなかった。養子のミン＝リンラダー・ジョンについてもプライバシーにあたるため、触れていない。

七月上旬に発売された「文藝」二〇一五年秋季号に「ジュリアン・バトラーを求めて――ジョージ・ジョン会見記」が掲載された。このあとがきの原型になったものだ。ネットで反響を見る限りジュリアン・バトラーを思い出した日本の読者は予想以上に多かったが、ジョージ・ジョンの存在を知る者はいなかった。バーニーとはFacebookのMessengerを通じて何度かやり取りしたが、ジョンは相変わらず元気でよく食べる、という以上の話は聞き出せなかった。

「文藝」の発売後、手持ち無沙汰になった僕はローマのアングロ・アメリカン書店から届いた書籍にようやく手をつけた。九月に九年ぶりの新刊が出る予定のアンソニー・アンダーソンの小説から読むことにした。

アンダーソンはアメリカ生まれでイタリアに住んでいる学者のペンネームということを除いて、経歴が明らかになっていない。生年も不明の覆面作家だった。アンダーソンの全著作は、といっても三作しかないが、イギリスにあるペーパーバック専門の出版社デダルス・ブックスから出ている。

まず一九九五年に長編小説『ある快楽主義者の回想』が公にされた。舞台はルネサンス時代のフィレンツェ。滅亡した東ローマ帝国から逃れてきた年老いた知識人に育てられた孤児で、マルティン・ルターと同じ年に生まれた架空の人文主義者ベルナルドによる回想録の形式を採っている。サヴォナローラによってベルナルドはフィレンツェを追われ、ローマでユリウス二世の庇護下に入る。ベルナルドはサヴォナローラを失脚させる陰謀に加わって暗躍し、サヴォナローラの処刑後、ベルナルドはバチカンで教皇レオ十世の片腕となる。レオはサン・ピエトロ大聖堂の改修や美術品、饗宴に湯水のように金を浪費し始めた。免罪符で資金を捻出するレオに反旗を翻したルターに対し、ベルナルドはヨーロッパ各地を密使としてめぐりながら権謀術数を駆使して政争を繰り広げる。レオが没してからもベルナルドは枢機卿として役目を果たし続け、パウルス三世の御世にルターとの妥協を模索し、トリエント公会議の開催を提案する。翌年、宿敵ルターは没した。ピウス四世の下で公会議はようやく終わる。次代のピウス五世の御代に死を目前にしたベルナルドは、ただただ今訪れている平和を望んだから政争に加わったものの自分の暗躍が却って動乱を大きくしてしまい、実のところ自らはカトリックを信奉しておらず、一四一七年に再発見されたルクレティウスの『事物の本性について』を枕頭《ちんとう》の書とするエピクロス主義者だった、と告白して回想録は終わる。

ルネサンスの享楽的かつ退廃的な風俗を戯画的に描き、カトリックにとってもプロテスタントにとっても冒瀆的だったため、『ある快楽主義者の回想』は物議を醸した。イギリスではベストセラーになり、十五ヵ国語に翻訳されている。スキャンダルにはなったが、文壇に登場した当初、アンダーソンは歴史小説家としての未来を嘱望されていた。

しかし、五年後の第二作『アンソニーの秘かな愉しみ』の舞台は現代で、作風は一新された。イタリアで生まれ育ったアントニオはマンハッタンでレストランを開き、成功しているバイセクシュアルのシェフだ。TV番組にもよく登場するアントニオは英語式のアンソニーという芸名で知られている。セレブになったアンソニーのイタリアン・レストランには味覚が不自由なアメリカ人が押し寄せ、うんざりしたシェフは秘かに客を殺して人肉料理を作り、振る舞っている。『アンソニー、世界を食べる』と題されたTVシリーズで、アンソニーは撮影中ユーモアたっぷりのお喋りを披露しつつ、世界をめぐって様々な国々の料理を食べ、自分でも作って楽しんでいるように見せかけているが、内心不味いと思った料理を作ったシェフを男女関係なく誘惑して性的関係を持った挙げ句、殺して解体し、人肉を食材と擦り替えてカメラの前で調理していた。撮影中、アンソニーが書いている日記が『アンソニーの秘かな愉しみ』という設定だ。アンソニーは事が露見して逮捕されかかるが、『アンソニー、世界を食べる』のディレクターに罪を擦《なす》りつけて無事イタリアに帰り、アマルフィで新しいリストランテを開店。相も変わらず観光客を殺して人肉料理を作りながら幸せに暮らす。黒い笑いに満ちたピカレスク・ロマンだった。前作でも顕著だった性描写は露骨さを増し、詳細にわたって調査したとわかる料理界の裏面が暴露されている。版元のデダルス・ブックスは何の前宣伝も行わずにひっそりと刊行したが、当然ながら顰蹙を買い、Amazon.co.uk のレビューは炎上、アンソニーが殺人を続けながら旅した設定の世界各国でも物議を醸し、今に至るまでアメリカでは出版されていない。主人公のファースト・ネームが著者と同一という露骨な目配せも問題にされた。イギリスではその悪趣味な性描写に対して、イーヴリン・ウォーの子オーベロン・ウォーが主宰するバッド・セックス・イン・フィクション・アワードを受賞。アンダーソンにとって初の、そして不名誉な受賞だった。

喧々囂々《けんけんごうごう》たる非難が版元のデダルス・ブックスにも寄せられたが、出版社は「アンソニー・アンダーソンの素性について我々は何も知らない。『ある快楽主義者の回想』は突然原稿が郵便で送られてきたに過ぎず、出版の交渉も印税の支払いもアンダーソンの代理人を名乗るイタリア在住の人間と手紙を介して行っている。代理人の事務所とされているイタリアの電話番号に掛けても、毎回スタッフと称するクルーゾーと名乗る男が出て、意味が取れないほど酷いフランス訛《なま》りの英語でひたすら間抜けなことを喋り、肝心なことは何も言わない。打つ手なしだ」とコメントを出したに留まり、アンダーソン自身も匿名をいいことに反論しなかった。

ところが、『文学への航海』を出した一九九五年から五年間沈黙していたジョージ・ジョンが、突然「ガーディアン」紙に『アンソニーの秘かな愉しみ』の書評を書いた。ジョンはアンダーソンを「ジュリアン・バトラーの後継者」と評して擁護している。僕はこの書評でアンソニー・アンダーソンの存在を知った。ジョンの指摘したとおり、アンダーソンの文章は明晰で、ブラック・ユーモアに彩られた『アンソニーの秘かな愉しみ』はバトラーの現代小説と似ていなくもない。だが、バトラーの小説の主人公たちはみな若く文体も率直なのに対し、アンダーソンの登場人物は高齢か中年ばかりで文体は老獪《ろうかい》で冷笑的だった。

ジョンはこの書評で執筆活動を再開するかと思いきや以後何も書いていない。一九九五年以降の著作はないのだから単行本にも収録されていない。アンダーソンを擁護するために復帰し、任が達せられたので引っ込んでしまったかのようだった。アンダーソンの方もそれから六年間、何の音沙汰もなかった。

二〇〇六年、第三作の『美の黄昏』という六百ページに及ぶ大長編が出版された。マンチェスターに生まれ、オックスフォードで教育を受けた唯美主義を奉じる同性愛者の評論家エドワード・ハリスが、オスカー・ワイルド裁判に衝撃を受け、フランスへ逃亡するところから小説は始まる。エドワードはパリで同性愛者の芸術家のコミュニティに加わり、ロベール・ド・モンテスキュー伯爵、アンドレ・ジッド、マルセル・プルーストと交友を結ぶ。エドワードはパリを経由して同性愛者の避難所になっていた南イタリアに向かい、亡命生活を送った。しかし、そこに集まっていた麻薬中毒者や少年愛者に嫌気が差したエドワードは、一九一〇年にパリへ舞い戻る。パリでエドワードはデビューしたばかりの若きジャン・コクトー、バレエ・リュスのディアギレフ、ニジンスキー、イダ・ルビンシュタイン、イダの恋人で彼女の肖像を描いた画家のロメイン・ブルックス、詩人のピエール・ルイスらに次々と出会っていく。社交界の軽薄なスノッブだったプルーストが小説家として真価を発揮していくのも目の当たりにする。だが、第一次世界大戦が激化し、エドワードはアメリカに渡った。ニューヨークで南部出身の快活な少女と出会い、女性の魅力を初めて意識したエドワードは結婚し、すぐに子供も生まれる。エドワードは筆を折って出版社を興し、十八世紀英文学と十九世紀末文学を刊行していく。エドワードは第一次世界大戦で荒廃したヨーロッパで、世紀末に生まれた唯美主義が黄昏を迎えていると悟った。そして、評論家として遂に大成せず、傍観者として過ごした自分を悔やむ。一九二三年、出版主としてささやかな成功を収めたエドワードは母校オックスフォードに講演を依頼され、二十八年ぶりに母国の土を踏む。そこではのちに歴史家となる唯美主義者のハロルド・アクトン率いるイーヴリン・ウォー、アンソニー・パウエル、ヘンリー・グリーンら「ブライト・ヤング・シングス」と呼ばれた学生の一群がエドワードを歓迎した。エドワードは新たな美の胎動とその復活を確信する。アメリカに帰ったエドワードにはまもなく孫が誕生した。幼い孫は読書に興味を持ち、オスカー・ワイルドを好んだ。エドワードは孫の成長を見守りながら、自分の文学を託すことを決める。

現在、アンダーソンの文学的な評価は高いようだ。『アンソニーの秘かな愉しみ』も『美の黄昏』も十ヵ国以上で訳された。ペーパーバック・ライターにもかかわらず、「ガーディアン」紙が二〇〇九年に発表した「ガーディアンが選ぶ必読小説千作——決定版リスト」に『ある快楽主義者の回想』は古今東西の名作とともに挙げられている。歴史小説家としての復帰作『美の黄昏』も英米で複数の権威ある文学賞の候補として検討されたらしいが、著者の得体が知れないせいで正式なノミネートは果たせなかった。そのうえ『美の黄昏』の前半は十九世紀末から二十世紀にかけてイギリスのゲイの間でよく行われていた公衆便所での発展行為や、パリでの名だたる芸術家たちのセックス描写、少年愛まで盛り込まれている過激な内容で、またしてもバッド・セックス・イン・フィクション・アワードを受賞した。バッド・セックス・イン・フィクション・アワード史上、二度も受賞した作家はアンダーソンだけだ。アングロ・アメリカン書店の店員も「アンダーソンはイタリアを舞台にすることが多いから、こっちでも全作翻訳があるし、よく読まれているよ」と言って意味ありげに苦笑いしていた。しかし、日本の読者とは合わないと判断されたらしく、一冊も邦訳はない。時間に余裕が出来たのはアンダーソンを読む良い機会だった。

九月、アンソニー・アンダーソンは予告どおり沈黙を破り、新作を出版した。前三作とは違い、ランダムハウスからの出版だ。*The New Life* というそっけないタイトルだった。ダンテの『新生』の英題と同じだが、島崎藤村にも同名の小説があるので、ここでは邦題どおり『新しい生』と呼ぶ。アンダーソンはランダムハウスの公式サイトを通じ、短いコメントを発表した。「これまでの小説は予行演習だった。『新しい生』こそが書きたかった小説だ」。これで終わりだったが、アンダーソンが初めて小説以外の文章を公にしたことで、英語圏のみならず、日本の海外文学ファンまでもが興味を示した。

僕はAmazon.comで予約して『新しい生』をいち早く入手した。『新しい生』の形式は紀行文やエッセイに近く、アンダーソンのこれまでの小説とはかけ離れていた。バトラーばりのエキセントリックなユーモアも、アンダーソン特有の意地の悪いレトリックも影を潜めており、飾らない静謐《せいひつ》な文体で書かれている。

時は一九七七年、ローマ・ラ・サピエンツァ大学で英米文学の教鞭を執る五十代のアメリカ人教授は、ヘレニズム史研究者の同性のパートナーと死別する。語り手の「教授」の名前は最後まで明かされない。それどころか登場人物は全員固有名を持たず、普通名詞と人称代名詞でしか書かれていない。

打ちのめされ、職を辞して、ローマを彷徨《さまよ》っていた教授は、香港生まれのオックスフォードで学んだ少年と出会い、肉体関係を持つ。そして、世界中を飛び回っている友人の女性ジャーナリストに旅に出るよう勧められる。翌年、気力を取り戻した教授は、亡くなった伴侶が最後まで研究を続け、実際に踏破したアレクサンドロスの足取りを少年と飼い犬を連れて辿ることを決めた。一行はまずギリシアに向かった。ギリシアを経て小アジア伝いに移動してエジプトを見て回った後、小アジアに戻って西へ進み、イラク、イランを横断する。直後にイランとアメリカは国交を断絶し、イラン・イラク戦争が始まった。紛争中のアフガニスタンを避け、パキスタンを経由してアレクサンドロスの遠征の終着地インドに滞在する。トルコからは少年の運転する車による陸路での移動だった。何度も危機に遭遇して教授は動揺するが、少年は冷静で落ち着きを失わない。犬も激変する環境によく耐えた。インドには足掛け二年も留まり、ネパール、チベットを抜けて、アメリカと国交を樹立したばかりの中国に至り、文化大革命の傷跡を目の当たりにする。多くの寺院や遺跡は破壊されていた。教授は少年の故郷である香港に腰を落ち着ける。一年後、少年は教授の母校のコロンビア大学の大学院で文学を専攻し、学問の道に戻りたい、と希望する。教授は援助を惜しまないと約束し、ニューヨークに赴く少年と別れて日本へ渡った。新宿にマンションを借りた教授は社交的とは言えない性格のためにゲイタウンの新宿二丁目が肌に合わなかった。教授は新宿五丁目の静かな通りにあるバーに足繁く通うようになる。バーのオーナーは頭脳明晰で教養豊かな女性だった。教授は女性に、元首相の息子でケンブリッジに学んだ酒仙としても知られた風変わりな文士が、三年前に亡くなったと聞く。女性は店の常連だった文士に贈られた教授の著書を読んでいた。文士は自衛隊に決起を呼び掛けたが果たせず、割腹自殺した小説家とも交流があったという。切腹した小説家は教授に手紙を送ってきたことがあった。教授は女性に文士が通ったビアホールや小説家が自決した市ヶ谷を案内してもらう。教授は日本で二年を過ごしたあと、タイを訪れる。亡きパートナーが気に入っていたオリエンタル・ホテルに投宿し、そこで旧知のホモセクシュアルの作家と偶然再会する。毎年バンコクを訪れている作家の案内で、繁華街のサイアム地区やバックパッカーが集まるカオサン通り、パッポン通りをめぐるが、教授は興味をそそられない。買春に押し寄せているアメリカ人や日本人の観光客に強い嫌悪感すら抱く。作家はゴーゴーバーの集合体になっている新興の歓楽センター、ナナ・プラザに教授を誘う。ゴーゴーバーのダンサーとウェイトレスは売春婦を兼ねるが、その退廃振りに生真面目な教授は恐れをなす。レディボーイと女性のダンサーが混在するゴーゴーバーへ作家に連れられて渋々入った教授は、一人でぽつんと立っている学生服を着たウェイトレスの少女に目を奪われる。亡きパートナーの面影が少女にはあった。レディボーイに囲まれて上機嫌の作家を残して、教授は少女とバーを出て行く。教授は屋台で食事をしながら少女の身の上を聞いた。少女は十八歳でピアニストを目指していた。両親との不仲で家を出てゴーゴーバーで働きながら、チュラロンコン大学の芸術学部でピアノを学んでいるが、生活は苦しい。少女はゴーゴーバーで働くうち客にＨＩＶに感染させられたと告白する。不幸中の幸いで現在は無症状だった。世界で流行していたＡＩＤＳはバンコクでも買春に訪れる白人によって蔓延《まんえん》が始まっていた。教授は医療費を肩代わりし、少女は認可されたばかりの抗ＨＩＶ薬による治療を受ける。暁の寺《ワット・アルン》に程近いトンブリーの静かな住宅街にある、チャオプラヤー川河畔の家も少女と暮らすために借りた。二人の関係はプラトニックなものだったが、教授はゆったりと流れる時間のなかに安らぎを見出す。トンブリーの家で長い旅路を共にした犬は遂に亡くなった。二十三歳の長寿だった。二人は自宅の庭に犬を埋葬する。教授は昔パートナーや犬と一緒に休暇を過ごしたアマルフィを思い出す。アマルフィの雰囲気はタイに通じるところがあった。教授がその話をすると、少女は政情不安のタイを離れて、本場のイタリアで音楽を学びたいと言った。教授は友人の作家の計らいで国王に拝謁し、HIV予防政策のための多額の寄付をし、少女とともに暗黒の五月事件直前にイタリアへ脱出する。

既に一九九二年になっていた。教授はアマルフィ海岸にヴィラを購入し、養子縁組した少女と新しく家族に迎え入れた子犬と暮らし始める。そこで教授は学問を捨てることに決め、初めての小説を書き出した。朝早くに起きて原稿を書き、少女と海岸に散歩に行き、ヴィラに戻って料理を作り、食卓を囲んで、夕方は少女のピアノの練習に耳を傾けて早い時刻に眠りに就く。平穏な生活に教授は確かなものを見出す。やがて少女はカクテル療法が功を奏し、日常生活を支障なく送れるようになった。「誰にでも教える」と評判の世界的なマエストロに師事するため、少女はトレントへ旅立つ。そして、教授が書いている小説こそがこの『新しい生』だと明かされるところで物語は終わっている。

僕はアンソニー・アンダーソンの正体がジョージ・ジョンだと確信した。ジョンは会っている間中ヒントをちらつかせていた。ジョージ・ジョンとアンソニー・アンダーソンとはそれぞれファースト・ネームとラスト・ネームで頭韻を踏む名前だ。そして、ジョンとアンダーソンは脚韻を踏む。ナボコフ流の言葉遊びによるペンネームだ。『ある快楽主義者の回想』は歴史に該博な知識を持つジョンが如何にも書きそうな小説だ。インタビューでもエピクロス派の詩人ルクレティウスの引用を口にしていた。『アンソニーの秘かな愉しみ』もはしゃぎ過ぎとはいえ、ブラック・ユーモアと美食はジョンの趣味がそのまま反映されている。『美の黄昏』に描かれるオスカー・ワイルドからイーヴリン・ウォーに至る審美的な文学の系譜はジョンの教養の基盤であり、ジョンに文学を教えた祖父はマンチェスター出身だと言っていた。主人公エドワードのモデルだろう。

『新しい生』の教授はジョンそのものだ。死別したパートナーのモデルはバトラー、友人の女性ジャーナリストはメディロスで間違いない。バンコクを案内する退廃的な同性愛者の作家はゴア・ヴィダルだ。ヴィダルの死後に出版された二つの評伝には、ヴィダルが晩年バンコクへ頻繁に旅していたと書かれている。少女はジョンの養子のピアニスト、ミン＝リンラダー・ジョンだ。ミンの師ミケランジェリは「誰にでも教える」ことで有名だった。日本の元首相の息子だった文士は吉田健一に決まっている。文士と交流があり、自決した小説家はもちろん三島由紀夫だ。吉田健一と三島由紀夫はのちに決別してしまったが、鉢の木会という集まりを開いていた。旅を共にする少年だけは誰がモデルかわからなかった。

バーニーにMessengerで、単刀直入に「アンソニー・アンダーソンはミスター・ジョンのペンネームだよね？」と訊ねた。半日経ってから「シニョーレは今、回想録に没頭しているんだ。朝から晩まで書いてるよ。寿命と競争だって言ってる。よく食べるし、元気だけど、心配だよ」と返信があった。真相を明かすつもりはないとわかり、それ以上の追及はしなかった。

『新しい生』の書評で英語圏のメディアはもちきりだった。穏やかな小説だったことから、これまでアンダーソンを支持し、シニックで過激な作風を賞賛していた一部の批評家たちは掌を返して失望の声をあげたが、アンダーソンを敬遠してきた多くの批評家と読者は賞賛した。僕はいち早く河出書房新社に企画を提出して受諾され、翻訳権の交渉を行った。ランダムハウスが著者と連絡を取って仲介してくれた。ジョンの指示に従ってバーニーが出版社とメールでやり取りをしているのだろうと思ったが、素知らぬ顔をした。ジョンがアンダーソンだと暴き立てることはしたくなかった。

『新しい生』は十一月に全米図書賞を受賞した。アンダーソンが授賞式に姿を現さなかったのは言うまでもない。河出書房新社の担当編集者は訳稿の提出を急かしてきたが、初めての翻訳だったので作業は遅々として進まず、年は明け、二〇一六年になってしまった。季節はめぐり、冬と春は去り、夏が訪れた。編集者の当たりはますますきつくなったが、訳稿は半分までしか進んでいなかった。担当編集者は進捗を伝える電話をする度に苛立ちを隠せない様子だった。僕も出版自体がなくなってしまわないか不安に駆られた。

八月二日、うだるような暑さにやる気を削がれ、ブラウザを起動させてネットをうろうろしていると、Facebook のジュリアン・バトラーの公式アカウントの新しい投稿が目に入った。

ジュリアン・バトラーの著作権者で文芸評論家・小説家のジョージ・ジョンが7月

31日、ロサンゼルスの自宅で死去しました。91歳でした。近日中に遺言に基づく発表がこのアカウントで行われます。

自分のなかの大きなものが急に消え去ったようだった。ジュリアン・バトラーの小説で文学にのめり込み、ジョージ・ジョンの導きでギリシア・ラテンの古典から十八世紀英文学、十九世紀末文学、そして二十世紀の英米小説に親しんだことが僕を文芸評論家にした。すぐにバーニーにお悔やみのメッセージを送ったが、返信はなかった。それから数日間の記憶はない。メディアは冷淡だった。海外のネットニュースに速報は出たが、経歴をおざなりに書いた短い記事ばかりだった。ジョンは二十年以上何も刊行していないのだから無理もない。しかし、ジョンがアンダーソンとわかったら話は別だ。僕は気を取り直してバトラーの公式アカウントを注視していた。

一週間後、Facebookのバトラーの公式アカウントは続報を投稿した。ジョンの死因は老衰。遺言状によってバトラーとジョンの小説と評論の全草稿や全書簡、ジョンの日記も含んだ全書類、バトラーとジョンの著作権はコロンビア大学に寄贈される。そして、アンソニー・アンダーソンはジョンのペンネームだったことが公表された。ジョンからは自分の全著作の名義を死後はアンダーソンに差し替えて欲しいとの希望があった。生前にジョンとペンギン・ランダムハウスは合意しており、デダルス・ブックスから『ある快楽主義者の回想』、『アンソニーの秘かな愉しみ』、『美の黄昏』の出版権の買い取りも既に行われていた。以後、ジョンとアンダーソンによる全著作はアンダーソン名義の下、ペンギンから再版される。遺言執行人は作家のジーン・メディロスとコロンビア大学の王哉藍《ウォン・セイラン》教授。ジョン及びバトラーの著作権管理はコロンビア大学が行う。

最後のパラグラフには奇妙なことが書いてあった。「遺言にはもう一つ重要な事項が記載されていましたが、我々ペンギン・ランダムハウスは遺言状を閲覧して初めてこのことを知りました。この件は協議のうえ、数日中に声明を発表します」

世界中をアンソニー・アンダーソンの訃報が駆けめぐった。TwitterのUSとUKではAnthony AndersonとGeorge Johnがホットワードとしてトレンドに浮上した。無数のWebニュースが発信され、英語版WikipediaのGeorge JohnとAnthony Andersonの項目では荒らし《トロール》による編集合戦が勃発し、二人の項目を統合するか否かで議論が続いていた。翌日、日本でも遅ればせながら読売新聞の夕刊にジョンの訃報が掲載され、翌々日には朝日新聞の朝刊にも載った。まもなく『アンソニーの秘かな愉しみ』の書評で行ったジョンの自作自演を糾弾する記事が「ニューヨーカー」に掲載された。しかし、今や世界中に広がるアンダーソンの愛読者はジョンの自画自賛をジョークとして面白がっていた。騒動は収束に向かい、非難を上回る追悼の声が世界を覆った。ジョージ・ジョンの紹介記事もネットに相次ぎ、Amazon.comとAmazon.co.ukではアンダーソンとジョンの著作がベストセラー上位を独占していた。出版、TV、ラジオにメディアが限られていた時代と違い、アンダーソン＝ジョンはインターネットで、バトラーすら引き起こしたことのない騒動を死後に仕掛け、自らの名前を世界に刻印してしまった。ジョン自身はもうこの世にいないのだから傷つくこともない。

二週間が経過した。ペンギン・ランダムハウスは予定を変更したのか、バトラーの公式アカウントは沈黙を守っていた。日本では事態が動いていた。僕は生前ジョンにただ一人インタビューした人間として朝日新聞にコメントを求められた。コメントはジョンがアンダーソンだったことを報じる小さな囲み記事に掲載された。朝日を読んだ河出書房新社の担当編集者は催促の電話をしてきた。国書刊行会の友人からはアンダーソンの『美の黄昏』と『アンソニーの秘かな愉しみ』の翻訳企画が持ち上がっていることを知らせるメールが届いた。『ある快楽主義者の回想』は既に翻訳権を取得したらしい。

その日も『新しい生』の翻訳は遅々として進まなかった。眠気に負けそうになっていた深夜、バトラーの公式アカウントが更新された通知がiPhoneのFacebookアプリに表示された。睡魔を振り払ってディスプレイを凝視した。

我々、ペンギン・ランダムハウスは今年7月31日に亡くなったジョージ・ジョン（アンソニー・アンダーソン）が、1977年に亡くなったジュリアン・バトラーの著作の共作者だったことをここに公表します。このことはジョンの遺言状に記載されていましたが、バトラーとジョンの担当編集者ですら何も知らされていませんでした。我々は確証を得るため、遺言執行人のジーン・メディロス、王哉藍教授と弊社の顧問弁護士を交え、協議を重ねてきました。ジョンとバトラーの長年の友人だったメディロス、ジョンの秘書ベルナルド・バリーニの証言、コロンビア大学に寄贈されたジュリアン・バトラー名義の録音も含む全草稿、全決定稿、そして全ての校正刷りとこの問題に関するバトラーとジョンの間で交わされた全書簡が王教授から提出されたことにより、我々はこの件を事実と認定しました。ジュリアン・バトラーの全著作は間違いなくバトラーとジョンとの共作によるものです。また、ジョンの希望により、ランダムハウスから出版されているジョンの著作はアンソニー・アンダーソン名義に修正されることが既に決定しておりますが、ペンギン・モダン・クラシックスから出版されているジュリアン・バトラーの全著作はジュリアン・バトラー&アンソニー・アンダーソン名義に次の版から変更されます。この問題に関してジョンは回想録を残しており、近くランダムハウスからアンソニー・アンダーソン名義で出版される予定です。

ペンギン・ランダムハウス　エグゼクティヴ・エディター
ハーマン・アシュケナージ

酷い詐欺に遭ったような気がした。会っている間、ジョンは皮肉屋ではあったが、飄々《ひょうひょう》とした可愛いと形容してもいい老人だった。四時間以上インタビューに付き合ってくれるほど親切でもあったが、僕にも秘密を守り通した。僕もゴーストライターの経験はある。記名でデビューする前に本を一冊代筆したこともあれば、この名前で仕事を始めてからも無記名の原稿をいくつも書いてもいる。それを今更言い立てるつもりはない。事前にゴーストライトや無記名で書くと契約を交わしているし、報酬は貰っているからだ。何故ジョンは墓まで持って行こうと思えば出来た事実を公にする必要があったのか。バトラーの小説は自分のものでもあると主張したかったのか。気がつくと窓から陽が射し込んでいた。既に朝になっている。眠らなければいけない。僕は理解も納得も出来ないまま、睡眠薬を飲んでベッドに潜り込んだ。

ジュリアン・バトラーとアンソニー・アンダーソンの共作の事実が報じられたあとは、第一の爆弾であるジョン＝アンダーソン以上の騒ぎになった。日本でも報じられたので、ご存じの読者も多いだろう。ジョージ・ジョン名義で書かれた『ジュリアン・バトラーのスタイル』ですら自注に過ぎないと判明してしまった。バトラーとジョージ・ジョンの時代のアンダーソンの元担当編集者で、二人の共作を公表したペンギン・ランダムハウスのハーマン・アシュケナージは八十八歳の老体を押して「ニューヨーク・タイムズ」のインタビューに応じ、「私は何も知らなかった。私は騙《だま》された」と憤激していた。スキャンダルが話題を呼び、バトラー＆アンダーソンとアンダーソン単独名義の著作はベストセラー上位に留まり続けた。二〇一六年が終わる頃には非難も薄れた。

そして、二〇一七年に出版された本書『ジュリアン・バトラーの真実の生涯』が第三の爆弾となった。すぐにベストセラー首位を独走し、「腐食性の機知。毒入りフルコース」（「ニューヨーク・タイムズ」）、「偉大な芸術家たちの醜悪な戯画」（「ニューヨーカー」）、「ゴシップの連続。『失われた時を求めて』のマクドナルド版」（「エスクァイア」）、「文学のテロリスト――アンソニー・アンダーソン」（「パリ・レヴュー」）といった『ネオ・サテュリコン』をめぐる一九五三年のスキャンダルの再現のような書評が様々な媒体を飾ったが、偏見剝き出しの攻撃はなく、誉めているのか貶《けな》しているのかわからない書評が主だった。当然の如くエドマンド・ホワイトを始め、手痛く批判された存命の関係者は反論した。しかし、アンダーソンは一年前に死んでいる。反響は怒りより諦めに似た苦笑といった方がいいかもしれない。ホワイトの「あの意地悪爺さんがまたやらかした」というコメントが騒動への反応を端的に表している。

この回想録には三つの側面がある。まず二十世紀のアメリカの歴史の裏面を同性愛者の視点から描いていること。同性愛が未だ犯罪もしくは精神病の扱いを受けていた頃のヨーロッパでは同性愛者の芸術家の隠れた世界的なネットワークがあった。アンダーソンの『美の黄昏』に描かれているように、オスカー・ワイルドの投獄によって危機に立たされたイギリスの同性愛者の作家たちがこの原型を築いたと考えられる。イギリス、フランス、ドイツ、イタリアに張りめぐらされたこの一大ネットワークは第二次世界大戦後のアメリカに飛び火した。この回想録に登場するポール・ボウルズ、テネシー・ウィリアムズ、トルーマン・カポーティ、ゴア・ヴィダル、アレン・ギンズバーグ、ウィリアム・バロウズ、ジェイムズ・ボールドウィン、ジーン・メディロス、そしてジュリアン・バトラーとアンソニー・アンダーソンが代表する世代が加わった。この作家たちは世界恐慌の只中で育ち、第二次世界大戦、冷戦、五〇年代のマッカーシズムによる同性愛者狩り、カウンターカルチャーの六〇年代を生き抜いた。

同性愛者のネットワークは第二次世界大戦後にアンダーグラウンドからメイン・カルチャーに進出を始め、やはり戦後に一大勢力となったユダヤ系の文学と並ぶ大きな潮流となった。その影響力は戦後に大きく進んだグローバル化によって、ヨーロッパ・アメリカに留まらず、ポール・ボウルズが居を定めたモロッコや日本の三島由紀夫にまで呼応する動きをもたらした。三島由紀夫がジャン・コクトーに面会し、クリストファー・イシャーウッド、テネシー・ウィリアムズ、トルーマン・カポーティとも交友があったことはよく知られている。この潮流はアメリカではジョン・レチーやエドマンド・ホワイト、アンドリュー・ホラーラン、デニス・クーパーたちに継承される。八〇年代のAIDS流行によって同性愛者には強い逆風が吹いたが、九〇年代には日本にも紹介された「ゲイ文学」という概念が提唱され、人口に膾炙《かいしゃ》した。しかし、エドマンド・ホワイトと同世代にあたり、小説家・文学者のクリストファー・ブラムは二〇一二年に出版した『卓越したアウトロー――アメリカを変えたゲイ作家たち』で、戦後に登場した作家のなかで最後まで生き残ったゴア・ヴィダルの事実上の沈黙により、ゲイ文学が終焉を迎えたと論じている。ブラムは新しい世代にあたるアーミステッド・モーピンら同性愛者の書き手たちが、抵抗ではなく、マジョリティとの同化を描いているとも指摘している。ヴィダルはブラムの著書が出た五ヵ月後に亡くなった。『ジュリアン・バトラーの真実の生涯』はそうした二十世紀同性愛文学への挽歌ともなっている。

もう一つは「作者とは誰か」という問題だ。小説の共作は珍しいことではない。エラリー・クイーンは、フレデリック・ダネイとマンフレッド・ベニントン・リーという従兄弟同士にあたる作家二人のペンネームだ。F・スコット・フィッツジェラルドは妻のゼルダの手紙や日記をそのまま小説に引き写した。妻の短編が夫名義で発表されたことすらある。フィッツジェラルドはゼルダその人もモデルとして徹底的に利用した。作家の原稿を編集者が修正することも日常的に行われている。トーマス・ウルフの『天使よ故郷を見よ』は編集者マックス・パーキンズによる大幅な削除と修正によって初めて世に出た。

小説の取材と執筆を別の人間がこなすこともよくある。サマセット・モームの甥で小説家のロビン・モームは叔父を回想した『モームとの対話』で、モームの秘書でパートナーだったジェラルド・ハックストンが聞いてきた話をモームが小説に仕立てていた、とハックストン本人から聞き出している。

ゴーストライトも出版業界ではよく行われる。日本でも芸能人や著名人の多くの著作にはゴーストライターが関与している。僕自身もゴーストライターだったのは既に書いたとおりだ。しかし、その全てに該当し、長年隠蔽されていたバトラーとアンダーソンのような事例は流石に目にしたことがない。

オスカー・ワイルドの『サロメ』を契機に生涯の伴侶となったバトラーとアンダーソンはオリジナルとコピーの問題を追究し、剽窃と捏造を肯定したワイルドの忠実な弟子だった。現在、アンダーソンの遺言によってコロンビア大学のバトラー図書館に寄贈されたバトラーとアンダーソンの全文書は遺言執行人の一人、王哉藍教授の管理下に置かれ、デジタル・アーカイヴ化と解析が始まっている。二人が執筆した草稿・決定稿・校正刷り・書簡のみならず、『ジュリアンの華麗なる冒険』と『終末』の原型となったバトラーの口述の録音、『ジュリアン・バトラーの真実の生涯』の原型となったアンダーソン自身の十五歳から九十一歳までの五万ページに及ぶ日記、出版契約書や印税・原稿料の振込通知、果てはバトラーが受け取ったパーティの招待状、アンダーソンのタクシーのレシートや細々とした買物の領収書まで保存されていたため、目録の作成すら困難を極めていると聞く。なお、バトラー図書館は第十二代学長のニコラス・バトラーにちなみ、ジュリアン・バトラーとは何の関係もないが、この図書館に全文書が寄贈されたこと自体がアンダーソンによるタチの悪い冗談の可能性も否定できない。

バトラーとアンダーソンの二人が共謀して創り上げた「ジュリアン・バトラー」の神話は生き残ったアンダーソン自らの手によって破壊され、今、歴史の領域に組み入れられようとしている。資料は残されており、調査を続ければ、いつの日かバトラーとアンダーソンの全貌を把握することができるかもしれない。しかし、二人の小説が正確にはどちらのものだったか、という問いに意味はないだろう。バトラーとアンダーソンが化学反応を起こした結果、二人の小説は生まれたからだ。

第三の要素は陳腐なことを言うようだが、ラブ・ストーリーとしての側面だ。アンダーソンは回想録でも僕とのインタビューでも、バトラーに対して一度もloveという言葉を使っていない。常に愛、loveではなく、好意を示すlikeを使用している。愛という概念にアンダーソンが否定的だったことのみならず、同性愛が抑圧されていた時代背景によるものだろう。アンダーソンは本書で同性愛者に対してgay（ゲイ）という単語をほとんど使用していない。一九七〇年代にゲイ・リベレーションが本格化するまで、アメリカではゲイという用語は主流ではなかった。一九二五年生まれのアンダーソンは代わりにそれまで主に用いられていたhomosexual（ホモセクシュアル）か差別的な略称のhomo（ホモ）、元々は侮蔑語だったが現在では肯定的に使用されることが多いqueer（オカマもしくは変態）の他、queen、faggot、fag、fairy（いずれも同性愛者を意味する侮蔑語）を使っている。この傾向は若かりし日に清教徒的だったアンダーソンの拭い難い同性愛嫌悪の名残とも考えられるが、同時代の同性愛者の作家たちも語彙の選択に関してはアンダーソンとさして違わない。翻訳ではそう書かれている箇所を除き、敢えて「ゲイ」とは言い換えず、時代背景と既に故人である著者の意図を尊重し、「同性愛」「ホモセクシュアル」「ホモ」「オカマ」とそのまま訳した。

バトラーとアンダーソンの関係は最初こそセックスを伴った恋愛として始まったが、すぐに支配権をめぐる争いの様相を呈している。性的な関係はのちに解消された。自由奔放なバトラーはアンダーソンを振り回し、アンダーソンはバトラーに陰で尽くす一方で支配しようとしている。リチャード・アルバーンによる銃撃事件まで二人の鬩《せめ》ぎ合いは均衡を保っているが、一九六八年にイタリアに渡ってから日陰者だったアンダーソンの生活が充実していくのとは対照的に、バトラーは破滅へ進んでいく。

　この回想録を最初に読んだ時、率直に言って僕はバトラーの実像に幻滅した。セックスに依存し、アルコールや煙草の嗜癖を抑えきれなかったバトラーは典型的な放蕩息子だ。満足に文章も書けず、「二十世紀のオスカー・ワイルド」というよりは、ワイルドの愛人で詩人としては優れた存在ではなかったアルフレッド・ダグラス卿を思わせる。バトラーは書く人ではなく書かれる存在だった。アンダーソンはその正反対だ。

　しかし、この回想録を二度三度と精読していくうちに僕はバトラーの違う側面に気づいた。両親の不仲、アルコールと男に溺れる母によるネグレクトにもかかわらず、天真爛漫で自分に自信があり、楽しむことを知っている。時代の制約からは考えられないほど自分の同性愛や女装を隠すこともせず、あっけらかんとしている。コンプレックスやルサンチマンもない。

　父親による虐待を受けて育ち、潔癖なまでに生真面目で、愛を率直に表現できないアンダーソンがバトラーの人生を狂わせた。『ジュリアン・バトラーの真実の生涯』の全編にわたって、アンダーソンはバトラーに愛憎を抱き続けている。バトラーは紛れもなく上流階級出身でアメリカの権力システムを幼い頃から知っており、早々に自分の属する集団を見切って、公然とアウトサイダーとして生きた。アンダーソンは中流階級出身の野心家で、同性愛を隠蔽して生きようとしたが、自らを偽ったため常に葛藤を抱えることになった。その試みは成功したとは言えない。アンダーソンは能力とそれによって得られる金銭を武器に狡猾《こうかつ》で自己中心的なサバイバルを展開した。経済的な優位に立てる国々で自主的な亡命生活を送ったのはポール・ボウルズやゴア・ヴィダルも同様で、同性愛者が抑圧されていた時代を生き残るためには仕方がなかったかもしれない。しかし、隠れて自己の利益を追求し続けたアンダーソンと、社会にコミットし続けたバトラーとでは雲泥の差がある。アンダーソンの回想録とインタビューに見られるバトラーへの敵意は全く不当なものだ。

アンダーソンは回想のなかで意地の悪い観察を行いつつ、自分の徹底したエゴイズムを告白している。ジョージ・ジョンはジュリアン・バトラーという名前に寄生していたが、バトラーの死後、自分の名前すら変え、アンソニー・アンダーソンとして生きた。そして、小説を書くことへ戻っていく。この回想録と対をなす『新しい生』は恋愛やセックスにどうしても適応できない人間が、喪の作業を経て別の生き方を見つけるまでのビルドゥングス・ロマンだ。

本書の翻訳には五年を要し、二〇一六年十二月に出版されたアンダーソンの『新しい生』の拙訳に続き、河出書房新社の担当編集者、尾形龍太郎氏の手を煩わせてしまった。感謝とともに深くお詫びする。来年、河出文庫から「ジュリアン・バトラー&アンソニー・アンダーソン全小説」というシリーズが発刊され、僕は全冊の解説を担当するため、またご迷惑をお掛けするかもしれない。

『ジュリアン・バトラーの真実の生涯』は一九二五年から一九七七年、飛んで二〇一五年の一世紀近い時間とアメリカ、フランス、イタリアを主たる舞台としている。背景と文脈を理解し、翻訳するためには膨大な数の資料を必要とした。アンダーソンはこの回想録を「脚注」と呼んでいたが、とんだ脚注もあったものだ。『ジュリアン・バトラーの真実の生涯』には小説家、評論家、詩人、画家、音楽家、出版社社長、編集者、映画監督、俳優、政治家、セレブリティ、ホテルやバーのオーナーまでが登場するが、僕には彼らが本当にこんな言動をしたのか、確証が持てなかった。アンダーソンが悪戯心を発揮して、次なる死後の壮大なペテンをでっちあげたのではないかという疑念が生じ、登場人物の著作や彼らについて書かれたものまで参照した。なかには存在を怪しんだ者もおり、バトラーとアンダーソンの全文書を精査中のコロンビア大学の王哉藍教授に問い合わせたが、アンダーソンの祖父バーナード・ハリスからチャウチャウのマリリンに至るまで実在している、と返信を戴いた。

『ジュリアン・バトラーの真実の生涯』のゲラを亡きアンダーソンに代わって著者校正したのはジーン・メディロスだ。メディロスは世界各国の翻訳者の問い合わせに王教授と共に応じている。レトリックについてはメディロスに、事実関係については王教授に確認し、邦訳は完成した。このあとがきを日本版に付すことは、メディロスと王教授の意向なのは日本語版序文で書いたとおりだ。回想録中の音楽に関する言及の翻訳にあたってはオペラ歌手の室町泰史氏に助言を戴いた。アメリカ文学者の青木耕平氏には原稿の校閲をお願いした。お二人に深く感謝する。『ネオ・サテュリコン』の第一章冒頭は鮎川信夫によるものではなく、拙訳である。参考文献一覧は巻末に挙げてある。

最後に登場人物たちの後日譚を披露してこのいささか長い訳者あとがきを終わろう。

ジーン・メディロスは二〇一六年にパリへ戻った。メディロスは僕が問い合わせる度に丁寧な返信をくれた。最初のメールの追伸には「だから私の言ったことは本当になるでしょう?」と記されていた。モンパルナスのアパルトマンで暮らすメディロスにはiPhone の FaceTime で翻訳を終えたことを伝えたばかりだ。僕は国際電話を掛けようとしたが、「顔を合わせて話した方がいいでしょう」というメディロスの希望でビデオ通話になった。iPhone のディスプレイに現れたメディロスは元気そのものだった。僕は何故パリに帰ったか訊いた。

「バーニーはあなたと会った時、私のことをシニョーラって呼んでいたでしょう? あの時、私は婚約していたの。女性とね。バーニーは気が早いから婚約しているうちから夫人《シニョーラ》扱いしていて。イタリア語にはミズにあたる言葉がないから。英語でミズって呼べばいいのにね。結婚なんて私には向かない。アメリカも大嫌い。五歳年上の恋人がカリフォルニアで余生を送っていたからしょうがなく引っ越しただけ。その頃のことは私の小説の『エミリア』に全部書いてあります。結局、結婚しないまま彼女を看取って、それからすぐにパリに戻ってきちゃった。ジョージは恐ろしく保守的だった。セックスもしなくなったのに同じ相手とあんなに長く暮らすなんて考えられない。ジュリアンは本当にいい子だったから諦めきれなかったのはわかるけど」

僕は今の生活について訊いた。「旅は大好きだけど、最近は全然してなくて」という答えが返ってきた。メディロスは高齢だ。心配になって「お身体が悪いのですか？」と言うと、ディスプレイに映るメディロスはふざけて目を上下左右にぐるぐる回した。

「そうじゃないの。今は新しいガールフレンドと暮らしているんです。私は八十八歳、相手は三十八歳。彼女は翻訳家です。『あなたの小説をフランス語に翻訳したい』って申し出があったから、会ってみたら『ずっと憧れていたんです』って思いつめた顔で口説かれてびっくりしちゃった。半世紀も年下の女の子と付き合うのはとても面白い。いつも二人でいたいから、家にいるのが楽しいだけ。おかげでじっくり小説が書けるし、彼女も今、自分の部屋で仕事中。そういえば、あなたもあの子と似たような年頃だったでしょう？　長生きはするものだなって思う」

メディロスはアンダーソンとバトラーが出会った才気煥発で潑剌とした二十四歳の頃と変わっていないようだった。

王哉藍教授にも翻訳の完成を国際電話で告げた。王教授はコロンビア大学の大学院に入学する際、アンダーソンにマンハッタンのタウンハウスを譲られ、今も家族と共に住んでいる。王教授の著作にはオスカー・ワイルド論、イーヴリン・ウォー論、テリー・

サザーンの評伝、ゴア・ヴィダル論がある。英米文学研究の権威だ。ヴィダル論は全米批評家協会賞を受賞した。王教授は今もバトラーとアンダーソンの全文書の精査を続け、デジタル・アーカイヴ化の作業を指揮している。王教授はクイーンズ・イングリッシュで穏やかに話した。コロンビアの教員紹介ページにアップされている繊細そうなプロフィール画像そのものの印象を受けた。僕は『新しい生』の少年のモデルは王教授なのか訊ねた。

「答えはイエスだよ。ある程度の脚色はされているけど、大体事実だね。一つ違うところがあるなら、旅行中アンソニーはずっと原稿を書いていて、出版社に送って本をいくつも出していたくらいかな。『新しい生』は生についての小説で書くことについての小説ではないから省略した、と僕には言っていた。反対に『ジュリアン・バトラーの真実の生涯』はタイトルに反して、人生ではなく、書くことについての回想録だね。僕に会うまでアンソニーは書くことしか考えてなかったらしいから。アンソニーとはオックスフォードを卒業して、ヨーロッパを旅行している時にローマで出会ったんだ。回想録の終わりに書かれているように、初めて会った時はアンソニー・アンダーソンと名乗ったんだけど、すぐに本名はジョージ・ジョンだと言い出した。ジュリアン・バトラーとの関係も全部話してくれた。僕はバトラーの小説は十代から愛読していたから驚いたよ。ジョンの本もオックスフォードで読んでいたし。僕にはアンソニーと呼んで欲しいというから、そう呼んでいたけど、公式にあの名前を使い出したのはずっとあと。アンソニー・アンダーソン名義で小説を出した時からだね。僕にはそれから嘘をついたことは一度もない。不器用な人だし、そこが好きだった」

王教授はアンダーソンと別れたあとはどうしたのかも話してくれた。

「アンソニーとは別れたわけじゃないんだ。僕が香港でコロンビアに入って学問を再開したいと言ったら、ニューヨークにはタウンハウスがあるからそこに住めばいい、君なら良い文学者になれる、と送り出してくれたんだ。でも、アメリカには二度と戻る気はないから一緒には行けない、と言った。だから、単に別行動を取ったんだ。あの時はアンソニーがアメリカで亡くなるとは思わなかったけどね」王教授は苦笑した。「パートナーシップは自然と解消されたけど、ずっと家族みたいに付き合っていた。僕自身はコロンビアの博士課程にいる時に同じ中国系の女性と結婚して、子供もできたし、今は孫もいる。僕は好きになった人と付き合うんだ。アンソニーはそれを知っていたから怒るどころか祝福してくれたよ。僕はミンやバーニーと同じで、アンソニーにとっては子供のような存在だったと思う。アンソニーは親の役目を立派に果たしたよ。彼とは恋愛というより、家族に近い。思うにアンソニーほど恋愛に向いていない人間はいないんじゃないかな。アンソニーが本当に恋に落ちたのはジュリアン・バトラーだけだったと思うよ。アンソニーは自分の教養と知識を僕に授けてくれた。僕の仕事は評論家としての彼の成果を継承し、発展させたものだ。僕がアンソニーとバトラーの全文書を精査しているのは、次に予定している本がアンソニーの評伝だからだよ。『ジュリアン・バトラーの真実の生涯』は露悪的過ぎる。僕から見たアンソニーはあんな人じゃなかった。だからさらに真実を探っているんだ。毎夜遅くまで作業しているせいで、帰って来ると孫は寝ているから一緒に遊ぶことが出来なくて初めてアンソニーを憎たらしく思ったけどね」

僕は最後に、何故アンダーソンは死後、ジュリアン・バトラーとの共作を暴露したのかわからない、と本音を言った。

「そのヒントになりそうなものは見つけたよ。アーカイヴの精査中にアンソニーの日記の最後のページを読んだんだ。現物をスキャンしたら君にPDFファイルで送るよ。それを読めば君にも理由がわかると思う」

僕は『新しい生』で描かれたタイを見たくなり、『ジュリアン・バトラーの真実の生涯』の翻訳中、原稿を放り出してバンコクに飛んだ。日本からタイまでは六時間で着く。航空券も往復二万円しかかからない。バンコクが世界で最も観光客が訪れる人種の坩堝《るつぼ》で、近代化が著しいと情報として知ってはいたが、高層ビルが林立し、中心地のサイアム駅ではタイ語、英語、フランス語、中国語、日本語、韓国語、アラビア語が飛び交い、目眩《めまい》すら覚えた。道路は自動車で埋め尽くされ、バイクとトゥクトゥクがその合間を縫って猛スピードで追い越していく。初日に訪れたチャオプラヤー川西岸にある『新しい生』で教授と少女が暮らしたトンブリーは、東岸と比べて観光客も疎らで高層ビルもなく、道端に放し飼いにされた犬が寝そべっているのを見かける穏やかな地区だったが、アンダーソンの足取りを辿り、バンコクを歩き回るうちに次第に暗部も目に入ってきた。タイでは午前十一時から午後二時、午後五時から午前零時以外の時間帯は酒類の販売が法的に禁止されている。だが、ナナ・プラザのあるストリートの両側に並ぶバービアのテラスでは公然と酒が売られていた。バービアには白人が群がり、朝から酔いどれながらウェイトレスを買っている。誰もが品がなく、容姿も良いとは言えず、それほど金もなさそうな中流階級の中年か高齢の男性ばかりで、ミシェル・ウエルベックの『プラットフォーム』に出てくるような連中だった。警察は外国人を相手にするバーにはお目《め》溢《こぼ》しをする。観光客はセックスと引き換えに金を落としてくれるからだ。これでは外貨獲得のために国を挙げて売春を奨励しているのと変わりがない。夜のスクンビット通りではストリート・ガールとストリート・レディボーイが列をなしている。パッポン通りのバーで在タイ日本人とも何人か顔を合わせたが、下卑た笑いを浮かべてウェイトレスを持ち帰ろうとしてばかりいた。日本大使館からは大規模政治集会に近寄らないようにと注意喚起のメールがひっきりなしに来る。デモが行われる周辺の道路を軍が封鎖しているのも見た。今のタイは民政の皮を被った軍政に過ぎず、政情不安が続いているのがわかった。それでもバンコクの活気は凄まじかった。ここと比べれば三十年も不況が続いている東京は葬式同然だ。

　バンコクを訪れたのは、アンダーソンの養子ミン＝リンラダー・ジョンがコンサートのために母国に戻っていたからでもある。『ジュリアン・バトラーの真実の生涯』にはミンについての言及がない。あとがきでミンに触れる許可を求めるために王教授に連絡先を教えてもらった。ミンは滞在先のコンドミニアムで話しましょう、と住所をＬＩＮＥで送ってきた。

　スクンビット通りから枝分かれした小道《ソイ》の奥に建つ高層コンドミニアムに現れたミンは、ゆったりとしたタイプライター生地のシャツワンピースに身を包んでいた。広いリビングには大きなソファが並び、中央にスタインウェイのグランドピアノが置いてある。地上五十階にあるコンドミニアムの窓からはチャオプラヤー川を行き交う渡し船まで見えた。「ミズ・ジョン」と呼び掛けると「ミンって呼んで下さい」と笑われた。「これは堅苦しいビジネスの話じゃないでしょ。あなたとはもう一度会っているし」

　ミンは自分のことを書いても全く構わないと言った。

「パパは私がＨＩＶキャリアだと公表したら不利にしかならない、黙っておくべきだ、ミンはピアニストなんだからピアノで評価されればいい、それ以外はどうでもいいことだ、って私のデビューが決まった時、言ったの。パパは隠者みたいで、私生活を明かさなかったから。でも、私はパパじゃないし、時代が違う。少しは私が知られるようになってきた時に公表しちゃった。私はウイルスが検出限界以下まで下がってる。パパのおかげ。恋愛するのも問題ない。今は予防薬もあるから。パパは私が養子だって明かすことは絶対許さなかった。作品の陰に隠れるべきだ、私生活は公表すべきではない、って言うの。それはパパの問題だから公にはしなかった。でも、先日申し出があったんだけど、タイのTV局が私のドキュメンタリー番組を撮りたいんだって。私の半生を辿る形でね。番組でパパのことはちゃんと話すつもり」

僕はミンがジュリアン・バトラーとジョージ・ジョンの関係、ジョンがアンソニー・アンダーソンだったことは知っていたのか訊ねた。

「もちろん。ジーンとセイランとバーニーももちろん。何から何まで。パパは無口で気難しいって思われてたみたいだけど、私にはうんざりするほどお喋りだったから。初対面からジョージ・ジョンと名乗ったし、すぐにジュリアンの写真を見せてくれた。白人とアジア系っていう違いはあるけど、自分にそっくりだってびっくりした。最初パパは私にジュリアンの面影を重ねていたのは確かかもしれない。でも、そのうちそんなことはどうでもよくなったみたい。『ジュリアン・バトラーの真実の生涯』はジュリアンへのアンビバレンスだらけじゃない？　ああいうのは私には全然なかった。ジュリアンが死んで反省したんでしょ。とても優しかったし、干渉もしなかった。私の欲しいものは何でも買ってくれたし、やりたいことはなんでもやらせてくれた。私がホロヴィッツを好きだってわかったら、勝手にホロヴィッツが愛用したピアノと同型のスタインウェイD-274を買ってきちゃうし。十万ドル以上したはず。子供を甘やかし過ぎ。パパは私と暮らすようになってから資産運用に励み始めたの。『子供が出来たのだから責任を持たなくてはいけない』って言うの。それから家族にバーニーが加わったから、結果的には良かったけど。おかげでパパの遺産総額は五千万ドル。パパはセイラン、私、バーニーに等分に分けようとしたけど、セイランはコロンビアに著作権を遺贈してもらったし、タウンハウスもずっと前に譲り受けたし、教職と自分の書いたもので充分収入があるからって断っちゃった。私もお金には困っていないから全額バーニーにあげるって言ったんだけど、バーニーは『マンマ、いやソレッラに悪いから』って一千万ドルは私が相続することになって。すぐにタイの赤十字に全額寄付したけど。パパと暮らしていた頃のタイはＨＩＶで酷いことになっていたけど、今は感染者は人口の一パーセントまで下がってる。でも、タイの人口の一パーセントだから七十万人くらいの患者がまだいるわけ。ゴア・ヴィダルはジャクリーン・オナシスの異父母兄だったセレブだからマーガレット王女とは仲が良かったし、世界の王室にパイプを持っていたんだけど、パパはヴィダルに頼んでラーマ九世に拝謁までして対ＨＩＶ政策のために多額の寄付をしてからも、毎年十万ドル、タイの赤十字に寄付していた。だから私もパパの遺志を継いだわけ。ロサンゼルスの家は私が相続した。バーニーはイタリアに帰るっていうから。パパが亡くなった家だし、アメリカでは今もあそこに住んでる」

会話を始めて二時間が経っていた。ミンはそろそろピアノの練習をすると言う。僕はコンドミニアムを辞去することにした。ミンは一階のロビーの外まで送ってくれた。夕方のラッシュアワーが始まっていて道路は大渋滞で騒がしい。ミンは急に改まった表情になり、言いたいことがあると告げた。

「パパは私を甘やかしただけじゃなかったんです。膨大なレコード・コレクションで私の音楽的な素養を豊かにしてくれました。コンサートで色々な国に行っても苦労しないように、英語、フランス語、イタリア語も教えてくれました。パパはフランス語とイタリア語の読み書きは出来ても、発音は酷かったけど。古典をテキストに使ってレッスンしてくれたから、教養も身につきました。ギリシア語とラテン語まで教えてくれようとしたので、流石にそれは断ったけど。パパとの暮らしは幸せそのものでした。ジーンは春から夏にかけて毎年来たし、あとからバーニーも家族になりました。『私には愛はわからない』なんて言っていましたけど、私にとっては最高のパパでした。このことは必ず書いておいて下さい」

僕は書くことを約束し、アプリで呼んだタクシーに乗り込みながら「ところでコンサートでは何を弾くんですか？」と訊いた。

「チャイコフスキーのピアノ協奏曲第一番！」ミンは路上の騒音に負けないぐらい大きな声で言って笑った。その笑顔の意味は僕にもよくわかった。

アンダーソンの秘書バーニーことベルナルド・バリーニは、ペンギン・ランダムハウスがFacebookでバトラーとアンダーソンの共作を公にした直後に連絡してきた。メディロス、王教授と共にニューヨークのリッツ・カールトン・ホテルに呼び出され、ペンギン・ランダムハウスの「お偉いさん」たちと二週間会議室に缶詰にされていたのだ。

「ハーマンっておじいちゃんが怖かったよ。会議中ずっと怒っていたんだけど、ルームサービスのステーキやサンドウィッチを次から次へと頼んで、怒りながら食べ続けるんだ。わけがわからなかったよ」とバーニーはMessengerで言ってきた。ハーマン・アシュケナージの食欲は高齢にもかかわらず、相変わらずらしい。

アンダーソンの死後、バーニーはマリリン三世を連れてイタリアに帰った。バトラーが所有していたローマのペントハウスを仕事の拠点にしている。バーニーは遺産を元手に自分の名前を冠したファッション・ブランド、ベルナルド・バリーニを興し、CEOと主任デザイナーに就任した。ベルナルド・バリーニはナツィオナーレ通りにメゾンを構え、新進気鋭のブランドとして注目されている。

バーニーは休日をラヴェッロのアンダーソンの旧邸で過ごしている。アンダーソンのヴィラは改装工事を終えていたが高値で買い手がつかず、シニョール・パオリーニは困り果てていたようだ。バーニーはシニョール・パオリーニと交渉し、散々値切った挙げ句、一千万ユーロ負けさせて、ヴィラを二千万ユーロで買い取った。赤字しかもたらされず、シニョール・パオリーニは地団駄を踏んだらしい。バーニーはヴィラの庭園にバトラーとアンダーソンの遺骨を埋葬した。

翻訳を終えてからラヴェッロのバーニーとはMessengerのビデオチャットで長時間話した。「僕が十歳からシニョーレとマンマ、じゃなかった、ソレッラに育てられたのはここだし、シニョーレが一番好きだった家はここだしね」

ディスプレイの向こうでは今は亡きプリンスの「ベッチャ・バイ・ゴーリー・ワウ！」がエンドレスでリピートされている。プリンスは結婚と子供の誕生を記念して、このザ・スタイリスティックスの名曲をカバーした。先日、バーニーは結婚式をラヴェッロで挙げた。お相手はビバリーヒルズ・ホテルのプール・バーで知り合ったフランス人のジュリエットという二十七歳の女優だ。バーニーはフランス語は全然できなかったが、ジュリエットを目にする度に落ち着かなくなる秘書にアンダーソンが気を揉み、酷い発音のフランス語で話し掛けたという。幸いジュリエットはパリ政治学院を卒業したインテリで、ある程度の英語とイタリア語も少々話せたうえ、ジョージ・ジョンの多くはない読者の一人だった。

「ほとんどシニョーレが口説いたようなものだよ」

僕は『ジュリアン・バトラーの真実の生涯』に「日本の文芸評論家を名乗る青二才」として自分が登場するので気恥ずかしくなった、と言った。

「あれは照れだよ。シニョーレは凄くシャイだったんだ」バーニーは大笑いした。「君に会った時、シニョーレはおめかししていたよね？」

「紫のネクタイを締めていたからびっくりしたよ」

「シニョーレはインタビューに応じたことなんてなかったし、あの時も『新しい生』の校正と回想録の原稿で大忙しだったんだよ。いつも家ではTシャツだったし、外出は着古したブルックス・ブラザーズのスーツだったんだ。でも、君の手紙を読んで『新しいスーツが欲しい』と言うから僕が作ってあげた。ネクタイもね。君の手紙がシニョーレに火をつけたんだ」

何と答えていいのかわからなくなって僕は口を噤《つぐ》んだ。

「シニョーレとは子供の頃からマンマの友達で会っていたけど、いつもぼんやりとしていて学校に行っても寝てばかりいるのんびり屋だった僕を引き取って、僕の目を世界へと開いてくれた。僕はシニョーレへの感謝を忘れない」バーニーは珍しく真剣な顔をして言った。「シニョーレは『自分には子供がいなかった。作品だけが自分の子供だと思っていた。今はそうではない。子供が多過ぎる』といつも言っていた。セイランとミンと僕はシニョーレの子供のようなものだよ。さっきも言ったとおり、シニョーレはシャイだから君のことをそっけなく書いていたけど、シニョーレは君のことも自分の子供のように思っていたんじゃないかな。それにシニョーレは結局もう一人のジュリアン・バトラーだったんだから、君はジュリアン・バトラーに会ったことになるよ」

「そうだね。そう思う」それ以外、僕は言葉を見つけられなかった。また連絡するとバーニーに言ってMessengerを閉じた。PCのフォルダに保存されているアンダーソンと自分が映った画像を開いた。僕はそうとは知らずに世界で一番会いたかった作家と会っていた。もう一人のジュリアン・バトラーは彼一流の不器用なやり方で、僕の願いを叶えてくれていたのだった。数日後、王教授からアンダーソンの日記の最後のページをスキャンしたPDFファイルが送られてきた。二〇一六年七月二十日の日付がある。

夢を見た。私はラヴェッロの書斎のテラスにいた。海と溶け合う空はどこまでも碧い。潮風が頬をくすぐっている。私はヴィラをあとにして庭園に出た。初夏の陽光が肌を焼く。マリリンが足にまとわりついてくる。私は彼女の頭を撫で、咲き乱れる百合の花々の間を通って東屋まで歩いて行った。芳しい香りを放つ藤棚の下に私は腰掛けた。ヴィラから誰かが出てくる。ジュリアンだった。マリリンは舌を出してジュリアンに駆け寄り、飛びついた。ジュリアンはゆっくりとこちらに歩いてくる。その間にジュリアンは次々と姿を変えた。この世を去る前の病衣のジュリアン、「マリー・アントワネットにプロポーズしたモーツァルト」と自称していたロココ時代の正装、一九六〇年代のレザースタイルのジュリアン、ローマでミニスカートを穿いていたジュリアン、ロココ調のドレスでマンハッタンの度肝を抜いていた頃のジュリアン、ジバンシィがお気に入りだったパリ時代のジュリアン、「プレイボーイ」のグラビアで身に纏ったヴィクトリア朝のドレス姿のジュリアン、ランバンのドレスを着てピンク・フラミンゴで歌うジュリアン、東方の踊り子の衣装でサロメに扮したジュリアン。最後にジュリアンはフィリップス・エクセター・アカデミー時代の中性的な少年に戻った。ジュリアンは私に微笑んで言った。

「また会えたね」

そこで夢は終わった。そう。もうすぐジュリアンにまた会える。私たちはふたたび一つになる。

王教授が言ったとおり、アンダーソンがバトラーとの関係を明らかにした理由がわかった気がした。アンダーソンはバトラーに愛情を一度も言葉で伝えられず、バトラーとのパートナーシップを七十五年間も公に出来なかった。だからこそ、屈折したやり方ではあるが、『ジュリアン・バトラーの真実の生涯』は懺悔《ざんげ》として書かれなくてはならなかったのだろう。皮肉や露悪に目眩《めくら》ましされずにこの回想録を読めば、全編にわたってアンダーソンが愛したジュリアン・バトラーのことしか書かれていないのがわかる。アンダーソンはバトラーと心も体も一つになりたかったのだろう。それは虚しい願いだ。バトラーは死に、アンダーソンは生きた。しかし、アンダーソンはせめてバトラーと小説のなかで一つになりたかったに違いない。それこそがアンダーソンがジュリアン・バトラーの共作者だと公表した理由だと思う。肉体が滅びた今も二人は彼らが綴った言葉のなかで溶け合って生き続けている。

現代の我々は古代ローマ時代にラテン語で書かれた『サテュリコン』の作者ペトロニウスが何者かを正確には知らない。『サテュリコン』の写本に記された著者の名とその作風が、タキトゥスによる『年代記』に記述されているネロ皇帝の廷臣で優雅の審判者《アルビテル・エレガンティアエ》と呼ばれたガイウス・ペトロニウスの人物像と一致するため、そう推定されている。ペトロニウスの生涯はわからないことが多い。そして、現代の読者は『サテュリコン』を同時代のローマ人のようには理解も共感もできず、文脈については仮説が存在するだけだ。ラテン語も、もはや古語だ。それでもペトロニウスの『サテュリコン』は読まれ続けている。

遠い未来にジュリアン・バトラーとアンソニー・アンダーソンが何者かわからなくなっても、作品の文脈を仮説で推測することしかできなくなっても、あるいは英語が古語になったとしても、二人の小説は僕のような触媒がいる限り、読み継がれていく。

川本直

主要参考文献

＊参照した版のみ記した。
原書を参照し、邦訳が存在するものは併記した。
また本編中の表記は邦題に必ずしも従っていない。

ジュリアン・バトラー&アンソニー・アンダーソン a.k.a. ジョージ・ジョン

Butler, Julian and George John also known as Anthony Anderson (uncredited). *Two Loves*. Olympia Press, 1948.（『二つの愛』宮本陽吉訳、河出書房新社、一九六五年）

———. *The Delirious Sky*. Olympia Press, 1950.（『空が錯乱する』吉田健一訳、河出書房新社、一九六六年）

———. *The Neo-Satyricon*. Olympia Press, 1954.（『ネオ・サテュリコン』（鮎川信夫訳、河出書房新社、一九六七年）

———. *The Brilliant Adventures of Julian*. Little, Brown and Company, 1964.（『ジュリアンの華麗なる冒険』永井淳訳、柏書房、二〇〇八年）

———. *The End of the World*. Random House, 1968.（『終末』日夏響訳、国書刊行会、一九八〇年）

———. *Glory: Alexander III*. Random House, 1975.

———. *Lost Illusions: Alexander III*. Random House, 1977.（『アレクサンドロス三世』多田智満子訳、国書刊行会、二〇〇二年）

John, George. *Even in Arcadia, There Am I*. Chapman & Hall, 1959.（『かつてアルカディアに』前川祐一訳、河出書房新社、一九七二年）

———. *From an Old Journal and Other Stories*. Random House, 1962.

———. ed. *Complete Interviews of Julian Butler*. Random House, 1993.

———. ed. *Julian Butler: Rewriting the Rules*. Random House, 1994.

———. *A Voyage to Literature: Essays 1963-1995*. Random House, 1995.

Anderson, Anthony. *Memoirs of an Epicurean*. Dedalus Books, 1995.

———. *The Discreet Charm of Anthony*. Dedalus Books, 2000.

———. *The Decline and Fall of Aestheticism*. Dedalus Books, 2006.

———. *The New Life*. Random House, 2015.（『新しい生』川本直訳、河出書房新社、二〇一六年）

———. *Even in Arcadia, There Am I*. Penguin Modern Classics, 2016.
———. *From an Old Journal and Other Stories*. Penguin Modern Classics, 2016.
———. ed. *Julian Butler: Rewriting the Rules*. Penguin Modern Classics, 2016.
———. *A Voyage to Literature: Complete Essays*. Penguin Modern Classics, 2016.
———. *The Real Life of Julian Butler: A Memoir*. Random House, 2017.（本書）
Butler, Julian and Anthony Anderson. *Two Loves*. Penguin Modern Classics, 2016.
———. *The Delirious Sky*. Penguin Modern Classics, 2016.
———. *The Neo-Satyricon*. Penguin Modern Classics, 2016.
———. *The Brilliant Adventures of Julian*. Penguin Modern Classics, 2016.
———. *The End of the World*. Penguin Modern Classics, 2016.
———. *Alexander Ⅲ*. Penguin Modern Classics, 2016.
吉田健一『米国の文学の横道』垂水書房、一九六七年
三島由紀夫『不道徳教育講座』角川文庫、一九六七年

ジーン・メディロス

Medeiros, Jeane. *It's Not a Sin*. Olympia Press, 1953.
———. *Obsessions*. Olympia Press, 1954.
———. *Girls & Girls*. Olympia Press, 1955.
———. *Introducing Mr. Leary*. Doubleday, 1956.
———. *Cruel Games*. Doubleday, 1957.
———. *Voluntary Refugees*. Doubleday, 1962.
———. *We Could Be Stars*. Doubleday, 1967.

———. *Daydreams*. Doubleday, 1970.
———. *Falling*. Doubleday, 1975.
———. *This World Is My Playground*. Random House, 1980.
———. *The City of Vanity*. Random House, 1985.
———. *A Manic Journey*. Random House, 1992.
———. *The Summer of Conspiracy*. Random House, 1999.
———. *South to South*. Random House, 2003.
———. *Paris, 1952*. Random House, 2009.
———. *Emilia*. Random House, 2015.
———. *Cyril Leary Trilogy: Introducing Mr. Leary, Cruel Games, Voluntary Refugees*. Vintage, 2018.

リチャード・アルバーン

Albarn, Richard. *Raise the Stars and Stripes*. Charles Scribner's Sons, 1948.
———. *They're Trash*. Charles Scribner's Sons, 1955.
———. *The Literary Hero*. Charles Scribner's Sons, 1959.
———. *American Nightmare*. New American Library, 1964.
———. *I Shot Julian Butler: The Autobiography of Richard Albarn*. Olympia Press, 1968.

王哉藍（ウォン・セイラン）

Wang, Zhaolan. *Oscar Wilde: Paradoxical Truth*. Columbia University Press, 1990.
———. *Evelyn Waugh: Satirist's Style*. Oxford University Press, 1995.
———. *The Hipster: A Biography of Terry Southern*. Columbia University Press, 2001.

———. *Gore Vidal: The Critic as Novelist*. Doubleday, 2014.

ハーマン・アシュケナージ

Ashkenazy, Herman. *The Gourmand: A Memoir*. Random House, 2009.

ゴア・ヴィダル

Vidal, Gore. *United States: Essays 1952-1992*. Random House, 1993.
———. *Palimpsest: A Memoir*. Random house, 1995.
———. *Kalki*. Penguin Twentieth-Century Classics, 1998.（『大予言者カルキ』日夏響訳、サンリオ、一九八〇）
———. *Visit to a Small Planet*. Dramatists Play Service Inc., 1998.（「ある小惑星への訪問」浅倉久志訳『ＳＦマガジン』１９７０年10月号、通巻１３８号、早川書房、pp.129-156）
———. *The Best Man Revised Edition*. Dramatists Play Service Inc., 1998.
———. *Burr*. Vintage, 2000.（『アーロン・バアの英雄的生涯』田中西二郎訳、早川書房、一九八一年）
———. *1876*. Vintage, 2000.（『１８７６』田中西二郎訳、早川書房、一九七八年）
———. *Washington, D.C.* Vintage, 2000.（『ワシントンＤ.Ｃ.』宇野利泰訳、早川書房、一九六八年）
———. *Julian*. Vintage, 2003.
———. *The City and the Pillar*. Vintage, 2003.（『都市と柱』本合陽訳、本の友社、一九九八年）
———. *Williwaw*. Abacus, 2003.
———. *Point to Point Navigation: A Memoir*. Doubleday, 2006.
———. *Gore Vidal: Snapshots in History's Glare*. Harry N. Abrams, 2009.
———. *Myra Breckinridge*. Vintage, 2019.（『マイラ』永井淳訳、早川書房、一九六九年）
Altman, Dennis. *Gore Vidal's America*. Polity, 2005.

Buckley, William F., Gore Vidal and Robert Gordon. *Buckley vs. Vidal: The Historic 1968 ABC News Debates.* DeVault-Graves Agency, 2015.

Kaplan, Fred. *Gore Vidal: A Biography.* Doubleday, 1999.

Parini, Jay. ed. *Gore Vidal: Writer Against the Grain.* Columbia University Press, 1992.

———. *Empire of Self: A Life of Gore Vidal.* Doubleday, 2015.

Teeman, Tim. *In Bed with Gore Vidal: Hustlers, Hollywood, and the Private World of an American Master.* Riverdale Avenue Books, 2013.

トルーマン・カポーティ

Capote, Truman. *In Cold Blood: A True Account of a Multiple Murder and its Consequences.* Penguin Modern Classics, 2000.（『冷血』佐々田雅子訳、新潮文庫、二〇〇六年）

———. *Breakfast at Tiffany's.* Penguin Modern Classics, 2000.（『ティファニーで朝食を』村上春樹訳、新潮文庫、二〇〇八年）

———. *Music for Chameleons: New Writing.* Penguin Modern Classics, 2001.（『カメレオンのための音楽』野坂昭如訳、ハヤカワepi文庫、二〇〇二年）

———. *Answered Prayers: The Unfinished Novel.* Penguin Modern Classics, 2001.（『叶えられた祈り』川本三郎訳、新潮社、一九九九年）

———. *A Capote Reader.* Penguin Modern Classics, 2002.

———. *Other Voices, Other Rooms.* Penguin Modern Classics, 2004.（『遠い声 遠い部屋』河野一郎訳、新潮文庫、一九九一年）

———. *The Complete Stories.* Penguin Modern Classics, 2005.

ドナルド・ウィンダム『失われし友情――カポーティ、ウィリアムズ、そして私』川本三郎訳、早川書房、

一九九四年
ジェラルド・クラーク『カポーティ』中野圭二訳、文藝春秋、一九九九年
ローレンス・グローベル『カポーティとの対話』川本三郎訳、文藝春秋、一九八八年
ジョージ・プリンプトン『トルーマン・カポーティ』野中邦子訳、新潮社、一九九九年

アンディ・ウォーホル

Warhol, Andy. *a: A Novel.* Grove Press, 1998.
———. Hackett, Pat. ed. *The Andy Warhol Diaries.* Penguin Modern Classics, 2010.（パット・ハケット編『ウォーホル日記』中原佑介・野中邦子訳、文藝春秋、一九九五年）
———. *The Philosophy of Andy Warhol: From A to B and Back Again.* Penguin Modern Classics, 2019.（『ぼくの哲学』落石八月月訳、新潮社、一九九八年）
Warhol, Andy and Pat Hackett. *POPism: The Warhol Sixties.* Penguin Modern Classics, 2007.（アンディ・ウォーホル、パット・ハケット『ポッピズム——ウォーホルの60年代』高島平吾訳、文遊社、二〇一一年）
フレッド・ローレンス・ガイルズ『伝記ウォーホル——パーティのあとの孤独』野中邦子訳、文藝春秋、一九九六年
ヴィクター・ボクリス『バロウズ／ウォーホルテープ』山形浩生訳、スペースシャワーブックス、二〇一四年

オリンピア・プレスと周辺作家

Burroughs, William S. *Junky.* Penguin Books, 1977.（『ジャンキー』鮎川信夫訳、河出文庫、二〇〇三年）
———. *Queer.* Penguin Books, 1987.（『おかま』山形浩生・柳下毅一郎訳、ペヨトル工房、一九八八年）
———. *Naked Lunch.* Grove Press, 1992.（『裸のランチ』鮎川信夫訳、河出文庫、二〇〇三年）

Hill, Lee. *A Grand Guy: The Art and Life of Terry Southern.* Bloomsbury, 2001.
Morgan, Ted. *Literary Outlaw: The Life and Times of William S. Burroughs.* W. W. Norton & Company, 2012.
Southern, Terry. *Red-Dirt Marijuana and Other Tastes.* Citadel Press, 1990.（『レッド・ダート・マリファナ』松永良平訳、国書刊行会、二〇〇四年）
———. Southern, Nile and Josh Alan Friedman. ed. *Now Dig This: The Unspeakable Writings of Terry Southern, 1950-1995.* Grove Press 2001.
Southern, Terry and Mason Hoffenberg. *Candy.* Grove Press, 1996.（テリー・サザーン&メイソン・ホッフェンバーグ『キャンディ』高杉麟訳、角川文庫、二〇〇七年）
Nabokov, Vladimir. *The Real Life of Sebastian Knight.* Vintage, 1992.（『セバスチャン・ナイトの真実の生涯』（富士川義之訳、講談社文芸文庫、一九九九年）
———. Appel Jr, Alfred. ed. *The Annotated Lolita: Revised and Updated.* Vintage, 2011.（『ロリータ』若島正訳、新潮文庫、二〇〇六年）
ジョン・ディ・セイント・ジョア『オリンピア・プレス物語——ある出版社のエロティックな旅』青木日出夫訳、河出書房新社、二〇〇一年
旦敬介『ライティング・マシーン——ウィリアム・S・バロウズ』インスクリプト、二〇一〇年
アレグザンダー・トロッキ『ヤング・アダム』浜野アキオ訳、河出書房新社、二〇〇五年
J・P・ドンレヴィー『赤毛の男』「人間の文学16」小笠原豊樹訳、河出書房新社、一九六五年
W・S・バロウズ『バロウズという名の男』山形浩生訳、ペヨトル工房、一九九二年
ウィリアム・バロウズ、アレン・ギンズバーグ『麻薬書簡【再現版】』山形浩生訳、河出文庫、二〇〇七年
マーカス・ヴァン・ヘラー『ローマの狂宴』中川法江訳、富士見ロマン文庫、一九八七年
ヴィクター・ボクリス編『ウィリアム・バロウズと夕食を——バンカーからの報告』梅沢葉子・山形浩生

訳、思潮社、一九九〇年
バリー・マイルス『ウィリアム・バロウズ――視えない男』飯田隆昭訳、ファラオ企画、一九九三年
山形浩生『たかがバロウズ本。』大村書店、二〇〇三年

アメリカ文学

Bennett, Eric. *Workshops of Empire: Stegner, Engle, and American Creative Writing During the Cold War* (*The New American Canon: The Iowa Series in Contemporary Literature and Culture*). University of Iowa Press, 2015.
Bowles, Paul. *The Sheltering Sky*. Penguin Modern Classics, 2004.（『シェルタリング・スカイ』大久保康雄訳、新潮文庫、一九九一年）
———. *The Stories of Paul Bowles*. Ecco, 2006.
———『ポール・ボウルズ作品集』四方田犬彦・越川芳明編、白水社、一九九三―九五年
Lennon, J. Michael. *Norman Mailer: A Double Life*. Simon & Schuster UK, 2014.
McGurl, Mark. *The Program Era: Postwar Fiction and the Rise of Creative Writing*. Harvard University Press, 2011.
Nin, Anaïs. Herron, Paul. ed. *Mirages: The Unexpurgated Diary of Anaïs Nin, 1939-1947*. Swallow Press; Reprint edition, 2015.
Santayana, George. *The Last Puritan: A Memoir in the Form of a Novel*. MIT Press, 1995.
Wolfe, Tom. *The Kandy-Kolored Tangerine-Flake Streamline Baby*. Picador, 2009.
今井夏彦『アメリカ１９３０年代の光と影――ナサニエル・ウェスト論』荒地出版社、二〇〇八年
テネシー・ウィリアムズ『テネシー・ウィリアムズ回想録』鳴海四郎訳、白水社、一九七八年
ナサニエル・ウェスト『孤独な娘』丸谷才一訳、岩波文庫、二〇一三年

――――『いなごの日／クール・ミリオン――ナサニエル・ウエスト傑作選』柴田元幸訳、新潮文庫、二〇一七年
トム・ウルフ『そしてみんな軽くなった――トム・ウルフの1970年代革命講座』青山南訳、ちくま文庫、一九九〇年
「エスクァイア」編集部編『「エスクァイア」で読むアメリカ』常盤新平監修、青木日出夫ほか訳、新潮社、一九八五年
――――『エスクァイアアメリカの歴史を変えた50人』常盤新平監修、浅沼昭子ほか訳、新潮社、一九八八年
ブレット・イーストン・エリス『アメリカン・サイコ』小川高義訳、角川書店、一九九二年
ジョン・W・オルドリッジ『ロスト・ジェネレーション以後』佐藤亮一訳、荒地出版社、一九六〇年
川本三郎『スタンド・アローン――20世紀・男たちの神話』ちくま文庫、一九九二年
――――『フィールド・オブ・イノセンス――アメリカ文学の風景』河出文庫、一九九三年
ケン・キージー『カッコーの巣の上で』岩元巌訳、冨山房、一九九六年
ブレンダン・ギル『「ニューヨーカー」物語――ロスとショーンと愉快な仲間たち』常盤新平訳、新潮社、一九八五年
アレン・ギンズバーグ『吠える　その他の詩』柴田元幸訳、スイッチ・パブリッシング、二〇二〇年
ミシェル・グリーン『地の果ての夢、タンジール――ボウルズと異境の文学者たち』新井潤美ほか訳、河出書房新社、一九九四年
ジャック・ケルアック『オン・ザ・ロード』青山南訳、河出文庫、二〇一〇年
ベネット・サーフ『ランダム・ハウス物語――出版人ベネット・サーフ自伝』、木下秀夫訳、ハヤカワ文庫NF、一九八九年
ヒューバート・セルビー・Jr『ブルックリン最終出口』宮本陽吉訳、河出文庫、一九九〇年

レイモンド・チャンドラー『長いお別れ』清水俊二訳、ハヤカワ・ミステリ文庫、一九七六年
外山健二『ポール・ボウルズ――越境する空の下で』春風社、二〇二〇年
ジョン・ノールズ『友だち』須山静夫訳、白水社、一九七二年
トマス・ピンチョン『V.』小山太一・佐藤良明訳、新潮社、二〇一一年
スコット・フィッツジェラルド『グレート・ギャツビー』村上春樹訳、中央公論新社、二〇〇六年
マシュー・J・ブラッコリ編『ゼルダ・フィッツジェラルド全作品』青山南・篠目清美訳、新潮社、二〇〇一年
パリ・レヴュー社編『作家の秘密――14人の作家とのインタビュー』宮本陽吉ほか訳、新潮社、一九六四年
ロナルド・ヘイマン『テネシー・ウィリアムズ――がけっぷちの人生』平野和子訳、平凡社、一九九五年
ヘミングウェイ『移動祝祭日』高見浩訳、新潮文庫、二〇〇九年
ジョーゼフ・ヘラー『キャッチ＝22』飛田茂雄訳、ハヤカワ文庫NV、一九七七年
ジェイムズ・ボールドウィン『山にのぼりて告げよ』斎藤数衛訳、早川書房、一九六一年
――『ジョヴァンニの部屋』大橋吉之輔訳、白水Uブックス、一九八四年
エドマンド・ホワイト『燃える図書館――ベスト・エッセイ70s-90s』柿沼瑛子訳、河出書房新社、二〇〇〇年
ヘンリー・ミラー『北回帰線』大久保康雄訳、新潮文庫、一九六九年
ケイト・ミレット『性の政治学』藤枝澪子ほか訳、ドメス出版、一九八五年
ノーマン・メイラー『ノーマン・メイラー全集』山西英一訳、新潮社、一九六九年
――『ノーマン・メイラー選集』山西英一・邦高忠二訳、早川書房、一九七〇―七七年
四方田犬彦『モロッコ流謫』ちくま文庫、二〇一四年

イギリス文学

Coward, Noël. *Coward Plays: 2: Private Lives; Bitter-Sweet; The Marquise; Post-Mortem*. Methuen Drama, 1979.

———. *The Lyrics of Noël Coward*. Methuen Drama, 2002.

———. *I'll See You Again*. OnlineSheetMusic.com, Kindle Edition, 2013.

———『ノエル・カワード戯曲集　I・II』加藤恭平訳、ジャパン・パブリッシャーズ、一九七六―七七年

———『スイートルーム組曲――ノエル・カワード戯曲集』福田逸訳、而立書房、二〇二〇年

Ellmann, Richard. *Oscar Wilde*. Vintage, 1988.

Hoare, Philip. *Noël Coward: A Biography*. The University of Chicago Press, 1998.

Huxley, Aldous. *Complete Works of Aldous Huxley*. Delphi Classics, Kindle Edition, 2018.

Madsen, David. *Memoirs of a Gnostic Dwarf*. Dedalus Books, 1995.（『グノーシスの薔薇』大久保譲訳、角川書店、二〇〇四年）

———. *Confessions of a Flesh-eater*. Dedalus Books, 1997.（『カニバリストの告白』池田真紀子訳、角川書店、二〇〇八年）

Murray, Douglas. *Bosie: A Biography of Lord Alfred Douglas*. Miramax Books, 2000.

Waugh, Evelyn. *Decline and Fall*. Penguin Twentieth Century Classics, 1990.（『ポール・ペニフェザーの冒険』柴田稔彦訳、福武文庫、一九九一年）（『大転落』富山太佳夫訳、岩波文庫、一九九一年）

———. *Brideshead Revisited*. Penguin Modern Classics, 2000.（『ブライヅヘッドふたたび』吉田健一訳、ちくま文庫、一九九〇年）

———. *Black Mischief*. Penguin Modern Classics, 2000.（『黒いいたずら』吉田健一訳、白水Uブックス、一九八四年）

———. *Complete Works of Evelyn Waugh*. Delphi Classics, Kindle Edition, 2019.

Wilde, Oscar. *Complete Works of Oscar Wilde.* Collins, 2003.
フィリップ・イード『イーヴリン・ウォー伝――人生再訪』高儀進訳、白水社、二〇一八年
マーティン・エイミス『モロニック・インフェルノ』古屋美登里訳、筑摩書房、一九九三年
グレアム・グリーン『ブライトン・ロック』丸谷才一訳、ハヤカワepi文庫、二〇〇六年
坂本武編『ロレンス・スターンの世界』開文社出版、二〇一八年
スウィフト『桶物語・書物戦争 他一篇』深町弘三訳、岩波文庫、一九六八年
――『ガリヴァー旅行記』平井正穂訳、岩波文庫、一九八〇年
――『召使心得 他四篇』原田範行編訳、平凡社ライブラリー、二〇一五年
ロレンス・スターン『トリストラム・シャンディ』朱牟田夏雄訳、岩波文庫、一九六九年
デフォー『ロビンソン・クルーソー』武田将明訳、河出文庫、二〇一一年
平井博『オスカー・ワイルドの生涯』松柏社、一九六〇年
宮崎かすみ『オスカー・ワイルド――「犯罪者」にして芸術家』中公新書、二〇一三年
サマセット・モーム『雨・赤毛――モーム短篇集I』中野好夫訳、新潮文庫、一九五九年
ロビン・モーム『モームとの対話』服部隆一訳、パシフィカ、一九七九年
D・H・ロレンス『完訳チャタレイ夫人の恋人』伊藤整訳、伊藤礼補訳、新潮文庫、一九九六年
オスカー・ワイルド『サロメ』福田恆存訳、岩波文庫、一九五九年
――『アーサー卿の犯罪』福田恆存・福田逸訳、中公文庫、一九七七年
――『ドリアン・グレイの肖像』富士川義之訳、岩波文庫、二〇一九年
――『童話集 幸福な王子 他八篇』富士川義之訳、岩波文庫、二〇二〇年
――『オスカー・ワイルド書簡集――新編 獄中記　悲哀の道化師の物語』宮崎かすみ編訳、中央公論新社、二〇二〇年

フランス文学

井上究一郎『幾夜寝覚』新潮社、一九九〇年
ボリス・ヴィアン『サン=ジェルマン=デ=プレ入門』浜本正文訳、リブロポート、一九九五年
ミシェル・ウエルベック『プラットフォーム』中村佳子訳、河出文庫、二〇一五年
ジャン=ジャック・キム、エリザベス・スプリッジ、アンリ・C・ベアール『評伝ジャン・コクトー』秋山和夫訳、筑摩書房、一九九五年
ジャン・コクトー『ジャン・コクトー全集』堀口大學・佐藤朔監修、曽根元吉編集、東京創元社、一九八〇—八七年
——『占領下日記 1942—1945』秋山和夫訳、筑摩書房、一九九三年
モーリス・サックス『魔宴』大野露井訳、彩流社、二〇二〇年
アンドレ・ジイド『アンドレ・ジイド全集 第04巻』石川淳ほか訳、新潮社、一九五一年
——『背徳者』石川淳訳、新潮文庫、一九五一年
——『地の糧』今日出海訳、新潮文庫、一九六九年
——『一粒の麦もし死なずば』堀口大學訳、新潮文庫、一九六九年
ジャン・ジュネ『ジャン・ジュネ全集』平井啓之ほか訳、新潮社、一九九二年
ルイ=フェルディナン・セリーヌ『夜の果てへの旅』生田耕作訳、中公文庫、二〇〇三年
高遠弘美『プルースト研究——言葉の森のなかへ』駿河台出版社、一九九九年
ジャック・ダデルスワル=フェルサン『リリアン卿——黒弥撒』大野露井訳、国書刊行会、二〇一六年
ジャン=ジャック・ナティエ『音楽家プルースト——『失われた時を求めて』に音楽を聴く』斉木眞一訳、音楽之友社、二〇〇一年
ファニー・ピション『プルーストへの扉』高遠弘美訳、白水社、二〇二一年
マルセル・プルースト『失われた時を求めて』井上究一郎訳、ちくま文庫、一九九二—九三年

――『失われた時を求めて』1–6巻、高遠弘美訳、光文社古典新訳文庫、二〇一〇―一八年
――『消え去ったアルベルチーヌ』高遠弘美訳、光文社古典新訳文庫、二〇〇八年
フローベール『三つの物語』山田九朗訳、岩波文庫、一九四〇年
ジョージ・D・ペインター『マルセル・プルースト――伝記』岩崎力訳、筑摩書房、一九七八年
エドマンド・ホワイト『マルセル・プルースト』田中裕介訳、岩波書店、二〇〇二年
――『ジュネ伝』鵜飼哲ほか訳、河出書房新社、二〇〇三年
J・K・ユイスマンス『さかしま』澁澤龍彥訳、河出文庫、二〇〇二年
アラン・ロブ゠グリエ『消しゴム』中条省平訳、光文社古典新訳文庫、二〇一三年

文学史・文学理論

Bloom, Harold. *The Western Canon: The Books and School of the Ages*. Riverhead Books, 1995.
Drake, Robert. *The Gay Canon: Great Books Every Gay Man Should Read*. Anchor Books, 1998.
E・アウエルバッハ『ミメーシス――ヨーロッパ文学における現実描写』篠田一士・川村二郎訳、筑摩書房、一九六七年
佐藤亜紀『小説のストラテジー』青土社、二〇〇六年
――『小説のタクティクス』筑摩書房、二〇一四年
イヴ・コゾフスキー・セジウィック『クローゼットの認識論――セクシュアリティの20世紀』外岡尚美訳、青土社、一九九九年
スーザン・ソンタグ『反解釈』高橋康也ほか訳、ちくま学芸文庫、一九九六年
A・バージェス『現代小説とは何か』前川祐一訳、竹内書店、一九七〇年
――『バージェスの文学史』西村徹訳、人文書院、一九八二年

古代ギリシア・ヘレニズム・古代ローマ関連

Champlin, Edward. *Nero*. Belknap Press: An Imprint of Harvard University Press, 2005.
Dio, Cassius. *Complete Works of Cassius Dio*. Translated by Foster, Herbert Baldwin. Delphi Classics, Kindle Edition, 2014.
Petronius. *The Satyricon*. Translated by Sullivan, J.P. Morales, Helen ed. Penguin Classics, 2011.
Woods, D. *Nero and Sporus*. Latomus Revue d'études latines, 68 (1), 2009, pp.73-82.
青柳正規『逸楽と飽食の古代ローマ――『トリマルキオの饗宴』を読む』講談社学術文庫、二〇一二年
アープレーイユス『黄金の驢馬』呉茂一・国原吉之助訳、岩波文庫、二〇一三年
アッリアノス『アレクサンドロス大王東征記――付・インド誌』大牟田章訳、岩波文庫、二〇〇一年
アリストテレス『新版アリストテレス全集　第20巻　著作断片集2』内山勝利ほか編、國方栄二訳、岩波書店、二〇一八年
岩崎允胤『ヘレニズムの思想家』講談社学術文庫、二〇〇七年
ジェラール・ヴァルテル『ネロ』山崎庸一郎訳、みすず書房、一九六七年
エピクロス『エピクロス――教説と手紙』出隆・岩崎允胤訳、ワイド版岩波文庫、二〇〇二年
オウィディウス『恋愛指南――アルス・アマトリア』沓掛良彦訳、岩波文庫、二〇〇八年
――『変身物語』中村善也訳、岩波文庫、一九八一―八四年
エドワード・ギボン『ローマ帝国衰亡史』中野好夫ほか訳、ちくま学芸文庫、一九九五―九六年
スエトニウス『ローマ皇帝伝』国原吉之助訳、岩波文庫、一九八六年
クリス・スカー『ローマ皇帝歴代誌』青柳正規監修、月村澄枝訳、創元社、一九九八年
アエリウス・スパルティアヌスほか『ローマ皇帝群像 2』桑山由文ほか訳、京都大学学術出版会、二〇〇六年
タキトゥス『年代記――ティベリウス帝からネロ帝へ』国原吉之助訳、岩波文庫、一九八一年

――『同時代史』国原吉之助訳、ちくま学芸文庫、二〇一二年
中西恭子『ユリアヌスの信仰世界――万華鏡のなかの哲人皇帝』慶應義塾大学出版会、二〇一六年
ロビン・レイン・フォックス『アレクサンドロス大王』森夏樹訳、青土社、二〇〇一年
プルタルコス『新訳アレクサンドロス大王伝』森谷公俊訳、河出書房新社、二〇一七年
ペトロニウス『全譯サテュリコン』岩崎良三訳、創元社、一九五二年
――『サテュリコン――古代ローマの諷刺小説』国原吉之助訳、岩波文庫、一九九一年
ペルシウス、ユウェナーリス『ローマ諷刺詩集』国原吉之助訳、岩波文庫、二〇一二年
堀田彰『エピクロスとストア――人と思想83』清水書院、二〇一四年
森谷公俊『アレクサンドロスの征服と神話』講談社学術文庫、二〇一六年
ディオゲネス・ラエルティオス『ギリシア哲学者列伝』加来彰俊訳、岩波文庫、一九八四―一九九四年
ルクレーティウス『物の本質について』樋口勝彦訳、岩波文庫、一九六一年
クルティウス・ルフス『アレクサンドロス大王伝』谷栄一郎・上村健二訳、京都大学学術出版会、二〇〇三年
A・A・ロング『ヘレニズム哲学――ストア派、エピクロス派、懐疑派』金山弥平訳、京都大学学術出版会、二〇〇三年

アメリカ関連

有賀貞ほか編『世界歴史大系　アメリカ史2――1877年～1992年』山川出版社、一九九三年
ジーン・スタイン、ジョージ・プリンプトン『イーディ――60年代のヒロイン』青山南ほか訳、筑摩書房、一九八九年
竹林修一『カウンターカルチャーのアメリカ――希望と失望の1960年代【第2版】』大学教育出版、二〇一九年

デイヴィッド・ハルバースタム『ザ・フィフティーズ——1950年代アメリカの光と影』峯村利哉訳、ちくま文庫、二〇一五年
ノルベルト・フライ『1968年——反乱のグローバリズム』下村由一訳、みすず書房、二〇一二年
ジョン・リーランド『ヒップ——アメリカにおけるかっこよさの系譜学』篠儀直子・松井領明訳、ブルース・インターアクションズ、二〇一〇年
シアドア・ローザック『対抗文化（カウンター・カルチャー）の思想——若者は何を創りだすか』稲見芳勝・風間禎三郎訳、ダイヤモンド現代選書、一九七二年
R・H・ロービア『マッカーシズム』宮地健次郎訳、岩波文庫、一九八四年

フランス関連

ジャン＝ポール・アロン『新時代人——フランス現代文化史メモワール』桑田禮彰ほか訳、新評論、二〇〇九年
柴田三千雄ほか編『世界歴史大系　フランス史3——19世紀なかば～現在』山川出版社、一九九五年
高遠弘美『物語 パリの歴史』講談社現代新書、二〇二〇年
アントニー・ビーヴァー、アーテミス・クーパー『パリ解放1944—49』北代美和子訳、白水社、二〇一二年
ティラー・J・マッツェオ『歴史の証人ホテル・リッツ——生と死、そして裏切り』羽田詩津子訳、東京創元社、二〇一七年
H・R・ロットマン『セーヌ左岸——フランスの作家・芸術家および政治　人民戦線から冷戦まで』天野恒雄訳、みすず書房、一九八五年

イタリア関連

池上俊一監修『原典 イタリア・ルネサンス人文主義』名古屋大学出版会、二〇一〇年
スティーヴン・グリーンブラット『一四一七年、その一冊がすべてを変えた』河野純治訳、柏書房、二〇一二年
シモーナ・コラリーツィ『イタリア20世紀史――熱狂と恐怖と希望の100年』村上信一郎監訳、橋本勝雄訳、名古屋大学出版会、二〇一〇年
陣内秀信『イタリア海洋都市の精神』講談社学術文庫、二〇一八年
アリーゴ・チプリアーニ『ハリーズ・バー――世界でいちばん愛されている伝説的なバーの物語』安西水丸訳、にじゅうに、一九九九年
マリオ・プラーツ『ローマ百景――建築と美術と文学と』白崎容子ほか訳、ありな書房、一九九九年
ヤーコプ・ブルクハルト『イタリア・ルネサンスの文化』新井靖一訳、筑摩書房、二〇〇七年
マキアヴェルリ『フィレンツェ史』大岩誠訳、岩波文庫、一九五四―六〇年

タイ関連

飯島明子・小泉順子編『世界歴史大系　タイ史』山川出版社、二〇二〇年
柿崎一郎『物語タイの歴史――微笑みの国の真実』中公新書、二〇〇七年
櫻井義秀・道信良子編著『現代タイの社会的排除――教育、医療、社会参加の機会を求めて』梓出版社、二〇一〇年
市野沢潤平『ゴーゴーバーの経営人類学――バンコク中心部におけるセックスツーリズムに関する微視的研究』めこん、二〇〇三年
末廣昭『タイ――中進国の模索』岩波新書、二〇〇九年
室橋裕和『バンコクドリーム――「Gダイアリー」編集部青春記』イースト・プレス、二〇一九年

同性愛

Loughery, John. *The Other Side of Silence: Men's Lives and Gay Identities: A Twentieth-Century History*. Henry Holt and Company, 1999.

デニス・アルトマン『グローバル・セックス』河口和也ほか訳、岩波書店、二〇〇五年

――『ゲイ・アイデンティティ――抑圧と解放』岡島克樹ほか訳、岩波書店、二〇一〇年

海野弘『ホモセクシャルの世界史』文春文庫、二〇〇八年

ロバート・オールドリッチ編『同性愛の歴史』田中英史・田口孝夫訳、東洋書林、二〇〇九年

リリアン・フェダマン『レスビアンの歴史』富岡明美・原美奈子訳、筑摩書房、一九九六年

ドミニック・フェルナンデス『ガニュメデスの誘拐――同性愛文化の悲惨と栄光』岩崎力訳、ブロンズ新社、一九九二年

ジェローム・ポーレン『ＬＧＢＴヒストリーブック――絶対に諦めなかった人々の１００年の闘い』北丸雄二訳、サウザンブックス社、二〇一九年

ジョン・ボズウェル『キリスト教と同性愛――1〜14世紀西欧のゲイ・ピープル』大越愛子・下田立行訳、国文社、一九九〇年

松原國師『【図説】ホモセクシャルの世界史』作品社、二〇一五年

ポール・ラッセル『ゲイ文化の主役たち――ソクラテスからシニョリレまで』米塚真治訳、青土社、一九九七年

宗教

Roller, Lynn E. *In Search of God the Mother: The Cult of Anatolian Cybele*. University of California Press, 1997.

『新共同訳聖書――旧約聖書続編つき』共同訳聖書実行委員会訳、日本聖書協会、二〇〇一年

『原典完訳アヴェスタ――ゾロアスター教の聖典』野田恵剛訳、国書刊行会、二〇二〇年

青木健『ゾロアスター教』講談社選書メチエ、二〇〇八年
――『マニ教』講談社選書メチエ、二〇一〇年
ミシェル・タルデュー『マニ教』大貫隆・中野千恵美訳、白水社文庫クセジュ、二〇〇二年
J・G・フレイザー『金枝篇――呪術と宗教の研究 第5巻　アドニス、アッティス、オシリス』石塚正英監修、神成利男訳、国書刊行会、二〇〇九年
ニコラス・J・ベーカー＝ブライアン『マーニー教――再発見された古代の信仰』青木健訳、青土社、二〇一四年
メアリー・ボイス『ゾロアスター教――三五〇〇年の歴史』山本由美子訳、講談社学術文庫、二〇一〇年
P・G・マックスウェル－スチュアート『ローマ教皇歴代誌』高橋正男監修、月森左知・菅沼裕乃訳、創元社、一九九九年

服飾・美容

ジョルジョ・ヴィガレロ『美人の歴史』後平澪子訳、藤原書店、二〇一二年
高村是州『ザ・ストリートスタイル』グラフィック社、一九九七年
ドミニク・パケ『美女の歴史――美容術と化粧術の5000年史』石井美樹子監修、木村恵一訳、創元社、一九九九年
レベッカ・M・ハージグ『脱毛の歴史――ムダ毛をめぐる社会・性・文化』飯原裕美訳、東京堂出版、二〇一九年
濱田雅子『アメリカ服飾社会史』東京堂出版、二〇〇九年
――『パリ・モードからアメリカン・ルックへ――アメリカ服飾社会史 近現代編』インプレスR&D、二〇一九年
深井晃子監修、周防珠実ほか編『ファッション　京都服飾文化研究財団コレクション　18世紀から現代ま

で第2巻　20世紀』TASCHEN、二〇一〇年
キャリー・ブラックマン『ウィメンズウェア100年史』桜井真砂美訳、Pヴァイン・ブックス、二〇一二年
――『メンズウェア100年史』桜井真砂美訳、Pヴァイン・ブックス、二〇一〇年
リンダ・ワトソン『世界ファッション・デザイナー名鑑 FASHION VISIONARIES』河村めぐみ訳、スペースシャワーブックス、二〇一五年

音楽

ピーター・F・オストウォルド『グレン・グールド伝――天才の悲劇とエクスタシー』宮澤淳一訳、筑摩書房、二〇〇〇年
マイケル・クーパー、テリー・サザーン、キース・リチャーズ『ローリング・ストーンズ・イン・アーリー・デイズ』中江昌彦訳、中央アート出版社、一九九八年
髙木裕『ホロヴィッツ・ピアノの秘密――調律師がピアノをプロデュースする』音楽之友社、二〇一九年
『チャイコフスキー　ピアノ協奏曲第一番変ロ短調　作品23』堀内敬三解説、音楽之友社、一九五六年
デヴィッド・デュバル『ホロヴィッツの夕べ』小藤隆志訳、青土社、二〇〇一年
ジョー・ハーヴァード『ヴェルヴェット・アンダーグラウンド&ニコ――もっとも嫌われもっとも影響力のあったアルバム』中谷ななみ訳、ブルース・インターアクションズ、二〇一〇年
グレン・プラスキン『ホロヴィッツ』奥田恵二・奥田宏子訳、音楽之友社、一九八四年
オットー・フリードリック『グレン・グールドの生涯』宮澤淳一訳、青土社、二〇〇二年
ジェレミー・リード『ワイルド・サイドの歩き方――ルー・リード伝』大鷹俊一監修、本田佐良訳、スペースシャワーブックス、二〇一五年
ルー・リード『ニューヨーク・ストーリー――ルー・リード詩集』梅沢葉子訳、河出書房新社、二〇一三

年

美術

石井美樹子『マリー・アントワネットの宮廷画家――ルイーズ・ヴィジェ・ルブランの生涯』河出書房新社、二〇一一年

メレディス・イスリントン＝スミス『ダリ』野中邦子訳、文藝春秋、一九九八年

この小説はフィクションです。

文庫版解説　批評から小説へ

若島　正

二〇二一年の九月、それまでは批評家として知られていた川本直が、小説家としてデビューした『ジュリアン・バトラーの真実の生涯』は、発表当時からセンセーションを巻き起こした。それは喩えてみれば、一九五三年の十二月、雑誌「エスクァイア」に発表されたジュリアン・バトラーの小説『ネオ・サテュリコン』がスキャンダラスな話題になったのと同じようなものだった。『ジュリアン・バトラーの真実の生涯』が巻き起こした波紋は文壇にまで及び、すでに評価が確立している作家の作品に対して与えられる慣わしだった読売文学賞（小説部門）の選考会が、この「新人」のデビュー作に対して同賞を与えるという、きわめて異例の決定を下したことにも表れていた。

本書のページを開くと、読者がまず目にするのは「知られざる作家」と題された「日本語版序文」である。その序文で、本書はアンソニー・アンダーソンが書いた回想録 *The Real Life of Julian Butler: A Memoir* を「川本直」が翻訳したものである、と訳者自身が解説している。そこにわたしたちは、第一作となる小説を書くにあたっての、作者川本直の壮大な野心と並々ならぬ自信を読み取らないわけにはいかない。

近代小説の祖と言われるセルバンテスの『ドン・キホーテ』は、アラビア語の原典をスペイン語に翻訳したものを、「セルバンテス」がトレドの市場で入手して、それを編集したという設定になっている。こうした小説の源流を意識したのがウンベルト・エーコの小説家としてのデビュー作『薔薇の名前』で、こちらはラテン語の原典をフランス語に翻訳したものを、「私」が入手してそれをイタリア語で出版したという体裁を取る。こう並べてみればわかるように、『ジュリアン・バトラーの真実の生涯』は『ドン・キホーテ』や『薔薇の名前』の系譜に連なる作品であり、それは翻訳者であり序文の筆者としてこの虚構世界内に現れる「川本直」が書いているとおり、「作者とは誰か」「書くとは何か」という問題意識をめぐるものにもなる。すなわち、『ジュリアン・バトラーの真実の生涯』は小説の源流に連なる世界文学を目指した試みだと序文で宣言しているわけで、そう大見得を切るからには、それが自信と覚悟に裏打ちされていなければならない。まだ小説家としての力量が未知なデビュー作で、はたしてそんなことが実現できるのかと、この小説を読みはじめる読者は一抹の不安を覚えることだろう。そして、読み終わったときに、それが大言壮語ではまったくなかったことを知って驚くだろう。

『ジュリアン・バトラーの真実の生涯』という題名を見て、ただちに想起されるのは、ウラジーミル・ナボコフの『セバスチャン・ナイトの真実の生涯』である。そして、ナボコフの小説がセバスチャン・ナイトという架空の作家の伝記という体裁を借りていたように、本書もジュリアン・バトラーという架空の作家の伝記という形を取る。ナボコフとのからみで言うなら、こうした小説構造の借用という点以外にも、気になるところがある。ナボコフの弟セルゲイは同性愛の嗜好の持ち主で、『セバスチャン・ナイトの真実の生涯』はセルゲイを描いた小説だという説もある。また、『セバスチャン・ナイトの真実の生涯』を下敷きにしながら、最後にはノイエンガメの強制収容所で亡くなったセルゲイを主人公にした、『セルゲイ・ナボコフの非真実の生涯』という伝記的小説まであるほどだ（Paul Russell, *The Unreal Life of Sergey Nabokov*, 2011）。こうした事柄を、批評家としての川本直が知っていたとしても不思議ではない。

架空の作家の伝記という枠組みだけを見ればこうした前例があるが、『ジュリアン・バトラーの真実の生涯』は前例のない小説である。なぜなら、ここで描かれるジュリアン・バトラーは実のところ真の作家ではなく、つねに彼のそばにいてゴーストライターを務めていた人間がいるからだ。その本人で、ジュリアン・バトラーではない別の覆面作家として新しい生を生きていたアンソニー・アンダーソンまたの名はジョージ・ジョンが、覆面を脱いで真実を明かしたのが『ジュリアン・バトラーの真実の生涯』であり、それは暴露というよりは告白になる。ここでわたしたちは、アンソニー・アンダーソンもしくはジョージ・ジョンという名前の由来になっている、ハンバート・ハンバート（これも、もちろん架空の人物の名前）が告白録を綴ったのがナボコフの『ロリータ』であるという事実を思い出してもいい。

本書を貫くのは、同性愛者たちによるスキャンダラスな二十世紀文学史である。ここで名前が挙がっている文学者たちの大半は同性愛者であり、その事実は彼らが生きているあいだは噂にはなりこそすれ公然と口に出されることはなかったが、そうした作家たちが言及されるだけでなく、登場人物として本書の中で自由に動きまわる場所を得て、しゃべりまくる。その意味で、本書には裏文学史についてまわる陰はない。陰を背負っているのはただ一人、自らも同性愛者でありながら、それを公言できないでいた語り手のジョージ・ジョンだけだ。言葉を換えれば、本書の意図は文学史の大胆な書き換えにある。文学史を文字どおりに裏返すこと。そのとんでもない企てに挑戦して、川本直はみごとな成功を収めているのだ。

スキャンダラスな内容を扱うときにしばしば用いられるのは、モデル小説という手である。その場合、対象になる人物は実名ではなく架空の名前という意匠を纏って隠される。しかし、本書が独特なのは、架空の人物の背後にいるはずの実在の人物もまた、登場人物として現れているという趣向のためである。たとえば、語り手ジョージ・ジョンの背後にはゴア・ヴィダルが、そしてジュリアン・バトラーを拳銃で撃つという事件を起こした作家リチャード・アルバーンの背後にはノーマン・メイラーがいる。こうして、ダブルのモチーフがふんだんにちりばめられた本書を読んでいると、読者の目には裏と表が、虚構と現実が二重映しになって見えてくる。ここで隠されているものは、それと同時に、すべてあらわになっている。架空の人物と実在する人物、架空の書物と実在する書物を優雅な手つきで並べてみせた、巻末の主要参考文献がそのわかりやすい見本だろう。

こうした裏表を眺めるのは本書の大きな愉しみだが、とりわけ大笑いなのは、一九六八年の六月二日に放映された、ジョニー・カーソンの番組で、ゲストとして登場したトルーマン・カポーティが酔っ払って倒れ、ノーマン・メイラーとゴア・ヴィダルが殴り合いの喧嘩になるという乱痴気騒ぎのくだりだ。この元になっているのは、一九七一年の十二月十五日に収録された『ザ・ディック・キャヴェット・ショー』で、その年に出た『性の囚人』をヴィダルが書評でこきおろしたことを根に持っていたメイラーは、やはりショーのゲストとして呼ばれていたヴィダルに楽屋で頭突きを食らわせた。いまも語り草になっているこのエピソードは、五〇年代から七〇年代にかけて、こうした文壇の大物たちが繰り広げていたスキャンダラスな諍いが、単に文壇内での主導権争いというコップの中の嵐にとどまらず、時代の動向（たとえばフェミニズムや同性愛に対する姿勢）を反映するものでもあり、それゆえに社会的な話題にまでなったという事実を再認識させてくれる。『ジュリアン・バトラーの真実の生涯』がこうしたスキャンダラスな時代に設定されているのは、まさしくうってつけなのだ。そして、ここに登場する「ヴィダル」や「メイラー」や「カポーティ」たちも、現実のヴィダルやメイラーやカポーティといった、それだけで充分にキャラが立っている作家たちより、さらにひとまわり大きくなって、いきいきとしゃべりまくり、動きまくる。それが小説の力でなくていったい何だろうか。

訳者のあとがきという体裁で添えられた、巻末の「ジュリアン・バトラーを求めて」は、批評家としての川本直が二〇一一年にデビューした「ゴア・ヴィダル会見記」を元にして、その体験を虚構化したものであり、作者にとっては原点に回帰する試みであると同時に、批評家の川本直が小説家としての川本直へと生まれ変わる瞬間でもある。自由奔放で包み隠さない「生きる人」ジュリアン・バトラーを、「書く人」ジョージ・ジョンは真に愛していた。舞台の中央で脚光を浴びたジュリアンを、黒子として陰で支えてきた彼は、『ジュリアン・バトラーの真実の生涯』を書くことによって、その中で共に永遠に生きようとする。やはりスキャンダラスな性愛を扱ったナボコフの『ロリータ』を想起させるこの結末で、自らも小説家として新しい生を歩みはじめるジョージ・ジョンには、波瀾に満ちたジュリアンの生涯に翻弄された後で、静謐な生活が与えられる。その姿には、感動を覚えざるをえない。

「この小説はフィクションです」。最後のページに記されたこのただし書きには、批評家としての己のすべてを賭して、小説家としての新しい生を獲得した、作者の万感の思いがこもっている。この作品が「翻訳」されて世界中で読まれるようになれば、きっとエーコの『薔薇の名前』に匹敵するような大きな反響が巻き起こるはずだ。

（わかしま・ただし／英文学者・翻訳家）

＊本書は二〇二一年九月に弊社より単行本として刊行されました。
文庫化に際して、一部、加筆修正しております。

ジュリアン・バトラーの真実《しんじつ》の生涯《しょうがい》

二〇二三年一一月一〇日　初版印刷
二〇二三年一一月二〇日　初版発行

著　者　川本直《かわもとなお》
発行者　小野寺優
発行所　株式会社河出書房新社
〒一五一－〇〇五一
東京都渋谷区千駄ヶ谷二－三二－二
電話〇三－三四〇四－八六一一（編集）
〇三－三四〇四－一二〇一（営業）
https://www.kawade.co.jp/

ロゴ・表紙デザイン　粟津潔
本文フォーマット　佐々木曉
印刷・製本　中央精版印刷株式会社

Printed in Japan　ISBN978-4-309-42020-2

トーニオ・クレーガー　他一篇

トーマス・マン　平野卿子〔訳〕　46349-0

ぼくは人生を愛している。これはいわば告白だ——孤独で瞑想的な少年トーニオは成長し芸術家として名を成す……巨匠マンの自画像にして不滅の青春小説、清新な新訳版。併録「マーリオと魔術師」。

ボヴァリー夫人

ギュスターヴ・フローベール　山田𣝣〔訳〕　46321-6

田舎町の医師と結婚した美しき女性エンマ。平凡な生活に失望し、美しい恋を夢見て愛人をつくった彼女が、やがて破産して死を選ぶまでを描く。世界文学に燦然と輝く不滅の名作。

高慢と偏見

ジェイン・オースティン　阿部知二〔訳〕　46264-6

中流家庭に育ったエリザベスは、資産家ダーシーを高慢だとみなすが、それは彼女の偏見に過ぎないのか？　英文学屈指の作家オースティンが機知とユーモアを込めて描く、幸せな結婚を手に入れる方法。永遠の傑作。

エドウィン・マルハウス

スティーヴン・ミルハウザー　岸本佐知子〔訳〕　46430-5

11歳で夭逝した天才作家の評伝を親友が描く。子供部屋、夜の遊園地、アニメ映画など、濃密な子供の世界が展開され、驚きの結末を迎えるダークな物語。伊坂幸太郎氏、西加奈子氏推薦！

ディフェンス

V・ナボコフ　若島正〔訳〕　46755-9

チェスに魅了された少年は、たちまち才能を発揮して世界的プレイヤーとなる。優しい恋人でさえ入りこめない孤独な内面。著者の「最初の傑作」にして、最高のチェス小説。

舞踏会へ向かう三人の農夫　上

リチャード・パワーズ　柴田元幸〔訳〕　46475-6

それは一枚の写真から時空を超えて、はじまった——物語の愉しみ、思索の緻密さの絡み合い。二十世紀全体を、アメリカ、戦争と死、陰謀と謎を描いた驚異のデビュー作。

舞踏会へ向かう三人の農夫　下

リチャード・パワーズ　柴田元幸〔訳〕　46476-3

文系的知識と理系的知識の融合、知と情の両立。「パワーズはたったひとりで、そして彼にしかできないやり方で、文学と、そして世界と戦った。」解説＝小川哲

リンバロストの乙女　上

ジーン・ポーター　村岡花子〔訳〕　46399-5

美しいリンバロストの森の端に住む、少女エレノア。冷徹な母親に阻まれながらも進学を決めたエレノアは、蛾を採取して学費を稼ぐ。翻訳者・村岡花子が「アン」シリーズの次に最も愛していた永遠の名著。

リンバロストの乙女　下

ジーン・ポーター　村岡花子〔訳〕　46400-8

優秀な成績で高等学校を卒業し、美しく成長したエルノラは、ある日、リンバロストの森で出会った青年と恋に落ちる。だが、彼にはすでに許嫁がいた……。村岡花子の名訳復刊。解説＝梨木香歩。

アメリカーナ　上

チママンダ・ンゴズィ・アディーチェ　くぼたのぞみ〔訳〕　46703-0

高校時代に永遠の愛を誓ったイフェメルとオビンゼ。米国留学を目指す二人の前に、現実の壁が立ちはだかる。世界を魅了する作家による、三大陸大河ロマン。全米批評家協会賞受賞。

アメリカーナ　下

チママンダ・ンゴズィ・アディーチェ　くぼたのぞみ〔訳〕　46704-7

アメリカに渡ったイフェメルは、失意の日々を乗り越えて人種問題を扱う先鋭的なブログの書き手として注目を集める。帰郷したオビンゼは巨万の富を得て幸せな家庭を築く。波瀾万丈の物語。

楽園への道

マリオ・バルガス＝リョサ　田村さと子〔訳〕　46441-1

ゴーギャンとその祖母で革命家のフローラ・トリスタン。飽くことなく自由への道を求め続けた二人の反逆者の激動の生涯を、異なる時空を見事につなぎながら壮大な物語として描いたノーベル賞作家の代表作。

池澤夏樹の世界文学リミックス

池澤夏樹 41409-6

「世界文学全集」を個人編集した著者が、全集と並行して書き継いだ人気コラムを完全収録。ケルアックから石牟礼道子まで、新しい名作一三五冊を独自の視点で紹介する最良の世界文学案内。

JR上野駅公園口

柳美里 41508-6

一九三三年、私は「天皇」と同じ日に生まれた――東京オリンピックの前年、出稼ぎのため上野駅に降り立った男の壮絶な生涯を通じ描かれる、日本の光と闇……居場所を失くしたすべての人へ贈る物語。

JR品川駅高輪口

柳美里 41798-1

全米図書賞受賞のベストセラー『JR上野駅公園口』と同じ「山手線シリーズ」として書かれた河出文庫『まちあわせ』を新装版で刊行。居場所のない少女の魂に寄り添う傑作。

JR高田馬場駅戸山口

柳美里 41802-5

全米図書賞受賞のベストセラー『JR上野駅公園口』と同じ「山手線シリーズ」として書かれた河出文庫『グッドバイ・ママ』を新装版で刊行。居場所のない「一人の女」に寄り添う傑作。

一の糸

有吉佐和子 41888-9

文楽の天才三味線弾きで、美貌の露沢清太郎が弾く一の糸の響きに魅せられた造り酒屋の箱入り娘・茜だが、清太郎には家庭があった――。芸道一筋に生きる男と愛に生きる女。波乱万丈の二人の人生を描く。

非色

有吉佐和子 41781-3

待望の名著復刊！　戦後黒人兵と結婚し、幼い子を連れNYに渡った笑子。人種差別と偏見にあいながらも、逞しく生き方を模索する。アメリカの人種問題と人権を描き切った渾身の感動傑作！

閉店時間

有吉佐和子　41892-6

花形企業の東京デパートに働く紀美子、節子、サユリ。同じ高校の同級生仲良し3人だが、それぞれの職場の違いから、三者三様の仕事と恋の悩みがあった。仕事と女性の生き方を描く、傑作長編、初の文庫化！

女二人のニューギニア

有吉佐和子　41939-8

文化人類学者で友人の畑中幸子が滞在する、数年前に発見されたシシミン族のニューギニアの奥地を訪ねた滞在記。想像を絶する出来事の連続と抱腹絶倒の二人の丁々発止。有吉ファン必読。

椿の海の記

石牟礼道子　41213-9

『苦海浄土』の著者の最高傑作。精神を病んだ盲目の祖母に寄り添い、ふるさと水俣の美しい自然と心よき人々に囲まれた幼時の記憶。「水銀漬」となり「生き埋め」にされた壮大な魂の世界がいま蘇る。

だれもが子供だったころ

内海隆一郎　41878-0

布団の中で数えた天井の顔、子供だけで乗った新幹線、両親の喧嘩、父親の死——子供の目線で世界を捉える49の掌編集。日常を丁寧に描き、教科書や入試問題にも長年採用されてきた作家の名作を新装復刊。

そこのみにて光輝く

佐藤泰志　41073-9

にがさと痛みの彼方に生の輝きをみつめつづけながら生き急いだ作家・佐藤泰志がのこした唯一の長篇小説にして代表作。青春の夢と残酷を結晶させた伝説的名作が二十年をへて甦る。

きみの鳥はうたえる

佐藤泰志　41079-1

世界に押しつぶされないために真摯に生きる若者たちを描く青春小説の名作。新たな読者の支持によって復活した作家・佐藤泰志の本格的な文壇デビュー作であり、芥川賞の候補となった初期の代表作。

枯木灘

中上健次 41339-6

熊野を舞台に繰り広げられる業深き血のサーガ…日本文学に新たな碑を打ち立てた著者初長編にして圧倒的代表作。後日談「覇王の七日」を新規収録。毎日出版文化賞他受賞。解説／柄谷行人・市川真人。

十九歳の地図

中上健次 41340-2

「俺は何者でもない、何者かになろうとしているのだ」——東京で生活する少年の拠り所なき鬱屈を瑞々しい筆致で捉えたデビュー作。全ての十九歳に捧ぐ青春小説の金字塔。解説／古川日出男・高澤秀次。

千年の愉楽

中上健次 40350-2

熊野の山々のせまる紀州南端の地を舞台に、高貴で不吉な血の宿命を分かつ若者たち——色事師、荒くれ、夜盗、ヤクザら——の生と死を、神話的世界を通し過去・現在・未来に自在に映しだす新しい物語文学。

日輪の翼

中上健次 41175-0

路地を出ざるをえなくなった青年と老婆たちは、トレーラー車で流離の旅に出ることになる。熊野、伊勢、一宮、恐山、そして皇居へ、追われゆく聖地巡礼のロードノベル。

岸辺のない海

金井美恵子 40975-7

孤独と絶望の中で、〈彼〉＝〈ぼく〉は書き続け、語り続ける。十九歳で鮮烈なデビューをはたし問題作を発表し続ける、著者の原点とも言うべき初長篇小説を完全復原。併せて「岸辺のない海・補遺」も収録。

カンバセイション・ピース

保坂和志 41422-5

この家では、時間や記憶が、ざわめく——小説家の私が妻と三匹の猫と住みはじめた築五十年の世田谷の家。壮大な「命」交響の曲（シンフォニー）が奏でる、日本文学の傑作にして著者代表作。

薄情

糸山秋子　41623-6

他人への深入りを避けて日々を過ごしてきた宇田川に、後輩の女性蜂須賀や木工職人の鹿谷さんとの交流の先に訪れた、ある出来事……。土地が持つ優しさと厳しさに寄り添う傑作長篇。谷崎賞受賞作。

海の仙人・雉始雊

糸山秋子　41946-6

宝くじに当たった河野は会社を辞め敦賀に引っ越した。何もしない静かな日々に役立たずの神様・ファンタジーが訪れ、奇妙な同居が始まった。芸術選奨文部科学大臣新人賞を受賞した傑作に「雉始雊」を増補。

ばかもの

糸山秋子　41959-6

気ままな大学生ヒデと勝ち気な年上女性、額子。かつての無邪気な恋人たちは、深い喪失と絶望の果てに再会し、ようやく静謐な愛の世界に辿り着く。著者を代表する傑作恋愛長編。

おらおらでひとりいぐも

若竹千佐子　41754-7

50万部突破の感動作、2020年、最強の布陣で映画化決定！　田中裕子、蒼井優が桃子さん役を熱演、「南極料理人」「モリのいる場所」で最注目の沖田修一が脚本・監督。すべての人生への応援歌。

鞠子はすてきな役立たず

山崎ナオコーラ　41835-3

働かないものも、どんどん食べろ――「金を稼いでこそ、一人前」に縛られない自由な主婦・鞠子と銀行員・小太郎の生活の行方は⁉　金の時代の終わりを告げる傑作小説。『趣味で腹いっぱい』改題。

彼女の人生は間違いじゃない

廣木隆一　41544-4

震災後、恋人とうまく付き合えない市役所職員のみゆき。彼女は週末、上京してデリヘルを始める……福島－東京の往還がもたらす、哀しみから光への軌跡。廣木監督が自身の初小説を映画化！

選んだ孤独はよい孤独

山内マリコ　41845-2

地元から出ないアラサー、女子が怖い高校生、仕事が出来ないあの先輩……“男らしさ”に馴染めない男たちの生きづらさに寄り添った、切なさとおかしみと共感に満ちた作品集。

水曜の朝、午前三時

蓮見圭一　41574-1

「有り得たかもしれないもう一つの人生、そのことを考えない日はなかった……」叶わなかった恋を描く、究極の大人のラブストーリー。恋の痛みと人生の重み。涙を誘った大ベストセラー待望の復刊。

すいか　1

木皿泉　41237-5

東京・三軒茶屋の下宿、ハピネス三茶で一緒に暮らす血の繋がりのない女性４人の日常と、３億円を横領し逃走中の主人公の同僚の非日常。等身大の言葉が胸をうつ向田邦子賞受賞、伝説のドラマ、遂に文庫化！

すいか　2

木皿泉　41238-2

独身、実家暮らしＯＬ・基子、双子の姉を亡くしたエロ漫画家の絆、恐れられ慕われる教授の夏子、幼い頃母が出て行ったゆか。４人で暮らしたかけがえのないひと夏。10年後を描いたオマケ付。解説松田青子

くらげが眠るまで

木皿泉　41718-9

年上なのに頼りないバツイチ夫・ノブ君と、しっかり者の若オクサン・杏子の、楽しく可笑しい、ちょっとドタバタな結婚生活。幸せな笑いに満ちた、木皿泉の知られざる初期傑作コメディドラマのシナリオ集。

昨夜のカレー、明日のパン

木皿泉　41426-3

若くして死んだ一樹の嫁と義父は、共に暮らしながらゆるゆるその死を受け入れていく。本屋大賞第２位、ドラマ化された人気夫婦脚本家の言葉が詰まった話題の感動作。書き下ろし短編収録！解説＝重松清。